dtv

Seit seiner Scheidung lebt der arbeitslose Schauspieler Berthold Sidebottom bei seiner Mutter in deren Sozialwohnung. Als Lily unerwartet stirbt, droht ihm die Kündigung. Berthold ist ratlos. In London eine andere bezahlbare Bleibe zu finden, ist geradezu unmöglich. Darum sieht er nur einen Ausweg: Lilys Bettnachbarin im Krankenhaus muss vorübergehend bei ihm einziehen und gegenüber dem Wohnungsamt die Rolle seiner Mutter spielen. Die alte Dame aus der Ukraine willigt erfreut ein. Leider spricht Inna aber nur gebrochen Englisch – und verliert die komplexen Details des Wohnungskomplotts allzu leicht aus dem Blick. Und dann zieht nebenan auch noch die attraktive Vermögensberaterin Violet ein …

Marina Lewycka, 1946 als Kind ukrainischer Eltern in Kiel geboren und in England aufgewachsen, gilt als eine der populärsten britischen Autorinnen der Gegenwart, mit einem besonderen Blick für gesellschaftliche Realitäten. Gleich ihr erster Roman ›Kurze Geschichte des Traktors auf Ukrainisch‹ wurde ein Welterfolg, und auch ihre späteren Romane standen regelmäßig auf den internationalen Bestsellerlisten.
Mehr unter www.marina-lewycka.de

Marina Lewycka

Lubetkins Erbe
oder
Von einem, der nicht auszog

Roman

Deutsch von
Sophie Zeitz

dtv

Ausführliche Informationen über
unsere Autoren und Bücher
www.dtv.de

Von Marina Lewycka
sind bei dtv außerdem erschienen:
Kurze Geschichte des Traktors auf Ukrainisch (21101)
Caravan (21201)
Das Leben kleben (21349)
Die Werte der modernen Welt unter
Berücksichtigung diverser Kleintiere (21718)

Für Kira, Maya und Yanja

MIX
Papier aus verantwortungsvollen Quellen
FSC® C019821

Ungekürzte Ausgabe 2019
dtv Verlagsgesellschaft mbH & Co. KG, München

Titel der englischen Originalausgabe:
›The Lubetkin Legacy‹
(Fig Tree/Penguin, London 2016)

Umschlaggestaltung: FAVORITBUERO, München
unter Verwendung eines Fotos von Getty Images/A-Digit
Satz: Greiner & Reichel, Köln
Druck und Bindung: Druckerei C.H.Beck, Nördlingen
Gedruckt auf säurefreiem, chlorfrei gebleichtem Papier
Printed in Germany · ISBN 978-3-423-21776-7

»Nichts ist zu gut für die einfachen Leute.«

Berthold Lubetkin
(Architekt des Finsbury Health Centre
von 1938 in London)

BERTHOLD Süßer Sherry

»Lass nicht zu, dass sie die Wohnung kriegen, Bertie!«, ächzte meine Mutter, als man sie auf der Bahre wegtrug, und klammerte sich an meine Hand wie an ihr Leben. Ich wurde die schreckliche Szene nicht los, als ich in einem Nebel aus Trauer, Schuldgefühlen und süßem Lidl-Sherry grübelte, was ich übersehen haben könnte.

Der Tag hatte ganz normal angefangen: mit meinem Morgenspaziergang, um Milch und die Zeitung zu holen, und einem Abstecher zu Luigi's auf dem Rückweg, wo ich mir den kleinen Luxus eines Latte macchiato gönnte – ansonsten lebte ich bescheiden, möchte ich hinzufügen –, das kräftige Kaffeearoma eine Genussexplosion in meiner unaufregenden Welt. Ich trank aus, zahlte und trat auf die Straße, als plötzlich aus dem Nichts ein weißer Lieferwagen heranraste. Eine Taube, die ein Stück weiter auf der Straße nach Abfällen suchte, war nicht schnell genug. Ich hörte den dumpfen Aufprall. Betäubt fiel der Vogel auf den Asphalt, dann begann er verzweifelt mit einem Flügel zu schlagen. Ich wusste, das nächste Auto würde ihm den Garaus machen, also bückte ich mich und hob ihn auf. Er zappelte flatternd in meinem Griff, aber ich hielt ihn fest und trug ihn sicher in die umzäunte Grünanlage vor unserem Wohnblock, wo ich ihn unter einem Kirschbaum ins Gras setzte. Als er davonflog, sah ich, dass er nur ein Bein hatte. Wo das zweite sein sollte, ragte ein rosa Stumpf aus dem schmutzigen Untergefieder. Auch er war vom Leben gezeichnet – wie ich.

Zurück in der Wohnung spürte ich, dass etwas nicht stimmte. Flossie, unsere afrikanische Graupapageiendame, hüpfte auf der Käfigstange unruhig von einem Fuß auf den anderen und kreischte mit ihrem penetranten Dalek-Akzent: »Gott ist tot! Erster März 1932!«

Mum hatte noch im Bett gelegen, als ich ging, doch jetzt lag sie mit geschlossenen Augen auf dem Teppich im Wohnzimmer, und ein dünner, säuerlich riechender Spuckefaden rann ihr aus dem Mundwinkel. Auf dem Tisch stand eine halbleere Sherryflasche. Sorge stieg in mir auf, mit einem Anflug von Ärger. Verdammt, es war erst neun Uhr morgens, und sie hatte schon zur Flasche gegriffen.

»Mum? Alles in Ordnung?«

»Jetzt bist du allein, mein Junge.«

Als ich mich bückte, um ihr eine Strickjacke um die Schultern zu legen, griff sie nach meiner Hand.

»Lass nicht zu, dass sie die Wohnung kriegen, Bertie!«

»Wer denn, Mum? Wer sind *sie*?«

Seufzend schloss sie wieder die Augen. Höchstwahrscheinlich eine Überdosis Sherry – es wäre nicht das erste Mal –, aber zur Sicherheit rief ich den Arzt.

Dr. Brandeskievich, ein schnurrbärtiger alter Krauter, der meiner Vermutung nach einst Mutters Liebhaber gewesen war, hielt das Stethoskop länger als nötig an ihre Brust und gab mitfühlende Schnalzlaute von sich, die sich wie die Krümel seines Frühstücks im Dickicht seines Bartes verfingen.

»Arme kleine Lily. Wir schicken dich lieber ins Krankenhaus.«

Dann rief er den Rettungswagen, und ich packte ihre Tasche.

»Vergiss mein Schminkzeug nicht, Bertie!«

Mutters Eitelkeit war rührend. Gestern noch hätte man gesagt, sie habe sich mit ihren zweiundachtzig Jahren gut gehalten, doch über Nacht schien sich alles an ihr verändert zu haben – Wangen und Lippen hatten die Farbe verloren, ihre Augen waren tief eingesunken, und irgendwie sah sie nicht mehr wie meine Mutter aus, sondern wie eine müde Fremde, die sich für meine Mutter ausgab. Wo kam diese Veränderung her? Sie hatte sich so langsam angeschlichen, dass ich nicht mitbekommen hatte, wann sich meine unbezwingbare Mutter in eine gebrechliche alte Dame verwandelt hatte.

Dann kam der Rettungswagen, und zwei Sanitäter hoben sie auf die Trage. Durchs Fenster sah ich, wie sie sie den gewundenen Pfad entlang durch den Kirschgarten trugen. Eine Windböe erfasste die Decke, und Mutters weißes Nachthemd flatterte wie eine Motte. Ich hatte einen Kloß im Hals.

Dr. Brandeskievich klopfte mir tröstend auf die Schulter. »Sag Bescheid, wenn du was zum Schlafen brauchst.«

Als das Martinshorn draußen verklang, legte sich eine bleierne Stille über die Wohnung; selbst Flossie machte keinen Mucks, als lauschte sie sehnsüchtig auf die Stimme ihrer Herrin. Die beiden hatten eine merkwürdige Sado-Maso-Beziehung gehabt. In Mutters Zimmer hing ein Hauch von L'Heure Bleue in der Luft, und die Fährte verstreuter Kleider am Boden betonte ihre Abwesenheit noch: flauschige hochhackige Pantöffelchen, eine weiße

Kaschmirstola mit Mottenlöchern, ein cremefarbenes Unterkleid mit einem mysteriösen braunen Fleck, ein Paar zerknitterte Satinschlüpfer. Das schamlose Herumliegen von Mutters Unterwäsche löste Unbehagen in mir aus. Ich ließ alles, wie es war, ging in die Küche und machte mir mit einer Dose Thunfisch und einem Salatblatt ein Sandwich.

Am Nachmittag rief ich im Krankenhaus an – es war dasselbe Krankenhaus, in dem Mutter gearbeitet hatte, bis sie vor zwanzig Jahren in Rente ging –, und man sagte mir, Mutter schlafe und es gehe ihr gut; ich könne sie am nächsten Tag auf der Station besuchen. Als ich aufgelegt hatte, klingelte die Stille der Wohnung in meinen Ohren.

Abends wünschte ich, ich hätte Dr. Brandeskievichs Angebot mit den Schlaftabletten angenommen, aber so musste ich mich mit der halben Flasche Sherry begnügen, von dem mir schlecht wurde, ohne dass er mich müde machte.

»Gute Nacht, Flossie.«

Ich deckte den Käfig mit der Tischdecke zu, wie Mutter es immer getan hatte, damit Flossie nachts Ruhe gab.

»Gute Nacht, Flossie!«, antwortete sie.

VIOLET Vorhänge

Die Morgensonne strahlt durchs Fenster und weckt Violet viel zu früh auf. Die Vormieter haben alles mitgenommen, was nicht niet- und nagelfest war – sogar die Vorhänge. Violet verkriecht sich unter der Decke, die Jessie ihr geliehen hat. Im Bett ist es warm, doch in der Wohnung ist es kalt, und sie muss aufs Klo. Der Teppich unter ihren nackten Füßen fühlt sich klebrig an, und das Bad stinkt widerlich.

Trotzdem tut es gut, nach einem Monat auf Jessies Sofa ihre eigenen vier Wände zu haben. Außerdem hat es extrem genervt, täglich von Croydon zu pendeln. Von hier aus braucht sie nur fünfzehn Minuten mit dem Bus zum Büro. Auch wenn Madeley Court früher mal ein Sozialbau war, fürs Erste ist die Wohnung hier in Ordnung.

Sie putzt sich die Zähne, wäscht sich mit kaltem Wasser das Gesicht und trocknet es mit ihrem T-Shirt ab – die Handtücher sind noch im Koffer. Dann lächelt sie sich in dem verschmierten Spiegel an, der an der Wand festgeschraubt ist. Trotz der verstrubbelten Haare und der zombieartig verlaufenen Wimperntusche gefällt ihr, was sie sieht: eine junge Frau, die gerne lächelt, mit weißen Zähnen und guter Haut; eine junge schwarze Frau an ihrem dreiundzwanzigsten Geburtstag, die gerade einen guten Job bei einer renommierten Firma in der Londoner City angetreten hat – einen Job, für den sie ausgebildet ist, auf den sie hingearbeitet hat; einen Job, den sie verdient, auch wenn sie selbst kaum glauben kann, dass sie ihn bekommen hat. Was sie jetzt wirklich dringend braucht, ist ein Kaffee.

Doch in der Küche gibt es keinen Kaffee, nicht einmal einen Wasserkocher, sondern nur ein widerliches Durcheinander aus Imbiss-Schachteln mit schimmligen Essensresten, Plastikbesteck, halbleeren Flaschen, Zigarettenkippen, Rubbellosen, Socken, Turnschuhen, einer Unterhose, offenen Konservendosen, Chipstüten, Pizzarändern … Ihr Blick wird glasig. Ihre Vormieter waren Studenten. Jungs. Typisch. Sie geht ins Schlafzimmer zurück – das offenbar eigentlich das Wohnzimmer ist, auch wenn drei Betten drinstehen –, zieht sich an, dann schließt sie hinter sich ab, geht die Treppe hinunter und macht sich auf die Suche nach einem Kaffee.

An der nächsten Ecke der großen Straße findet sie ein kleines braun gestrichenes Café mit einer gestreiften Markise, das Luigi's heißt. Violet bestellt einen doppelten Cappuccino und ein Croissant und holt den Laptop heraus, um ihre E-Mails zu checken. Ein Haufen Glückwünsche von ihren Freunden, einige mit E-Card-Anhängen, und eine Mail von ihrer Mutter, die ihr alles Gute zum Geburtstag wünscht und viel Glück für den neuen Job.

Danke, schreibt sie zurück, das werde ich brauchen. Ihr Posten nennt sich Trainee Account Manager in der Abteilung Internationale Versicherungen bei Global Resource Management, kurz GRM, und ihre Chefin ist die vorzügliche Gillian Chambers, eine kleine kühle Frau mit leiser Stimme und knallhartem Ruf, die Violet beim Vorstellungsgespräch erbarmungslos gegrillt hat und mit keiner ihrer Antworten zufrieden schien. Bei dem Gespräch war auch Marc Bonnier anwesend, Leiter der Abteilung Vermögenssicherung und fast genauso furchteinflößend wie Gillian, trotz des Grübchens am Kinn und des funkelnden Lächelns, das Violet an Jude Law erinnert. Ihre Freundin Jessie hat ihr mal erzählt, ein Kinngrübchen bei einem Mann sei ein Zeichen von Sensibilität. Es wäre bestimmt nett, für ihn zu arbeiten, denkt Violet.

Am Nebentisch sitzt ein älterer Mann mit einem hohen Latte-macchiato-Glas und liest den *Guardian.* Er hat schütteres Haar und macht ein mürrisches Gesicht. Jessies Mutter sagt, der *Guardian* mache einen unglücklicher als beispielsweise der *Daily Telegraph.* Vielleicht weiß der Mann das nicht. Ansonsten ist das Café leer. Draußen auf der großen Straße donnern Busse und Lastwagen vorbei, doch bei Luigi ist es ruhig und gemütlich, im Hintergrund läuft leise Soul-Musik, die Kaffeemaschine zischt sanft und der ältere Mann raschelt mit der Zeitung. Sie trinkt ihren Kaffee aus und will schon losgehen, um Gummihandschuhe und Mülltüten zu kaufen, doch dann greift sie zum Telefon und ruft mit der kühlen, selbstsicheren Stimme, die zu ihrem neuen Status als Finanzmanagerin passt, bei der Wohnungsagentur an.

»Die Wohnung wurde in einem unsäglichen Zustand hinterlassen. Bitte schicken Sie jemand, der sie saubermacht und in einen bewohnbaren Zustand bringt. Vielen Dank.« Ha! Das fühlt sich gut an.

Dann setzt sie sich hin und bestellt noch einen Kaffee.

BERTHOLD Ein blauer Schmetterling

Am nächsten Tag radelte ich zum Krankenhaus, schloss das Fahrrad am Zaun fest und steckte die Hosenklammern in die Anoraktasche. Mutter lag auf einer Station im ersten Stock, am Ende eines langen, nach Desinfektionsmitteln riechenden Flurs mit Abzweigungen zu unangenehm klingenden Abteilungen wie Spektroskopie, Oralchirurgie und Trauma. Meiner Erfahrung nach waren Krankenhäuser wie Todeszellen – am besten war es, sie zu meiden, doch manchmal hatte man keine Wahl.

Ich brauchte einen Moment, bis ich in der zerbrechlichen, unfrisierten alten Frau im Krankenbett meine Mutter erkannte. Sie so zu sehen war ein Schock. Spüllappengraue Haare, strähnig und ungekämmt; rosa Lippenstift, weit über die Lippen hinaus gemalt, als hätte sie ihn ohne Spiegel aufgetragen; ein Tupfer leuchtend blauer Lidschatten über einem Auge, über dem anderen nicht. Meine liebe Mum: Selbst in der letzten Stunde wollte sie gut aussehen.

»Bertie! Hol mich hier raus!«

»Wie geht's dir, Mum?«

Ich reichte ihr die Trauben, die ich mitgebracht hatte, und küsste sie ganz kontinental auf beide Wangen. Die Geste munterte sie auf.

»Mir fehlt nichts, Berthold.« Sie sah sich misstrauisch in dem Mehrbettzimmer um. »Ich will in ein staatliches Krankenhaus.«

»Aber das ist ein staatliches Krankenhaus. Du hast früher hier gearbeitet, weißt du nicht mehr?«

»Nein, ich hab oben in Homerton gearbeitet.« Das blaubemalte Lid flatterte wie ein verirrter Schmetterling. »Die wollen mich umbringen, Bertie. Sie wollen uns die Wohnung wegnehmen.« Ein paranoider Funke glomm in ihren Augen.

»Unsinn, das würden sie niemals …«

Oder doch? Ich spürte einen Anflug von Panik hinter den Rippen. Mutter hatte immer gesagt, der Mietvertrag für die städtische Wohnung, in der sie seit dem Erstbezug in den 1950er-Jahren wohnte, werde nach ihrem Tod auf mich übergehen. Doch in letzter Zeit murmelte sie häufiger etwas von einem finsteren Plan irgendwelcher ungenannter Schurken (»sie«), uns die Wohnung wegzunehmen.

»Der globale Kapitalismus hat mir das angetan, mein Junge.«

»Wahrscheinlich war es nur der Sherry, Mum.«

»Ich hab keinen Tropfen angerührt, Bertie. Und nichts gegessen.« Sie setzte sich auf und zupfte mit fahrigen Händen ihr Nachthemd zurecht. »Sie wollen mich aushungern. Hier kriegt man nichts als ein paar Salatblätter und einen Becher Joghurt. Und rohes Obst. Pfui Teufel. In staatlichen Krankenhäusern gibt es Dosenpfirsiche in Sirup.« Meine Trauben ernteten einen verächtlichen Blick. »Hast du mir Zigaretten mitgebracht, Junge?«

»Ich glaube nicht, dass man im Krankenhaus rauchen darf.«

»Genau das meine ich! Sie wollen mich umbringen. In

einem staatlichen Krankenhaus würde so was nie passieren.«

In diesem Moment tönte ein heftiger Hustenkrampf aus dem Nachbarbett, und wir drehten uns um. Eine Greisin mit grauer runzliger Haut ächzte und würgte und spuckte eine widerliche Menge an Schleim in die Pappschale auf ihrem Nachttisch.

»Ruhe, Inna«, rief meine Mutter. »Das hört sich ekelhaft an. Das ist Berthold, mein Sohn, der mich besucht. Sag hallo.«

»Na, Mister Berthold.« Das Weiblein sah durch lange, silberne Haarsträhnen zu mir herauf und streckte mir eine Hand entgegen, die so knochig wie ein Bündel Reisig war. »Hast du Glück, hast du schöner Junge, Lily. Zu mir kommt keiner zum Besuch.«

»Hören Sie auf zu jammern, Quengelliese«, sagte Mum. »Mach es wie die Sonnenuhr, zähl die heitren Stunden nur.« Und sie stimmte mit zitternder Stimme ihr Lieblingslied an, das ich noch aus meiner Kindheit kannte. *»Keep on the sunny side, always on the sunny side!«*

»Sonnenuhr! Haha. Keine heitren Stunden hier, Lily.« Die Greisin hielt eisern an ihrem Negativ-Kurs fest. »Zu viele verdummte Ausländer. Jeden Tag ist jemand tot.«

»Die Leute sterben, weil es ein privates Krankenhaus ist, nicht wegen der ausländischen Ärzte und Schwestern.« Mutter schürzte streng die Lippen. »Man darf nicht rassistisch sein, Inna. Das ist falsch. Wir müssen all den farbigen Menschen dankbar sein, dass sie ihre sonnige Heimat verlassen haben, um für uns zu arbeiten.«

»Aha! Gut, dass Sie sagen, ist privat.« Inna strich mit ihren dürren Händen die Decke glatt. »Hab ich gedacht, ist stattlich.«

»Nein«, versicherte Mutter. »In staatlichen Krankenhäusern sterben weniger Leute.«

»Arzt hat rosa Krawatte.« Die alte Frau zeigte auf einen jungen Arzt, der sich am anderen Ende des Zimmers über eine betagte Patientin mit Kreislaufproblemen beugte. Sie flüsterte: »Rosa heißt homosexy?«

»Spielt keine Rolle, was er ist«, gab Mutter zurück. »Schwulsein tut keinem weh.«

»Haben Sie immer recht, Lily.« Inna räusperte sich und spuckte wieder aus. »Ist gut, dass Sie mir sagen. Ich kenne nicht aus. In mein Land alle sind normal.«

Dann blieb ihr neugieriger Blick an meinem einst dunkelroten T-Shirt hängen, das nach Jahren häufigen Waschens zu einem fahlen Rosa verblasst war.

»Achte nicht auf sie«, raunte Mutter mir zu. »Sie kommt aus der Ukraine, wie mein Lucky. Rote Bete im Hirn. Hat Emphaseme. Sie bringt alles durcheinander. Stimmt's, Inna?«

Die Runzeln der Frau schrieben einen fröhlichen Ausdruck in ihr altes Gesicht, wie eine fremde Inschrift. »Besser durcheinander als wie tot!«

»Am Ende sind wir alle tot.« Plötzlich griff Mutter nach meiner Hand und zog mich zu sich herunter, um mir ins Ohr zu flüstern. »Willst du nicht wieder heiraten, Junge? Du brauchst jemanden, der sich um dich kümmert, falls ich hier nicht lebend rauskomme.«

»Schsch. Sag doch nicht so was, Mum. Bald bist du wieder auf den Beinen.«

Das Gerede vom Heiraten beunruhigte mich ziemlich, denn Mutter hatte immer jede Frau bekriegt, die ich mit nach Hause brachte – besonders Stephanie, meine schmerzhaft schöne Exfrau, die ich vielleicht mehr vergöttert hatte, als meine eheliche Pflicht gewesen wäre. Stephanie wusste von Anfang an, dass Mutter ihre einzige ernst zu nehmende Rivalin war, und die beiden hatten sich kaum die Mühe gemacht, ihren gegenseitigen Abscheu hinter höflichen Wangenküssen zu verbergen. Später, nach unserer Scheidung, hatte Stephanie mich bei meiner Mutter abgegeben wie eine aussortierte Matratze: »Du kannst ihn wiederhaben, Lily. Viel Spaß. Er ist völlig kaputt.« Und jetzt klang es irgendwie, als wollte auch meine Mutter mich weiterreichen.

»Der Arzt hat gesagt …«, sie zeigte in Richtung der rosa Krawatte, »… ich habe …«, sie fahndete nach dem richtigen Ausdruck, »… Innenhof-Flimmern!« Die Worte kamen mit einem Hauch von Abenteuerlust herausgesegelt wie eine Galeone mit geblähten Segeln. »Wer hätte das gedacht? Innenhof! Wie in Madeley Court! Mein Berthold wollte immer einen Innenhof einbauen. Oder ein Oberlicht.« Dann sank sie zurück in die Kissen und schloss die Augen, das Gesicht nach oben gereckt, als streckte sie sich der Sonne entgegen.

Es gab keinen Innenhof in Madeley Court, unserem Wohnblock, nur ein schmutziges Oberlicht über dem Treppenhaus. Und Mutters Behauptung, sie habe einst eine leidenschaftliche Affäre mit Berthold Lubetkin, dem Architekten des Wohnblocks, gehabt, hatte vermutlich ebenso viel reale Substanz wie der Innenhof.

»Irgendwo ist es, Bert. Unterm Sofa, glaube ich«, beharrte sie. Arme Mum, dachte ich. Jetzt baut sie endgültig ab. Wer hat je von einem Oberlicht unter dem Sofa gehört?

Ich drückte ihre Hand und murmelte: »Licht suchend hat das Licht des Lichts vergessen.«

»Ah! Mit Shakespeare liegt man nie falsch! Haben Sie

das gehört, Inna? William Shakespeare, der unsterbliche Barde? Sag noch was, Bertie!«

»Eitel ist jede Lust, am meisten die mit Mühen kaufend nichts erwirbt als Müh' …«, zitierte ich weiter Berownes Rede.

Die alte Frau sah mich beeindruckt an. »Ist Puschkin, ja?«

»Siehst du, was ich meine?«, sagte Mutter. »Emphaseme. Ach, Inna, singen Sie uns doch eins von Ihren ausländischen Liedern vor.«

Die alte Frau räusperte sich, spuckte aus und begann leiernd zu trällern: »*Poviy vitre na-a Ukrainu* … Wunderschöne Lied aus mein Land. *De salischil jah-ah-ah* …«

Die anderen Patientinnen reckten die Hälse, um zu sehen, wo der Krach herkam. Dann trat der Arzt mit der rosa Krawatte zu uns und konsultierte seine Aufzeichnungen. Er wirkte kaum älter als ein Teenager und hatte strubbeliges Haar und lange, spitze Schuhe, die mal geputzt werden mussten.

»Sind Sie Mr … äh … Lukashenko?«

Doch dies war nicht der richtige Zeitpunkt, um die komplexe Ehegeschichte meiner Mutter zu erläutern.

»Nein. Ich bin ihr Sohn. Berthold Sidebottom.« Ignoranten Menschen gab der Name Sidebottom zuweilen Anlass zur Heiterkeit, und der junge Arzt schien dazuzugehören. In Wirklichkeit war Sidebottom ein alter angelsächsischer Ortsname mit der Bedeutung »breites Tal«, dessen Ursprung vermutlich in Cheshire lag.

Der Arzt versteckte sein Grinsen hinter der Hand, rückte seine Krawatte zurecht und erklärte, dass meine Mutter Vorhofflimmern habe. »Ich habe sie gefragt, wie viele Zigaretten sie pro Tag raucht. Ihr Herz ist in keiner guten Verfassung«, sagte er leise.

»Was hat sie gesagt?«

»Sie sagte, erster März 1932.«

»Das ist ihr Geburtstag. Sie ist gerade zweiundachtzig geworden. Ich weiß auch nicht genau, wie viel sie raucht. Sie hält es geheim – sie will kein schlechtes Vorbild für mich abgeben.«

Der Teenager-Arzt kratzte sich mit dem Kugelschreiber hinterm Ohr. »Wir behalten sie besser ein paar Tage hier, Mr … äh … Lukashenko.« Er spähte in seine Aufzeichnungen.

»Sidebottom. Lukashenko war ihr Mann.«

»Mr Sidebottom. Hm. Ist Ihnen an Ihrer Mutter in letzter Zeit eine Veränderung aufgefallen? War sie vergesslicher als sonst?«

»Veränderung? Vergesslich? Nicht dass ich wüsste.« Ich für meinen Teil hatte festgestellt, dass eine gewisse selektive Amnesie im Umgang mit den Wechselfällen des Lebens durchaus hilfreich sein konnte. »Nicht kann sie Alter hinwelken, täglich Sehn an ihr nicht stumpfen den immerneuen Reiz«, murmelte ich.

Zu meiner Verlegenheit hatte ich plötzlich Tränen in den Augen. Ich dachte an all die Jahre, in denen ich mir mit Mutter die Wohnung im obersten Stock von Madeley Court geteilt hatte, an all die Ehemänner und Liebhaber, die Politik, den süßen Sherry, den Papagei. In meiner Erinnerung hatte sie selbst in den besten Zeiten seltsames Zeug geredet, doch im Grunde war sie mir immer ein Fels in der Brandung gewesen. »Shakespeare«, erklärte ich. Der Teenager-Arzt wirkte verschnupft, als hätte ich versucht, ihm eins reinzuwürgen, also erläuterte ich: »Wenn man zusammenlebt, bemerkt man Veränderungen manchmal nicht. Sie p-passieren so allmählich.«

»Sie leben noch bei Ihrer Mutter?«

Ich hörte einen spöttischen Unterton in seiner Kinderstimme. Wahrscheinlich war er noch zu grün, um zu verstehen, wie plötzlich sich alles, was man für selbstverständlich hält, in Luft auflösen kann. Man kann ein halbes Jahrhundert alt werden, man kann bescheidene berufliche Erfolge feiern, man kann das Leben mit all seinen Höhen und Tiefen erleben – in meinem Fall vor allem Letztere – und doch am Ende wieder bei seiner Mutter leben. Eines Tages könnte das sogar dir passieren, Dr. Clever mit den spitzen Schuhen. Menschen kommen und gehen im Leben, aber deine Mutter ist immer da – bis sie eines Tages nicht mehr da ist. Wie ich all die Male bereute, wenn ich genervt von ihr war oder es gar nicht gewürdigt hatte, dass sie da war.

»Ja. Wir unterstützen uns g-gegenseitig.« Mein altes Stottern. Musste der Stress sein.

Mum war ins Bett zurückgesunken. Ihr Atem ging schwer. Zwischen ihren Lippen glänzte ein dünner Spuckefaden wie eine Erinnerung an die Vergänglichkeit. Mit einem Schauder seufzte sie: »Erster März 1932!« Der Spuckefaden riss.

Der Arzt senkte die Stimme zu einem Flüstern. »Wir tun natürlich, was wir können, aber ich glaube, sie wird nicht mehr sehr lange bei uns sein.«

Panik stieg in mir auf. Die großen Fragen rasten mir durch den Kopf und tauschten Faustschläge aus. Wie lang war nicht mehr sehr lange? Warum musste ihr das ausgerechnet jetzt passieren? Warum mir? War ich ein guter Sohn gewesen? Würde ich ohne sie zurechtkommen? Was war mit dem Papagei? Was war mit der Wohnung?

Der Teenager-Arzt ging weiter, und die Stationsschwester kam herbei, wohlgeformt und schwarz unter einer gestärkten weißen Haube, die wie ein stolzes Schiff auf der dunklen See ihrer Locken segelte. »Wir müssen den Katheter wechseln. Geben Sie uns eine Minute, Mr Lukashenko?«

»Side-b-bottom.«

»Sidebottom?«

Unsere Blicke trafen sich, und ich war erschüttert, wie schön ihre Augen waren, groß und mandelförmig, mit langen Wimpern. Das Tier in mir regte sich. O Gott, nicht jetzt. Ich zog mich hinter den Vorhang zurück und beschloss, die Cafeteria zu suchen und eine beruhigende Tasse Tee zu trinken, als die alte Frau vom Nachbarbett zischte: »Psst! Setzen sich. Reden mit mir. Ich krieg nie Besuch. Bin ich ganz allein.«

Zur Strafe für meine ungehörigen Gedanken schob ich einen Stuhl an ihr Bett und räusperte mich. Es war gar nicht so einfach, ein Gespräch mit einer völlig Fremden anzufangen, die einen für schwul hielt. Vielleicht sollte ich zuerst mal dieses Missverständnis ausräumen?

»Sie halten Männer, die Rosa tragen, für homosexuell. Also, nicht, dass es irgendwie schlimm ist, schwul zu sein, aber …«

»Aha! Kein Problem, Mister Bertie«, unterbrach mich die alte Frau. »Hab ich kein Problem. Wir alle sind Kinder von Gott. Sogar Lenin hatte kein Problem.«

»Ja, schon, aber …« Ich brauchte wirklich eine Tasse Tee.

»Dein Mama Lily sagt, wir müssen alle Leute behandeln wie eigene Familie. Ist sie wie gute Sowjetfrau. Mach wie Sonnenuhr, Inna, sagt sie immer.«

»Ja, meine Mutter ist etwas Besonderes.« Ich starrte den Vorhang an, mein Herz eingeklemmt zwischen Zärtlichkeit und Angst. Hinter dem Vorhang war eine Menge Geflüster und Geklapper im Gang. »Was ist mit Ihrer Familie, Inna?«

»Nix homosexy. Mein Mann Dovik Sowjetbürger«, erklärte Inna. »Aber tot.« Sie beugte sich vor und spuckte in ihre Schale.

»Oh, das tut mir leid!« Ich setzte meine künstliche mitfühlende Stimme auf, Gertrude aus *Hamlet*, und versuchte, den Blick von dem widerwärtigen grünen Zeug loszureißen, das in ihrer Pappschale schwappte.

»Warum tut leid? Hast ihn du nicht umgebracht.«

»Nein, natürlich nicht, aber …«

»Umgebracht von Oliharch mit Gift! Vergiftet, tot. Leb ich allein. Oliharch klopft an Tür. Oj-oj-oj!« Es klang wie ein Schauermärchen, ein Produkt ihrer Fantasie, aber sie fixierte mich mit dunklen aufgewühlten Augen. »Jeden Tag koche ich Golabki Kolbaski Slatki, aber niemand ießt mit, seit Dovik tot.« Sie putzte sich mit dem Laken die Nase. »Ehemann Dovik immer zu viel geraucht. Krieg ich Emphasen. Heizung teuer. Wohnung zu viel kalt.« Ihre Reisigfinger griffen nach meiner Hand und drückten sie anzüglich. »Hat mir dein Mama erzählt, hat sie so schöne Wohnung von Liebhaber. Aber jetzt Angst, wenn sie stirbt, nehmen sie Wohnung weg wegen Unterbettsteuer und du wohnst obdachlos auf Straße.« Hinter dem silbernen Haarvorhang musterten mich ihre dunklen Knopfaugen. Was hatte Mutter ihr erzählt?

Mutter bewohnte die Wohnung seit 1952, als der Bau fertiggestellt wurde, und sie hatte mir immer mit feuchten Augen erzählt, dass Berthold Lubetkin, der Architekt der Wohnanlage, ihr versprochen hatte, sie und ihre Kinder hätten dort für immer ein Zuhause. Doch die Mistkerle hatten seitdem nicht mehr genug Wohnungen für den wachsenden Bedarf gebaut, hatte sie gewettert. Und so wurden viele der Sozialwohnungen, die damals der Stadtrat Harold Riley in Auftrag gegeben und die Lubetkins Firma Tecton gebaut hatte, an Privatleute verscherbelt – wie unsere Nachbarwohnung, die einst dem Müllmann Eric Perkins gehört hatte und nun von einer Immobilienfirma an ausländische Studenten vermietet wurde, die die ganze Nacht laut Musik hörten und den Fahrstuhl mit Imbiss-Schachteln zumüllten.

»Unterbettsteuer?« Konnten sie mich wegen so was vor die Tür setzen?

»Neue Steuer für Unterbettmieter.«

Unter meinem Bett lagen hauptsächlich zerfledderte Textbücher, nicht zueinanderpassende Socken und alte Ausgaben der Theaterzeitschrift *The Stage* herum. Als Mieter konnte man sie alle nicht bezeichnen.

»Dein Mutter große Sorge wegen Auflösung von Nachkriegsnonsens. Sagt, ist sie herzkrank, wenn sie dran denkt, dass sie dir Wohnung wegnehmen und dich auf Straße setzen. Unterbettsteuer ist Werk von Satan, sagt dein Mutter. Mister Indunky Smiet. Kennst du diese teuflische Mann?«

»Nicht persönlich.«

Ich hatte natürlich von der neuen so genannten Schlafzimmersteuer gehört, die meine Mutter abwechselnd als Affront gegen den Anstand bezeichnete, als Todesstoß für den Nachkriegskonsens oder als Vorwand, um noch mehr Geld aus den armen Leuten herauszupressen, die zufälligerweise ein Gästezimmer ihr Eigen nannten. Aber ich wäre nie auf die Idee gekommen, dass diese Regelung irgendwas mit mir zu tun haben könnte, und deshalb hatte ich auch nie einen Gedanken daran verschwendet. Ich erinnerte mich vage, dass Mum und Flossie neulich lautstark irgendeinen Minister aus den Fernsehnachrichten verflucht hatten; das kam allerdings nicht selten vor. Natürlich sympathisierte ich mit ihrem gerechten Zorn, aber ich hatte meine eigenen Sorgen, und schließlich konnte man nicht ständig auf hundertachtzig sein, oder?

»Aber hab ich ihr gesagt, keine Sorge, Lily, ist Unterbettsteuer nur für Faulenzer, die ganzen Tag im Bett liegen. Bist du hart arbeitende anständige Mann, ja, Mister Bertie?« Sie sah mich von der Seite an.

»O ja. Auf jeden Fall.«

»Welche Arbeit Sie arbeiten, Mister Bertie?«

»Also, ich bin Schauspieler.«

Ich hasste diese Frage. Sie löste so viele Erwartungen aus.

»Aha! Wie George Clooney!«, gurrte Inna. »In die Filme?«

»Hauptsächlich Theater. Shakespeare. Und ein bisschen Fernsehen.« Wenn man die Rolle des stolzen Fußballdads in der Waschpulverreklame von 1999 mitzählte. »Aber im Moment habe ich kein Engagement.«

Die alte Frau war trotzdem beeindruckt. »Bist du erste Schauspieler, den ich kenne. Ich würde auch gerne George Clooney kennen. Hat er schöne Augen. Schöne Lächeln. Schöne Zähne. Alles schön.« Sie schürzte die Lippen und sonderte noch etwas grünen Schleim ab. Ich wandte den Blick ab.

Der verdammte George Clooney. Hätten er und ich nicht zufällig am selben Tag Geburtstag, wäre er mir natürlich vollkommen egal gewesen; wahrscheinlich hätte ich nicht mal gewusst, wer er war. Doch so konnte ich ja nicht anders, als seinen Erfolg mit meinem (oder dessen Ausbleiben) zu vergleichen. Selbstverständlich erwartet jemand, der wie ich sein Leben der Kunst verschrieben hat, nicht, im materiellen Überfluss zu schwelgen. Wir haben unseren geistigen Trost. Trotzdem wäre es ganz nett, sich auch mal etwas mehr gönnen zu können als einen gelegentlichen Latte macchiato bei Luigi.

Nehmen wir die gegenwärtige Szene zum Beispiel: Es war der blöde George Clooney, für dessen affektiertes Grinsen und kantiges Kinn die alte Schrulle schwärmte; dabei war ich es, Berthold Sidebottom, der an ihrem Bett saß und zusah, wie ihre Schleimschüssel überlief. War das fair?

Die schöne Schwester hantierte immer noch geräuschvoll hinter dem Vorhang um Mutters Bett. Es schien eine Ewigkeit zu dauern.

Innas Hände zwirbelten das Laken. Sie sah mich listig an. »Hast du gute Wohnung. Dein Mutter hat mir erzählt.«

»Ja, es ist eine schöne Wohnung. Im obersten Stock.«

»Aha! Oberste Stock, gute Wohnung, schlechte Fahrstuhl. Sagt sie, Fahrstuhl ist immer kaputt, und niemand repariert wegen Hysterität.«

»Hysterie?« Es stimmte, dass der Fahrstuhl quietschte, aber ich würde ihn eher unzuverlässig als hysterisch nennen.

»Sagt sie, als Banken Krise hatten, wir haben bezahlt. Jetzt die Banken haben unser Geld, und wir haben Hysterität.«

»Ach, Sie meinen Austerität! Ja, davon gibt es heutzutage viel.«

»Ja. Hysterität. Dein Mama hat mir erklärt. Sehr clevere Lady. Fast wie Sowjet-Ökonom.«

»Also, so weit würde ich nicht …«

»Sie liebt diese Wohnung, dein Mama. Ist so schön, sagt sie, und sie hat bekommen von Liebhaber-Arschitekt.«

Warum redete sie dauernd von der Wohnung? Was hatte Mutter ihr erzählt? Auf einmal bekreuzigte sie sich, wurde still und lauschte. Ich lauschte auch. Hinter dem Vorhang um Mutters Bett hatte die ganze Zeit eine Maschine gepiept. Jetzt, in der Stille, fiel mir auf, dass das Piepen unregelmäßig geworden war. Ich hörte eilige Schritte und eindringlich flüsternde Stimmen.

Plötzlich zog die Schwester den Vorhang zurück und murmelte: »Mr Lukashenko, Ihrer Mutter geht es schlechter.«

Ich beugte mich über Mutter und blickte in ihr liebes altes Gesicht, so vertraut und doch so voller Rätsel, wie durch die Glasscheibe in der Abflughalle, in der sie bereits eingecheckt hatte für den Flug in das unbekannte Land.

»Mum. Mum, ich bin's, Bertie. Ich bin bei dir.« Ich griff nach ihrer Hand.

Mutter stöhnte rasselnd. Ein einzelner blauer Schmetterling flatterte über den welken Garten ihres Gesichts. Mit großer Mühe zog sie sich im Bett hoch, griff nach meinem Arm, zog mich zu sich herunter und flüsterte mir ins Ohr: »Lass nicht zu, dass sie die Wohnung kriegen, Berthold!« Dann fiel sie mit einem Stöhnen zurück in die Kissen.

VIOLET Mary Atiemo

Violet hat nicht vor, hier lange wohnen zu bleiben. Sobald sie von ihrem tollen Gehalt genug zur Seite gelegt hat, sucht sie sich was Besseres – auf jeden Fall keine Sozialwohnung. Von hier hat sie zwar einen kurzen Weg zur Arbeit, und sie hatte Glück, so schnell überhaupt was zu finden, aber bei der Wohnungsbesichtigung hatte sie wenig Zeit, und sie hat nicht gemerkt, wie schäbig die Ausstattung und was für eine zwielichtige Gegend das hier ist. An dem Tag, als sie einzog, ist sogar jemand auf einer Bahre rausgetragen worden. Und dann diese grausigen Schreie aus der Nachbarwohnung, als wäre jemand von einem *Shetani* besessen. Außerdem ist die Wohnung zu groß für eine Person. Der aalglatte Immobilienmakler hatte ihr eingeredet, es sei kinderleicht, Mitbewohner zu finden, aber nach der letzten Pleite ist sie sich nicht sicher, ob sie wirklich wieder eine Wohngemeinschaft möchte.

Als sie nach London kam, hat sie als Bürokraft und als Kellnerin gejobbt, um sich das Praktikum bei einer Nicht-Regierungs-Organisation zu finanzieren, und in einer Null-Hausarbeit-WG in Hammersmith gewohnt, mit einem Mädchen aus Singapur und zwei ehemaligen Kommilitonen, von denen einer, Nick, ihr Freund war. Das

Mädchen aus Singapur hatte sich immer Violets Klamotten geborgt, und später auch Nick. Als Violet eines Tages nach Hause kam, hatte sie die beiden unter der Dusche erwischt.

Ihre Freundin Jessie, die gerade mit ihrem Freund zusammengezogen war, hatte ihr daraufhin die Couch in ihrem Wohnzimmer in Croydon überlassen. Aber ein Monat auf der Couch ist eine lange Zeit.

Die Maklerfirma, über die Violet die Wohnung in Madeley Court gemietet hat, ist auf Studentenwohnungen spezialisiert, und in der Wohnung stehen sieben schmale Betten, sieben Schreibtische, sieben Stühle, sieben kleine Kommoden und ein kleiner runder Tisch in der Küche. Wie haben nur sieben Leute in diese Wohnung gepasst? Vielleicht waren es die sieben Zwerge? Lächelnd erinnert sie sich an den Film, den sie mit Jessie gesehen hat, als sie in Bakewell in die Grundschule gingen.

Als sie die Zusage für die Wohnung bekam, hat Jessie ihr eine Bettdecke, Kissen, ein gelbes Geschirr-Set und eine Pfanne geliehen. Sie schickt ihr eine SMS: »Danke«, mit einem Foto des gelben Geschirrs im Küchenregal.

Violet öffnet die andere Tür im Wohnzimmer/Schlafzimmer und stellt überrascht fest, dass es einen Balkon mit Aussicht gibt – damit hat sie nicht gerechnet. Sie lehnt sich ans Geländer, blickt hinunter auf die blühenden Kronen der Kirschbäume und die gelben Tupfen der Narzissen in den Beeten, holt tief Luft und schließt die Augen. Die Sonne auf ihrem Gesicht beschwört Erinnerungen an Langata herauf, den Vorort von Nairobi, an die Aussicht von der Veranda ihrer Großmutter, an die Trompetenbäume und die leuchtenden Scadoxus-Blüten. Es ist lange her, dass sie an diesen Teil ihrer Kindheit gedacht hat. Ein Mann mit Halbglatze schiebt sein Fahrrad durch die Grünanlage. Sieht aus wie der Typ, den sie bei Luigi gesehen hat. Vielleicht wohnt er in der Nähe.

Sie hat ihren neuen Job erst seit einem Monat – bei dem Gedanken flattern immer noch Schmetterlinge in ihrem Bauch. Heute Abend trifft sie sich mit Freunden in der Lazy Lounge, um ihren Geburtstag zu feiern. Das heißt, wenn sie noch die Wohnung aufräumen und das neue Viertel erkunden will, muss sie es jetzt tun. Sie zieht die Turnschuhe an und beschließt, joggen zu gehen, solange die Sonne noch scheint.

Es ist ein gemischtes Viertel, in dem traditionelle Reihenhäuser neben heruntergekommenen Sozialwohnblocks stehen und in den Seitenstraßen kleine ambitionierte Läden, Galerien und Ateliers aufmachen. Ein paar Straßen weiter gibt es einen lebhaften Straßenmarkt. Sie kommt an mehreren Baustellen mit hoch aufragenden Kränen vorbei, wo moderne Büro- und Apartmenthäuser in die Höhe schießen, und ab und zu erhascht sie einen Blick auf das dunkle Wasser eines Flusses oder Kanals, der sich durch das Viertel windet.

Was Klamottenläden angeht, hat die Gegend nicht allzu viel zu bieten, aber es gibt jede Menge Cafés und Lokale mit günstigen, aber interessanten Speisekarten und zwei Supermärkte, einen Lidl gleich um die Ecke und einen Waitrose ein paar Straßen weiter. Sie kauft bei beiden ein, ohne aufs Geld zu achten, vor allem Leckereien für sich selbst.

Sie braucht auch noch einen Wasserkocher, und den findet sie in einem altmodischen kleinen Haushaltswarenladen in einer Nebenstraße, wo sie sich außerdem eine

Press-Kaffeekanne gönnt. Dann nimmt sie noch einen Wischmop mit blauem Eimer, Kehrbesen und -schaufel, Gummihandschuhe und Reiniger, für den Fall, dass die Putzkolonne der Maklerfirma nicht auftaucht.

Als sie zu Hause alles ausgepackt hat, ist die Putzkolonne immer noch nicht da, und sie findet sich damit ab, dass sie es selbst tun muss. Doch vorher wird sie Wasserkocher und Kaffeekanne einweihen. Sie gibt mehrere Löffel Kaffee – natürlich Kenya AA – in die Kanne.

Gerade als sie das Wasser aufgießt und das dunkle Aroma inhaliert, klingelt es an der Tür. Draußen steht eine junge schwarze Frau – so jung und so dünn, dass sie aussieht wie ein Kind – in einem blauen Overall mit Mop und Eimer, Besen und Gummihandschuhen. Violet liest das Namensschild: Homeshine Raumpflege. Mary Atiemo. Ein kenianischer Name.

»Reinigungsfirma«, sagt das Mädchen mit einem breiten Lächeln. An ihrem Schneidezahn ist eine Ecke abgebrochen. Violets Großmutter Njoki hat immer gesagt, defekte Zähne seien ein Zeichen, dass der Besitzer nicht vertrauenswürdig sei. Sie hatte jede Menge solcher seltsamen Vorstellungen.

»Sie kommen ja ziemlich spät«, sagt Violet. »Ich wollte gerade selbst putzen.«

»Verzeihung, bitte«, sagt das Mädchen. »Kein Bus. Bitte, ich putze für Sie. Nicht putzen, kein Geld heute.«

Tränen steigen ihr in die Augen. Violet zögert. Die Kleine sieht nicht sehr brauchbar aus in ihrer zu großen Uniform, dünn wie ein Zwirnsfaden, kleiner als ihr Wischmop, ein Krümel von einem Mädchen auf dem offenen grauen Betongang, dahinter der graue Himmel mit Sturm im Gepäck.

»Wo kommen Sie her?«

»Kenia. Nairobi«, sagte Mary Atiemo. »Kibera. Kennen Sie Kenia?«

»Ich bin in Nairobi geboren«, antwortet Violet. Sie erinnert sich an Kibera; es ist ein Slum, nicht weit vom Haus ihrer Großmutter entfernt. Ein, zwei Mal hat sie beim Vorbeifahren vom Autorücksitz aus einen Blick auf die schmalen, schmutzigen Gassen dort erhascht und eine Gänsehaut bekommen. Wie kommt das Kind eines so elenden, unhygienischen Orts wie Kibera als »Reinigungskraft« nach London, wo sie jetzt vor Violets Tür steht, so wie Violet selbst an der Schwelle zu einem neuen, aufregenden Leben steht? Es ist wie ein schlechtes Omen, als wollte die Vergangenheit Violet nicht loslassen.

»Meine Mutter ist Kenianerin«, erklärt sie, um dem Mädchen die Befangenheit zu nehmen.

Das Lächeln des Mädchens wird breiter, bis es ihr halbes Gesicht ausfüllt. *»Shikamoo.«*

»*Marahaba*«, antwortet Violet, befangen wegen der Unterwürfigkeit in der Stimme des Mädchens.

Plötzlich rollt ein Donnergrollen über die Dächer und der Regen prasselt herab wie im Monsun.

»Komm lieber rein. Ich habe gerade Kaffee gekocht. Möchtest du welchen? Er ist aus Kenia.«

Mary Atiemo nickt. »Das wäre schön. Zu Hause haben wir nur Tee getrunken.«

Trotz ihrer geringen Größe putzt Mary Atiemo wie ein Weltmeister. Sie fegt die Böden, wirft den Müll in Säcke, füllt den Eimer mit Wasser, gibt ein paar Spritzer Reiniger dazu, und dann jagt sie energisch den Mop durch die Wohnung. Essensreste, Staubflocken, Zigarettenkippen, jede Art von Dreck wird von den Strängen des Wischmops eingefangen, um dann im Klo hinuntergespült zu werden. Mary entfernt die grauen Fingerabdrücke vom Holz, die Dreckkrusten vom Herd, die gelben Flecken vom Klo und den schwarzen Rand von der Badewanne. Violet ist schon vom Zusehen ganz erschöpft, und sie denkt, es wäre schön, sich von ihrem neuen Gehalt ab und zu eine Putzhilfe zu leisten.

»Hast du eine Telefonnummer?«, fragt sie das Mädchen. »Vielleicht kannst du mal wiederkommen und saubermachen.«

Das Mädchen ist verlegen. »Wir dürfen kein Telefon haben. Mr Nzangu verboten, dass wir arbeiten für andere Leute. Aber, bitte, geben Sie mir Ihre Nummer, ich versuche anrufen, wenn ich kann.«

Violet schreibt ihren Namen und ihre Telefonnummer auf einen Zettel. Das Mädchen steckt ihn in die Tasche ihres Overalls, dann sammelt sie ihre Putzgeräte ein und verschwindet im Regen.

BERTHOLD Mrs Penny

Mrs Penny vom städtischen Wohnungsamt kam zwanzig Minuten zu spät. Ich hatte natürlich versucht anzurufen und den Termin abzusagen, weil ich so kurz nach Mutters plötzlichem Tod nicht für den Kampf gegen den bürokratischen Kraken gewappnet war, doch die Leitungen waren ständig besetzt, und am Ende gab ich auf. Wahrscheinlich war es sowieso das Beste, die Sache mit dem Mietvertrag so schnell wie möglich zu erledigen. Schließlich klingelte es. *Ding dong!*

»Ding dong! Erster März 1932! Ding dong!«, trällerte Flossie, um sicherzugehen, dass ich die Klingel auch gehört hatte.

Mrs Penny stand auf der Schwelle und streckte mir die Hand entgegen. »Mr Madeley?«

Ich zögerte. Sollte ich sie korrigieren? Ich sagte nichts und ergriff ihre blasse manikürte Hand. Es war, als würde ich ein Salatblatt aus dem Kühlschrank schütteln – kalt und schlaff, ganz und gar nicht das, was man von einer so warm und kompakt aussehenden Frau erwartet hätte.

»Kommen Sie rein. Kommen Sie rein. Wirklich schön …« Was war hier eigentlich schön? »Ihre Haare.«

Ihr Haar glänzte in einem leicht unnatürlichen Kupferton, sie trug es in einem wippenden Pferdeschwanz mit Pony und langen Locken an den Schläfen, was wie die Kreuzung zwischen einer Country-Sängerin und einem Rabbi wirkte. Sie ignorierte meinen Kommentar und kam in den Flur marschiert, eingehüllt in eine Wolke blumigen Parfums. War sie mein Typ? Ich schätzte, sie war über fünfzig, nicht unattraktiv für ihr Alter, aber zu alt für mich. Außerdem war sie ein bisschen mollig, auch wenn ihre hohen Schuhe ihren Beinen eine hübsche Form verliehen. Ein flotter rosa Seidenschal lugte unter dem Revers ihres behördenfarbenen Trenchcoats hervor.

»Ich war ewig nicht mehr in einer dieser großen alten Familienwohnungen.« Ihre Stimme war angenehm tief, mit einem leichten Zögern, einem Beinahe-Stottern, das mich sofort entwaffnete. »Davon sind nicht mehr viele in städtischem Eigentum. Die meisten wurden nach 1980 privatisiert. Es wundert mich, dass das nicht auch mit Ihrer Wohnung passiert ist. Es wäre eine sehr gute …« Sie biss sich auf die Zunge.

»Investition gewesen. Meine Mutter war dagegen.«

Mutter hätte die Wohnung 1981 für achttausend Pfund kaufen können, nach dem Erlass eines Gesetzes, das Mietern von Sozialwohnungen das Recht einräumte, die Wohnung zu einem Vorzugspreis als Eigentum zu erwerben. Doch Mutter hatte abgelehnt.

»Ich hab denen gesagt, sie können sich ihr Angebot sonst wohin stecken«, hatte sie erklärt. »Die Wohnung gehört den Menschen des Stadtbezirks, nicht dem Amt. Die dürfen sie gar nicht verkaufen.«

Damals wohnte ich nicht mehr zu Hause und hätte auch nie gedacht, dass ich eines Tages wieder bei Mutter einziehen würde, geschweige denn ihren Mietvertrag übernehmen, also amüsierte ich mich nur über ihre Entrüstung. Es versteht sich von selbst, dass sie sich wenige Jahre später, als Eric Perkins von nebenan – der heute in Südfrankreich lebt – seine Wohnung für 38 000 Pfund weiterverkaufte, schwarzärgerte. Inzwischen war sie von Lev Lukashenko geschieden, und er war mit ihrem gesamten Geld abgehauen.

Mrs Penny spähte durch die offene Tür in Mutters Schlafzimmer, wo immer noch die zerknitterte Wäsche am Boden lag.

»Manchmal wundert man sich«, sagte sie kryptisch und machte sich eine Notiz.

Sie notierte sich auch, dass meine Mutter die Erstbezieherin der Wohnung war und dass ich von Geburt an bis zum Beginn meines Studiums hier gelebt hatte und vor acht Jahren wieder eingezogen war. Sie fragte nicht, warum ich zurückgekommen sei, und ich wusste nicht, ob ich ihr, hätte sie gefragt, die Wahrheit gesagt hätte. Stattdessen fragte sie nach Geschwistern, und ich erklärte, dass ich nur einen Halbbruder aus der ersten Ehe meines Vaters hatte, der vor vielen Jahren weggezogen war.

»Mhm. Von so einer modernen großen Wohnung habe ich immer geträumt. Ich bin in einem piefigen Reihenhaus in Hackney aufgewachsen. Schön, dass Sie Ihre Mutter unterstützen und ihr helfen, unabhängig zu bleiben. Ältere Menschen haben es nicht leicht heute.«

Mrs Penny wirkte so mitfühlend, dass ich ihr fast mein Herz ausgeschüttet hätte. Ich war drauf und dran, ihr vom Tod meiner Tochter Meredith zu erzählen und von dem tiefen Tal der Depression danach, von der Trennung von Stephanie, dem Stottern, dem Ende meiner Karriere, dem Rauswurf aus dem möblierten Zimmer, dem Klinikaufenthalt und wie ich mich mit Mutters Hilfe gegen die verdammte Ungerechtigkeit des Lebens zur Wehr gesetzt hatte.

Doch unvermittelt stieß Flossie ein lautes Kreischen aus und riss mich aus meinen Gedanken. »Halt den Schnabel, Flossie!«, kreischte sie.

Ja, Flossie hatte recht – ich hielt besser den Schnabel. Bei aller Nettigkeit war Mrs Penny immer noch die örtliche Vertreterin von »denen« – dem bürokratischen Kraken, vor dem Mutter mich gewarnt hatte –, und wahrscheinlich war sie hier auf Spionagemission.

»Sie unterstützt m-mich auch«, gab ich zurück. »Wir kümmern uns gegenseitig.«

»Als Mieter sind Mr und Mrs Madeley eingetragen«, sagte sie. »Stimmt das?«

»Sie hat wieder geheiratet. Sie heißt jetzt Lukashenko.«

»Lucky Tschinko? Hübscher Name. Ist das chinesisch?«

»Ukrainisch. Ihr letzter Mann war Ukrainer.«

»Mhm.« Sie schrieb wieder etwas auf.

Wie die meisten Besucher war Mrs Penny beeindruckt von unserem Wohnzimmer mit Blick über die Dächer Londons in Richtung City. Mein Vater, der schlimme Sid Sidebottom, war, wenn er nicht gerade mit schlimmen Dingen beschäftigt war, ein recht geschickter Handwerker, und er hatte die Bücherregale im Wohnzimmer eingebaut, die der Wohnung etwas vornehm Intellektuelles verliehen, wenn auch der Inhalt im Wesentlichen aus seinen Thrillern und Mutters Liebesromanen bestand, dazwischen ein paar ledergebundene Klassiker wegen der Optik. Die Perserteppiche am Boden hatte Lev »Lucky« Lukashenko, Mutters letzter Mann, aus einem ausgebrannten Warenhaus gerettet, und sie verströmten immer noch einen Hauch von

Röstaroma. An den Wänden hingen unzählige Bilder und Fotos, die mich als Kind fasziniert hatten, auch wenn ich sie heute kaum noch wahrnahm. Ohne überheblich klingen zu wollen, würde ich sagen, das Ganze machte nicht den Eindruck einer durchschnittlichen Sozialwohnung.

»Ach, ist hier viel Platz! Darf ich?«

Ohne meine Antwort abzuwarten, öffnete sie die Tür zu meinem Zimmer und trat ein. Die Handlung war derart zudringlich und rabiat, als hätte sie mir die Unterhose heruntergerissen, um meinen Intimbereich zu kontrollieren. Oder noch schlimmer, denn wenigstens kann ich sagen, dass mein Intimbereich sauber war. Mein Zimmer dagegen war so unordentlich wie Mutters, nur mit anderen Zutaten. Statt schmutziger Seide waren es alte Kaffeebecher, Stapel von Zeitungen und Theaterzeitschriften, Turnschuhe, T-Shirts und Fahrradhosen.

»Tut mir leid, es ist ein bisschen unaufgeräumt.« Warum zum Teufel entschuldigte ich mich?

»Kein Problem. Wenn Sie wüssten, was ich schon alles gesehen habe, Mr Luckyschtonko. Ist das da noch ein Schlafzimmer?«

Da schrillten bei mir die Alarmglocken. Mutters letzte Worte klangen mir in den Ohren. Ich dachte an das *Piep … piep … piep* und das schreckliche Stöhnen, als es aufhörte.

»Nur ein kleiner Arbeitsraum.«

Ich ließ unerwähnt, dass, als Howard bei uns lebte – der Sohn meines Vaters aus erster Ehe –, der kleine Arbeitsraum mein Schlafzimmer gewesen war. Was hatte Inna über diese Unterbettsteuer gesagt? Mein Herz klopfte. Während sich Mrs Penny Notizen machte, beschloss ich, zum Angriff überzugehen.

»Ich würde den Mietvertrag gern auf meinen Namen

umschreiben lassen. Wäre das irgendwie ein P-problem, dass ich ihn von meiner Mutter übernehme?«

»Hm.« Mrs Penny saugte nervös am Ende ihres Kulis. »Nein, normalerweise nicht, Mr Luckystinker. Solange Sie gewisse Voraussetzungen erfüllen. Zum Beispiel müssten Sie nachweisen, dass Sie in verwandtschaftlicher Beziehung zur Hauptmieterin stehen, und Sie müssten ebenfalls nachweisen, dass Sie schon länger als zwei Jahre Ihren Hauptwohnsitz hier haben.«

»Gut. Kein Problem.«

»Allerdings führt die Kommune im derzeitigen problematischen Klima eines akuten multikausalen Mangels an wöchentlichen Ohnungen, ich meine öffentlichen Wohnungen, und eines gleichzeitigen massiven Anstiegs der Zahl infrage kommender hart arbeitender ortsansässiger Familien eine mehrzahnige, ich meine, mehrsahnige. Nein, Entschuldigung, ich meine, eine mehrgleisige Initiative durch. Um der Häufung von Unterbelegungen im Bezirk entgegenzuwirken.« Sie sprach zu schnell, weshalb sie sich immer wieder verhaspelte. »Das heißt, dass Mieter, die Wohnförderung erhalten, gegebenenfalls von einer Unterbelegungs-Strafzahlung betroffen sind. Nach den neu formulierten Kriterien der Kommune hätte diese Wohnung möglicherweise zu viele Zimmer.«

»Zu viele Zimmer?« Sie sollte sich mal die verdammte Villa von George Clooney ansehen.

»Ich mache hier nur meine Arbeit«, murmelte sie und errötete dabei leicht, was irgendwie reizend war. Sie steckte die Nase tiefer in ihre Akte. »Aber keine Sorge, die Regelung trifft nicht auf Rentner zu. Ihre Mutter lebt doch noch hier, oder?«

»Ja.« Kaum hatte ich es gesagt, verkrampfte sich mein

Kiefer. Doch es war zu spät. Es war mir einfach rausgerutscht. »Sie ist nur kurz einkaufen«, setzte ich hinzu, um überzeugender zu klingen.

Mrs Penny lächelte. Sie hatte ein hübsches Gesicht mit zarten puppenhaften Zügen, trotz ihres Alters. »Ach, wo geht sie denn einkaufen?«

»Äh … gleich um die Ecke.«

»Ich wohne selbst nicht weit von hier. Es ist viel besser geworden mit den Einkaufsmöglichkeiten, nicht wahr? Jetzt gibt es sogar einen Waitrose-Supermarkt.«

»Hm.« Ich nahm mir vor, den Waitrose in Zukunft zu meiden. »Sie ist viel unterwegs.«

»In ihrem Alter sollte man unbedingt aktiv bleiben. Wie alt ist sie eigentlich?«

»Zweiundachtzig.«

Mrs Penny machte sich eine weitere Notiz.

»Also, am einfachsten wäre es, wenn Ihre Mutter ein kleines Formular unterschreibt, um das Mietverhältnis auf Sie beide zu übertragen, nur für den Fall des Todes oder der Unzurechnungsfähigkeit. Es hat keine Eile. Halten Sie uns auf dem Laufenden, falls sich irgendetwas ändert, ja, Mr Lukaskansko?«

»Natürlich.«

Sie steckte das Notizbuch in die Handtasche.

Ich sah ihr durchs Fenster nach, als sie die Grünanlage durchquerte und sich in ein kleines rotes Auto zwängte, das am anderen Ende parkte.

Dann ließ ich mich aufs Sofa fallen. Diese Begegnung war viel anstrengender gewesen, als ich erwartet hatte. Glücklicherweise war die Sherryflasche noch nicht ganz leer.

»Gott ist tot!«, kreischte Flossie.

»Halt den Schnabel, Flossie.«

»Halt den Schnabel, Flossie«, gab Flossie zurück. Das Gebieter-Sklavin-Verhältnis galt nur für meine Mutter. Flossie und ich würden um die Herrschaft kämpfen müssen.

»Klappe, Flossie. Ich muss nachdenken.«

Worüber ich nachdachte, während ich mit zitternder Hand den letzten Tropfen süßen Sherry in ein gesprungenes Kristallglas goss, war, dass alle alten Damen einander im Grunde sehr ähnlich waren, oder? Wenn in Mums Rolle eine Zweitbesetzung auftauchte, wer würde den Unterschied bemerken?

BERTHOLD Narzissen

Etwas Positives gibt es, das man über das englische Wetter sagen kann – es hält einen auf Trab; es härtet ab gegen die allgemeine Boshaftigkeit des Lebens. Obwohl es fast Mitte April war, ballten sich, als ich später am selben Tag mit dem Fahrrad zum Krankenhaus fuhr, schwarze Wolken über dem Kirchturm zusammen, und dann zwang mich ein plötzliches Bombardement von Hagelkörnern, unter der Markise eines Gemüsehändlers Schutz zu suchen. Dort stach mir ein Eimer mit leuchtenden Narzissen ins Auge. Gute Idee. Die würden ihr gefallen.

In dem Bett, in dem meine Mutter gestern gestorben war, war bereits die nächste Patientin installiert, eine schmale graue Form auf dem frisch gereinigten Palimpsest. Wo aber war die alte Inna? Ihr Bett war leer. Dann hörte ich einen verschleimten Ruf vom anderen Ende des Krankensaals.

»Psst! Mister Bertie! Komm rüber!«

Sie war ans Fenster umgezogen. Der Schleimpegel in der Pappschale war auf weniger als einen Zentimeter gesunken. Sie musste auf dem Weg der Besserung sein. Sie trug das Haar in zwei straff um den Kopf gelegten silbernen Zöpfen und hatte eine raffinierte Katzenaugen-

Brille mit Glitzersteinen an den Ecken auf. Die Augen dahinter sahen mich wach und aufmerksam an. Selbst ihre Haut schien praller, so dass die Falten weniger tief wirkten. Vermutlich war sie früher eine attraktive Frau gewesen, mit hohen Wangenknochen und geschwungenen dunklen Brauen. Selbst jetzt noch zeigten sich Spuren von Schönheit in ihren Gesichtszügen, als sie den Kopf vom Licht wegdrehte.

»Hallo, Inna. Ich wollte Sie besuchen.«

Mit einem anmutigen Nicken akzeptierte sie die Narzissen und tätschelte mir die Hand. »Aha. Vermisst du dein Mama schon, armer Mister Bertie. War sie wunderbare Frau. Fast Heilige.« Ihre Augen verdrehten sich himmelwärts.

Sosehr ich meine Mutter liebte, ich hatte das Gefühl, Inna übertrieb ein wenig. Die beiden konnten sich nicht viel länger als einen Tag gekannt haben.

»Ich habe über unser Gespräch gestern nachgedacht, Inna. Dass es Ihnen nicht gefällt, allein zu leben.«

Inna neigte erwartungsvoll den Kopf, doch sie sagte nichts.

»Ich habe nachgedacht ... Ich habe ein Problem ... Ich habe eine schöne Wohnung, aber ... ich brauche ...«

»Aha?«

Stahl sich da ein kleines Lächeln über ihr Gesicht, bevor sie eine mitfühlende Miene aufsetzte? Ein paar Wörter aus unserer letzten Unterhaltung schossen mir durch den Kopf: gobalki kosabki solatki. Ich hatte keine Ahnung, was sie bedeuteten, aber irgendwie klangen sie lecker – deutlich besser als lauwarmes Curry zum Mitnehmen von Shazaad. Auf der Bühne war das die Stelle, wo der Held auf die Knie fiel und der Dame die Hand küsste, bevor er ihr einen Ring ansteckte, doch ich nahm einfach so ihre Hand und fragte: »Warum ziehen Sie nicht einfach bei mir ein, Inna?«

Sie schürzte anzüglich die Lippen. »Sie wollen machen Sex mit mir, Mister Bertie?«

Einen gruseligen Moment lang fragte ich mich, ob sie es ernst meinte. Obwohl ich die Hoffnung noch nicht ganz aufgegeben hatte, eines schönen Tages wieder von einer Frau begehrt zu werden, war das hier absolut nicht, was ich mir vorstellte.

»Nein, Inna, nein. Nichts könnte mir ferner liegen, wirklich. Ich fände es nur schön, wenn Sie Globulski Sobatschki und Schlampki für mich machen.«

»Aha! Ich verstehe, Mister Bertie.« Sie zwinkerte mir zu. »Hab ich kein Problem mit homosexy, okay.«

»Nein, das ist es nicht, Inna. Also, es ist nicht so, dass ich abstreiten will, homosexuell zu sein.« In Sachen politische Korrektheit ließ ich mir von George Clooney nicht den Wind aus den Segeln nehmen. »Aber ich sage auch nicht, dass ich es bin. Ich habe keine Lust am Manne – und am Weibe auch nicht, wiewohl Ihr das durch Euer albernes Grinsen zu sagen scheint. Das ist Shakespeare, wenn Sie's wissen wollen.« Die Frage nach der sexuellen Orientierung des unsterblichen Barden beschäftigte mich schon lange, aber dies schien mir nicht der richtige Zeitpunkt, um sie auszudiskutieren. »Ich möchte nur, dass Sie sich als meine Mutter ausgeben. Das kann nicht so schwer sein, oder?« Ich spürte einen Anflug von Vorsicht: Normalerweise galt Mutterschaft lebenslang. »Nur auf Probe«, setzte ich hinzu.

Vielleicht hatte sie die letzten Worte nicht gehört, denn sie bekreuzigte sich bereits und erklärte: »Aha, dein arme Mama! Niemand kann so sein wie sie! Gott sei gnädig ihrer Seele! Ist sie schon in Himmel bei Lenin und Chruschtschow und alle sowjetische Heilige!«

Eine böse Ahnung überkam mich. Vielleicht waren doch nicht alle alten Damen gleich. Inna schwankte wild zwischen widersprüchlichen Ideologien hin und her, während Mutter unerschütterlich wie ein Fels zu ihren Überzeugungen gestanden hatte. Andererseits, was machte es schon, woran sie glaubte, solange ihr Gabolki Kasobki Salopki gut war? Und sie das Richtige zu Mrs Penny sagte.

»Ich weiß, Inna. Aber Sie könnten doch einfach so tun, als ob …«

Inna zog die Augenbrauen hoch. Grübchen erschienen auf ihren Wangen. Der Gedanke, begehrt zu werden, egal aus welchen Gründen, weckte ihre Koketterie.

»Wenn Sie meinen, Mister Bertie.«

Neugierig, worauf ich mich eingelassen hatte, fragte ich: »Erzählen Sie mir von sich, Inna. Wo kommen Sie her? Seit wann leben Sie in England?«

»Wir sind gekommen 1992. Mein Mann hatte Forschungsstelle. Bakteriophag. Bei Dr. Soothill. Sehr guter Mann. Kennst du ihn?«

»Leider nein. Und Sie …?«

»War ich Krankenschwester in Ukraine. Aber für Arbeiten hier müsste ich lernen Sprache.«

Glück gehabt, dachte ich. »Mutters letzter Mann Lucky Lukashenko kam auch aus der Ukraine. Aus Lwiw im Westen. Sie hat Ihnen bestimmt von ihm erzählt.«

»Ha! Lwiw ist Galizien, nicht echte Ukraine.« Sie spuckte in ihre Schleimschale. »Galizien ist erst 1939 zu Ukraine. Vorher war bei Ungarn, Polen, Litauen, Ruthenien, Austria. Alles Katholiki. In echte Ukraine wahre Glaube ist orthodox.«

Sie bekreuzigte sich. Ihre kohlschwarzen Augen glühten inbrünstig hinter der Glitzerbrille. Lucky Lukashenko hatte so ähnlich über die falsche Ukrainischkeit der Bevölkerung im östlichen Teil hergezogen, die, wie er sagte, alle umgetopfte Russen waren, Leute ohne Kultur und mit kriminellen Neigungen. Ich wusste also schon, wie empfindlich diese Slawen sein konnten.

»Bin ich in Moldawien geboren, aber habe ich in Odessa gelebt«, sagte Inna.

»Odessa? Wirklich?«

Plötzlich umgab sie ein exotisches Flair, das nach Champagner und Kaviar klang, nach eleganten, mit Bougainvilleen bewachsenen Villen und grünbelaubten Boulevards, auf denen Puschkin und Eisenstein flanierten.

»Ah! Odessa. Schönste Stadt der Welt. Straßen schön. Denkmal schön. Hafen schön. Meer schön. Mond schön. Menschen schön, immer lachen, scherzen, essen Slatki trinken Schampanskoje. Überall Liebe.« Sie kniff die Augen zusammen. »Warst du je verliebt, Mister Bertie? Ich meine, mit Lady, nicht mit Mann?«

»Ich war sogar mal verheiratet.« Okay, damit hatte ich als Verteidiger der schwulen Liebe wohl versagt, aber Innas Manie ging mir offen gestanden langsam auf die Nerven.

»Hat dein Mama mir erzählt. Schlimme Frau. Schauspielerin.« Sie verzog das Gesicht, als würde allein die Vorstellung einen üblen Geruch verbreiten. »Kein Wunder bist du jetzt homosexy.«

Stephanie, meine Exfrau, hatte Mutter eine übergriffige, gluckenhafte Drama-Queen genannt, während Mutter immer nur mit vor Sarkasmus triefender Stimme von »deiner entzückenden Ehefrau« gesprochen hatte. Stephanie konnte mir Merediths Tod nicht verzeihen, und ich konnte mir auch nicht verzeihen. Nach der Scheidung und meinem Zusammenbruch hatten Mutter und ich zu einer kameradschaftlichen Häuslichkeit gefunden, zu so etwas wie einer Ehe ohne Sex, der, wenn überhaupt, abseits der Piste stattfand. Ich war der Mann in ihrem Leben, und sie war die Frau in meinem. Wenn ich mal eine Beziehung mit einer anderen Frau hatte, brachte ich sie nicht mit nach Hause. Und Mutter war, das war zumindest mein Eindruck, inzwischen über Männer hinaus – und falls nicht, dann war sie sehr diskret. Ich fragte mich, wie es mit Innas Liebesleben aussah.

»Haben Sie mit Dovik in Odessa gelebt?«

»Odessa, Georgien, Krim, Charkiw. Alles große Sowjetunion. Aber in Großer Vaterländische Krieg wurden viele Juden umgebracht in Odessa.« Sie bekreuzigte sich wieder. »Nur mein Dovik hat überlebt. Heute bin ich Hempstett. Irgendwann erzähle ich dir mein Geschichte.«

Die schöne Stationsschwester, die kam, um Innas Schleimschale auszutauschen, erkannte mich und sprach mir ihr Beileid aus. »Sie war so eine reizende Dame, Ihre Mutter. Und eine vorbildliche Patientin. Sie hat sich nie beklagt.«

Nie beklagt. Ich dachte an Mutters letzte Worte und das schreckliche Flüstern hinter dem Vorhang, bevor ich hineingeholt wurde, um ihren Tod mit anzusehen. Tränen brannten mir in den Augen.

»Ich weiß nicht, wie ich ohne sie weitermachen soll.«

»Wenigstens haben Sie eine neue Freundin gefunden. Mrs Alfandari bekommt nicht viel Besuch. Nicht wahr, meine Liebe?«

Alfandari – was war denn das für ein Name? Er klang italienisch, oder allenfalls nach Nahost, aber nicht nach

Ukraine. Wer war diese Frau, die ich gerade in mein Leben gebeten hatte?

»Ja, Mister Bertie hat mich eingeladen, bei ihm einzuziehen. Ich mache ihm Golabki Kolbaski Slatki.«

Inna lächelte, und zum ersten Mal sah ich die schwärzlichen Ränder an ihren Zähnen. Mutters Zähne waren gerade und perlweiß – auch wenn es natürlich nicht die echten waren. Ich bereute die Einladung bereits, doch die schöne Krankenschwester strahlte: »Ach, wie reizend. Sie müssen uns die genaue Adresse geben, damit wir sie in die Entlassungspapiere eintragen können.«

Sie lächelte, und meine Zweifel verflogen, als mir einfiel, dass ich in meinen dreiundfünfzig Jahren noch nie mit einer schwarzen Frau zusammen gewesen war. Jetzt schienen sie plötzlich überall zu sein. Das bildhübsche Mädchen bei Luigi neulich, und jetzt die schöne Krankenschwester. Und ohne Mutter im Haus, die jeden Gast mit einer kritischen Musterung an der Tür begrüßte, könnte ich sie sogar zu mir nach Hause einladen. Eine Wolke verschwand, und ein Sonnenstrahl fiel mir direkt ins Herz. Vor mir öffnete sich eine neue Welt voller Möglichkeiten.

Als ich schließlich nach Hause radelte, hatten sich die Sturmwolken vollends aufgelöst. Der Himmel war borretschblau mit Wolkenfetzen, ein böiger Wind ließ die Narzissen in den Blumenkästen und Vorgärten tanzen.

»Wenn die Narzisse blickt herfür – mit Heisa! Das Mägdlein über dem Tal …«, sang ich aus voller Kehle.

Es war Autolycus' Lied aus dem *Wintermärchen*. Ich hatte es unter der Regie des großen Peter Cheeseman im New Vic in Newcastle gesungen. Das war 1997 gewesen. Vor Prozac. Vor Merediths Tod und der Trennung von

Stephanie. Damals hatte ich noch jede Menge Haare. Ich war nicht ganz George Clooney, aber auf dem besten Weg dahin.

Ich durchquerte den Kirschgarten und hatte schon den Fahrstuhlknopf gedrückt, um in den fünften Stock zu fahren, als ich das *Außer-Betrieb*-Schild entdeckte. Schon wieder. Madeley Court, der städtische Wohnkomplex von 1952, hatte seinen Zenit eindeutig überschritten. Von den Wänden blätterte die Farbe ab, und die Betonoberflächen waren verfärbt. Selbst der Schriftzug des Namens war vor vielen Jahren von einem Freund meines Halbbruders Howard demoliert worden, einem Jungen namens Nige, der unerhört schwindelfrei war und ein langes Seil besaß, das einstmals die Plane eines von ihm ausgeraubten Lastwagens zusammengehalten hatte. Damit hatte er sich an der Fassade abgeseilt und ein paar der Terrakotta-Fliesen aus der Inschrift gebrochen. Die fehlenden Buchstaben waren nie ersetzt worden, und so stand bis heute dort nur *MAD___Y__URT*. Verrückte Jurte. Der Name passte.

»Irgendwann fällt er runter! Klatsch! Hirn auf dem Bürgersteig. Falls er welches hat!«, schimpfte Mrs Crazy von ihrem Balkon direkt unter uns, die um ein Haar von dem fallenden L erwischt worden wäre.

»Halt die Klappe! Hör auf zu zetern!«, schrie Mutter von unserem Balkon hinunter. »Du drückst unser Niveau. Bevor du eingezogen bist, war dies ein anständiges Haus, Crazy. Du denkst, ein großes Kreuz um den Hals macht eine Heilige aus dir. Tja, falsch gedacht! Es macht eine Scheinheilige aus dir!«

Mrs Crazy, die eigentlich Mrs Cracey hieß, war die Witwe eines ehemaligen evangelikalen Pfarrers aus dem

East End, der sich dem Spiel und dem Suff ergeben hatte. Sie und Mum verband die Sorte besonders giftiger Feindschaft, die nur früheren Freunden vorbehalten ist. Als in jeder Hinsicht älteste Bewohnerin des Hauses war Mutter der Meinung, sie verdiene besonderen Respekt. Mrs Cracey dagegen, eine pensionierte Zahnarzthelferin und zehn Jahre jünger als Mutter, war voller Frömmigkeit und Dünkel, wobei sie seit dem Tod ihres Mannes an Leberversagen vom evangelikalen Glauben immer mehr zur anglikanischen High Church driftete, erkennbar an dem lila Mantel, der mitraartigen Hochfrisur, die sie mit einer Duschhaube schützte, und einer Vorliebe für Schmuck, darunter das unvermeidliche schwere Goldkreuz, das sie an einer Kette um den Hals trug. Sie schmähte Lily als Unterschichtemporkömmling und gottlose Kommunistin.

»Ich hatte mehr Kommunisten als du warme Abendessen!«, konterte Mutter undurchsichtig, während sie Asche über den Balkon schnippte, an ihren Fingern funkelten Gold und Diamanten in der Sonne. Auch sie hatte eine gewisse Schwäche für Klunker.

Damals ahnte ich zum ersten Mal, dass der Gemeinschaftssinn unseres Wohnblocks temporär und unbeständig war, trotz des revolutionären Ansatzes von Berthold Lubetkin, die Solidarität schon in der Struktur des Gebäudes anzulegen.

Berthold Lubetkin, nach dem ich benannt war, war eine alte Flamme von Mutter oder ein gefeierter russischer Architekt der Moderne, je nachdem, wem man zuhörte. Wie Mutter sagte, zeichnete Lubetkins Architektengruppe Tecton verantwortlich für die besten sozialen Wohnbauten in London nach dem Krieg, und es war eine gottverdammte Schande, dass er einer breiteren Öffentlichkeit nur wegen seines Pinguinbeckens im Londoner Zoo bekannt war. Wenn der Sherry ihre Erinnerungen versüßte, ließ sie manchmal Andeutungen über eine heimliche Liebesaffäre mit Lubetkin fallen und gestand unter Tränen, diese erstklassige Penthousewohnung in Tectons Vorzeige-Komplex hätte sie nur ihm zu verdanken.

In einer anderen Variante der Geschichte war Lubetkin gebürtiger Georgier, und Mutter bekam die Wohnung durch Ted Madeley, der im Wohnungsbaukomitee neben dem legendären Stadtrat Harold Riley saß. Riley, der Lubetkin den Auftrag für das Gebäude erteilt hatte, war ein leidenschaftlicher Sozialist, aber er sah nicht besonders gut aus. Lily bewunderte ihn, verliebte sich aber in den attraktiven, verheirateten Ted Madeley. Sie und Ted lebten zunächst in wilder Ehe, was damals noch ein Skandal war, dann heiratete sie ihn und kam so an die begehrte Wohnung. Nach Teds Tod heiratete sie noch zweimal und zog zwei Kinder hier groß (auch wenn ich ihr einziges leibliches Kind bin – bei dem anderen handelte es sich um meinen Halbbruder Howard, Sohn meines Vaters aus dessen erster Ehe, von ihm später mehr).

»Geschieht denen recht!«, erklärte Mutter. »Denen« und »die« waren Gestaltwandler, die in Mutters Dämonologie eine große Rolle spielten.

Die weitläufige, sonnendurchflutete Wohnung im obersten Stock von Madeley Court, in der ich meine Kindheit verbracht hatte, wurde später meine Zuflucht, als mein Leben den Bach runterging und ich einen Ort brauchte, an dem ich mich verkriechen konnte. Als Kind waren die zwei geräumigen Schlafzimmer, das kleine Arbeitszimmer, die gemütliche altmodische Küche und das großzügige quadratische Wohnzimmer mit den eingebauten Bücherregalen eine Selbstverständlichkeit für mich gewesen; doch auch für mich immer schon etwas Besonderes war der Südbalkon, auf den wir an Sommermorgen Flossies Käfig in die Sonne stellten und wo ein aus einer Laune heraus gekaufter Grill unter der roten Kuppel seines Deckels verschlafen vor sich hin rostete.

Unten vor dem Eingang war ein umzäunter Garten mit blühenden Bäumen, den wir den Kirschgarten nannten, mit einem Klettergerüst, auf dem kleine Kinder spielten, Hochbeeten, in denen die alten Leute Dahlien zogen, und Bänken, auf denen mein halbseidener Halbbruder Howard mit den Schulmädchen aus der Gegend knutschte, wenn es das Wetter zuließ. Idyllisch wäre zu viel gesagt, doch es war ein friedliches Fleckchen. Sogar der Vandalismus hielt sich in Grenzen.

Nachbarn kamen und gingen; die Wohnungen, die einst für die Armen aus den Slums im East End gebaut worden waren, beherbergten inzwischen eine internationale Gemeinde, die in relativer Harmonie zusammenlebte, wenn auch ohne den Zusammenhalt der ursprünglichen East Enders. Ich lernte die sieben Auslandsstudenten nie kennen, die sich in die Nachbarwohnung quetschten, wo früher Eric Perkins gewohnt hatte – es waren jedes Jahr andere. Aber es gab immer noch Leute, die mich kannten und grüßten, wenn ich ausging, was zu dem Gefühl beitrug, hier zu Hause zu sein.

Und jetzt wollte irgendein durchgedrehter Politiker, dessen örtliche Befehlsausführerin Mrs Penny war, mir das alles wegnehmen und mich hinaus ins Unbekannte werfen. Ein möbliertes Zimmer in Balham? Oder Bradford? Ich hatte die Unbeständigkeit und Unsicherheit des privaten

Mietmarkts kennengelernt. Er hatte mich beinahe umgebracht. Warum konnten sie mich nicht einfach in Ruhe lassen? Allerdings hatte ich, bis Mrs Penny mich daran erinnerte, fast vergessen, dass ich, solange Howard bei uns lebte, jahrelang in der winzigen Kammer, die vom Wohnzimmer abging, geschlafen hatte. Theoretisch könnte man hier tatsächlich drei Schlafzimmer zählen – auf die ich, der ich mein Leben nicht dem schnöden Mammon, sondern dem unsterblichen Barden gewidmet hatte, keinen Anspruch hatte. Die ungeheure Ungerechtigkeit ätzte an meinen Eingeweiden.

Als ich vom Balkon aus dem Sonnenuntergang zusah, versuchte ich mir den Alltag hier ohne Mutter vorzustellen. Es war die erste Seite eines neuen Kapitels in meinem Leben. War es tollkühn gewesen, die verschleimte alte Frau namens Inna Alfandari in mein Leben einzuladen, oder war ich in ihr über die einzige Chance gestolpert, mein Zuhause zu sichern?

Wenn ich an unser letztes Gespräch im Krankenhaus dachte, an ihre Seufzer, Blicke und ihr Lächeln, fragte ich mich, ob sie mich vielleicht irgendwie über den Tisch gezogen hatte.

Oder hatte meine liebe, überbehütende Mutter Inna die Idee eingepflanzt – bewusst oder unbewusst? Und was war mit der schönen Stationsschwester, deren Gegenwart die Vereinbarung besiegelt hatte? Im Rückblick war da etwas Unheimliches an der Art, wie ihr kunstvoller weißer Kopfputz scheinbar unbefestigt auf ihren dunklen Locken schwebte, und auch an dem geheimnisvollen Ticken der kleinen Golduhr, die sie am Busen trug. Hatten sie die ungewöhnliche Ménage à deux gemeinsam geplant, zweifellos mit den besten Motiven: gegenseitige Unterstützung, Freundschaft, ein Mittel, die Depression in Schach zu halten?

Vom Balkon beobachtete ich einen Jungen, der über den gewundenen Weg durch den Kirschgarten zur Straße schlenderte, den Kopf über sein Smartphone gebeugt. Dann trat er auf die Straße, und im selben Moment kam aus dem Nichts ein viel zu schneller weißer Lieferwagen angerast.

»Achtung!«, schrie ich, aber ich war zu weit weg, er konnte mich nicht hören. Im letzten Augenblick wich der Fahrer aus. Der schicksalhafte weiße Lieferwagen raste vorbei und der Junge entkam.

»Achtung!«, kreischte Flossie aus der Wohnung.

»Na, altes Mädchen. Jetzt sind hier nur noch du und ich.«

Ich füllte Flossies Futterröhre auf, dankbar, dass ihr Geplapper die erstickende Stille der Wohnung entschärfte. Als ich den Wasserbehälter füllte, sah ich, dass ihr Käfig gereinigt werden musste. Ziemlich eklig. Es war zu hoffen, dass Inna aus Dankbarkeit für die Rettung vor der Einsamkeit diese kleine Aufgabe gern übernehmen würde. Zufrieden mit meiner guten Tat setzte ich mich im Arbeitszimmer an den Computer und versuchte, verschiedene Schreibweisen von Gobalki, Kosabki und Solatki zu googeln, doch ich fand absolut nichts.

VIOLET Karen

Internationale Vermögenssicherung klingt deutlich glamouröser als Internationale Versicherungen. Violet hat schon mal im Internet recherchiert für den Fall, dass sich je die Chance eines Wechsels ergeben sollte. Ihr erster Eindruck vom neuen Job war ein bisschen enttäuschend. Sie hatte sich eine Reihe hochrangiger Meetings vorgestellt, Verhandlungen mit milliardenschweren Kunden und knallharten Underwritern, bei denen es um komplexe Berechnungen unter Anwendung der neuen Software gehen würde, die sie an der Uni kennengelernt hat. Stattdessen hat sie das Gefühl, dass sie die ersten Wochen hauptsächlich am Kopierer verbracht hat und damit, für Gillian Chalmers dünnen Bio-Ashwagandha-Tee zuzubereiten, während Gillian, die Leiterin des International Insurance Department bei GRM, die ganze Zeit in Meetings saß und ihre neue Assistentin vollkommen ignorierte.

Es ist daher Laura, Marc Bonniers Assistentin, zugefallen, Violet in die Firmenkultur einzuführen. Laura ist eine lebhafte, fröhliche junge Frau, ungefähr in Violets Alter, mit wachen Augen, glänzendem dunklem Haar und einem ziemlich dicken Bauch, den sie unter weiten Oberteilen versteckt. Sie hat nach ihrem Examen vor drei Jahren als

Praktikantin bei der Vermögenssicherung angefangen. Da Versicherungen nicht zu Lauras Bereich gehören, führt sie Violet stattdessen in den Firmenklatsch ein: Wer etwas mit wem hat, wem ein Millionenbonus winkt, wer in der Gunst des CEO steht oder auch nicht.

»Es muss toll sein, für Marc Bonnier zu arbeiten«, hat Violet irgendwann gesagt. »Er ist so …« Sie biss sich auf die Zunge. Zuzugeben, dass sie einen männlichen Kollegen attraktiv fand, war zu teenagermäßig. »So beindruckend.«

»Ach, du hast Glück, dass du für Gillian Chalmers arbeitest«, gab Laura zurück. »Sie hat eine große Karriere vor sich, und sie hat hart gekämpft, um dahin zu kommen, wo sie jetzt ist. Diese Branche ist immer noch sehr männerdominiert.«

»Hm. Das habe ich bemerkt.« Auch wenn der Gedanke, von Marc Bonnier dominiert zu werden, gar nicht so unangenehm ist.

»Lass dich von Gillians konservativem Stil nicht täuschen. Sie glaubt, um in einer Männerwelt Erfolg zu haben, muss man als Frau professionell aussehen – du weißt schon, Kostüm, hohe Absätze, das ganze Zeug.« Sie warf einen Blick auf Violets kurzen Rock, die schwarze Strumpfhose und die Strickjacke. »Sie kann ein ziemlicher Drache sein, aber lass dich nicht abschrecken.«

In der Teeküche – einer Ecke des Großraumbüros der Junior-Manager, wo neben dem uralten Kopierer ein Kühlschrank, der Wasserkocher und eine Auswahl persönlicher Becher stehen, darunter inzwischen auch Violets gelber – berichtet Laura, dass Gillian Chalmers und Marc Bonnier, die Abteilungsleiter, denen Violet beim Vorstellungsgespräch gegenübersaß, jahrelang ein Paar waren, sich aber vor etwa sechs Monaten im Streit getrennt haben und dass Marc seitdem auf der Jagd nach Ersatz ist.

Violet behält für sich, dass sie gestern Mittag in der Kantine neben Marc Bonnier in der Schlange stand, und während sie in der Handtasche nach ihrem Portemonnaie wühlte, zog er seine Karte und zahlte für sie mit. Er selbst hatte nur einen schwarzen Kaffee und einen Salat auf seinem Tablett.

»Erzählen Sie mir von sich, Violet. Beim Interview konnten wir uns nicht richtig kennenlernen.«

Er saß ihr am Tisch gegenüber, als sie sich über das Garnelencurry hermachte (angeblich sind Garnelen gut fürs Gehirn), und sie erzählte ihm, dass sie das internationale Versicherungswesen faszinierend fand.

Er zog eine Augenbraue hoch und grinste. »Wirklich?«

»Wirklich.« Sie lachte. »Na ja, ich finde viele Dinge interessant.«

»Erzählen Sie weiter.«

Und so erzählte sie ihm von der Rucksacktour durch Brasilien, ohne Nick zu erwähnen, mit dem sie die Reise gemacht hatte. Der Blick, mit dem er sie ansah, als sie redete, ließ sie erröten. Das Ganze schien sehr informell für die Beziehung zwischen einem Chef und einer Angestellten.

Warum, fragt sie sich, haben sich Marc Bonnier und Gillian Chalmers wohl getrennt? Vielleicht wegen Gillians dominantem Charakter – aber auch das behält sie für sich, denn für Laura scheint Gillian eine Art Superheldin zu sein.

Und dann hat Gillian sie heute Morgen ohne Vorwarnung zu sich ins Büro bestellt. »Tut mir leid, dass es in den letzten Wochen so hektisch hier war, Violet. Ich hatte ein paar wichtige Deadlines. Ich hoffe, Sie haben sich gut eingewöhnt.« Ohne eine Antwort abzuwarten, reicht sie ihr eine dicke schwarze Mappe. »Wir wollen uns in Zukunft stärker als globales Unternehmen profilieren. Das ist einer der Gründe, warum wir Sie eingestellt haben, Violet. Wir sind beeindruckt von Ihren Sprachkenntnissen. Ich möchte, dass Sie einen Blick auf diesen Entwurf werfen und eine Risikobewertung durchführen, damit wir für den Kunden den passenden Versicherer finden.«

Der Kunde, der sich nach seinen Initialen »HN Holdings« nennt, will in der Innenstadt von Nairobi ein Einkaufszentrum errichten. Mit einem Anflug von Panik nimmt Violet die Akte entgegen. Beim Vorstellungsgespräch hat sie es geschafft, sachkundig und selbstbewusst zu wirken, aber mit einer realen Situation konfrontiert zu sein, bei der es um Millionen Dollar geht, ist etwas anderes.

»Äh … welche Risiken …?«

»Das sollen Sie herausfinden. Es gibt zum Beispiel bekanntermaßen Risiken durch Terrorgefahr in Nairobi, die Sie quantifizieren und bewerten müssen, zusammen mit anderen spezifischen Risiken. Sie kennen ja Nairobi, nicht wahr?«

»O ja, ich bin dort geboren.« Sie behält für sich, dass sie acht war, als ihre Familie aus Nairobi wegzog.

»Na also. Sie machen das bestimmt ganz prima.« Gillian lächelt kurz, dann wendet sie sich wieder ihrem Computerbildschirm zu, um zu signalisieren, dass das Gespräch beendet ist.

Wieder an ihrem Schreibtisch, schlägt Violet die Mappe auf und blättert durch die Papiere und Fotos. Die Zahlen, um die es geht, sind astronomisch, die Sprache strotzt vor

Fachbegriffen, aber durch all die abstrakten Informationen fluten Erinnerungen an Nairobis heiße, lebendige Straßen, an die armseligen Einkaufszeilen und die chaotischen Baustellen, wo scheinbar völlig ungeplant an jeder Ecke, auf jedem Grundstück Neubauten aus dem Boden sprießen. Dann schleicht sich noch eine andere kühlere Erinnerung herein, an den stillen sonnigen Bungalow in Karen, dem Vorort, wo sie gelebt hatten, bis sie acht war. In Gedanken wandert sie durch die luftigen Zimmer, auf die Veranda hinaus und in den großen, sicher umzäunten Garten, wo in den Blumenbeeten Kolibris schimmern und Mfumu, ihr Hund, den ganzen Nachmittag im Schatten faulenzt und sich nur träge vom Fleck bewegt, wenn ihn die Sonne einholt. Das waren glückliche Zeiten.

Sie weiß nicht mehr genau, wann ihr bewusst wurde, dass sie anders war als die zerlumpten Kinder, die sich um das Auto drängten, mit dem sie von der Schule abgeholt wurde. Ihr Vater hatte sich als frisch approbierter Arzt in Edinburgh zum freiwilligen Auslandseinsatz in Kenia gemeldet, bevor er eine lukrative Stelle an einer englischen Uniklinik annahm. Ihre Mutter war Krankenschwester im Mbagathi District Hospital und gehörte zum Aids-Präventionsteam. Sie lernten sich über einer auffälligen Blutprobe kennen und stellten bald fest, dass sie eine Vorliebe für Benga-Musik und Mandazi-Krapfen teilten. Sechs Monate später fand in der presbyterianischen Kirche in der Mai Mahiu Road die Hochzeit statt, und nach weniger als einem Jahr kam Violet zur Welt. Als die Einsatzzeit ihres Vaters zu Ende ging, übernahm er einen Posten im selben Krankenhaus und blieb.

Während ihre Eltern arbeiteten, kümmerte sich Violets Großmutter Njoki um sie. Sie wohnte in einem zweistöckigen Holzhaus in Langata, wo es nach Gewürzen und schwarzer Seife roch; von der vorderen Veranda konnte man über den Garten bis zu den Bergen sehen, und von einem rückwärtigen Fenster blickte man zum Fluss, wo wie eine eiternde Wunde der Kibera-Slum brodelte und die mageren Rinder der Massai auf den ausgedörrten Grasfleckchen weideten.

Lächelnd denkt Violet an die geblümten Schürzen ihrer Großmutter, an ihr nach Kokosöl duftendes Haar und an ihr Gesicht, das sich kräuselte wie eine ausdrucksvolle Backpflaume, wenn sie Anekdoten von den frechen Affen aus dem Wald erzählte. An ihren Großvater Josaphat hat sie keinerlei Erinnerung. Er starb, als sie drei war. Sie versucht, sich zu erinnern, was ihre Großmutter über seinen Tod gesagt hat; doch die Umstände wurden von einem Nebel aus Seufzern, Getuschel und gesenkten Blicken verhüllt.

Einmal hatte ihre Cousine Lynette, als man ihr in einem korrupten Grundstücksdeal die Hälfte ihres Gartens weggenommen hatte, voller Zorn ins Telefon gemurmelt: »*Mnyamaa kadumbu.*« Wer den Mund hält, überlebt. Als Violet an der Warwick-Universität mit dem Geografiestudium begann, war der Spruch in Kenia zum Motto geworden. Lästige Personen wurden regelmäßig umgelegt. Ja, wenn sie die Risiken einer Investition in Kenia bewerten soll, steht Korruption ganz oben auf der Liste.

»Aufwachen. Du siehst aus, als wärst du Lichtjahre entfernt.« Laura, auf dem Weg zur Vermögenssicherung, legt ihr kurz die Hand auf die Schulter.

»Ich habe an Kenia gedacht.« Violet lacht. »Und daran, wie es war, nach England zu ziehen.«

»Ich wette, es war ein Schock.«

»Das war es wirklich.«

Karen mit acht Jahren zu verlassen und ins feuchte, kalte Bakewell zu ziehen war wie die Vertreibung aus dem Paradies gewesen. Lange Zeit hatte sie sogar geglaubt, es sei ihre Schuld gewesen, die Strafe, weil sie nicht brav gewesen war. Ihre kindlichen Antennen hatten die ernsten Blicke und das Schweigen ihrer Eltern aufgefangen, doch erst als Teenager erfuhr sie, dass der Grund für den Umzug nicht sie, sondern die Hoffnung ihrer Eltern auf ein zweites Baby gewesen war. Aber das ersehnte Geschwister blieb aus, und so wuchs Violet als einsames und überbehütetes Kind auf, mit rosarot gefärbten Erinnerungen an grenzenlose Wärme und Üppigkeit, eine halb vergessene Sprache und einen weiten Himmel, der entweder tiefblau oder dramatisch rot war, aber selten so grau wie hier.

Grau – das ist die Farbe Englands. Als Violet aus dem Fenster sieht, schiebt sich eine Wolkenbank vor die Sonne und bleibt über den hohen Gebäuden hängen. Ein feiner Nieselregen bildet einen dünnen Schleier, durch den sie in der Ferne die Umrisse der bekannten Wolkenkratzer erkennen kann – die »Gurke«, der »Splitter«, die »Käsereibe«, alle recken ihre hässlichen Stümpfe in den Himmel. Es scheinen ständig mehr zu werden. Wie finden sie bloß alle Platz?

»Hör mal.« Laura tippt ihr noch einmal auf die Schulter. »Ich habe Marc gerade daran erinnert, dass ich ab nächsten Monat in Mutterschutz bin.«

»Du hast mir gar nicht erzählt, dass du ein Baby bekommst!«

»Sieht man das nicht?«

»Na ja, ich wollte nicht fragen, falls du nicht schwanger gewesen wärst.«

Sie prusten beide los.

»Ich habe ihm vorgeschlagen, dass du mich vielleicht ein paar Monate vertreten könntest.«

»Oh, Laura, wirklich? Was hat er gesagt?«

Sie stellt sich die Vermögenssicherung als Tür zu einer geheimen exotischen Welt des Glamour und der Hochfinanz vor, einem exklusiven Kreis attraktiver alleinstehender Milliardäre, die riesige Londoner Stadtvillen besitzen und in Privatjets auf karibische Inseln fliegen.

»Er hat gesagt, es wäre eine interessante Idee.«

BERTHOLD Seide

Als sie noch lebte, verbrachte ich selten länger als fünf Minuten in Mutters Zimmer. Es war ein geheimer exotischer Ort, ein privater Schrein mit längst toten, in Sepiatönen erstarrten Gesichtern, klebrigen Kristallgläsern, verstreutem Schmuck, verschüttetem Puder, eingetrocknetem Nagellack, verschossener Seide, intimen Gerüchen, Mottenkugeln und schalem Parfum. Als Kind fand ich es abstoßend und faszinierend zugleich. Manchmal drangen nachts merkwürdige unheimliche Schreie heraus, die trotz des Kissens über meinem Kopf in meine Alpträume sickerten. Jetzt war es Zeit, das Zimmer auszuräumen und für eine neue Bewohnerin vorzubereiten.

Mit einem Bündel Plastiktüten bewaffnet stahl ich mich wie ein unbefugter Eindringling durch verstreute Kleidungsstücke, billige Liebesromane und zerknitterte Wäsche und musste all meinen Mut zusammennehmen. Dann riss ich das Fenster auf und ging an die Arbeit, packte als Erstes das pfirsichfarbene Seidenknäuel und stopfte es unsanft in eine Tüte.

Ich dachte, es täte mir gut, mich zu beschäftigen, doch ich hatte noch nicht mal zwei Tüten gefüllt, da überrollte mich eine Flutwelle der Trauer und warf mich völlig um.

Ich sank aufs Bett; mein Kopf und meine Glieder schienen kraftlos wie Seetang, und ich weinte, die Schultern hilflos im Strom der Schluchzer zuckend, während mir der Rotz in den Mund lief und das Salz in den Augen brannte.

Das Weinen laugte mich aus, oder vielleicht war die überwältigende Erschöpfung, die mich plötzlich überkam, ein Symptom der erdrückenden Depression, an der ich litt, seit … Nein. Halt. Das nicht. Nicht jetzt. Mach es wie die Sonnenuhr. Ich schlug die Türen der Erinnerungen zu und versuchte, mich auf den Augenblick zu konzentrieren, auf den Geschmack von Salz in meinem Mund. Ich muss auf Mutters Bett eingeschlafen sein, denn als ich die Augen wieder öffnete, war die Sonne verschwunden und ein seltsam fleckiges Zwielicht fiel durchs Fenster. In der Ferne sah ich das finstere Glitzern des Hochhauses, das sie den Splitter nannten, und nebenan hörte ich Flossie an den Käfigstäben rütteln und rufen: »Gott ist tot! Ding dong! Gott ist tot!«

Sie war unruhig und nervös, seit man Mutter aus der Wohnung getragen hatte.

»Kopf hoch, altes Mädchen!«

Ich durchsuchte die Küchenschränke nach Vogelfutter. Die Körnerschachtel war fast leer. Wo zum Teufel kaufte Mum das Zeug? Ich bildete mir ein, gehört zu haben, dass Hanfsamen leicht halluzinogen wirkten. Vielleicht sollte ich es mal versuchen? Ich zerbiss ein, zwei Samen, dann spuckte ich sie wieder aus. Während Flossie emsig pickte, setzte mir die Stille in der Wohnung wieder zu. Mir wurde klar, wie allein ich war: mutterseelenallein. Niemand würde kommen, mir den Arm um die Schultern legen und sagen: »Tut mir leid wegen deiner Mutter.« Niemand. Der Gedanke war so beklemmend, dass er meine Tränenkanäle einzufrieren schien. Denn wenn ich wieder zu weinen anfing, würde ich dann jemals aufhören?

Reiß dich am Riemen, Bertie. Iss was. Du musst essen. Ich spähte in den Kühlschrank. Salat. Milch. Geschnittenes Brot. Keine Butter. Kein Thunfisch.

Ein Take-away von Shazaad war meine einzige Hoffnung.

»Currysoße oder Balti, Kumpel? Hast du Ramseys Tor gesehen? Der Hammer.«

»Curry bitte, Shaz. Kein Chili, danke.«

Es waren die wenigen Sätze eines ganz banalen Gesprächs, nach denen ich gehungert hatte, stellte ich fest.

Abgesehen von Flossie hatte ich den ganzen Tag mit keiner Seele geredet.

Auf dem Rückweg traf ich den beinlosen Len im Kirschgarten. Er war bester Laune, hatte seine Arsenal-Mütze auf dem Kopf und drehte sich mit einer Flasche Bier in der Hand im Rollstuhl um die eigene Achse.

»Hast du Ramseys Tor gesehen?«, johlte er. »Ich frag mich, wer diesmal ins Gras beißt.«

»Wie meinst du das?«

»Weißt du nichts von dem Fluch? Jedes Mal, wenn Aaron Ramsey ein Tor schießt, stirbt jemand Berühmtes. Obama bin Laden. Oberst Gaddafti. Robin Williams. Dieser Apple-Jobsy-Typ. Und so weiter. Sie nennen ihn den Sensenmann. Hehe.« Grimmig gluckste er in sich hinein.

»Das ist Schwachsinn, Len, wenn ich das sagen darf. Ich meine, statistisch gesehen ist die Chance ziemlich hoch, dass jede Woche jemand Berühmtes stirbt.«

Ein echtes Problem bei Len ist sein Hang zum Irrationalen. So kam er auch zu dem UKIP-Plakat, das bei den letzten Wahlen zu Mutters Verdruss in seinem Fenster hing. »Len, damit unterstützt du die Kräfte der Reaktion. Bleib du lieber bei deinen Wellensittichen«, hatte sie ihn gerügt.

»Wart's ab, Bert«, sagte er jetzt. »Bis morgen ist irgendein Promi gestorben. Ganz sicher.«

»Ehrlich gesagt ist meine Mutter gerade gestorben, Len.« Ich wollte ihn nicht verlegen machen; es rutschte mir so raus, und am Ende schniefte ich.

»Lily? O Gott, das tut mir leid, Kumpel. Ich hab nur rumgeblödelt, ich meine, wegen Ramseys Fluch und so. War bloß ein Witz, so 'n alter Aberglaube von Arsenal. Tut mir echt leid. Sie war eine zauberhafte Frau, deine Mutter, eine ganz Große. Auch wenn sie ständig so kommunistisches Zeug geredet hat, sie hat's mit allen gut gemeint und hat Sonne verbreitet, wo immer sie war.« Er überschlug sich mit Entschuldigungen.

»Schon gut, Len. Konntest du ja nicht wissen. Aber rede bitte nicht weiter darüber.«

Ich wollte nicht, dass das Gerücht bis zum Amt durchsickerte. Eins der Probleme bei diesen traditionellen East-End-Gemeinden, die Architekten wie Lubetkin als »vertikale Dörfer« nachgebaut hatten, war, dass sich jeder in jedermanns Angelegenheiten einmischte.

»Schau her, Bert, das hier hätte ihr gefallen.« Er drehte sich wieder mit dem Rollstuhl um die eigene Achse und hielt einen zerknitterten braunen Umschlag hoch wie ein Zauberer, der gerade ein Kaninchen aus dem Hut gezaubert hat. »Ich hab einen Brief vom Sozialamt bekommen, in dem steht, sie wollen meinen Anspruch auf Erwerbsunfähigkeitsrente überprüfen.«

»Überprüfen? Klingt nicht gut. Ich weiß nicht, wieso das

meiner Mutter gefallen hätte. Sie war sehr für den Sozialstaat.«

»Lily war für den Sozialstaat, aber sie konnte Schnorrer nicht ausstehen. Gott hab sie selig.«

»Du bist doch kein Schnorrer, Len, oder?«

»Nein, genau das meine ich. Sie wollen mir helfen, Arbeit zu finden, damit ich dem Staat nicht auf der Tasche liege. Außerdem hab ich es satt, von der Stütze zu leben. Sie wollen mich von der Schrotthalde holen. Mir meinen Stolz zurückgeben. Warum bist du immer so negativ, Bert? Sie wollen was Gutes tun.«

So gesehen klang es tatsächlich positiv, aber der Zyniker in mir ließ sich nicht abstellen.

»Schon gut, Len, tut mir leid, aber dir werden wohl kaum zwei neue Beine wachsen, oder?«

»Beine werden überschätzt. Ramsey hat's auch sechs Monate ohne Bein geschafft.«

»Na dann, viel Glück, Kumpel.«

Er rollte davon, und ich hatte ein schlechtes Gewissen. War ich zu direkt gewesen?

Der Fahrstuhl war kaputt, also ging ich zu Fuß – siehst du, Len, manchmal können Beine ganz praktisch sein – und setzte mich mit dem Curry vor den Fernseher: gummiartiges Hühnerformfleisch, das wie Styroporbrocken in einer leuchtend orangen Flüssigkeit trieb. Ich aß aus der Packung und starrte die Glotze an, wo irgendeine von synthetischem Gelächter unterlegte Schundserie lief. Doch im Kopf war ich woanders: Ich musste Mutters Beerdigung planen.

Da nicht klar war, woran meine Mutter gestorben war, sagte man mir, sie müssten eine Obduktion durchführen.

Damit hatte ich genügend Zeit, mir Gedanken über eine angemessene Bestattung zu machen. Ich überlegte, ob ich eine große, dem East End würdige Abschiedsfeier organisieren sollte: eine Beerdigungsprozession mit Jazzband, Tanz, einstigen Liebhabern und Ehemännern, die an ihrem Grab zusammenkämen, um tränenreiche Umarmungen und Anekdoten auszutauschen. Das hätte ihr gefallen. Doch mir fehlte die Energie, ich war ja sogar zu erschöpft, um ihr Zimmer aufzuräumen. Außerdem, wenn ich wollte, dass Inna Alfandari in die Rolle meiner Mutter schlüpfte, war es wohl besser, wenn so wenige Leute wie möglich vom Ableben der echten Lily erfuhren. Ich loggte mich ins Internet ein und googelte »Bestattungsrituale«.

Ich wusste nicht genau, mit welcher Religion Mutter es am Ende gehalten hatte, wenn überhaupt. Auf jeden Fall hatte sie ein paar Wendungen hinter sich. 1932 in eine radikale East-End-Familie hineingeboren, erzählte sie voller Stolz, dass ihr Vater, Granddad Robert, ein religiöser Pazifist gewesen sei: »Religion war für ihn wie Opium. Er war süchtig danach.« Ihre Mutter, Granny Gladys alias die geschwätzige Gladys, war eine streitbare Anhängerin von George Lansbury, dem damaligen Führer der Arbeiterpartei, und seiner milden Vision eines christlichen Sozialismus. Ted Madeley, Mutters erster Ehemann, war methodistischer Laienprediger gewesen, doch von der Nüchternheit und Selbstbeherrschung, die man mit den Methodisten verbindet, hatte offensichtlich nichts auf Mutter abgefärbt – und wie sich herausstellte, auch nichts auf ihn. Als ich klein war, sympathisierte Mutter eine Zeit lang mit der High Church, wie mein Vater Sid Sidebottom, der ehemaliger Anglikaner war. Später wandte sie sich dem Katholizismus zu wie ihr letzter Ehemann, der

Ukrainer Lev »Lucky« Lukashenko, der ihr mit lodernder Kerzenscheinromantik den stets anfälligen Kopf verdreht hatte. Seit der bitteren Scheidung von ihm fühlte sie sich dem friedlichen Buddhismus des Dalai Lama verbunden.

Vielleicht hätte sie sich eine buddhistische Luftbestattung gewünscht. Diskret wäre es auch, denn unsere Wohnung lag im obersten Stock, und Tecton hatte auf dem Dach einen Gemeinschaftsbereich zum Wäschetrocknen vorgesehen, den längst niemand mehr nutzte. Ich warf einen Blick aus dem Fenster. Der Himmel über Hackney war bedeckt. Ein paar räudige Tauben flatterten vorbei, doch ach!, keine Geier. Irgendwie war eine Einäscherung oder Beerdigung viel zu gewöhnlich für meine Mutter, und außerdem zu leicht nachweisbar. Eine Seebestattung hinterließ noch am wenigsten Spuren. Brighton Pier war ein schöner Ort – in Brighton hatte sie die Flitterwochen mit Ted Madeley verbracht, er war ihre erste große Liebe, und vielleicht auch die letzte. Der Gedanke löste einen neuen Melancholieschub bei mir aus, und ich tröstete mich, indem ich die Auflagen googelte, die es zu beachten gab.

Am nächsten Tag fuhr ich, gestärkt durch zwei Stück Weetabix zum Frühstück, mit dem Fahrrad nach Islington, um die großen Plastiktüten mit Mutters Kleidern bei Oxfam abzuliefern. Es war Samstag, und der Laden war voll. Ich drängte mich bis zu der Tür im hinteren Teil durch, wo man die Spenden abgab. Links war die Umkleidekabine, und unter dem zugezogenen Vorhang waren die nackten Füße einer Frau zu sehen. Malvenfarben lackierte Fußnägel, leicht geschwollene Knöchel mit passenden malvenfarbenen Malen, die wie Flohstiche aussahen. O Entsetzen!

Plötzlich wurde der Vorhang aufgerissen, und eine mollige Frau in einem weiten Pullover und zu engen schwarzen Leggings trat heraus. Es war Mrs Penny.

Ich schaffte es nicht schnell genug, mich abzuwenden. Wir konnten nicht mehr so tun, als hätten wir einander nicht gesehen.

»Hallo«, sagte ich.

Sie wirkte peinlich berührt, in einer solch bescheidenen Umgebung erwischt zu werden.

»Nett, Sie hier zu sehen, Mr L… L…«

Dann hielt sie sich verlegen ein knallgrünes Kleid unters Kinn, sah sich im Spiegel an und fragte kichernd: »Finden Sie, die Farbe steht mir?«

»Es ist zu …«, platzte ich heraus, »zu … grün.« Es war viel zu klein. Sie würde niemals hineinpassen.

»Meinen Sie?«

Unsere Blicke trafen sich im Spiegel. Sie wurde rot. Dann fiel ihr Blick auf die zwei Plastiktüten in meiner Hand, die ich jetzt vor der Spenden-Tür abstellte.

»Haben Sie ausgemistet?«

»Ja, ein bisschen …«

Als ich die Tragegriffe losließ, öffneten sich die prallen Tüten. Ein seidenes pfirsichfarbenes Spitzen-Hemdhöschen glitt auf den Boden. Hastig hob ich es auf und stopfte es zurück in die Tüte. Mrs Penny beobachtete mich neugierig.

»… ein bisschen Platz schaffen.«

»Ja, das muss sein, oder? Vor allem, wenn man in einer kleinen Wohnung lebt.« Ich bildete mir ein, einen Anflug von Bosheit in ihrer Stimme zu hören. Sie drehte sich um, um das grüne Kleid an die Stange zu hängen, und ich ergriff meine Chance und stürzte zum Ausgang.

»Wiedersehen!«, flötete sie hinter mir her. Ich antwortete mit einem knappen rückwärtsgewandten Winken, dann trat ich auf die Straße und stellte fest, dass mein Fahrrad geklaut worden war.

BERTHOLD George Clooney

Nach zwei Stunden auf dem Polizeirevier, wo man die Beschreibung meines Exfahrrads bis ins kleinste Detail aufnahm, gab mir die gelangweilte Frau in Uniform eine Vorfallsnummer und erklärte, es sei unwahrscheinlich, dass mein Fahrrad je wieder auftauchte, und sie hoffe, es wäre versichert.

»Na, vielen Dank auch«, gab ich zurück.

An der Bushaltestelle übermannte mich wieder die Müdigkeit, und Tränen begannen mir in Augen und Nase zu brennen – schnief, schnief. Ich erkannte die Warnzeichen. Depression. Freudendieb. Nächtliches Weinen – halt. Sonnenuhr. Meredith. Nicht meine Schuld. Das Kindheitsstottern. Der unsterbliche Barde hilft. »Welch M-m-meisterwerk ist doch der Mensch.« Sag es noch mal. Langsam. Noch mal. »Welch Meisterwerk ist doch der Mensch. Edel. Unbegrenzt.« Aber wie sollte ich ohne die sonnige Unterstützung meiner Mutter, die sowohl meine Aussprache als auch meinen Verstand gerettet hatte, je wieder auf die Beine kommen?

Es hatte zu nieseln begonnen, und unter dem Dach der Bushaltestelle drängten sich die Leute, redend oder in ihre Handys vertieft. Vor Einsamkeit tat mir alles weh. Als der

394er endlich kam, prangte auf dem Bus eine Reklame für den neuesten Film mit George Clooney. Seine Visage war so verdammt selbstzufrieden. Wir können nicht alle George Gutmensch Clooney sein, aber ich hatte es weiß Gott versucht. Manche würden sogar sagen, mein Interesse an Clooneys Karriere grenzte an eine Obsession. Mal im Ernst, ich hatte nichts gegen ihn persönlich. Er schien ein anständiger Kerl zu sein und war kein schlechter Schauspieler. Es war nur die Ungerechtigkeit des Lebens, die mich fuchste. Während der Bus schaukelnd und schwankend durch die langen farblosen Straßen mit den Sozialwohnblocks fuhr, die diesen Teil Londons prägten, stellte ich im Kopf eine Bilanz auf.

Ähnlichkeiten zwischen Berthold Sidebottom und George Clooney

Beruf: Schauspieler.

Tiefbraune Augen, interessante Fältchen in den Augenwinkeln.

Lächeln: Clooney – selbstironisch schief. Sidebottom – passable Imitation.

Geburtstag: 6. Mai 1961. Ja, wir haben am selben Tag Geburtstag, deshalb kommt man um einen direkten Vergleich praktisch gar nicht herum.

Unterschiede zwischen Berthold Sidebottom und George Clooney

Haar: Clooneys Haar ist dunkel und grau gesprenkelt und wellt sich elegant über seiner kantigen Stirn. Sidebottoms Haar glänzt vor allem durch Abwesenheit. Wenigstens die Stirn ist noch da, zum Glück.

Größe: Clooney – 1,80 Meter. Sidebottom – 1,83 Meter. Ha.

Fortbewegung: Clooney besitzt (laut Google) eine Vespa Piaggio, eine Harley Davidson, ein altes Chevrolet Corvette Cabrio und einen kultigen Tesla Roadster. Sidebottom besaß bis vor Kurzem ein Fahrrad. Jetzt ist er auf öffentliche Verkehrsmittel angewiesen.

Frauen: Clooney wurde zweimal zum *Sexiest Man Alive* gewählt und war zweimal verheiratet. Sidebottom? Fragen Sie doch seine Exfrau Stephanie. Es gibt natürlich immer mal wieder Gerüchte, Clooney sei schwul, die er, ganz cool, weder bestreitet noch bestätigt, aus Respekt vor seinen schwulen Freunden, wie er sagt. Wie *PC* kann man sein?

Wohnsitz: Clooney bewohnt eine Villa mit dreißig Zimmern und Blick auf den Comer See und eine luxuriöse 700-Quadratmeter-Villa in Los Angeles. Sidebottom lebt in einer Sozialwohnung mit zwei Schlafzimmern und einem Mini-Arbeitszimmer in Mad Yurt, Hackney, die er sich bis vor Kurzem mit seiner betagten Mutter teilte.

Filmdatenbankeinträge: Dazu später mehr.

Im Moment war es die Frage nach dem Wohnsitz, die mich am meisten beschäftigte – oder genauer gesagt, die Fragen, die sich im Zusammenhang mit dieser neugierigen Penny stellten. Würde sie mich jetzt, da ich sie in eine peinliche Situation gebracht hatte, indem ich ihre nackten Fesseln anstarrte, auf Rache sinnen und mich wegen »Unter-Besetzung« aus der Wohnung vertreiben, sobald sie herausfand, dass meine Mutter nicht dort lebte? Würde mein Trick, Inna Alfandari in die Wohnung zu holen, funktionieren und Mrs Pennys hart arbeitende Familien draußen halten? Hatte Mrs Penny den Auftrag, Fälle von Unter-Besetzung auszuspionieren und die unrechtmäßigen Unter-Besetzer auf die Straße umzusetzen? Hatte sie mich schon im Visier? Offen gesagt, ich hatte ihr einen Gefallen getan, als ich ihr von dem zu engen, zu grünen Kleid abgeraten hatte. Sie könnte sich revanchieren, indem sie mich einfach in Ruhe ließ.

Ich stieg vor Madeley Court aus, und der Bus fuhr mit George Clooney davon, der in einem schiefen Abschiedsgrinsen seine unerträglichen Grübchen präsentierte. Ich zeigte ihm den Mittelfinger. Mal ehrlich, dachte ich, während ich nach Hause trottete, mit seiner betagten Mutter zusammenzuleben hätte selbst Clooneys Sexappeal kompromittiert. Und was seinen beruflichen Erfolg anging, war es ja wohl nur der seichte Glamour des Zelluloids, der George Clooneys Schauspielkarriere einen unfairen Vorsprung verschafft hatte. Während ich in der Oberstufe einen coolen, launischen Hamlet gab, war George Clooney bloß Statist in einer Massenszene in *Colorado Saga*, der miesesten Fernsehserie, die je gedreht wurde. An der Highbury Grove School war ich der Star der Theatergruppe, dank meiner mühelosen Beherrschung all der Shakespeare-Monologe, die Mutter mir eingedrillt hatte, um mein Stottern zu überwinden, zuerst mit einem Bleistift im Mund, um die Zähne auseinanderzuhalten, dann mit einem Streichholz und schließlich mit einem gedachten Streichholz. Den Mut zu finden, vor Publikum aufzustehen und Reden zu halten, war berauschend. Die Mädchen fingen an, mich zu beachten. Ich entwickelte einen richtiggehenden Hunger nach Aufmerksamkeit. Mein Stottern schwand dahin. An der Uni verbrachte ich mehr Zeit auf der Bühne als am Schreibtisch, und danach besuchte ich die Schauspielschule, während sich Clooney immer noch als Statist abrackerte.

Mit einundzwanzig trat ich unter dem Namen Burt Side auf einer Reihe von Provinzbühnen auf, und allmählich fielen mir immer mehr Hauptrollen zu. Die langen Arbeitszeiten und die Schufterei schreckten mich nicht – ich hatte meine Berufung gefunden, ich verehrte den unsterblichen Barden und hatte mein Leben der Kunst gewidmet. In der Zwischenzeit hatte George Clooney eine Nebenrolle in *Rückkehr der Killertomaten* an Land gezogen. Als Clooney endlich seine erste große Rolle als Dr. Doug Ross in *Emergency Room* bekam, war ich der gefeierte Antonius im Blackfriars Theatre in Boston (Lincolnshire), frisch verheiratet mit der schönen Schauspielerin Stephanie Morgan und seit neuestem Vater von Meredith Louise, unserer Tochter. Außerdem hatte ich bei der Royal Shakespeare Company vorgesprochen und einen Dreijahresvertrag angeboten bekommen.

Dann, im Jahr 2001, kam Meredith ums Leben, und alles geriet in freien Fall. Stephanie und ich trennten uns 2002, ich hatte einen Nervenzusammenbruch. Während Clooney in *O Brother, Where Art Thou?*, dann in *Ocean's Eleven* spielte, drehte ich meine erste Prozac-Runde. Vier Jahre später wurde ich, genau als George Clooney für *Syriana* den Oscar gewann, aus der Klinik entlassen und zog wieder bei meiner Mutter ein, im obersten Stock von Mad Yurt.

Als ich den Kirschgarten durchquerte, blitzte die Sonne hinter den Wolken hervor, die Narzissen nickten mir freundlich zu und weiße Kirschblüten wehten durch die Luft. Einen Augenblick fühlte ich mich besser. Es war nicht das Paradies, und es gab Ratten und Graffiti hier. Aber selbst der Comer See musste seine Schattenseiten haben.

An ein paar Laternenmasten klebten A4-Zettel. Jemandem war eine Katze entlaufen. Das kam öfter vor. Eigentlich waren Haustiere in Madeley Court verboten, weshalb die armen Viecher in der Wohnung versteckt wurden und ständig auf eine Gelegenheit lauerten auszubüchsen. *Hört auf den Namen Wonder Boy.* Der schwarz-weiße Kater auf dem Foto sah wütend und verwirrt aus. Ich warf einen Blick ins Gebüsch, wo die Straßenkatzen lebten, aber ich wusste, genau wie mein Fahrrad würde auch Wonder Boy nie mehr auftauchen.

»Hallo, Bertie!«, rief Mrs Crazy von ihrem Balkon. »Wie geht's deiner Mum?«

»Gut!«, rief ich zurück.

»Ich hab gesehen, dass sie vom Notarzt abgeholt wurde.«

»Nur ein verknackster Knöchel. Nichts Ernstes.« Die Lüge ging mir leicht über die Lippen – zu leicht, wie sich herausstellte.

Mutter und Mrs Crazy waren einmal befreundet gewesen, bis Letztere 1985 mit den geringfügigen Ersparnissen aus den Glücksspielgewinnen ihres verstorbenen Mannes von ihrem Vorkaufsrecht Gebrauch machte und ihre Wohnung der Stadt abkaufte, was Mutter ihr nie verzieh. Mutter war fest davon überzeugt, dass alle Probleme in Madeley Court auf die Auflösung des Gemeinschaftseigentums und den Einlass privater Spekulanten in den Wohnkomplex zurückzuführen waren, wofür raffgierige Föhnwellenfregatten wie Mrs Crazy und Mrs Thatcher persönlich die Verantwortung trugen.

Besonders Mrs Crazys geschmacklose Anmaßungen, seit sie unter die Eigentümer gegangen war, brachten Mutter auf die Palme – die schmiedeeisernen Fenstergitter, die Blumenampeln, die königsblaue Wohnungstür und der protzige Messingklopfer waren ein Affront gegen Lubetkins Purismus. Der Todesstoß aber war Mrs Crazys Putsch, angezettelt mit Unterstützung des beinlosen Len, um Mutter den Vorsitz der Mietervertretung zu entreißen. Mutter hatte Madeley Court immer als ihr persönliches Lehen betrachtet, schließlich trug es den Namen ihres ersten Ehemanns Ted Madeley, der sie hofiert und 1952 geheiratet hatte. Oder 1953. Zu den Daten äußerte sie sich nur vage, aber sein Foto hing immer noch in einem Nussbaumrahmen bei ihr im Schlafzimmer. Ted Madeley war groß und gut aussehend. Er hatte dunkle Augen und eine unheimliche Ähnlichkeit mit dem schnurrbärtigen George Clooney in *Monuments Men*. Tatsächlich war er fast so alt wie ihr Vater, als sie sich 1951 bei einer Kundgebung der Labour Party in der Finsbury Town Hall kennenlernten. Sie war neunzehn und saß mit ihrem Vater im Publikum, und Ted stand mit einem unergründlichen Lächeln neben Harold Riley, Aneurin Bevan und Berthold Lubetkin auf der Bühne, der mit Volldampf für das Recht der Arbeiterklasse auf eine anständige lebenslange Heimstatt eintrat. Labour verlor die Wahl 1951, doch Ted Madeley gewann Lilys Herz.

»Es war Liebe auf den ersten Blick«, schwärmte Mum noch ein halbes Jahrhundert später mit einem Glass Sherry in der Hand. »Das Problem war nur, er war verheiratet und hatte Zwillinge, zwei Mädchen, Jenny und Margaret, dunkelhaarig wie Zigeuner. Er hatte auch selbst etwas von einem Zigeuner an sich.«

Kurze Zeit später waren sie zusammen in Madeley Court eingezogen. »Berthold hat die Wohnung für mich gebaut«, sagte Mum. Später las ich, dass der Wohnblock erst 1953 fertiggestellt wurde. Es gab noch andere Ungereimtheiten, aber als Kind beeindruckte mich die Großartigkeit der Geschichte so, dass ich die Details nicht hinterfragte.

Jetzt nahm ich die Fotos eins nach dem anderen von der Wand und verstaute sie mit Mutters Papieren in einem Pappkarton in der Besenkammer. An der verblassten Tapete blieben dunkle Rechtecke zurück. Inna Alfandari musste eben ihre eigenen Fotos mitbringen.

VIOLET Fotos

Am Wochenende geht Violet die Fotos durch, die sie von zu Hause mitgebracht hat: ihre vom Wind zerzausten Eltern auf dem Highlow über Hathersage; ihr Vater mit Großmutter Alison vor Edinburgh Castle; Nyanya Njoki im Kreis ihrer sieben Enkel; der Garten in Karen mit Mfumu, dem Hund, den sie zurücklassen musste; der Berg Kinder Scout, lila vor Heidekraut; Violet und ihre Freundin Jessie mit albernen Papierhüten bei einem Klassenausflug.

Während sie die Fotos mit Klebestreifen an die Wand hängt, denkt sie über die beiden Seiten ihrer Familie nach, schwarz und weiß, fern und nah, arm und wohlhabend. Ihre zwei Cousinen väterlicherseits sind groß und blond und gertenschlank, ein paar Jahre älter als sie und haben Musik und Kunstgeschichte in Oxford studiert. Beide üben künstlerische Berufe aus, kaufen bei Zara ein, lachen laut, wenn sie mittagessen gehen, und versorgen sie großzügig mit Einladungen und Freikarten. Violets sieben Cousins und Cousinen mütterlicherseits sind dünn, dunkel und drahtig, haben anständige, aber schlecht bezahlte Bürojobs, lächeln gern, kaufen bei Jumia ein, und das Geld ist immer knapp. Violet versteht sich mit allen gut; und sie mag das Gefühl, wie eine Läuferin über einen langen

Grat zu sprinten und rechts und links in zwei völlig verschiedene Täler hinunterzusehen. Es ist berauschend hier oben, aber auch ein bisschen unheimlich. Immer besteht die Gefahr, dass sie den Halt verliert und ins falsche Tal abstürzt – auf die arme Seite, die dunkle Seite.

Violet steigt vom Stuhl, tritt einen Schritt zurück und bewundert ihr Werk. Gleich fühlt sich die Wohnung mehr wie zu Hause an.

Von nebenan hört sie die seltsame blecherne Stimme, die immer wieder den gleichen unverständlichen Satz wiederholt. Sie schaudert; auf keinen Fall wird sie langfristig hier wohnen bleiben. In der Küche setzt sie Wasser auf und nimmt dann die Tasse kenianischen Kaffee mit auf den Balkon, um zu sehen, was draußen los ist. Am anderen Ende des Gemeinschaftsgartens hält ein Taxi, und eine alte Dame in Schwarz steigt aus.

Während sie die Frau beobachtet, landet plötzlich eine Taube auf dem Geländer und dreht den Kopf zur Seite, um sie mit einem glänzenden Auge zu fixieren. Es ist ein räudiger Vogel mit struppigen Federn und nur einem Bein. Was ist mit dem anderen Bein passiert? Violet streut ein paar Brotkrumen auf den Balkonboden, und die Taube hüpft vom Geländer, um sie zu verschlingen, wobei sie den Kopf zurückwirft, während die Brocken ihre blaugrüne Kehle hinunterwandern. Dann plustert sie sich auf und beginnt, mit schwülstiger Stimme zu gurren. Ihr ganzer jammervoller Körper zittert mit dem Klang. *Ruckedigu. Ruckedigu.*

BERTHOLD Modern Luxus-Wolkenkrätzer

Inna Alfandari kam mit dem Taxi. Irgendwie hatte ich einen bürokratischeren Ablauf erwartet – Formulare, die auszufüllen wären, ein Kontrollbesuch der wohlgeformten Krankenschwester oder wenigstens ein Anruf –, doch als ich eines Nachmittags aus dem Fenster sah, war sie einfach da, eine kleine, schwarz gekleidete Gestalt, die ihre riesigen Taschen durch den Kirschgarten schleppte, während ihr Taxi wegfuhr. Ich lief nach unten, um ihr zu helfen. Gott sei Dank war nichts von Mrs Crazy zu sehen.

»Hallo, Inna. Willkommen in Madeley Court.«

»Oj! Das ist Platte-Bau!« Schmollend stellte sie die Taschen ab und rang in offenkundiger Verzweiflung die Hände. Sehr erfreut, mich zu sehen, schien sie nicht.

»Ein Sozialbau aus den Fünfzigern. Hat meine Mutter das nicht gesagt?«

»Hat sie immer geredet von Liebesnest, hab ich mir vorgestellt modern Luxus-Wolkenkrätzer.«

»Modernistisch. Wahrscheinlich hat sie modernistisch gesagt, Inna. Drinnen ist es wirklich schön. Warten Sie's ab.«

Ich wusste nicht, warum ich so entschuldigend klang. Eigentlich hätte ich ein wenig Dankbarkeit oder Bescheidenheit von ihr erwartet, aber offensichtlich war sie der Meinung, *sie* täte *mir* einen Gefallen. Ich drückte den Fahrstuhlknopf, und während wir warteten, kam mir plötzlich ein Gedanke. »Woher haben Sie eigentlich die Adresse?«

»Hat mir Krankenschwester gegeben. Hat alle Informationen von Ihr Mama Karteikarte. Aber hat mir nicht gesagt, dass sie wohnt in Platte-Bau. Nie!«

Inna bekreuzigte sich und trat widerwillig in den Fahrstuhl. Dann rümpfte sie die Nase.

»Hier stinkt nach Piss.«

Was hatte Mum zu ihr gesagt? »Seien Sie keine Quengelliese, Inna.«

»Aha! Mach wie Sonnenuhr! Hahaha!« Sofort besserte sich ihre Laune. »Bist du guter Mann, Mister Bertie. So gut wie Ihr Mama.«

Zum ersten Mal lächelte sie.

Wenn man so vor sich hin lebt, vergisst man leicht, welchen Eindruck das eigene Haus auf einen Neuankömmling macht. Einst war der Laubengang, der vom Fahrstuhl zu den Apartments führte, schick und puristisch gewesen, doch jetzt war er voll mit verwelkten Pflanzen in kaputten Töpfen, fadenscheinigen Fußmatten, einem dreibeinigen Stuhl, einem ausrangierten, vier Monate alten Weihnachtsbaum und einem mysteriösen Objekt in einem schwarzen Plastiksack, das dort stand, seit die sieben Austauschstudenten aus der Nachbarwohnung ausgezogen waren. Inna ging mit hoch erhobenem Kopf und blickte starr geradeaus wie eine Verurteilte auf dem Weg zum Schafott. Unter ihrem Kopftuch hatten sich weiße Strähnen gelöst.

»Wir sind da. Willkommen zu Hause.«

»Gott ist tot!«, kreischte Flossie, als sie hörte, dass die Tür aufging, und rüttelte an den Stäben ihres Käfigs.

»Aaah!« Inna schrie auf und bekreuzigte sich. »Die Stimme von Teufel! Mister Indunky Smiet!«

»Es ist nur ein Papagei, Inna. Keine Angst. Kommen Sie herein und sagen Sie hallo. Sehen Sie, er sitzt in einem Käfig.«

»Hat Lily mich gewarnt, will er Wohnung haben!«

Vorsichtig betrat Inna die Wohnung, sah sich um und schnupperte. Ich schnupperte auch. Flossies Käfig musste dringend gereinigt werden.

»Hallo, Mister Indunky Smiet«, sagte Inna. »Vogelteufel.«

»Halt den Schnabel, Flossie!«

Inna war verblüfft. »Ich bin nicht Fossil!«

»Nein, der Papagei heißt Flossie.«

»Fossil!«, krähte Flossie.

»Redet er mit sich selbst?«

»Sie ist ein Mädchen. Weiblich. Flossie.«

»Ist kein Mädchen, ist Vogel.«

»Ach, vergessen Sie es«, seufzte ich. »Hier, Inna – das ist Ihr Zimmer. Machen Sie es sich gemütlich.«

Ich öffnete die Tür zu Mutters Zimmer und atmete die puderschwere Luft ein, die noch ihren Geruch enthielt, vielleicht zum letzten Mal. Inna hatte einen anderen, fremden Geruch, leicht seifig und würzig. Sie folgte mir, als ich ihre Taschen vor der verschnörkelten Nussbaumfrisierkommode abstellte. Dann setzte sie sich auf den Hocker und starrte ihr Spiegelbild an. Sie zog die Klammern aus ihren hochgesteckten silbernen Zöpfen und warf den Kopf zurück, um sie auszuschütteln. Mit den Fingern löste sie die Zöpfe, bis ihr das Haar wie zerknitterte Silberfolie über die Schultern floss.

»Oj, ich bin zu alt.«

Ich schüttelte den Kopf, aber ich brachte es nicht über mich, zu widersprechen. »Möchten Sie was essen? Sie müssen hungrig sein.«

Sie antwortete nicht, also brachte ich ihr ein Sandwich mit Thunfisch und Salat und eine Tasse Tee. Sie stand nicht auf, sondern blieb auf dem Hocker sitzen und sah sich um.

»Ich lasse Ihnen ein bisschen Zeit zum Ankommen. Sagen Sie Bescheid, wenn Sie etwas brauchen.«

Mit einem Gefühl der Erleichterung schloss ich die Tür. Ich war ziemlich aufgewühlt und durchsuchte die Speisekammer, den Garderobenschrank und die Besenkammer in der Hoffnung, dass Mum möglicherweise irgendwo noch eine Flasche Sherry versteckt hatte, doch ich hatte kein Glück. Dafür fand ich eine uralte Stange Players No. 6, eingewickelt in ein Küchenhandtuch.

Am nächsten Morgen weckte mich Flossie – nicht mit ihrem üblichen Repertoire an Floskeln, sondern mit einem unzusammenhängenden Quäken. Als ich ins Wohnzimmer ging, um nach dem Rechten zu sehen, fand ich Inna, die nicht mehr wie eine alte Spinatwachtel, sondern wie eine Dame aussah, in einer hellen Seidenbluse und einem schwarzen Faltenrock; sie hatte die strassbesetzte Brille auf der Nase, und die langen Zöpfe waren ordentlich hinter ihren Ohren aufgerollt, an denen ein Paar von Mutters Ohrclips funkelte. Sie versuchte, Flossie ein Volkslied beizubringen – *»poviy-y vi-itre«*, quietschte sie – und belohnte sie mit Toastbröckchen.

»Aha! Guten Morgen, Mister Bertie! Hab ich Toast gemacht. Kaffee ist noch heiß. Aber erst wir trinken Wodka, bringt Glück.« Auf dem Tisch standen eine kleine Flasche

Wodka und zwei Gläser. »*Na sdarovje!*« Sie kippte ein Glas. »Nichts soll fehlen! Glücklich sein!« Ich kippte das andere Glas, und wir lachten beide.

»Mister Indunky Smiet nicht sehr intelligent. Versteht gar nix.« Sie hielt das Gesicht an den Käfig. »Na, sag: ›Hallo Inna!‹«

Der Vogel röhrte: »*Povi! Vi!*« Dann hopste er auf der Stange herum und griff auf sein gewohntes Repertoire zurück. »Sag hallo, Flinna! Erster März 1932!«

Wir lachten wieder. So schlecht ist das Arrangement vielleicht gar nicht, dachte ich. Jedenfalls ist es schön, einen fröhlichen Menschen im Haus zu haben. Das bewahrt mich davor, in die Abwärtsspirale zu rutschen. Wenigstens bis ich die finstere Zeit überstanden habe und mit Mrs Penny im Reinen bin. Danach kann Inna wieder nach Hause gehen – wo immer das ist. Mir wurde klar, wie wenig ich von ihr und ihrem Leben vor unserer Begegnung im Krankenhaus wusste, aber ich schätzte, wir würden ja Zeit genug haben, über all das zu sprechen.

Das Krankenhaus hatte angerufen, um sich für die Verzögerung der Obduktion zu entschuldigen, Personalmangel, hieß es. Ich wusste, dass erst die Beerdigung und eine gewisse Trauerzeit vorbei sein mussten, bevor ich mit meinem Leben weitermachen konnte. Doch die Gesangsstunde mit dem Papagei hatte mich auf eine Idee gebracht: Bevor ich Inna auf die Nachbarschaft losließ, musste ich ihr beibringen, die Rolle meiner Mutter zu spielen. Was eine Herausforderung war. Ich schenkte uns Kaffee ein. Inna trank ihn schwarz mit vier gehäuften Teelöffeln Zucker.

»Inna, setzen Sie sich. Wir müssen etwas besprechen.«

»Willst du Sex mit mir machen, Mister Bertie?« Ihre Augen hinter der Katzenaugenbrille funkelten.

Einen Moment wusste ich nicht, ob sie mich auf den Arm nahm. »Nein. Ich möchte, dass Sie so tun, als wären Sie meine Mutter. Draußen. Wenn Sie mit anderen Leuten reden. Wissen Sie noch, wir haben darüber im Krankenhaus gesprochen?«

»Aha! Du willst, ich mach Golabki Kolbaski Slatki? Mach ich köstlich mit Juschka.«

»Ja, das auch. Aber das Wichtigste ist, Sie müssen sagen, Sie wären meine Mutter. Sie müssen sagen, Sie heißen Mrs Lily Lukashenko, und Ihr Geburtstag ist der erste März 1932. Können Sie sich das merken?«

»Erster März 1932!«, kreischte Flossie. »Halt den Schnabel, Flinna!«

»Inna!«, sagte Inna.

»Halt den Schnabel, Inna!«

»Aber ist doch mein Geburtstag den 20. April.«

»Halt den Schnabel, Inna!«

»Ich weiß, Sie müssen ja auch nur so tun, wissen Sie noch?«

»Oj! So tun, als wenn ich weiß mein Geburtstag nicht?«

»Halt den Schnabel, Inna!«

»Halt die Klappe, Flossie! Ja, genau. Keine Sorge, Flossie wird Sie daran erinnern.«

»Wer ist Flossie?«

»Flossie, der Papagei.«

»Nein, Papagei heißt Mister Indunky Smiet. Hat dein Mutter gesagt.«

»Hören Sie zu. Hören Sie genau zu. Der Papagei heißt Flossie, ich heiße Bert und Sie heißen Mrs Lily Lukashenko.«

»Oj! Warum so lächerlich Name? Alfandari ist viel besser.«

»Ich weiß, aber das ist nun mal der Name meiner Mutter.«

Inna seufzte tief. »Wenn du meinst.«

Am Nachmittag fuhr Inna nach Hampstead, um ein paar Sachen zu holen und nach ihrer Post zu sehen, wie sie sagte. Ich gab ihr einen Schlüssel und zeigte ihr die Bushaltestelle. Nach fünf Minuten war sie wieder da und sagte: »Papiere vergessen.« Sie steckte einen großen braunen Umschlag in die Handtasche. Wozu brauchte sie ihre Papiere, wenn sie nur zurück in ihre alte Wohnung wollte?, fragte ich mich. Aber es sollte noch eine ganze Weile dauern, bis mich ihre Ausflüge stutzig machten.

Gegen fünf sah ich, wie sie mit Plastiktüten bepackt durch den Kirschgarten kam. Schon vom Fenster aus konnte ich erkennen, dass ihre Haltung lebendiger, optimistischer war, als hätte ihr meine kleine gute Tat Auftrieb verliehen, die der Natur zerbrechlich Fahrzeug trägt auf schwankendem Lebensweg. Der Gedanke erfüllte mich mit wohliger Wärme. Sie blieb am Spielplatz stehen, wo der Junge, der neulich fast von dem Transporter überfahren worden wäre, auf der Schaukel saß und an seinem Telefon herumdrückte. Ich fragte mich, wo er hingehörte. Plötzlich tauchte Mrs Crazy auf und eilte ebenfalls auf den Gemeinschaftsgarten zu. Sie und Inna grüßten einander, und dann fingen sie zu meiner größten Beunruhigung eine Unterhaltung an, mit zusammengesteckten Köpfen, als tauschten sie Geheimnisse aus. Das könnte gefährlich werden. Falls Inna versuchte, sich als Lily Lukashenko auszugeben, würde Mrs Crazy Lunte riechen. Sie kannte Mutter ja nur zu gut, und ich hatte ihr erzählt, Mutter hätte sich den Fuß verknackst.

Ein paar Minuten später drehte sich Innas Schlüssel im Schloss.

»Hallo, Mister Bertie. Schau! Hab ich Kohl für tipische Gericht aus mein Land, beste auf der Welt.«

An diesem Abend aßen wir Kartoffelbrei mit Jukscha, einer Art Soße, und Globolski. Letztere entpuppten sich als mit Hackfleisch und Reis gefüllte gekochte Kohlblätter. Inna hatte die Zutaten vom Markt in Hoxton geholt und verbrachte eine Stunde mit der Zubereitung. Das Gericht köstlich zu nennen wäre übertrieben, aber es war genießbarer als die fluoreszierenden Styroporbrocken von Shazaad, die in letzter Zeit meine Hauptnahrung dargestellt hatten. Das Arrangement entwickelte sich also genau in die erhoffte Richtung.

»Schmeckt wunderbar, Inna«, heuchelte ich. »Sie sind eine ausgezeichnete Köchin.« Das war vielleicht etwas dick aufgetragen, aber ich dachte, sie würde sich freuen.

Stattdessen brach sie in Tränen aus. Sie begrub das Gesicht in ihrer Schürze. »Oj! Oj! Hat mein lieber Mann immer genau dasselbe gesagt!«

»Schsch.« Ich griff nach ihrer Hand. »Bestimmt ist er im Himmel und passt auf Sie auf.«

Eine kleine Notlüge wirkt manchmal Wunder, doch auch damit schien ich einen wunden Punkt getroffen zu haben.

»Nicht in Himmel! Dovik ist sephardische Jude, ich bin Christin von wahre Gläubiger! Oj! Werden wir nie zusammen in Himmel sein mit Lily und Lenin und Chruschtschow!«

»Ich glaube nicht, dass Lenin und Chruschtschow im Himmel sind, Inna. In der Religion herrschen etwas andere Regeln als in der Politik.«

»So anders nicht. In mein Land haben wir erst Religion, alle tot, dann haben wir Kommunismus, alle tot, dann wieder Religion, immer noch alle tot. Am Ende alle immer tot!«

Sie bekreuzigte sich mit größter Inbrunst, die in einem Hustenanfall gipfelte. Um keinen neuen grünen Schleimausbruch zu provozieren, wechselte ich schnell das Thema.

»Schon gut, Inna. Die Vergangenheit ist immer nur das Vorspiel für die Gegenwart. Ich habe gesehen, dass Sie eine Nachbarin kennengelernt haben – die Dame in dem lila Mantel. Sie heißt Mrs Cracey, aber wir nennen sie Mrs Crazy.«

»Aha. Ja, sehr nette Frau, hat sie mir gesagt, ihr Mann war Bischof. Aber tot. Ich sage, warum Bischof wohnt in Sozialwohnung?« Inna rümpfte die Nase. »Sie sagt, er kommt aus Ost-London und hat alles Geld bei Pokie verloren. Ich hab gesagt, mein Mann kommt aus Ost-Ukraine und hat alles Geld bei Smokie verloren. Haha. Männer immer gut in Geld verlieren.«

Mrs Crazy behauptete neuerdings, ihr verstorbener Mann sei Bischof gewesen? Die alte Hochstaplerin. Wahrscheinlich lief sie deswegen mit den Klunkern und dem auffälligen Kopfputz herum.

»Was haben Sie ihr noch erzählt, Inna, über … Sie wissen schon … über uns?«

»Keine Sorge, Bertie. Hab ich ihr gesagt, ich bin dein Mutter.«

VIOLET Risiko

Risiko. Violet hat nie viel darüber nachgedacht, außer wenn es sie ganz direkt betraf. Doch jetzt hat sie das Gefühl, die Welt ist voll davon. Das *World Factbook* der CIA zum Beispiel entwirft ein erschreckendes Bild von Korruption und Terrorismus in Kenia, das nichts mit Violets idyllischen Erinnerungen gemein hat.

Das geplante Einkaufszentrum in Nairobi ist eine größere Herausforderung, als sie dachte. Das Gebiet, das bebaut werden soll, liegt im Osten der Stadt, einer Gegend, die Violet nicht kennt, ungünstig nahe am Nairobi River, wo immer die Gefahr von Überschwemmungen und Erdrutschen besteht, nicht weit von Eastleigh, wo die Al-Shabaab-Miliz präsent ist, und dem Gikomba Market, einem riesigen Altkleidermarkt, der von englischen Charity-Shops bestückt wird und wo es regelmäßig brennt. So viele Risiken. Hätte Violet ein größeres Bauprojekt vor, würde sie sich einen anderen Ort aussuchen.

Sie fragt sich, wem die Firma HN Holdings gehört. Irgendwo in den Papieren findet sie schließlich den Namen Horace Nzangu. Der Name kommt ihr bekannt vor. Wo hat sie ihn schon mal gehört? Gibt es überhaupt eine amtliche Stellungnahme oder Baugenehmigung, oder ist hier einfach nur Geld aus einer Tasche in die andere gewandert?

Aus reiner Neugier sucht sie die Internetseite der Stadtplanungsbehörde von Nairobi und ruft einfach dort mit ihren Fragen an, wobei sie ein paar freundliche Worte auf Swahili einfließen lässt, doch nachdem sie eine Stunde lang von einer Abteilung zur nächsten durchgestellt, nach Details gefragt und weiterverbunden worden ist, stellt sie fest, dass sie wieder am Ausgangspunkt gelandet ist, ohne irgendetwas erfahren zu haben – nur dass es anscheinend weder Unterlagen zu irgendeinem Bauantrag gibt noch einen erreichbaren Ansprechpartner, der für Bauprojekte in dem Gebiet zuständig wäre.

Sie schäumt vor Frust, als Gillian Chalmers mit einem Turm von Schnellheftern aus ihrem Büro kommt und mit klappernden Absätzen in Richtung der Fahrstühle stöckelt.

»Wie läuft es, Violet?«

Sie seufzt, doch bevor ihr ein einigermaßen optimistischer Kommentar einfällt, hat Gillian ihre Miene richtig interpretiert und fragt: »Haben Sie Lust, mich heute Nachmittag zu Lloyd's zu begleiten und ein paar Underwriter kennenzulernen?«

Das Lloyd's Building, das Herz der britischen Versicherungsbranche, ist einer jener zu hohen, zu modernen Türme, von denen es in der City of London so viele gibt. Der Entwurf stammt von einem Architekten namens Richard Rogers, von dem Gillian in den höchsten Tönen schwärmt. Es stimmt, der Blick aus den gläsernen Fahrstühlen ist toll. Aber der viele Stahl ist zu glänzend und zu kalt.

»Das Lloyd's Building ist eins der großen spätmodernen Meisterwerke der City of London!« Gillians Tonfall könnte man mitteilsam oder auch belehrend nennen, je nach Interpretation. »Wie das Centre Pompidou in Paris. Sehen Sie, wie die ganze Versorgungstechnik nach außen verlegt wurde? Damit im Innern mehr Platz fürs Geschäft ist.«

»Cool.« Violet tut so, als würde sie sich von Gillians Enthusiasmus anstecken lassen, aber sie denkt, Himmel noch mal, es geht hier nur um Versicherungen, nicht um den Tempel einer neuen Religion.

Gillian dagegen scheint in der neuen Umgebung zum Leben zu erwachen, sie ist wendig und unerbittlich wie eine Schwertkämpferin, als sie einer Reihe von glatten jungen Männern in schicken Anzügen die Bedürfnisse ihrer Kunden unterbreitet und die unter ihrer Offensive komplett einknicken. Bei GRM wirkt Gillian oft streng und distanziert, doch hier legt sie einen tigerhaften Magnetismus an den Tag, den Violet widerstrebend bewundert. Wird sie selbst wohl auch je so verhandeln können?

»Alles steht und fällt mit der Recherche«, erklärt Gillian, als sie im Fahrstuhl wieder nach unten fahren. »Wenn Sie für Ihre Kunden den besten Deal machen wollen, müssen Sie genau wissen, wovon Sie reden, Violet.« Ihre Augen funkeln, und ihre Wangen sind von ihrem Erfolg gerötet.

Plötzlich versteht Violet, warum sich Marc Bonnier zu ihr hingezogen fühlte. Die Frage ist: Tut er es noch?

Diese Frage beschäftigt sie immer noch, als sie sich nach der Arbeit zu Hause Kaffee kocht. Ihre Freunde haben ihr eine Nachricht geschickt, dass sie sich später in der Lazy Lounge treffen werden, aber Violet antwortet, sie sei zu müde. Es tut gut, nach all den Hochhäusern und dem Lärm in der City auf ihrem ruhigen Balkon zu sitzen. Die Stille des frühen Abends spült über sie wie eine Welle kühles Wasser. Ihr Freund, der Täuberich, flattert herauf, und Violet zerbröselt einen Schokoladenkeks für ihn. Der Vogel schlingt die Krümel hinunter, dann bedankt er sich, indem er zwei Minuten gurrend die Brust aufplustert, bevor er davonfliegt. *Ruckedigu, ruckedigu.*

Violet ist überrascht, wie wenig sie Nick vermisst. Manchmal fällt es ihr schwer, sich zu erinnern, was sie eigentlich an ihm mochte. Sein Lächeln? Seine Käsesocken? Seine seltsamen Ideen über Astralreisen? Er war einfach ein unsortierter, unreifer Typ, der ihr so achtlos das Herz brach, wie er ein Bierglas fallen ließ. Doch jetzt ist Violet bereit für jemand Reiferes, jemand, der sensibel und intelligent ist, der sie ernst nimmt. Jemand mit Sinn für Humor. Vielleicht ein bisschen wie Marc Bonnier. Und bis es so weit ist, ist sie sehr glücklich allein.

Unten im Garten, wo die herabgefallenen Kirschblütenblätter wie Schnee auf dem Boden liegen, fährt ein Mann im Rollstuhl über den gewundenen Weg zwischen den Bäumen, indem er die Räder mit der Hand antreibt. Und dort kommt der Glatzkopf, den sie bei Luigi gesehen hat. Die Wege der beiden kreuzen sich, und sie unterhalten sich. Eine Frau in einem lila Mantel kommt dazu. Was hat sie da Komisches auf dem Kopf? Auch die alte Dame in Schwarz, die sie neulich mit dem Taxi hat ankommen sehen, taucht auf und gesellt sich dazu. Dann reden und schreien sie alle durcheinander, aber hier oben versteht Violet kein Wort. Die Szene erinnert sie an Langata, das Viertel ihrer Großmutter, wenn es am frühen Abend kühler wurde und immer mehr Leute zusammenkamen und die Straße zum Leben erwachte. Sie beschließt, runterzugehen und nachzusehen, was los ist, aber als sie im Garten ankommt, hat sich die kleine Gruppe von Nachbarn aufgelöst. Die Frau mit dem lila Mantel ist auf dem Weg zu dem eingezäunten Gemeinschaftshochbeet. Das komische Ding auf ihrem Kopf, das wie eine Plastiktüte aussah, ist eine durchsichtige Duschhaube, die ein steifes Arrangement gebleichter Dauerwellen schützen soll, obwohl es gar nicht regnet. In Nairobi haben die Frauen solche Hauben in der Regenzeit getragen, wenn sie sich das Haar hatten glätten lassen. Dann standen sie wie Lärmvögel schwatzend mit ihrem Kopfputz am Straßenrand und warteten auf die Sammeltaxis, die sie nach Hause bringen würden. Violet grüßt, und die Duschhauben-Dame murmelt etwas Unverständliches, setzt eilig ihren Weg zu dem Beetgarten fort und geht durch das hohe Maschendrahttor hinein, woraufhin sie wie ein *Kivuli* im Holzschuppen verschwindet.

Im Garten hängen Zettel an den Laternen. Violet hat sie schon gesehen: Es geht um einen entlaufenen Kater namens Wonder Boy. Oder, nein. Auf den zweiten Blick entdeckt sie, dass es nicht mehr um den verlorengegangenen Kater geht, sondern um einen Bauantrag. Stadt- und Landesplanung. Wohnbebauung in dem Gebiet innerhalb ... In dieser Gegend hier fehlen alle Straßenschilder, also weiß sie nicht genau, auf welches Gebiet sich der Aushang bezieht, aber es muss irgendwo in der Nähe sein. Sie denkt an ihren Frust heute Morgen nach der Warteschleife der Behörde in Nairobi und beschließt, diesmal nicht nachzuhaken. Aber ... vierzehn Stockwerke – warum muss alles so hoch sein? Warum können sie den Himmel nicht in Ruhe lassen, damit alle was davon haben?

Ein vertrautes Gurren lenkt sie ab. Dort drüben sitzt ihr Freund, der einbeinige Täuberich, in einem Kirschbaum.

»Hallo, Pidgie«, sagt sie.

Er lässt ein Häufchen Vogeldreck direkt neben ihren Fuß fallen. Ein gutes Vorzeichen! Violet macht ein Foto von dem Vogel in den Kirschbaumzweigen und postet es auf Facebook, mit einem Witz über ihren neuen Freund, den einbeinigen Täuberich.

Sie will gerade zurück in ihre Wohnung, als am Bordstein ein großes schwarzes glänzendes Auto hält. Es sieht aus wie eine der Limousinen, in denen sich in Nairobi die Regierungsvertreter herumfahren lassen. Jeder weiß, dass sich niemand, der nur von seinem Gehalt lebt, einen solchen Wagen leisten kann, doch sie tun es trotzdem. Violet erwartet, dass ein Chauffeur aussteigt, um irgendeinem hohen Tier die Tür aufzuhalten, doch stattdessen geht die Tür hinten auf und ein Schuljunge springt raus, rosagesichtig und ein bisschen dicklich, in einer grauen Schuluniform, die an manchen Stellen zu eng und an anderen ausgebeult ist. Er winkt dem Fahrer zu und läuft auf die Straße, den Blick auf sein Telefon gerichtet. Ein heranfahrender Wagen bremst quietschend. Ohne etwas davon mitzubekommen, schlendert der Junge in den Garten von Madeley Court und setzt sich auf eine Bank. Der schwarze Wagen fädelt sich in den Verkehr ein. Als Violet näherkommt, ist der Junge immer noch über sein Telefon gebeugt und tippt mit beiden Daumen darauf herum.

Es sind noch andere Kinder draußen, ein paar kicken einen Ball, aber keiner kommt zu ihm oder fragt, ob er mitspielen will. Der Grund dafür ist augenfällig: Alle anderen tragen dunkelblaue Schuluniformen, während seine grau ist. Aber das ist nicht alles. Alle anderen, selbst die kleinen, tragen lange Hosen. Seine sind kurz. Er sieht lächerlich aus, der arme Kerl.

Wie ein plötzlicher Windstoß trägt eine Erinnerung

sie in die Vergangenheit zurück, auf den Spielplatz ihrer Grundschule in Bakewell, wo sie allein am Geländer steht, mit dem schmerzhaften Wissen, dass sie die falsche Farbe hat, das falsche Haar, die falschen Kleider, die falsche Familie, alles ist irgendwie falsch, ohne dass sie genau sagen könnte warum, während sie den Gruppen spielender Kinder zusieht und so tut, als wäre es ihr egal. Und dann kommt Jessie, dieselbe Jessie, unter deren Bettdecke sie jetzt schläft, wortlos zu ihr und drückt ihr das Ende eines Springseils in die Hand. Und Violet schwingt das Seil, schwingt es voller Konzentration, während Jessie springt und dabei singt: »Mein Bruder Billy hat einen Zwei-Meter-Willie …« Violet dachte, ein Willie müsste eine Art Kanu sein.

Noch während sie überlegt, ob sie etwas Nettes zu dem Kleinen sagen soll, taucht ein Mann am Ende des Wegs auf, ein großer gut aussehender Mann in einem teuren Anzug mit einer Aktentasche unter dem Arm.

»Komm, Arthur«, sagt er zu dem Jungen, und der Junge steht auf, immer noch den Blick auf das Display geheftet, und folgt ihm ins Haus.

BERTHOLD Der unbehauste Mensch

Es war genau, wie ich befürchtet hatte. Inna allein in den Kirschgarten zu lassen, war gefährlich. Sie hielt sich zwar genau an meine Anweisungen, als sie zu Mrs Crazy sagte, sie sei meine Mutter, aber Mrs Crazy roch natürlich Lunte, und sie war exakt der gehässige Typ, der andere beim Amt denunziert. Ich war auf dem Weg zu Luigi, als sie mich im Kirschgarten anhielt.

»Berthold, wer ist diese Ausländerin, die sich für deine Mutter ausgibt?« Sie drückte die Schultern durch; die durchsichtige Duschhaube, die ihre platinblonde Föhnwelle schützte, war in der Sonne beschlagen. »Deine Mutter hat viele Veränderungen durchgemacht, Berthold, und nicht alle zum Besten. Sie hält es zwar mit den Kommunisten, aber aus Odessa kommt sie garantiert nicht. Das weiß ich, weil Pastor Cracey und ich in den Flitterwochen dort waren, auf einer Luxuskreuzfahrt.«

Verflucht noch mal. Warum musste Inna Odessa erwähnen? Ich brauchte zwanzig Minuten meiner an der Royal Academy of Dramatic Art trainierten Schauspielkunst, um Mrs Crazy mit Tränen in den Augen und versagender Stimme zu überzeugen, dass Lily noch im Krankenhaus liege, weil der verknackste Knöchel sich als Trümmerbruch herausgestellt habe – ja, mit Komplikationen, Multi-Antibiotika-Resistenz-Dings – und dass Inna in Wirklichkeit Mutters Schwester sei, die tragischerweise aufgrund ihrer Demenz vergessen habe, wer sie war. Ja, wegen der Demenz redete sie komisches Zeug. Nein, sie sahen einander nicht ähnlich, sie hatten verschiedene Väter. Ja, ich glaube, ihr Vater hatte ukrainische Wurzeln – wirklich? Inna hat gesagt, sie komme aus Odessa? Haha – sie hat wahrscheinlich im Fernsehen was darüber gesehen. Sie meint Ossett. Ossett in Yorkshire.

Auf Ossett kam ich, weil es der Geburtsort meines Vaters war – Sidney Sidebottom, Lilys Exmann –, aber ich bezweifelte, dass Mrs Crazy das wusste. Sie beäugte mich argwöhnisch. Dann kam mir der beinlose Len zu Hilfe mit einer weitschweifigen Schilderung der Krankheitsgeschichte seiner verstorbenen Frau, die Demenz, Aphasie und Amnesie beinhaltete, verschärft durch Identitätsverlust und ziemlich anstößige Verhaltensauffälligkeiten, ein Kreuz, das er mit Weisheit, Witz und einem gelegentlichen Whisky ertragen hatte. Der beinlose Len konnte dem Schläfrigen das dumpfe Ohr abkauen, aber manchmal war er nützlich.

»Kann es sein, dass *Sie* da was durcheinanderbringen, Mrs Cracey?« Geschickt drehte ich den Spieß um, und sie dampfte pikiert zum Gemeinschaftsgartenschuppen ab.

Trotzdem war es ein schlechtes Omen.

Als Inna später mit ihren Einkaufstüten von einem ihrer langen Nachmittagsausflüge nach Hause kam, setzte ich mich mit ihr hin und erklärte ihr, dass wir ein bisschen an ihrer Technik feilen müssten, damit sie die Rolle meiner Mutter noch besser spielen könnte.

»Weißt du, meine Mutter war häufig verwirrt«, sagte ich. »Sie wusste nicht, wer sie war. In diese Richtung müssen wir gehen.«

Inna sah mich scharf an. »Lily war wie sowjetischer Pionier, Bertie. Nix verwirrt. Wie ich dieser Lady Crazy sage, bin ich dein Mama, sagt sie, hat sie gesehen, wie Mama weggebracht in Krankenwagen.«

Diese verdammte Mrs Crazy. Sie war eine von der Sorte, die den ganzen Tag durch die Gardinen spähte. »Was hast du dann gesagt, Inna?«

»Sag ich, ich hab sie in Krankenhaus gesehen.«

»Das ist gut, Inna, das ist sehr gut. Ich habe Mrs Crazy erzählt, du wärst Mutters Schwester, also wäre es ganz natürlich, wenn du sie im Krankenhaus besucht hast.«

»Aha! Bin ich Mutter oder Schwester?«

»Manchmal Mutter, manchmal Schwester. Weißt du was, Inna, am besten tust du so, als wärst du ganz verwirrt. Tu so, als wüsstest du nicht, wer du bist. Damit gehen wir auf Nummer sicher.«

»Oj, Mister Bertie! Bist du Schauspieler, aber bin ich kein Schauspieler.«

Sie fing zu husten an, und ich befürchtete einen grünen Schleimmoment, also nahm ich ihre Hand.

»Du musst einfach etwas Philosophisches sagen und dabei in die Ferne sehen. So.« Ich verdrehte die Augen nach oben. Ich habe über die Jahre viele Narren und Irre verkörpert, aber mein Liebling war Lears Narr, bei dem im Wahnsinn Weisheit versteckt war. »Der unbehauste Mensch ist nicht mehr als solch ein armes, nacktes, zweizinkiges Tier wie du.«

Wenn Inna ihre Rolle nicht lernte, lief ich Gefahr, auch bald zum unbehausten Menschen zu werden.

»Was heißt umgehaust?«

»Unbehaust heißt obdachlos. Aber es heißt auch, dass unsere Stellung und unser Stand in der Gesellschaft durch den Ort definiert werden, an dem wir leben. Unter dem Aufputz sind wir alle nackt.«

Sie sah mich erschrocken an. »Du willst, ich mach mich nackt?«

»Nein, Inna. Shakespeare steckt voller Mehrdeutigkeiten. Tu einfach so, als wärst du eine heimatlose Verrückte.« Ich schlenkerte mit den Armen und rollte dramatisch mit den Augen. »Hop heisa, bei Regen und Wind! Als würdest du auf einer windumtosten Heide dem Grollen eines aufziehenden Sturmes lauschen.«

Sie legte den Kopf schief und lauschte. »Höre ich nix Sturm.«

»Es gibt keinen Sturm. Nur in deinem Kopf.«

»Aha!« Sie sah mich listig an. »Bist du zu clever für mich, Mister Bertie. Am besten ich tu so, als ob gar nix, am besten koche ich nur Golabki Kolbaski Slatki.«

»Nicht aufgeben.« Ich tätschelte ihr den Arm. »Du schaffst das schon. Sag einfach, was dir gerade einfällt, und lausche auf den heraufziehenden Sturm.«

»So?« Sie verdrehte die Augen wie Klaus Kinski. Ich war beeindruckt.

»Gott ist tot!«, kreischte Flossie von ihrer Stange.

»Halt die Schnabel, Indunky Smiet! Vogelteufel! Gott ist nicht tot, ist er auferstanden!«, schrie Inna zurück.

Sie war perfekt.

»Machen wir fürs Abendessen eine Pause«, schlug ich vor. »Her mit dem Globulski!«

VIOLET Gillian

Global Resource Management: Allein schon der Name bewirkt, dass sich Violet vom Ausmaß ihrer neuen Aufgaben schier überwältigt fühlt. Die Stelle ist anspruchsvoller und spannender, als sie anfangs dachte, und sie träumt davon, wie sie langsam hineinwachsen wird, bis auch sie eines Tages wie eine Tigerin ins Lloyd's Building stürmt und mit der reinen Kraft ihrer Recherchen Verträge aushandelt.

Nach dem Nachmittag mit Gillian spürt sie neuen Respekt für das Können ihrer Chefin. Daher ist sie etwas ernüchtert, als Gillian am Morgen bei einer Tasse Bio-Ashwagandha-Tee andeutet, in einer Männerwelt sei es wichtig, dass sich eine Frau feminin, aber seriös kleide. Heißt das, sie soll in Zukunft in Kostüm und Schluppenbluse zur Arbeit kommen? Oh, bitte! Violet findet ihre gerade geschnittenen Röcke und blickdichten Strumpfhosen büromäßig genug, aber Gillian ist offenbar anderer Meinung.

Als sie von ihren Schwierigkeiten mit dem kenianischen Einkaufszentrums-Antrag berichtet, antwortet Gillian in schulmeisterlichem Ton: »Jedes Risiko lässt sich zu einem bestimmten Preis versichern, Violet. Sie müssen nur den richtigen Partner für das jeweilige Risiko finden. Einige der Leute, die wir bei Lloyd's gesehen haben, sind auf Problemrisiken spezialisiert.« Dabei setzt sie ein Lächeln auf, das wahrscheinlich ermutigend sein soll.

Violet kehrt zu ihrem Dossier zurück und versucht, sich ihre Niedergeschlagenheit nicht anmerken zu lassen. Sie hatte die Stelle voller Zuversicht angetreten. Jetzt, am Ende des ersten Monats, fragt sie sich, ob sie den falschen Beruf gewählt hat.

Dann geschieht am Freitagnachmittag ein Wunder.

Sie wird in Gillians Büro gerufen, wo sie erfährt, dass Laura mit vorzeitigen Wehen ins Krankenhaus musste. Die Vermögenssicherung steht unter starkem Druck – hätte Violet etwas dagegen, ab kommender Woche vorübergehend dort einzuspringen?

Ob sie etwas dagegen hat? Violet versucht das Grinsen zu unterdrücken, das sich in ihre Mundwinkel stehlen will.

BERTHOLD Slatki

Ein Wunder ist geschehen.

Das schöne schwarze Mädchen von Luigi's ist in die Wohnung nebenan eingezogen. Ich sah, wie sie in den Fahrstuhl stieg und anmutig hinter den Türen stand, die sich vor meiner Nase schlossen, wie eine Göttin, die ins Elysium aufstieg. Ich rannte die Treppen hoch und kam gerade noch rechtzeitig, um zu sehen, dass sie sich mit dem Schlüssel in die Nachbarwohnung einließ. (Seit ich kein Rad mehr hatte, nahm ich manchmal die Treppen, in dem vergeblichen Versuch, in Form zu bleiben – mir war nie klar gewesen, wie vollgepinkelt das Treppenhaus war.) Seither zerbrach ich mir den Kopf darüber, wie ich mich vorstellen könnte. Ich musste den Zuckervorrat aufstocken für den Fall, dass sie sich eine Tasse borgen wollte. Oder Kaffee. Ah!

»Entschuldigen Sie die Störung, aber ich habe Gäste zum Dinner, und mir ist der Kaffee ausgegangen.«

Eine wenig bekannte Tatsache der zum Romantik-Klassiker avancierten Nescafé-Gold-Reklame aus den 1980er-Jahren ist, dass für die männliche Hauptrolle ursprünglich Berthold Sidebottom vorgesprochen hatte. Ja, gut, der schmierige Tony Head hatte den Part bekommen, aber das hieß nicht, dass ich das Skript nicht nutzen durfte. Später kam dann natürlich der verdammte George Clooney mit seiner blöden Kaffeemaschine und den überteuerten Kapseln. Ristretto! Wie oberflächlich musste eine Frau sein, um *darauf* reinzufallen.

»Bertie!«, rief Inna von nebenan. »Komm trink Wodka, ieß Slatki. Hab ich extra für dich gemacht!«

Inzwischen hatte ich Geschmack an ihren Slatki gefunden, was der Überbegriff war für eine Reihe von köstlichen kleinen Gebäckstücken mit Honig, Mandeln, Pistazien oder anderen Nüssen, eine unbeschreibliche Kalorienbombe, die am besten mit Wodka konsumiert wurde, oder mit Pfefferminztee, wenn es nicht anders ging. Leider schienen mir die süßen Leckerbissen nicht immer zu bekommen. Ein- oder zweimal hatte ich nach dem Verzehr ein Gefühl der Übelkeit verspürt, was ich dem Wodka zuschrieb oder schlicht der ungewohnten Völlerei, doch jetzt verursachte mir etwas an Innas listigem Beharren eine Gänsehaut. Plötzlich ging mir ein Licht auf. Mandeln. Blausäure. Des Giftmörders Lieblingsgift. In meinem ersten Semester an der Schauspielschule hatten wir einen Agatha-Christie-Roman aus dem Stegreif inszeniert, wo das Opfer mit steten kleinen Dosen Blausäure ermordet wurde, das Erkennungszeichen war der Mandelgeruch. Als gelernte Krankenschwester kannte sich Inna mit Giften aus.

Voller Entsetzen starrte ich das Gebäck an. Ich wusste, dass Inna die Wohnung gefiel, aber würde sie so weit gehen, dafür zu morden?

»Ieß, ieß!«, forderte Inna. Sie schob sich ein Slatki in den Mund und spülte es mit einem großzügigen Schluck Wodka hinunter.

Das überzeugte mich, dass ich paranoid war. Eine Mörderin würde sich nicht wissentlich selbst vergiften. Nicht einmal mit kleinen Dosen. Oder doch? Ich aß noch ein paar und ließ sie mir mit einem Schluck Wodka auf der Zunge zergehen, der mir inzwischen besser schmeckte als Mutters süßer Sherry.

»Köstlich, Inna!« Mein Herz klopfte ganz merkwürdig.

»Aha, Mister Bertie! Hat mein lieber Mann immer gesagt, Weg zum Herz von Mann geht durch Magen.«

Ich hielt inne, während ich dem nächsten Bissen nachspürte, und versuchte, mich zu erinnern, woran ihr Mann gestorben war. Dann fiel mir auf, dass alle Slatkis mit einer halben Cocktailkirsche verziert waren. Bis auf das eine, das Inna gegessen hatte. Meine Kehle schnürte sich unangenehm zusammen. Mein Puls wurde schneller. Welches Motiv hatte Inna, mich zu vergiften? Hatte sie moralische Einwände gegen meinen mutmaßlichen schwulen Lebensstil? Oder wollte sie sich wirklich Mutters Wohnung unter den Nagel reißen? Dann schob sie sich das nächste Slatki in den Mund – diesmal eindeutig mit Cocktailkirsche. Ich entspannte mich wieder.

»Ieß! Ieß!«, gurrte sie. »Hab ich extra süß für dich gemacht, weil ihr Lady-Männer lieben süß.«

Ich widerstand der Versuchung, sie zu ohrfeigen, weil sie mich auf einen Gedanken gebracht hatte. Weiblichkeit und Süße gehören zusammen. Frauen lieben Gebäck und Schokolade. Ich war über die perfekte Idee gestolpert, meine entzückende Nachbarin zu umwerben. Und dann hatte ich einen Moment echter Inspiration, der mein Leben verändern würde, ich spürte es in den Lenden. Nennt es die Nescafé-Gold-Eröffnung. Nennt es den Clooney-Clou. Nennt es den Berthold-Trumpf. Ich würde zwei Fliegen mit einer Klappe schlagen, nämlich Innas Schauspieltalent erproben und gleichzeitig meine reizende Nachbarin süchtig nach diesen honigsüßen Häppchen machen.

»Inna«, sagte ich. »Wir haben eine neue Nachbarin. Ist es in dem Teil der Welt, aus dem du kommst, nicht üblich, mit einem Willkommensgruß hinüberzugehen?«

»Hab ich gesehen«, grummelte Inna. »Ist Blackie. Schwarz.«

»Aber Inna …« Ich erinnerte mich an Mutters strenge, doch freundliche Art, mit der sie im Krankenhaus eine ähnlich inakzeptable Bemerkung gerügt hatte. »Rassismus ist falsch. Schwarze Menschen können sehr … nett sein.«

Es klang weniger deutlich als geplant, aber Inna lenkte sofort ein.

»Aha! Hast du recht, Mister Bertie. Hat mir dein Mama gesagt, Vorurteile sind schlecht. In mein Land sind alle weiß, sind alle normal, kennen wir keine andere Art von Leute. Lily sagt, wir müssen nett sein zu alle. Genau wie Lenin sagt, alle Nation sind gleich. Wie Jesus sagt, sind wir alle Nachbarn.« Sie faltete die Hände wie zum Gebet. »War sie wie Heilige in Himmel, dein Mama.«

Merkwürdigerweise hatte ich das Gefühl, sie meinte es ernst.

VIOLET Kirschblüte

Violet schickt Laura eine Karte, um ihr zu gratulieren und sich dafür zu bedanken, dass sie ein gutes Wort für sie eingelegt hat. Sie fühlt sich wie ein kleines Boot, das weit oben auf einer Welle der Hoffnung die Reise ihres Lebens antritt. Der erste Anlaufhafen war die Stelle bei GRM. Jetzt ist sie bereit für die Fahrt in den geheimnisvollen Kanal der Vermögenssicherung, der Domäne des attraktiven und enigmatischen Marc Bonnier.

Aber eins nach dem anderen – was soll sie auf der Reise tragen? Gillians Bemerkung über den Dresscode ist ihr im Gedächtnis geblieben; natürlich will sie seriös wirken. Doch Gillians Stil der strengen Kostüme und Stöckelschuhe ist nicht ihr Ding – wenn sie könnte, würde sie Tag und Nacht Jeans und Turnschuhe tragen. Violets Cousine Lucy, die in einer Galerie auf der Bond Street arbeitet, rät ihr, sich bei Fenwicks umzusehen, und sie verabreden sich für Samstag zum Mittagessen dort. Zwei Stunden später und um sechshundert Pfund ärmer besitzt Violet ein taubengraues Etuikleid mit passendem Blazer, ein Kostüm in einem zarten Lavendelton, den sie in einer Zeitschrift an Amal Clooney gesehen hat, und ein paar hochhackige Wildlederpumps, die sie zu beidem tragen kann. Sieh es als Investition, sagt sie sich, als sie die Kreditkarte auf den Tresen legt. Dann nimmt sie noch einen kleinen meergrünen Strampelanzug aus der Babyabteilung, den Jungs und Mädchen tragen können, und macht sich auf den Weg ins Krankenhaus.

Laura sitzt im Bett, verträumt und selig in einem Blumenmeer. Das Baby – es ist ein Junge – schläft fest in seiner Krippe am Fuß des Bettes, ein Knirps mit dunklen Haarbüscheln wie Laura und einem zerknitterten roten Gesicht.

»Oh, Laura, er ist wunderschön!«, ruft Violet, auch wenn sie vermutet, dass Neugeborene nur in den Augen ihrer Mütter schön sind.

Laura lacht. »Nicht ganz George Clooney. Aber das wird noch, hoffe ich!«

Das Baby schlägt ein helles Auge auf, lutscht am Daumen und schläft wieder ein.

»Apropos schöne Männer, hast du schon was von der Vermögenssicherung gehört, Violet?«

»Ja. Danke, dass du ein gutes Wort für mich eingelegt hast, Laura. Sie werden mich dort einsetzen, solange du nicht da bist.«

»Pass bei Marc Bonnier auf. Er hat einen gewissen Ruf.«

Einen gewissen Ruf. Was meint sie damit? Vor lauter Neugier hat Violet Schmetterlinge im Bauch.

Am Sonntagmorgen wacht sie wieder früh auf und bleibt im Bett, sieht dem Licht zu, das durch den dünnen Sari-Vorhang sickert, hört auf dem iPod afrikanische Musik und wartet, bis die einbeinige Taube ans Fenster klopft. Die Taube ist spät dran. Vielleicht ist sie in der Kirche, haha. Violet erinnert sich an die Sonntagmorgen in Kenia, wenn ihre Großmutter alle Cousins und Cousinen mit in die Kirche nahm, während die Eltern im Bett bleiben durften. In einer Reihe in der Kirchenbank sangen sie aus vollem Hals – »Wir kämpfen den guten Kampf!« –, und vorne am Klavier haute ein alter Mann in blauem Kittel in die Tasten.

Endlich kommt der Vogel, und sie essen zusammen Toast auf dem Balkon, wobei der Täuberich geschwätzig gurrt und herumzustolzieren versucht, was auf einem Bein nicht leicht ist. Nachdem er wieder zu seinem Kirschbaum geflogen ist, blickt Violet eine Weile in den Garten hinunter. Sie entdeckt die Frau im lila Mantel, die aus dem Gartenschuppen kommt, immer noch die Duschhaube auf dem Kopf, und den Mann im Rollstuhl auf dem Weg. Sie bleiben stehen und unterhalten sich. Die Frau schwenkt eine Tüte und wirft irgendwelche Brocken auf den Boden. Dann taucht wie ein *Kivuli* ein grauer Schatten im Gebüsch auf, holt sich einen Brocken und verschwindet. Weitere Schattentiere huschen hervor wie riesige Ratten. Der Mann im Rollstuhl droht den Viechern mit seinen Krücken, aber sie weichen aus, flitzen unter seinen Rollstuhl und schlängeln sich zwischen den Rädern hindurch. Er versucht die Tüte in die Finger zu kriegen. Dann versucht er, die weißen Brocken mit den Krücken wegzufegen. Die Frau holt aus und schlägt mit der Tüte nach ihm, wobei sie ihm die Baseballmütze vom Kopf fegt.

O je! Höchste Zeit einzugreifen.

Violet rennt die Treppen hinunter und in die kühle Frische des Gartens. Blüten schweben von den Bäumen. Als sie näherkommt, sieht sie, dass der Mann im Rollstuhl versucht, ein halbes Dutzend dürre Katzen zu verscheuchen, die sich um rohe Hühnerflügel raufen, fauchend und zischend, mit ausgefahrenen Krallen.

Die Frau lockt die Katzen an. »Miez, miez! Kommt, meine Süßen! Kommt, fressen!«

Der Mann im Rollstuhl hat Beinprothesen – in seinen Schuhen stecken metallene Stangen, die Beine sind unterhalb der Knie amputiert. Er schafft es nicht, die Katzen zu verscheuchen – sie tanzen ihm auf der Nase herum. Dann taucht der Schuljunge von neulich auf, der mit der grauen Uniform und den kurzen Hosen.

»Na, Len?«, sagt er zu dem Mann im Rollstuhl.

»Verdammte Viecher!«, schimpft der Mann. »Es ist gegen die Hausordnung, Ungeziefer zu füttern!« Seine Wangen sind rot vor Zorn, und seine Stirn glänzt schweißfeucht unter der roten Fußballkappe.

»Sie sind kein Ungeziefer, sie sind Geschöpfe Gottes!«, kreischt die Frau in Lila. Das Haar unter ihrer Duschhaube ist steif vor Haarspray und wirkt wie ein Helm. Sie erinnert Violet an ein anderes Kirchenlied, das sie früher in der Kirche in Nairobi gesungen haben: »Vorwärts, Christi Streiter!« Die zwei gebogenen gemalten Augenbrauen geben ihrem Ausdruck etwas permanent Erschrockenes.

Der Junge fängt an herumzurennen, um die Katzen zu verjagen. Sie verkrümeln sich ins Gebüsch, aber dann piept sein Handy, und er nimmt es aus der Tasche und wandert, mit den Daumen tippend, davon. Die Katzen kommen wieder herausgeschlichen.

Violet fragt den Mann im Rollstuhl: »Was haben Sie gegen Katzen?«

Sofort geht die alte Frau zum Gegenangriff über: »Mischen Sie sich nicht ein, junge Frau. Ich bin nur das Werkzeug des Herrn und füttere die Hungrigen.«

»Die Biester kommen in meine Wohnung, klauen mein

Essen und pissen in die Ecken!«, schreit der Mann. »Und sie stachelt sie dazu auf!«

Beide schäumen vor Wut. Als Violet klein war, hat Großmutter Njoki, wenn es Zank unter den Cousins und Cousinen gab, die Streithähne immer mit irgendwas abgelenkt.

»Haben Sie die Bekanntmachung da gelesen?« Sie zeigt auf die Zettel an den Laternenmasten und Bäumen und stellt fest, dass die meisten schon verschwunden sind; nur zwei hängen noch an einem kraftlosen Klebestreifen.

»Noch so eine verdammte streunende Katze. Wenn ich könnte, würde ich sie alle vergiften! Oder erschießen!« Der Mann im Rollstuhl nimmt Anlauf zum nächsten Ausbruch.

»Nein«, entgegnet Violet. »Nicht der Zettel mit der Katze. Die Bekanntmachung wegen des Bauprojekts. Sie wollen hier einen Block mit Eigentumswohnungen hinstellen. In den Park. Wo die Kirschbäume stehen.«

»Dann wären wir wenigstens die verdammten Katzen los, was?«, knurrt der Mann im Rollstuhl.

»Eigentumswohnungen sind besser«, zischt die Duschhaubenfrau. »Da gibt's keine Schnorrer.« Sie wirft dem Rollstuhlmann giftige Blicke zu.

»Aber was ist mit den Kirschbäumen? Sie würden alle Bäume fällen«, protestiert Violet.

»Die machen eh nur Dreck«, murmelt er. »Das ganze weiße Zeug. Fliegt überallhin. Bleibt mir an den Rädern kleben, und dann hab ich es auf dem Teppich. Daran denken die natürlich nicht, wenn sie die Dinger pflanzen.«

Gerade waren sie noch Todfeinde, jetzt verbünden sie sich – gegen Violet.

»Finden Sie die Kirschbäume nicht schön? Erhebend?«

»Sie sind wohl nicht von hier, was?« Die Duschhaubenfrau mustert sie mit zusammengekniffenen Augen.

»Ich wohne da oben.« Sie zeigt auf ihr Fenster.

»Da oben wohnt eine verrückte alte Frau. Die tickt nicht richtig im Oberstübchen.« Sie macht ein Gesicht, als hielte sie es für ansteckend.

»Mit der Natur zu leben ist gesund. Das ist wissenschaftlich erwiesen.« Violets Mutter liebt Bäume.

»Pah!«, schnaubt der Rollstuhlmann.

»Hm. Es könnte die Wohnungspreise beeinflussen.« Die Frau erstarrt. »Sie!« Sie zeigt mit dem Finger auf Violet. »Sie reden so hochgestochen. Warum rufen Sie nicht beim Bauamt an und fragen, was da los ist?«

»Ich kann nicht. Ich hab zu viel zu tun.«

Die Frau hat Nerven, sie erst zu beleidigen und dann herumzukommandieren. Violet hat Wichtigeres zu tun, als sich in irgendeinen Kleingartenkrieg einzumischen.

»Nein, haben Sie nicht!«, zischt die Frau. »Niemand hier hat viel zu tun.« Dann sagt sie mit weicherer Stimme: »In Thanet, wo ich herkomme, gibt's Kirschbäume, so weit das Auge reicht. Ein Geschenk Gottes. Wunderschön um diese Zeit, nicht wahr?«

»Na gut, wenn ich Zeit finde, rufe ich mal bei der zuständigen Behörde an. Aber mehr kann ich wirklich nicht tun.«

Am Montagmorgen denkt sie nicht mehr an die Kirschbäume und den Bebauungsplan, sondern überlegt hin und her, welches Outfit sie an ihrem ersten Tag bei der Vermögenssicherung tragen soll.

Dann läuft sie in Turnschuhen zur Bushaltestelle, die Pumps hat sie in der Tasche. Als sie den Kirschgarten durchquert, sieht sie den Jungen wieder, der ein paar Meter hinter seinem Vater herschlurft, und als sie an den beiden vorbei zur Bushaltestelle sprintet, ist sie froh, dass sie einen interessanten Job mit Perspektive hat – wenn sie dem Jungen nur sagen könnte, dass es sich lohnt, sich in der Schule anzustrengen.

Atemlos und vom Wind zerzaust wechselt sie im Fahrstuhl die Schuhe. Marc sieht von seinem Computer auf, als sie an die Tür klopft und sein Büro betritt.

»Willkommen in der Abteilung für Vermögenssicherung, Violet.« Er zieht eine Braue hoch. »Die Farbe steht Ihnen. Sie passt zu Ihrem Namen.«

Sie wird rot und wünscht, sie hätte das graue Outfit angezogen.

Sein Büro ist klein und überheizt, voller Papiere und leerer Kaffeetassen. Neben dem Kopierer steht eine schicke schwarz- und chromglänzende Kaffeemaschine. Es riecht ganz leicht nach Kaffee, teurem Aftershave und noch etwas – wie würde sie den Geruch beschreiben? Männlich. Der Geruch von Männlichkeit.

»Setzen Sie sich. Kaffee? Nun, Violet. Was wissen Sie über Vermögenssicherung?«

»Ich habe im …« Sie unterbricht sich. Zuzugeben, dass sie bei Google recherchiert hat, klingt bescheuert.

»Es ist nicht so technisch, wie es klingt.« Er drückt eine Kapsel in die Kaffeemaschine und reicht ihr eine dicke Mappe. »Hier, sehen Sie sich diese Akten an. Sie werden Ihnen einen Einblick in das geben, was wir tun. Zum großen Teil geht es darum, das Kundengeld in eine steuergünstige Umgebung zu verschieben. Wie trinken Sie Ihren Kaffee?«

»Mit Milch, ein Stück Zucker.«

Wie sich herausstellt, gibt es in Marcs Büro weder Zucker noch Milch. Sie wird im Kühlschrank der Büroküchenecke fündig. Als sie wieder an ihrem Schreibtisch sitzt, kostet sie den Kaffee, der sehr stark ist und für ihren Geschmack zu viel Röstaroma hat.

Die Gespräche mit Laura fehlen ihr. Die meisten ihrer neuen Kollegen sind ein paar Jahre älter als sie, und auch wenn alle nett und höflich sind, scheinen sie sich hauptsächlich für Immobilienpreise, Aktienkurse und ähnlich faszinierende Themen zu interessieren. Sie schickt Laura eine SMS mit einem Emoji-Kuss für das Baby. Dann öffnet sie die Mappe und beginnt, die Papiere durchzusehen.

Zunächst ergibt das alles nicht viel Sinn. Anscheinend kommen die wohlhabenden Kunden vornehmlich aus armen Ländern – Ukraine, Russland, Bulgarien, Griechenland, Brasilien, China, Indien und verschiedenen afrikanischen Ländern. Es gibt sogar eine Akte für HN Holdings. Handelt es sich um dieselbe Firma, die das Einkaufszentrum in Nairobi baut? Diese hier ist auf den Britischen Jungferninseln registriert, nicht in Kenia. Seltsamerweise scheint es sich um eine Tochtergesellschaft von GRM zu handeln. Auf dem Papier ist Marc Bonnier als Company Secretary eingetragen. Als Hauptgeschäft des Unternehmens ist Import angegeben, nicht der Bau von Einkaufszentren. Hier steht, dass HN Holdings große Mengen von Plastikeimern nach Kenia importiert. Aber was hat es mit den seltsamen Rechnungsbeträgen auf sich?

Als sie über den Rechnungen brütet, entdeckt sie ein Muster. Die Eimer werden für 1 Dollar pro Stück in China eingekauft und dann an das kenianische Gesundheitsministerium weiterverkauft. Allerdings zu einem schwindelerregenden Verkaufspreis: 49 Dollar pro Eimer. Wie kann ein Plastikeimer 49 Dollar kosten? Da muss irgendwo ein Fehler sein.

Sie versucht, sich einen Reim darauf zu machen.

Mittags brummt ihr der Kopf, denn es gelingt ihr einfach nicht, die Zahlen auf einen Nenner zu bringen. Sie beschließt, sich draußen ein Sandwich zu holen, statt in die Kantine zu gehen, wo sie Marc Bonnier begegnen könnte, der sie vielleicht fragt, wie es läuft. Violet möchte nicht dumm dastehen. Sie versucht, Laura anzurufen, um sich Rat zu holen, aber deren Telefon ist aus.

Dann fällt ihr ein, dass sie versprochen hat, noch einen anderen Anruf zu machen.

Für das Bezirksamt ihrer Gegend ist nur eine Hauptnummer gelistet, und sie muss ein langes automatisches Menü durchlaufen, bis sie endlich beim Bauamt landet.

»Einwände müssen schriftlich vorgebracht werden. Wir können am Telefon keine Details erörtern. Sie haben die Möglichkeit, die eingereichten Pläne im Planungsamt einzusehen«, antwortet eine nasale Stimme, der die Langeweile anzuhören ist.

Wenigstens ist sie weitergekommen als beim Bauamt in Nairobi. Der Bau des Einkaufszentrums durch HM Holding, den sie versichern soll, ist auch nicht grotesker, als Bäume zu fällen, um mehr Wohnungen zu bauen. Die üppigen rosa Kirschbäume sind so wunderschön in diesem zugebauten Teil von London, und außerdem wohnt in einem davon ihr Täuberich. Ja, falls sie irgendwann mal früher von der Arbeit kommt, wird sie zum Bauamt gehen, um sich die Pläne anzusehen. Jemand muss sich um diese

Dinge kümmern, sonst wird vor ihren Augen der Himmel zugebaut.

»Wie kommen Sie voran, Violet? Bekommen Sie allmählich einen Überblick?«

Marc beugt sich über ihren Tisch und legt ihr die Hand auf die Schulter. Ein Schauer läuft ihr über den Rücken, aber sie versucht, kühl zu klingen.

»Ich verstehe diese Rechnungen nicht ganz, Marc. Warum ist die Rechnung, die von den Jungferninseln kommt, so viel höher als die Rechnung aus China?«

»Re-Invoicing ist ein grundlegendes Werkzeug der Vermögenssicherung, Violet. Wir nutzen eine Gesellschaft in einer Offshore-Steueroase als Mittler zwischen dem Onshore-Geschäft und dem Heimatland. Der größte Gewinn fällt so bei dem Offshore-Unternehmen an, und die Steuervorteile liegen auf der Hand.«

»Ich verstehe.« Sie zögert. »Aber wie …?«

»Passen Sie auf. Sagen wir, eine Firma verkauft Waren im Wert von einer Million Dollar in einem bestimmten Land, dann müsste die Firma den Gewinn versteuern, oder? Aber angenommen, die Waren werden von einer Mantelgesellschaft in einem Niedrigsteuergebiet gekauft, die die Waren wiederum an Land eins verkauft, so würde der Großteil des Gewinns in der Steueroase anfallen und müsste nicht besteuert werden.«

Sie spürt einen dumpfen Schlag in der Bauchgegend, als wäre ihr kleines Schiff auf einen Felsen gelaufen.

»Aber ist das nicht ein bisschen …?«

»Das ist unser Job, Violet. Wir bieten unseren Kunden einen Service an. Das ist das, was wir hier tun.«

»Aber die Eimer – das erklärt immer noch nicht, warum

HN Holdings Eimer für 49 Dollar das Stück an das kenianische Gesundheitsministerium verkauft, die im Einkauf nur einen Dollar gekostet haben.«

Er seufzt. »Es steht uns nicht zu, ein moralisches Urteil über die Geschäftspraktiken unserer Kunden zu fällen. Wir bieten ihnen nur eine technische Dienstleistung an.«

Violets Herz rast. In ihrem Kopf dreht sich alles, als sie versucht, eine andere mögliche Interpretation für das, was er sagt, zu finden.

»Aber … Ihr Name …«

»Zu unserem Service gehört die Wahrung der Anonymität unserer Kunden, die in ihrem Heimatland nicht namentlich in Erscheinung treten möchten. Wir stellen nominelle Gesellschafter und Geschäftsführer für die Mantelgesellschaften zur Verfügung, oder wir helfen bei der Gründung einer Foundation. Die meisten Offshore-Standorte haben strenge Gesetze, was die Offenlegung vertraulicher Informationen angeht.« Er hält inne und senkt die Stimme, spricht ganz nah an ihrem Ohr. »Ich habe gehofft, dass Sie auch bald als Nominee auftreten können, Violet, sobald Sie über das nötige Wissen verfügen. Es ist nicht schwer, aber Sie müssen auf Zack sein. Ich dachte, HN Holdings wäre ein guter Anfang, weil Sie Kenia kennen.«

»Ich verstehe«, sagt sie, auch wenn sie lieber nicht verstanden hätte.

»Wissen Sie«, sagt Marc, »manchmal dauert es einen Moment, bis man sich daran gewöhnt. Warum nehmen Sie die Akten heute Abend nicht mit nach Hause? Dann können Sie sich in Ruhe ein Bild machen. Ich habe gleich eine internationale Telefonkonferenz, aber wenn Sie morgen Abend nichts vorhaben, können wir uns vielleicht beim Abendessen darüber unterhalten? Ja?«

Sie hört, dass auf seinem Schreibtisch das Telefon klingelt. Er drückt noch einmal ihre Schulter, lässt die Hand den Bruchteil einer Sekunde zu lange dort, dann geht er.

Sie zieht sich den Blazer über. Im Fahrstuhl nach unten wechselt sie die Schuhe und läuft zur Bushaltestelle.

»Ich weiß nicht, ob ich das kann, Laura.« Oben im Doppeldeckerbus redet sie sich ihre Bedenken von der Seele. Aus irgendeinem Grund sind ihre Augen feucht.

»Ich weiß, am Anfang kommt es einem irgendwie nicht richtig vor, aber du gewöhnst dich daran, Violet. Alle in der City tun es.« Laura klingt müde und angestrengt. Im Hintergrund übertönt das Gebrüll des Babys die Nachrichten im Radio. »Ich habe irgendwo gelesen, dass achtundneunzig von hundert an der Londoner Börse notierten Unternehmen Tochtergesellschaften, Partner oder Joint Ventures in Steueroasen haben. Wenn es GRM nicht macht, macht es jemand anders, und dann hättest du keinen Job mehr.«

»Vielleicht wäre ich doch glücklicher bei den Versicherungen.«

»Wie ist die Zusammenarbeit mit Marc?«

»Gut. Er hat mich morgen Abend zum Essen eingeladen. Aber ich weiß nicht, ob …«

Laura lacht. »Sei kein Frosch, Violet. Geh hin. Amüsier dich! Aber sag nicht, ich hätte dich nicht gewarnt.«

BERTHOLD Wrest'n'Piece

Einmal im Leben taucht jemand mit einem Schlüssel auf, der die rostige alte Tür zu deinem Herzen öffnet. Die Aufregung über die romantischen Möglichkeiten mit der neuen Nachbarin trieb meine Fantasie zu Höchstleistungen an, und ich tüftelte an meiner eigenen Version des Nescafé-Gold-Plots. Im Fernsehen gewann Tony Head im Lauf von mehreren Werbespots das Herz seiner Nachbarin mit Instantkaffee, nachdem die schöne Unbekannte wegen ihres Dinnerparty-Engpasses zum ersten Mal bei ihm geklingelt hatte. Die vor Achtziger-Jahre-Erotik sprühenden Filmchen hatten mit ihrer Verzögerungstaktik das ganze Land in Atem gehalten. Jetzt würde ich die Dinnerparty geben, und die Göttin von nebenan wäre mein Gast. Eine reizende alte Dame, nämlich Inna, würde als Lockvogel zu ihr gehen und sie zu einem nachbarschaftlichen Abendessen einladen. Die Göttin dürfte sich das Datum aussuchen – so konnte sie schwer ablehnen. Und dann würde sie an dem gewünschten Abend klingeln, die Tür ging auf, und vor ihr stand Berthold Sidebottom, der distinguierte Schauspieler mit dem sprühenden Charme. Tadah!

Doch um dahin zu gelangen, waren Planung und Vorbereitung gefragt – ein Besuch beim Friseur (man musste das Beste aus dem machen, was man hatte), die längst überfällige Wäsche, vielleicht sogar ein neues Kleidungsstück. Die meisten meiner Sachen stammten noch aus der Zeit mit Stephanie, die gut im Organisieren war und Wert auf Qualität zum günstigen Preis legte. Mutter sagte immer, sie hätte eine Krämerseele.

Die Mahlzeit würde ich Inna überlassen, das Menü exotisch und unwiderstehlich verführerisch: Globski, Klopski, Slotschki. Aber was, wenn sie Vegetarierin war? So viele Frauen waren sentimental und weichherzig, wenn es um pelzige Tiere ging. Ich musste Inna dazu bringen, Erkundigungen einzuholen und sich eine köstliche Alternative auszudenken. Es wäre Innas erster richtiger Auftritt in ihrer neuen Rolle. Der Plan gab meinem Tagesablauf einen neuen Fokus und verdrängte den Schmerz über meinen Verlust in ein sicheres Depot in meinem Hinterkopf.

Doch bevor ich den Nescafé-Gold-Plot in die Tat umsetzen konnte, erhielt ich Nachricht aus dem Krankenhaus. Mutters Obduktion war endlich erfolgt, sie war eines natürlichen Todes gestorben (was sonst?) und ihre Leiche war nun zur baldigen Beerdigung oder Einäscherung freigegeben. Ich hatte mich so in die Planung des Nescafé-Gold-Plots vertieft, dass ich bei der Planung der Seebestattung keinen Schritt weitergekommen war.

Nun griff ich nach den Gelben Seiten, die ein Bein des Ohrensessels stützten, und rief bei dem Bestattungsinstitut mit der größten Werbeanzeige an: Wrest'n'Piece. Man musste sich wirklich fragen, wo diese Firmen immer ihre Namen herhatten. Am Telefon war ein Mann, ein reifer Mann mit sonorer Stimme, ausgezeichneter Aussprache und Grabesernst.

»Mein aufrichtiges Beileid, Sir … Nein, wir bieten leider keine Seebestattungen an … Eine Einäscherung ist oft für alle Beteiligten eine befriedigende und würdige Zeremonie. Preiswerter als eine Beerdigung, vor allem, wenn sich die Familie selbst um das Verstreuen der Asche kümmert, was Sie natürlich auf See oder an einem anderen Ort von emotionaler Bedeutung tun können. Wobei die Kosten bei den meisten unserer Kunden natürlich nicht der entscheidende Faktor sind … Selbstverständlich können wir sie vom Krankenhaus abholen … Wenn Sie mir Ihre Adresse geben, lasse ich Ihnen ein schriftliches Angebot zukommen. Darf ich notieren … Berthold? … Berthold Sidebottom?«

Durch das Knistern der Leitung vermeinte ich, den leisen Hauch eines Schmunzelns zu vernehmen. Auf solche Dinge reagiert man empfindlich.

Doch zu meiner Überraschung fragte die Bestatterstimme weiter: »Royal Academy of Dramatic Arts 1982?«

»Hm?«

»Jim Knox.«

»Jimmy! Jimmy the Dog!«

Jimmy the Dog und ich waren Textbuch- und Trinkkumpel an der Schauspielschule gewesen. Ich hatte ihn als großen dunkelhaarigen Kerl mit prominenter Nase in Erinnerung, der an einen ausgesetzten Beagle erinnerte, der Typ Schauspieler, der meistens als kleiner Gauner besetzt wird. Während ich im Provinztheater die Fackel des unsterblichen Barden hochhielt, hatte er mit einer Reihe kleiner Nebenrollen in Fernsehkrimis bescheidene Erfolge verzeichnet.

Damals, vor E-Mail und Facebook, passierte es schnell, dass man Freunde aus den Augen verlor.

»Haha. Erinnerst du dich an den Abend im Dominion? Als ich Kate Bushs BH-Träger schnalzen ließ?«

»*I'll put him on the wedding list … mmm … mmmm*«, summte ich.

Damals hatten wir uns für Roadies ausgegeben und uns im Dominion in der Tottenham Court Road auf ein Wohltätigkeitskonzert von Prinz Charles' Jugendstiftung eingeschlichen, wo Madness als Hauptgruppe auftrat. Das Verrückte war, wir blieben fast eine Stunde unbehelligt, bis die echten Roadies auftauchten, die wiederum so high waren, dass sie nicht mitkriegten, was los war; sie kicherten bloß, als der Sicherheitsdienst versuchte, sie rauszuwerfen. Es gab ein Riesentrara, weil auch Prinz Charles und Prinzessin Di da waren, auch wenn wir sie nicht zu Gesicht bekamen. Aber wir hörten fast das ganze Konzert, und Jimmy behauptete, er habe Kate Bush auf der Treppe angefummelt, bevor wir schließlich erwischt wurden.

Später im selben Jahr brachte Madness die Hitsingle *Our House* heraus, mit einer zuckrigen nostalgischen Vision vom idyllischen Leben und der Solidarität der Arbeiterklasse, die bei Lily direkt ins Schwarze traf. Mutter trällerte den Song immer, wenn sie mit dem Staubsauger durch die Wohnung rumpelte, die sie nach dem neuen Right-to-Buy-Gesetz damals schon für einen Appel und ein Ei hätte kaufen können. Für Jimmy und mich aber, auf den verschwitzten Matratzen unserer Studentenbuden, war es einfach nur ein toller Hit zum Mitgrölen.

»Aber Jimmy – wie kommt's, dass du …«

»Dass ich Bestatter geworden bin? Sicherheit. Regelmäßiges Einkommen. Ich brauchte eine Anzahlung für eine Wohnung. Ich hatte es satt rumzuhängen. Und du wärst überrascht, wie nützlich die Schauspielausbildung ist, um auch bei den miesesten Veranstaltungen ein bisschen Feierlichkeit zu verbreiten. Und wie geht's dir – Dirty Bertie?«

Es war lange her, dass mich jemand so genannt hatte. Dirty Bertie und Jimmy the Dog. Wir hatten die ganze Stadt auf den Kopf gestellt. Keine Party war cool ohne uns, kein Mädchen wachte als Jungfrau auf. Das war zumindest unser Motto.

»Hauptsächlich Theater. Ich mache gerade eine Pause. Na ja, schon länger. Und dann habe ich mich um meine alte Mutter gekümmert.«

»Ach ja. Tut mir echt leid, dass sie gestorben ist. Ich habe sie doch mal kennengelernt, weißt du noch?«

Verschwommen erinnerte ich mich an Mutter mit einem tiefen Dekolleté, die versuchte, Jimmy Sherry einzuflößen. Kein ungewöhnlicher Vorgang.

»Wir machen ihr einen großartigen Abschied, Bertie. Nenn mir ein Datum und fang schon mal an, Leute einzuladen.«

Alarmglocken schrillten. »Ich glaube nicht, dass Mum eine große Sache gewollt hätte«, murmelte ich. (Wahrscheinlich war es genau das, was sie gewollt hätte.)

»Echt nicht? Sie war eine tolle Lady, Lily. Richtiger Feger. Ich würde gern was dafür tun, ihre Erinnerung hochzuhalten.«

O Gott. War da mehr gewesen als Dekolleté und Sherry? »Hör mal, Jimmy …«

»Und keine Sorge wegen dem Geld, Bert. Ich mach dir einen Spezialpreis. Den alten Zeiten zuliebe. Kate Bushs BH zuliebe.«

Eine Woge der Sehnsucht brachte mein Nomadenherz zum Schwingen – nicht direkt Sehnsucht nach Jimmy the

Dog, aber nach Freundschaft und dem unkomplizierten Leben von früher, als die Gezeit meines Lebens noch hoch stand und alle Strömungen des Glücks mein waren, wenn ich sie nur zu nutzen wusste.

BERTHOLD Jimmy the Dog

Jimmy the Dog erwies sich als ein überraschender Quell des Trosts und als wahre Stütze in dieser Zeit. Obwohl ich wusste, dass er die sonore Patrizierstimme mit den perfekt ausgesprochenen Konsonanten auf der Schauspielschule gelernt hatte, war ihre Wirkung überaus beruhigend. Er leitete mich durch den ganzen Post-Vitam-Prozess, die Sterbeurkunde, die Formulare. Er klärte mich über die gesetzliche Erbfolge auf, da Lily, soweit ich wusste, vor ihrem Tod kein Testament aufgesetzt hatte – nicht dass es viel zu erben gab, bis auf den Mietvertrag.

Es war Jimmy, der mir die Waldbestattung vorschlug. Sein Bestattungsinstitut hatte erst kürzlich ein Stück Wald gekauft, einen Katzensprung von Finsbury Park entfernt, mit perfekter Verkehrsanbindung, wie er sagte, und dieses Waldstück wollten sie zu einem natürlichen Bestattungsort entwickeln, um in Zukunft neben den anderen Post-Vitam-Dienstleistungen auch Naturbestattungen anbieten zu können. Lilys Beerdigung wäre sozusagen eine Generalprobe – und würde daher nur einen Bruchteil der normalen Gebühren kosten. Jimmy fungierte als Trauerredner, ich als Hinterbliebener, und er und ich würden die Zeremonie nach weltlichen sozialistischen Richtlinien planen, als Feier und Zusammenkunft all der Menschen, die Lily geliebt hatten. Meine Aufgabe war es, ihr Leben in Worten zusammenzufassen und eine ausgewählte Gruppe zur Trauerfeier einzuladen.

In Mutters Papieren, die sie in einem Pappkarton unter dem Bett aufbewahrt hatte, fand ich ein zerfleddertes ledergebundenes Adressbuch. Die meisten Namen sagten mir nichts, und ich hatte keine Ahnung, ob sie aktuell waren. Ted Madeleys Adresse stand noch drin, obwohl er längst tot war. Sogar für Berthold Lubetkin war eine Adresse in Gloucestershire verzeichnet, auch wenn er 1990 gestorben war. Ihre Liebhaber Jack Blast und Jim Wrench standen darin – lebten sie noch? Jenny und Margaret, Ted Madeleys Zwillingstöchter, Mums Stieftöchter, waren unter ihren alten Adressen aufgeführt. Sollte ich sie zur Beerdigung einladen? Mum zufolge hatten Jenny und Margaret, die etwa zehn waren, als ihr Vater wieder heiratete, die zwanzigjährige Lily leidenschaftlich gehasst. »Die kleinen Hexen« hatte Mutter sie immer genannt. Soweit ich mich erinnerte, war ich neun, als ich sie kennenlernte, und sie waren um die dreißig. Zu der Zeit mussten sie sich etwas beruhigt haben, denn ich erinnerte mich ganz deutlich, dass sie zu Mums vierzigstem Geburtstag mit Blumen vor der Tür standen. Sie freundeten sich mit Howard an, meinem älteren Halbbruder, der fusselige blonde Koteletten und das Auftreten eines Ladykillers kultivierte. Bei mir gab er damit an, er habe sie beide gleichzeitig im Bett gehabt, was ich ihm nicht abnahm. Kein Mensch würde freiwillig mit den beiden gleichzeitig herumschmusen. Sie waren schon damals ein furchteinflößendes Gespann.

Es gab ein Foto von mir mit allen drei Halbgeschwistern in Hampstead Heath. Ich erinnerte mich nicht an den

Tag, aber es muss kurz vor Howards Auszug gewesen sein. Auf dem Foto grinsten wir alle auf die alberne »Cheese«-Art, und ich hielt ein Eis in der Hand. Verschwommen erinnerte ich mich an nächtliche Aktivitäten, bei denen ein Seil, Howard und sein Freund Nige im Spiel waren – ein Schulrabauke, der eine Zeit lang in Madeley Court wohnte –, und an die Tracht Prügel von meinem Vater, die unweigerlich folgte.

Howard war es auch, der mir seine Sammlung schmutziger Postkarten zeigte, er klärte mich augenzwinkernd darüber auf, was im Ehebett vor sich ging – auch davon glaubte ich ihm kein Wort. Warum sollte meine heiß geliebte Mutter *so was* mit irgendwem tun, geschweige denn mit meinem schrecklichen Vater?

Auch seine Adresse stand noch in dem Buch, obwohl er 1983 gestorben war. Armer Dad. Heute verspüre ich Mitgefühl für ihn, der einst vor dem öden Spießertum in Ossett floh und als Witwer mit einem kleinen Kind im pulsierenden London landete. Kein Wunder, dass meine weichherzige Mutter mit ihrem Hang zur Weltverbesserung die beiden retten wollte. Doch es ging nicht gut. Ich bin nicht verbittert, aber die ersten neun Jahre meines Lebens waren gezeichnet von seinem launischen Charakter und seinem explosiven Temperament, und Mum verbrachte die folgenden dreiundvierzig Jahre damit, die Wunden zu heilen, die ich damals davongetragen hatte.

Noch eine Erinnerung tauchte ungebeten am Rand meines Bewusstseins auf: das stille schwarze Wasser eines Kanals; ein kalter Spätnachmittag bei trügerischem Dämmerlicht; Howard und Nige auf dem Treidelpfad am Ufer, die mich rechts und links an der Hand hielten. Ein Seil um meine Taille. Ich weiß nicht mehr genau, was dann passierte: Ich erinnere mich nur an Dunkelheit und Angst. Als ich nach Hause kam, war ich klitschnass, und Dad verprügelte mich mit dem Gürtel. Ich schleppte mich durch einen dreißigminütigen Tunnel von Demütigung, Schmerz und Scham. Meiner Mutter zufolge hat damals mein Stottern angefangen. B-b-brücke.

Im Adressbuch stand ein neuer Eintrag für meinen Halbbruder Howard Sidebottom in Kilburn – neu in dem Sinn, dass eine Adresse durchgestrichen und eine andere daruntergeschrieben war, auch wenn ich keine Ahnung hatte, wann das geschehen war. Mum hatte immer versucht, mit Howard in Verbindung zu bleiben, weil sie noch Hoffnung für ihn hegte, nachdem sie Sid aufgegeben hatte. Als ich noch zu Hause wohnte und unser Vater ausgezogen war, kam Howard manchmal zum Abendessen vorbei. Jetzt schickte ich Howard eine kurze Nachricht an die Adresse in Kilburn. Trotz allem wäre es schön, ihn wiederzusehen.

Für Mutters letzten Exmann Lev Lukashenko gab es nur eine Adresse in Lviv in der Ukraine, und soweit ich wusste, hatte Mutter seit Jahren nichts von ihm gehört. Als sie ihn heiratete, war ich schon aus dem Haus, und ich fragte mich schuldbewusst, ob es mein Auszug war, der sie überstürzt in diese unpassende Ehe getrieben hatte – sie hatte gern einen Mann im Haus, und Lev hatte gern eine oder zwei Frauen in seinem Leben. Trotzdem schrieb ich ihm, schrieb ihnen allen, auf dem leuchtend rosa Basildon-Bond-Briefpapier, das Mutter so mochte: Wir wohnten nicht in einer Gegend, wo man schwarz umrandete Briefkarten bekam.

Ich brachte zwölf Briefe zur Post und war schockiert über die Höhe des Portos. »Verdammter Nepp«, schimpfte ich die mürrische Frau hinter der kugelsicheren Scheibe an, Mutter zu Ehren, die sich nie eine Chance entgehen ließ, gegen die Übel unserer Zeit zu wettern, besonders die Privatisierung, Jeremy Clarkson und Kurzzeitkredite zu überhöhten Zinsen.

»Schieber und Spekulanten, die die britischen Bürger ausnehmen! Im Krieg gab's jede Menge davon, aber damals haben wir sie hinter Gitter gesteckt. Und jetzt regieren sie unser Land! Armer Ted. Wenn er noch am Leben wäre, würde er sich im Grab umdrehen.«

Und Flossie, wiewohl ein unverständiger Vogel, der von Mutters hehren Beweggründen nichts wusste, ließ sich immer schnell anstecken und tat ihr Bestes, sie lautstark zu unterstützen. »Ding dong! Ding dong!«

»Ja, verflixt, ding dong, Flossie!«, rief meine Mutter.

Vielleicht hatte zu viel Wut von ihrem armen Herzen Tribut gefordert. Die alte Welt, von deren Geist sie ein Leben lang gezehrt hatte – die Welt der staatlichen Fürsorge und sozialen Wohnraumutopien, die Männer wie Harold Riley und Berthold Lubetkin für sie geschaffen hatten –, war einer neuen Welt der Offshore-Konten und Sparpolitik, der Wohnungsspekulanten und Schlafzimmersteuern gewichen. Die Gebäude standen noch, doch ihre Herzen hatten aufgehört zu schlagen, wie Lilys.

VIOLET La Maison Suger

Um sieben wartet Marc im riesigen Stahl-und-Glas-Atrium des GRM-Gebäudes auf sie. Violet trägt ihr taubengraues Outfit und hohe Absätze. Die Turnschuhe liegen in einer Tüte unter ihrem Schreibtisch. Als die Fahrstuhltür aufgeht und sie ihn dort stehen sieht, beginnt ihr Herz heftig zu klopfen; auch wenn sie schon seit zwei Tagen mit Marc zusammenarbeitet, ist es immer noch ein Schock, wie attraktiv er ist. Er lächelt, als er sie sieht, und schlendert geschmeidig wie ein Gepard über den Marmorboden, eine Hand in der Hosentasche, in der anderen eine Laptoptasche.

»Ich habe einen ruhigen Tisch bei La Maison Suger für uns bestellt. Ich hoffe, Sie mögen traditionelle französische Küche.«

Sie nickt. Ihr Magen schlägt seltsame Purzelbäume. Sie ist nicht sicher, ob sie überhaupt einen Bissen hinunterbringen wird.

Im Maison Suger gibt es Kerzenschein und weiße Tischdecken hinter einer diskreten Fassade. Der Kellner führt sie in ein ruhiges Nebenzimmer, wo sie die einzigen Gäste sind, und reicht ihnen Champagnergläser. Im Hintergrund spielt leiser Jazz.

Marc stößt mit ihr an. »Auf Ihren neuen Job, Violet! Auf unsere Zusammenarbeit!«

Obwohl sie in der Schule ganz gut in Französisch war, ist die Speisekarte auf dem steifen cremefarbenen Papier ziemlich unverständlich, mit Zutaten, von denen sie noch nie gehört hat, und vertrauten Dingen in neuen Kombinationen. *Suprême de poule faisane à la citronnelle, condiment tamarin, raviolis de foie gras, langoustines rôties au beurre d'agrumes, saveurs marron-clémentine.* Die Buchstaben verschwimmen Genuss verheißend vor ihren Augen. Marc übersetzt für sie. Sein Englisch ist perfekt, doch mit einem leichten französischen Akzent, der kosmopolitische Raffinesse ausstrahlt. Seltsam, in der Umgebung von GRM war ihr der Akzent gar nicht aufgefallen, aber hier kommt er irgendwie stärker zum Tragen. Marc erzählt ihr, dass sein Vater Kunsthändler in Paris war, seine englische Mutter Kunsthistorikerin; sie erzählt ihm von ihrer Familie in Bakewell, die im Vergleich schrecklich bieder klingt.

Der Kellner reicht ihm die Weinkarte, die er mit konzentriert gerunzelter Stirn studiert. Der Wein, den er wählt, ist samtig und subtil. Er saugt sich in jede Faser ihres Körpers, füllt sie mit genießerischer Trägheit. Das Essen ist mehr als köstlich und bedient all ihre Sinne. Alles ist so perfekt, wie sie es sich erträumt hat. Wo also kommt der kleine Teufel her, der sie dazu bringt, noch einmal das Thema Re-Invoicing anzuschneiden?

»Ich habe über diese Mantelgesellschaften nachgedacht, Marc. Ich verstehe nicht ganz, was der Sinn dahinter ist.«

Inzwischen hat sie eine Ahnung, aber sie hofft, dass sie sich irrt und er vielleicht eine ganz unschuldige Erklärung hat.

»So funktioniert das globale Geschäft. Es kurbelt die

Wirtschaft an.« Bedächtig trinkt er einen Schluck Wein und lehnt sich zurück.

Sie lehnt sich vor, ihr Herz klopft. »Aber kurbelt es nicht eher die Korruption an? Es sieht so aus, als würde HN Holdings aus einem der ärmsten Länder der Welt Milliarden Dollar abschöpfen. Sie stehlen von den Elendsten dieser Erde. Ich habe selbst gesehen, wie …«

Sie hält inne. Sie merkt, dass ihre Stimme schrill wird. Sie will ihm von Kibera erzählen, aber es ist eine Erinnerung, die älter ist als Worte, eine Erinnerung, die eingebettet ist in die Bilder und Geräusche ihrer Kindheit: die ungeteerten Straßen mit den baufälligen Wellblechhütten, der Müll, der in den Abflussgräben verrottet, die zerlumpten Kinder, für die es keine Schule gibt und die ziellos einen Ball im Staub herumkicken.

»Wenn Entwicklungsländer etwas gegen die Korruption tun wollen, müssen sie ihre eigenen Gesetze verschärfen, Violet.« Marc wirkt gelangweilt, als hätte er diese Diskussion schon viele Male geführt. »Sie müssen vor ihrer eigenen Tür kehren. Es ist zu simpel, immer alles auf den Westen zu schieben.«

»Aber sollten wir ihnen nicht helfen, damit Schluss zu machen, anstatt den Übeltätern zu helfen?«

Er seufzt übertrieben. »Was unsere Kunden mit ihrem Geld tun, ist ihre Angelegenheit. Wir halten keine Moralpredigten. Wir stellen keine Fragen. Wir sind dafür da, das Erreichen ihrer Anlageziele reibungslos zu gestalten.« Er streckt die Hand aus und legt sie auf ihre. »Das ist unser Job. Das ist unser Geschäft. Sie haben hier eine große Chance bei GRM. Seien Sie nicht naiv, Violet.«

»Vielleicht bin ich naiv. Aber ich bin lieber naiv als ein Betrüger.«

Kaum ist es ihr rausgerutscht, ist ihr klar, dass sie das Falsche gesagt hat, aber der Wein hat ihre Zunge gelöst. Es ist nicht mal so, als würde sich GRM den Löwenanteil des Erlöses der 10 000 Eimer für 49 Dollar pro Stück unter den Nagel reißen – das tut Mr Horace Nzangu, wer immer das sein mag. GRM hat nur dessen Briefkastenfirma auf den Britischen Jungferninseln gegründet und managt sie, für zwei Prozent Kommission. Die Eimer, die Mr Nzangu an das Gesundheitsministerium in Nairobi verkauft, hat er aus China, zu einem Stückpreis von einem Dollar. Die Leute, die sie tatsächlich herstellen, kriegen wahrscheinlich weniger als einen Cent pro Eimer.

»Seien Sie nicht so emotional, *chérie*. Es ist doch nichts Persönliches. So funktioniert nun mal das Wirtschaftssystem, in dem wir arbeiten. Sehen Sie es so – wer ein Vermögen aufbaut, braucht Anreize. Erlaubt man ihm nicht, das Vermögen zu behalten, das er schafft, sind wir am Ende alle ärmer dran.« Er drückt ihre Hand. »Ist es wegen Ihrer Familie?«

»Es geht nicht um meine Familie. Es geht nicht mal um die Korruption in Kenia – davon weiß sowieso jeder. Aber mir war nicht klar, dass wir hier … dass Sie …! Sie haben gerade jemandem geholfen, vier Millionen Pfund von den Ärmsten der Armen zu stehlen, und Prozente dafür kassiert. Und Sie finden anscheinend, das ist in Ordnung! Nach dem Motto ›Geschäft ist Geschäft‹!«

»Es ist nicht mein Job, die Probleme der Welt zu lösen, Violet. Glauben Sie mir, für die Korruption in Kenia sind nicht Firmen wie GRM verantwortlich.« Er beugt sich vor und schiebt sich einen Bissen Fleisch in den Mund. Sie sieht zu, wie seine Zähne beim Kauen mahlen.

»Sie meinen, die sind korrupt, aber wir sind ach-sozivilisiert?« Sie trinkt noch einen Schluck Wein und wedelt mit den Händen.

»Du lieber Gott, Violet! Machen Sie sich nicht lächerlich. Kommen Sie runter von Ihrem hohen Ross. Willkommen in der Realität!«

Der Kerzenschein hat etwas an sich, das seine Züge nicht weicher, sondern härter wirken lässt – in seinen Augen ist ein gemeines, hungriges Funkeln und seine Mundwinkel haben einen grausamen Zug, der ihr vorher nicht aufgefallen war. Sensible Männer mit Grübchen im Kinn sollten nicht so sein. Zum ersten Mal fragt sie sich, wie alt er ist. Er muss fast vierzig sein – viel zu alt für sie. Was hat sie sich bloß gedacht, als sie sich von ihm zum Abendessen einladen ließ?

»Ich glaube nicht, dass Gott bei dieser Sache auf Ihrer Seite ist.« Der Wein macht sie mutig. *Wir kämpfen den guten Kampf!*, hallt es in ihrem Kopf. »Hat Ihnen nie jemand gesagt, dass die Sanftmütigen das Erdreich besitzen werden?« Sie steht auf, bereit zu gehen.

»Prima. Ich wünsche den Sanftmütigen viel Glück dabei. Und bis es so weit ist, genießen wir, was das Leben bringt.«

Er steht abrupt auf und stößt dabei seinen Stuhl um. Dann kommt er um den Tisch, packt sie und zieht sie an sich. Sie spürt das Schlagen seines Herzens, und ihr eigenes, das noch schneller und heftiger schlägt.

»Violet, süße Violet, ich will dich, ich habe nur an dich gedacht seit dem Einstellungsgespräch.« In seiner Stimme ist ein dunkler, fordernder Unterton, als er ihr ins Ohr flüstert. »Wir wären wunderbar zusammen. Verdirb nicht alles.«

Nick mit seinem schlappen Welpengefummel hat nie mit so einer Stimme gesprochen. Jetzt ist der Zeitpunkt, sich hinzugeben, alles Schrille wegschmelzen zu lassen. Sie schwankt, und er hält sie fest, drückt ihr einen Kuss auf den Mund. Seine Lippen sind hart, mit einem Hauch von Stoppeln am Rand. Da explodiert etwas in ihrem Kopf. Sie stößt ihn weg und erwischt dabei mit dem Ellbogen ein Rotweinglas. Ein roter Schwall breitet sich auf seinem Anzug aus wie Blut nach einem Pistolenschuss.

Sie streift die Stöckelschuhe ab, steckt sie in die Handtasche und rennt barfuß in die Nacht hinaus.

BERTHOLD Welch ein Meisterwerk ist der Mensch

Die Nacht ist die Zeit der Geister und Erinnerungen, wenn die gewohnten Bezugspunkte des Tages schlafen – Flossie unter der Tischdecke und Inna leise schnarchend in Mutters Zimmer –, während die Dinge, die in den Schatten lauern, hervorgekrochen kommen. Als ich Mutters Zimmer aufgeräumt hatte, hatte ich ihre Papiere und Fotos in einen großen Pappkarton gelegt und diesen in der Besenkammer unter den Boiler gestellt. Jetzt holte ich ihn hervor und breitete seinen Inhalt im gedämpften Schein der Schreibtischlampe aus, um meine Trauerrede vorzubereiten. Ich starrte auf die leere Seite vor mir und wartete darauf, dass eine Glühbirne der Inspiration aufleuchtete.

Ein dicker brauner Umschlag enthielt einen Packen Flugblätter, halb unterschriebene Petitionen, lila Matrizenabzüge, gefaltete Plakate. In meiner ganzen Jugend war Mutter auf die Barrikaden gegangen, hatte Kampagnen ins Leben gerufen, protestiert, Demos organisiert und Märsche angeführt. Als Kind war mir das schrecklich peinlich gewesen.

In einem anderen Umschlag waren ihre Finanzunterlagen – auf Jimmys Anweisung hatte ich schon den Erbschein beantragt und ihre Renten abgemeldet, wobei ich das bezugsberechtigte Konto fürs Erste beibehalten hatte, auch wenn bald kein Geld mehr darauf sein würde. Weitere Umschläge enthielten Haushaltsrechnungen, Quittungen und Garantien für längst ausrangierte Geräte. Der ganze papierne Ballast, der an uns kleben bleibt, während wir uns durch die Zeitlichkeit bewegen, um schließlich Ew'ges zu erwerben.

Am Ende meines Kugelschreibers lutschend, als könnte ich Inspiration aus ihm heraussaugen, brütete ich über meiner Rede, suchte nach einem Schlüssel zum Wesen dieser Frau, mit der ich so viele Jahre zusammengelebt hatte, von deren Innenleben ich jedoch so wenig wusste. In ihren Vorkriegs-Schulzeugnissen stand, dass sie ein aufgewecktes, aber unkonzentriertes Mädchen war. Postkarten aus windigen Ostküsten-Seebädern zeigten sie mit einem nicht ganz überzeugenden Lächeln. Da waren die Pfadfinderinnen-Abzeichen – und im Krieg hatte sie Brötchen für die gute Sache gebacken. Ich machte mir eine Notiz dazu. Hier, in einem schweren cremefarbenen Umschlag, waren ihre drei Heiratsurkunden: mit Ted Madeley, dem Stadtrat, der ihr die Wohnung besorgt hatte und kurz danach gestorben war, mit dem schlimmen Sidney Sidebottom, meinem Gürtel schwingenden Vater, und mit Lev Lukashenko, der mit dem Rest von Lilys Geld abgehauen war. Ich hatte mich vor einer existenziellen Enthüllung gefürchtet – etwa dass ich gar nicht ihr Sohn war, sondern ein Findelkind, das sie adoptiert hatte wie meinen Halbbruder Howard. Aber da war auch meine Geburtsurkunde – ich war ihr einziges Kind.

Nichts in den Papieren brachte Licht in die Legende,

sie habe eine Liebesaffäre mit Berthold Lubetkin gehabt, oder bestätigte meine heimliche Hoffnung, dass nicht der Schwindler Sid Sidebottom, sondern der geniale Architekt mein richtiger Vater war. Falls ich gehofft hatte, Liebesbriefe oder persönliche Tagebücher zu finden, wurde ich enttäuscht. Wie das Rauchen hatte sie ihre Liebesaffären heimlich betrieben. Nachdem ich damals ausgezogen war, hatte ich bei meinen Besuchen hin und wieder einen vollen Aschenbecher oder einen Fremden im Schlafzimmer vorgefunden, aber falls sie jemals Briefe bekam, hatte sie sie entweder verbrannt oder zurückgegeben.

Eingeschlagen in eine Zeitungsseite von 1967 war eine von kindlicher Hand gezeichnete Karte. Auf dem Bild war ein Haus mit blauer Tür und spitzem Dach zu sehen, aus dem Schornstein quoll Rauch, und daneben stand eine blonde Frau mit Streichholzbeinen, die so groß war wie das Haus. Auf der Innenseite der Karte ein Gruß – beim Lesen wurden meine Augen feucht: *Für die beste Mum der Weld.* Sie hatte sie all die Jahre aufbewahrt.

Eine Papprõhre enthielt die zusammengerollte Urkunde ihres Sprachtherapiediploms. Nach ihrem Erfolg bei meinem Stottern hatte Mutter ihre Berufung gefunden und machte eine Ausbildung, die es ihr erlaubte, für den National Health Service zu arbeiten. »Dieser Tätigkeit galt ihre anhaltende Leidenschaft«, schrieb ich.

Und da, ganz unten, lag der Mietvertrag für die Wohnung, ausgestellt auf Mr und Mrs Ted Madeley. Wenn alles nach Plan lief, würde dort bald Mr Berthold Sidebottom stehen.

Mutter sprach oft voller Bewunderung von Reformern wie Aneurin Bevan, der nach dem Krieg als Minister den staatlichen Gesundheitsdienst NHS einführte, von Harold Riley, dem Labour-Stadtrat in Finsbury, von Berthold Lubetkin, dem Architekten, von Dr. Chuni Lal Katial, dem ersten indischstämmigen Bürgermeister in Großbritannien, der für das öffentliche Gesundheitswesen kämpfte und Lubetkin mit dem Bau des Finsbury Health Centre beauftragte, und schließlich dem früh verstorbenen Ted Madeley, der für kurze Zeit den Wohnungsausschuss leitete. Doch die Männer, die sie im richtigen Leben in ihr Schlafzimmer ließ, waren meist aus anderem Holz geschnitzt. Es war, als wäre ihr reformerischer Eifer über ihr soziales Engagement hinausgewachsen und zöge sie zu Männern hin, die selbst reformiert gehörten; zwielichtige, unsolide Typen wie der schlimme Sid Sidebottom und Lev Lukashenko, der sich von ihr durchfüttern und sie dann sitzen ließ. Schon der Barde fand es »verdrießlich für eine Frau, sich von einem Stück Staubes meistern zu lassen«.

Ich nehme an, für einen Jungen war es normal, Groll gegen den Vater zu hegen und seine Mutter ganz für sich zu wollen, Dr. Freud hatte ein Wort dafür, aber in meinem Fall war es mehr als das unbewusste Gefühl sexueller Rivalität. Ich war ein verängstigter kleiner Knirps, von Howard schikaniert und von meinem Vater verprügelt, und nur meine Mutter trat für mich ein. »Empfindlich« war das Wort, mit dem sie mich beschrieb wie einen schmerzenden Zahn.

Der hübsche Howard war mein Idol und mein Folterer. Mutter sagte immer, ich hätte den Hang zum Schauspielern von ihm. Er arbeitete damals in der Filiale einer Billig-Schuh-Kette in Shoreditch, aber er hielt sich für einen Rockstar, und wenn er abends Luftgitarre übte, sang ich dazu quietschend in eine Haarbürste. »*Don't be cruel to a heart so true.*« Bei jedem falschen Ton riss er mir die Bürste aus der Hand und zog mir damit eins über, eine Reaktion, die er sich wahrscheinlich bei Sid abgeschaut hatte.

Dann kam er eines Tages, er war vielleicht achtzehn, mit einer E-Gitarre nach Hause, einem rasanten, blitzenden Teufelsding, das er sich, wie er sagte, von seinem Gehalt aus dem Schuhgeschäft gekauft hatte. Mit offenem Mund starrte ich ihn an. Das war nicht mehr so tun als ob – das war echt. Howard schlug einen Akkord an und röhrte mit einer Stimme, die ich noch nie gehört hatte: »*Hey, Bert, take a walk on the wild side.*« Ich war wie elektrisiert.

Sid griff nach dem Gürtel. »Das Ding spielst du nicht in diesem Haus!«

Howard zeigte ihm den Mittelfinger und ging, die Gitarre unter dem Arm. Am nächsten Tag kam er zurück, als Dad nicht da war, und stopfte seine Sachen in eine Tasche. Mum flehte ihn an zu bleiben, aber er hörte nicht auf sie.

Mum vermisste Howard und redete noch lange von ihm, als gehörte er weiter zu unserem Leben. Hin und wieder kam er zum Essen vorbei, aber nur, wenn er sicher war, dass Dad nicht da war. Nach seinem Auszug trat Mum bei meinen Kollisionen mit Dad entschlossener für mich ein, bis schließlich der Tag kam, als sie ihn vor die Tür setzte. Ich bekam ihren letzten Streit nicht mit, aber als ich abends fragte, wo er war, antwortete sie nur: »Jetzt sind wir zu zweit, Bertie. Er kommt nicht zurück.« Wir saßen auf dem Sofa – ich glaube, mit Charles Lambs *Erzählungen nach Shakespeare*, aber vielleicht bilde ich mir das nur ein. »Wir schaffen das schon.«

Ich erinnere mich noch gut an das Gefühl von Triumph, begleitet von einem Anflug von Panik, das mir den Atem verschlug.

Nach der Scheidung meiner Eltern sah ich meinen Vater ein paar Jahre nicht. Mum sagte, er habe uns nicht gutgetan und wir seien ohne ihn besser dran. Sie nahm sein Foto von der Wand und verordnete uns ein radikales Programm der persönlichen und gesellschaftlichen Verbesserung. Bildung und Kultur sollten mein Zugang zum sozialen Aufstieg sein, und so schleppte sie mich jedes Wochenende durch alle kostenlosen Bibliotheken, Galerien und Museen in London. Ich schätze, etwas davon ist hängen geblieben.

Ted Madeley, ihr erster Mann, hatte als Lehrer angefangen, und er sagte immer, durch Bildung sei eine Revolution ohne Blutvergießen möglich. »Siehst du, Bertie«, sagte sie, »das ist der Nachkriegskonsens. Der Sozialstaat wird die Klassenunterschiede auslöschen, indem er die Arbeiterklasse nach vorn holt.«

Mir gefiel die Vorstellung, nach vorn geholt zu werden, ohne eine richtige Revolution anzetteln zu müssen, und so strengte ich mich an. Die Highbury Grove School, die ich besuchte, seit ich elf war, war nicht die nächstgelegene Schule, sondern die, die Mum für geeignet hielt, mich ins richtige Milieu zu bringen.

Ich erinnere mich noch heute an den Schock, als ich das erste Mal eine Theatervorstellung sah. Es war eine Schulmatinee im Young Vic Theatre, *Der Kaufmann von Venedig*, den wir gerade im Unterricht durchnahmen. Ich erinnere mich, wie das Licht ausging und sich Stille über uns legte wie eine Decke und wie die kleinen beleuchteten Gestalten weit vorn auf der Bühne plötzlich meine Sinne in Beschlag nahmen, meinen Geist, meinen Atem und mein Gefühl, und mich auf eine Reise durch den Wahnsinn zur Weisheit entführten, so dass ich, als wir drei Stunden später bei hellichtem Tag wieder auf dem Bordstein standen, nicht glauben konnte, dass hier schon das Publikum der nächsten Vorstellung auf Einlass wartete; ich konnte einfach nicht glauben, dass ein solches Erlebnis wieder und wieder reproduziert werden konnte.

In der Schule trat ich der Theatergruppe bei, den Kopf bereits randvoll mit den Shakespearemonologen, die ich mit Mum geübt hatte. Mit sechzehn wusste ich, dass ich Schauspieler werden wollte. Mutter redete es mir nicht aus, aber sie drängte mich, zusätzlich eine solide Ausbildung zu machen, auf die ich im Notfall zurückgreifen konnte. Ich versprach ihr, falls ich an der Schauspielschule nicht genommen würde, ließe ich mich zum Lehrer ausbilden wie Ted Madeley, was sowohl ihren Wunsch nach finanzieller Sicherheit befriedigte als auch den nach einem besseren Status als dem, den ich von meinem Vater geerbt hatte.

Trotz allem müssen sie und Sid Kontakt gehalten haben, denn eines Tages tauchte er aus heiterem Himmel bei der Oberstufenaufführung von *Hamlet* auf. Ich sah ihn erst im zweiten Aufzug, zweite Szene, er saß mit grimmig gerunzelter Stirn in der dritten Reihe. »Welch ein M-m-meisterwerk ist der Mensch. Die Z-z-zierde der Welt.« Fast verlor ich den Faden. Doch dann fing Mum, die mit den anderen Eltern in der ersten Reihe saß, meinen Blick auf und rettete mich, indem sie diskret den Zeigefinger zwischen die Lippen legte. Meine Schutzengel: Mutter und der unsterbliche Barde.

In der Pause kam Dad hinter die Bühne, schick wie immer und so attraktiv, dass die Mütter im Publikum raunten. Ich dachte, er würde mich als Waschlappen beschimpfen, aber stattdessen sagte er: »Das war wunderschön. Ich bin wirklich stolz auf dich, Sohn.« In seinen Augen glitzerten Tränen, doch es war zu spät.

Beim Umziehen nach der Aufführung warf ich einen Blick aus einem kleinen Fenster, das auf den Parkplatz hinter der Schule ging. Am anderen Ende standen meine Eltern dicht beieinander unter einem Baum und redeten miteinander. Dann versuchte Dad, den Arm um meine Mutter zu legen, doch sie schob ihn weg, und er ging davon und stieg in einen Wagen, der auf dem Lehrerparkplatz stand. Und was für ein Wagen. Ein glänzender mitternachtsblauer Jaguar mit personalisiertem Nummernschild: SID 123. Ich sah, wie er einstieg, langsam zurücksetzte und davonfuhr. Mum kam herein, um mich zu suchen, und wir gingen zusammen zur Bushaltestelle. Ich sagte ihr nicht, dass ich Dads Wagen gesehen hatte, weil es mir irgendwie illoyal vorkam, und auch sie erwähnte es nie.

Eine Beerdigung war eine Feier, kein Gericht, aber falls ich meiner Mutter irgendeinen Vorwurf hätte machen können, dann den, dass es in meinem Leben keine positiven männlichen Vorbilder gab. Diese Geschichte war komplizierter und facettenreicher als der schlichte Triumph über die Widrigkeiten, der normalerweise der Stoff von Gedenkreden ist.

»Ding dong! Gott ist tot!«, rief Flossie.

»Ja, ich weiß. Ich versuche gerade, ihr Leben zusammenzufassen.«

»Erster März 1932!«

»Bis zwölfter April 2014. Geliebte Mutter. Kühner Geist. Sie ruhe in Frieden.«

VIOLET Planung

Am nächsten Tag ruft Violet bei Laura an, um ihr nicht-so-romantisches Date zu analysieren.

Laura lacht. »Haha! Ich hab dich gewarnt! Lass mich raten – französisches Restaurant, französischer Akzent, Vater war Kunsthändler in Paris …«

»Woher weißt du das?«

»Das hat er bei der Hälfte der Frauen bei GRM probiert. In Wirklichkeit kommt er aus Quebec und hat sich als Immobilienmakler aus kleinen Verhältnissen hochgearbeitet. Aber mach dir keinen Kopf, Violet. Wenn du ihn erst mal kennenlernst, merkst du, dass er ein guter Chef ist. Er ist nett und witzig, er kennt sich gut aus, und Vermögenssicherung ist ein wachsender Markt.«

»Ich kann nie mehr da hingehen.«

»Sei nicht dumm, Violet. Lass deinen Job nicht wegen eines blöden Anmachversuchs sausen. Es ist eine Art Aufnahmeritus, den machen alle Frauen bei GRM mit.«

»Du auch …?«

»Nein, ich nicht. Ich war schon verheiratet, also habe ich mich gar nicht erst zum Essen ausführen lassen. Aber er hat es mal im Fahrstuhl bei mir versucht. Es macht ihm nichts aus, wenn man ihm ab und zu auf die Finger klopft, weißt du.« Laura lacht wieder. »Er respektiert dich sogar dafür.«

Sie verabreden sich für nächste Woche zum Mittagessen in der Stadt, in einer babyfreundlichen Umgebung, und aufgemuntert durch Lauras Worte macht sich Violet für die Arbeit fertig. Das lila Outfit, um Mut zu zeigen. Die hohen Absätze, damit sie sich groß fühlt. Doch als sie auf dem Oberdeck im Bus sitzt, bekommt sie plötzlich kalte Füße. Obwohl sie jetzt weiß, dass Marc es bei jeder probiert und dass es naiv von ihr war, auf seine Tour reinzufallen, vermindert das seltsamerweise nicht die Wirkung seines Kinngrübchens und des schelmischen Lächelns. Laura hatte recht, sie auszulachen. Violet war dumm. Wie soll sie ihm je wieder gegenübertreten?

Zwei Haltestellen weiter hat sie beschlossen, zu kündigen und sich was anderes zu suchen. Doch wie soll sie ihren Eltern und Freunden, die sie bei ihrem Streben nach einer glänzenden City-Karriere unterstützt haben, erklären, dass ihr Traumjob nicht mehr ihr Traum ist?

»Nächster Halt Rathaus.«

Die Ansage weckt sie aus ihren Gedanken. Sie sieht aus dem Fenster. Der Bus steht vor einem imposanten grauen Gebäude mit einer breiten steinernen Eingangstreppe. Einer plötzlichen Eingebung folgend springt sie auf und rennt die Treppe hinunter.

Es stellt sich heraus, dass die Planungsbehörde sich nicht in diesem Rathaus befindet, in dem inzwischen ein Kulturzentrum untergebracht ist, sondern ganz woanders. Violet nimmt einen Bus in die andere Richtung, betritt das Gebäude und drückt die Klingel am Empfangstresen.

Ein junger Stadtplanungsbeamter in Hemdsärmeln

kommt heraus. Er sieht sie von oben bis unten an und sagt auf ihre Frage sehr höflich: »Ich kann Ihnen die Pläne zeigen, Miss. Hier entlang.«

Er führt sie in einen langen, hallenden Raum mit einem riesigen quadratischen Tisch, auf dem unter flackernden Neonröhren Pläne ausgebreitet sind. Es riecht nach Staub und Bohnerwachs.

»Es ist die Parzelle hier, vor dem städtischen Wohnungsblock.« Er zeigt auf den betreffenden Plan. Auf den ersten Blick sind die Linien, Symbole und Zahlen vollkommen kryptisch, aber der junge Mann tut sein Bestes, um ihr zu helfen.

»Vor Madeley Court, meinen Sie?«

»Ja, genau, Miss.«

»Ist das nicht ein bisschen zu nahe dran?«

»Es entspricht den Bauvorschriften.«

Er wirkt unglaublich jung für seinen Job, eher wie ein Gymnasiast als ein echter Stadtplaner, mit rosigen Wangen, Oberlippenflaum, aus dem einmal ein Schnurrbart werden soll, und einer schweren schwarzen Brille, als wollte er sich damit älter machen. Es ist eine bekannte Tatsache, dass Menschen mit Brille im Allgemeinen besonders gescheit sind, doch das scheint in seinem Fall nicht zuzutreffen.

»Aber dort stehen wunderschöne Kirschbäume.«

Sein Blick fällt auf ihre hohen Schuhe, und sein Ton wird respektvoller.

»Öffentliche Grünanlagen sind sehr teuer im Unterhalt, Miss. Und unser Umweltetat wurde gekürzt. Aber wir verlangen im Gegenzug zusätzliche Grünflächen, die der Bauträger des Projekts schaffen und instand halten muss.«

»Der Antrag ist also schon durchgegangen?«

»Hm.« Er weicht ihrem Blick aus. »Es gab Sondierungsgespräche mit den beteiligten Parteien. Aber der Stadtrat muss noch darüber abstimmen.«

»Und was halten *Sie* davon, Mr …«, sie wirft einen Blick auf sein Namensschild, »… Mr Rowland?«

»Ich habe darüber nicht zu entscheiden, Miss. Ich sorge nur dafür, dass die Richtlinien eingehalten werden.« Wieder starrt er auf ihre Schuhe.

»Sie müssen doch eine Meinung haben. Sie sind in dem Fach ausgebildet, oder? Scheint es Ihnen vernünftig, einen neuen Wohnblock in den Garten eines existierenden zu setzen? Oder ist das vielleicht ein kleines bisschen zu hoch gepokert, was meinen Sie?«

»Na ja, es gibt kaum Bauland in diesem Bezirk«, beginnt er vorsichtig, als wollte er die Worte am liebsten unter dem kleinen Flaumbart halten. »Und es herrscht Wohnraummangel. Die Stadt braucht dringend Geld, und es wächst der Bedarf an Einzimmerwohnungen für die Mieter, die wegen der Abschaffung der Zusatz-Schlafzimmer-Subvention umgesiedelt werden müssen.«

Trotz seiner Milchbubierscheinung hat er die erschöpfte Mimik des verknöcherten Beamten schon voll drauf. Vielleicht gehört es zum Job, denkt sie und fragt sich, ob die Stadtplaner in Nairobi auch so sind.

»Sie meinen, zusätzliche Schlafzimmer werden subventioniert?« Das sind gute Nachrichten, sie hat nämlich zwei Extra-Schlafzimmer. Vielleicht gibt es sogar einen Zuschuss für die sechs unbenutzten Betten.

Doch er klärt sie rasch auf. »Nein, es bedeutet nur, dass den Leuten jetzt das Wohngeld gekürzt wird, wenn sie in einer Wohnung wohnen, die laut Amt zu groß für ihre Grundbedürfnisse ist. Aber wir haben derzeit nicht genügend Ein- und Zweizimmerwohnungen, um die Betroffenen umzuquartieren, wenn sie also die Miete nicht mehr zahlen können, landen sie vielleicht auf der Straße.«

»Auf der Straße?« Das klingt nicht gut. »Aber die Wohnungen, die hier geplant sind, sind Dreizimmerwohnungen. Und die Zielgruppe sind wohl eher nicht die Leute, die Wohngeld beziehen, oder? Mit mehreren Badezimmern und Dachterrassen und so weiter?«

»Die Mieten sind als zumutbar klassifiziert. Das bedeutet bis zu achtzig Prozent der Marktmiete.« Das flackernde Neonlicht spiegelt sich in seinen Brillengläsern, so dass sie seine Augen nicht sehen kann. »Ich habe die Regeln nicht aufgestellt, Miss.«

Er kommt frisch von der Ausbildung, schätzt sie. Wenn hier auf dem Amt jemand von diesem Projekt profitiert, wie im Fall des Einkaufszentrums in Nairobi, dann vermutlich nicht Mr Rowland.

Plötzlich platzt er heraus: »Der Kirschgarten ist nur der Anfang. Sie haben den ganzen Komplex im Visier. Sie wollen ihn immer mehr verwahrlosen lassen, bis man ihn nicht mehr renovieren kann, und dann verkaufen sie ihn, um ihn abreißen und was Neues dort hinsetzen zu lassen. Eine Schande, wo der Bau doch von Lubetkin ist.«

»Lubetkin? Was ist das?«

»Er war der Architekt des Volkes. Einer der großen Nachkriegsarchitekten des sozialen Wohnungsbaus. Wir haben ihn am College durchgenommen. Diese Leute wollten damals nicht einfach nur Wohnungen bauen, sie wollten eine ganz neue Gesellschaft bauen. Sie kennen doch Le Corbusier?«

»Der französische Likör?«

Er schüttelt den Kopf. »Der Architekt. Er hat an schlichtes, funktionales Design geglaubt. Er hat eine ganze Generation von Architekten inspiriert, darunter auch Lubetkin.«

»Ich kenne mich mit moderner Architektur nicht aus. Aber ich war schon mal im Lloyd's Building.«

»Ziemlich speziell, nicht? Wenn Sie mich fragen, es ist völliger Wahnsinn, was die hier machen. Aber erzählen Sie niemandem, dass ich das gesagt habe.«

»Vielen Dank. Das ist eine große Hilfe«, sagt sie.

»Die ganze Wohnungsbauszene ist völlig wahnsinnig«, redet er weiter, als hätte ihm der kleine Akt der Rebellion Auftrieb verliehen. »Alles todschick, teuer, für ausländische Investoren. Von meinem Gehalt kann ich mir hier im Bezirk keine Wohnung kaufen. Ich bin seit achtzehn Monaten verlobt, aber ich kann es mir nicht leisten zu heiraten, geschweige denn eine Familie zu gründen. Ich wohne immer noch bei meinen Eltern in Walthamstow.«

»Das ist ja schrecklich!« Sie seufzt, auch wenn er ihrer Meinung nach viel zu jung zum Heiraten ist.

»Sie müssen Ihren Widerspruch bis Ende des Monats einreichen. Nennen Sie die Nummer des Bauantrags. Je mehr Zuschriften wir bekommen, desto mehr Gewicht hat der Widerspruch.«

Er spricht schnell und leise und sieht sich dabei um, als würde jemand lauschen. Dann zeigt er auf die Nummer des Bauantrags, und sie notiert sie sich auf der Rückseite ihrer Busfahrkarte.

Es ist 10:15 Uhr, zu spät fürs Büro. Sie fährt mit dem Bus nach Hause und meldet sich bei GRM krank. Sie erklärt, sie habe eine schmerzhafte Weisheitszahnbehandlung, und hofft, dass Marc ein schlechtes Gewissen hat.

VIOLET Ein Stück Wiese und ein paar Kirschbäume

Zu wissen, dass etwas falsch ist, ist leicht, aber zu wissen, was man dagegen tun soll – das ist der schwierige Teil. Sie hat den Wohnblock bis jetzt für nichts Besonderes gehalten, aber jetzt versucht sie, sich das neue Hochhaus, dessen Pläne sie gerade gesehen hat, im Garten vorzustellen. Vierzehn Stockwerke würden den Blick und die Sonne völlig ausblenden, selbst im obersten Stockwerk von Madeley Court. Und die Kirschbäume müssten gefällt werden. Zusatz-Kirschbaum-Subventionen gibt es offensichtlich nicht.

Sie ruft Jessie an, die ziemlich ökomäßig drauf ist.

»Das darfst du nicht zulassen, Vi.«

»Ich weiß. Aber was soll ich machen?«

»Du musst auf die Stimme der Bäume hören, dann fällt dir was ein.«

Typisch Jessie. Violet stellt sich zwischen die Bäume und lauscht, aber bis auf ein bisschen Geraschel geben sie überhaupt nichts von sich.

Das Einzige, was Violet einfällt, ist im ganzen Haus Klinken zu putzen. Die Reaktion der Bewohner ist enttäuschend. Niemand hat den Aushang gelesen; mehrere Leute versichern ihr, auf den Zetteln gehe es überhaupt nicht um geplante Eigentumswohnungen, sondern um einen entlaufenen Kater, einen unbeliebten Stinker namens Wonder Boy, der hoffentlich endgültig weggelaufen ist oder überfahren wurde. Ein paar erklären sich bereit, eine Petition zu unterschreiben, wenn es eine gibt, aber niemand hat Lust, einen Brief zu verfassen.

In Madeley Court wohnen offensichtlich eine Menge Neuankömmlinge wie sie selbst, für die es nur ein Zwischenstopp auf dem Weg nach anderswo ist. »Danke, aber wir bleiben sowieso nicht lange hier«, sagen sie. »Uns betrifft es nicht mehr.« Verschiedentlich öffnen junge Leute – Studenten vielleicht – die Tür und erklären höflich: »Diese Wohnung ist Privateigentum. Sie hat nichts mit der Stadt zu tun.«

Violet ist überrascht, wie unterschiedlich die Menschen sind, die hier leben. Hinter jeder Tür scheint sich ein anderer Kontinent aufzutun. Zwei chinesische Mädchen stehen an der Tür und kichern hysterisch, während Violet redet. Ein alter Mann mit osteuropäischem Akzent und einer kaputten Brille, die mit Paketband geklebt ist, bittet sie herein, weil er ihr einen Traktorgetriebekasten zeigen will. Eine kleine, drahtige Frau, offensichtlich Künstlerin, ist voller Farbe, auf der Nase hat sie einen Tupfen Mauve. Es gibt Leute aus Europa, Lateinamerika, Indien, Pakistan, China und weiß Gott woher sonst noch. Violet freut sich, auch verschiedene afrikanische Haushalte zu entdecken; ein junger Musiker aus Malawi, ein paar Flüchtlinge aus Eritrea mit traurigen Augen, eine große, ausgelassene Familie aus Sambia, die sie zu Maniok-Pfannkuchen einlädt; nur aus Kenia scheint, soweit sie sieht, niemand zu sein.

Auch die Altersspanne ist groß. Die sauertöpfischen alten Leute sind hauptsächlich weiß; die jungen Familien mit den vielen Kleinkindern gehören allen möglichen Ethnien an. Manche Alten sind ängstlich, öffnen die Tür nur einen Spalt, ohne die Sicherheitskette zu lösen, mustern Violet misstrauisch, als glaubten sie, sie wollte sie ausrauben. Wie traurig. Andere haben eigene Sorgen, über die sie reden wollen – Reparaturen, die gemacht werden müssen, Beschwerden über Nachbarn.

Was haben diese Leute schon gemeinsam? Ja, es ist anders als in Bakewell. Eigentlich erinnert es sie eher an Nairobi – dynamisch und prekär, als könnte jede Sekunde alles einstürzen. Eine düstere Stimmung überkommt sie, als ihr klar wird, dass anscheinend niemandem viel an einem Stück Wiese und ein paar Kirschbäumen liegt.

BERTHOLD Eine Dose Kaffee

Wie soll man in einer zehnminütigen Rede das pralle Leben eines Menschen zusammenfassen – noch dazu eines Menschen, der so kompliziert und widersprüchlich war wie meine Mutter? Am Morgen der Beerdigung war der Nachruf immer noch nicht fertig. Eine düstere Stimmung überkam mich, als ich versuchte, da weiterzumachen, wo ich vor zwei Tagen aufgehört hatte. Der unsterbliche Barde, sonst immer für das ein oder andere Zitat gut, ließ mich diesmal im Stich. Ich legte die Feder nieder und blickte melancholisch durchs Fenster hinaus auf den Kirschgarten. Plötzlich sprang mir eine schnelle Bewegung ins Auge. Es war die Göttin von nebenan, die wie ein hübscher bunt gefiederter Vogel von Baum zu Baum hüpfte. Ach, unsere aufkeimende Romanze würde bis nach der Beerdigung warten müssen. Andererseits wäre ein näherer Blick gewiss inspirierend. Ich sammelte meine Aufzeichnungen ein und machte mich auf den Weg zu Luigi.

Doch ich hatte kein Glück. Bis ich unten war, regnete es, und sie war verschwunden. Selbst der Kaffee schmeckte fader als sonst, und Luigi hatte den *Guardian* durch die *Daily Mail* ersetzt, dieses Revolverblatt. Darauf musste ich ihn ansprechen, aber nicht heute. Ich nippte an meinem unterdurchschnittlichen Latte und konzentrierte mich darauf, meine unzusammenhängenden Notizen zu einer eleganten und erbaulichen Schilderung des Lebens meiner Mutter zusammenzuspinnen, wobei ich, wo nötig, Auslassungen und Ausschmückungen machte. Die Lily, die auf meinem Blatt entstand, war eine großartigere, rühmlichere Person als meine Mutter, aber sie wirkte auch etwas langweilig und irgendwie leblos. Das brachte der Tod wohl mit sich.

Eine Stunde später kehrte ich im Koffeinrausch in die Wohnung zurück, wo Inna lärmend staubsaugte und Flossie sich einem weiteren Ausbruch von Atheismus hingab, so dass ich vor lauter Lärm die Klingel nicht hörte. Dann klingelte es wieder. *Ding dong!* Wer konnte das sein?

Mein erster Gedanke war Mrs Penny, die zur Blitzkontrolle kam. Wegen des Staubsaugerlärms konnte ich schlecht so tun, als wäre niemand da. Würde sich Inna an ihre Rolle erinnern? Würde sie daran denken, die Klappe zu halten und nicht zu erzählen, dass wir heute Nachmittag nach Finsbury Park fahren wollten, um ebendie Frau zu beerdigen, deren Rolle sie spielte? *Ding dong!* Es klingelte schon wieder. Ich nahm mich zusammen und ging zur Tür.

»Entschuldigen Sie die Störung …«

Da stand sie – nicht Mrs Penny, es war die Göttin von nebenan. Von Nahem sah sie allerdings viel jünger aus, als ich gedacht hatte, zu jung für eine Göttin, eher wie ein Engel, vielleicht ein Engel in Ausbildung: strahlend, wunderschön, das Haar zu einem verspielten Pferdeschwanz gebunden, perlweiße Zähne und Grübchen in den Wangen, als sie lächelte – mich anlächelte!

»Oh, ja. Ich weiß. Sie haben Gäste zum Dinner, und Ihnen ist der Kaffee ausgegangen«, platzte ich heraus.

Sie sah mich merkwürdig an und wiederholte ihren

Einstieg. »Entschuldigen Sie die Störung. Ich bin Violet. Ich wohne nebenan. Ich wollte Sie nur …«

Violet – das Veilchen. Ein schüchternes Blümchen am Wegesrand mit himmlischem Duft.

»Violet! Ah! Kommen Sie doch herein. Ich habe eine frische Dose da. Ist unser Mut bereit, so ist es alles.«

Ich verschwand in der Küche und durchsuchte die Schränke. Wo hatte ich den Kaffee bloß hingestellt? Eigentlich müsste er im Regal neben dem Tee stehen. Dann entdeckte ich ihn neben dem Wasserkocher auf der Arbeitsplatte. Die Dose war fast leer. Die verflixte Inna musste sich daraus bedient haben. Zum Teufel mit ihr! Es war kaum noch was drin. Mit der fast leeren Dose trat ich zurück in den Flur. Auch Inna war da – sie hatte den Staubsauger abgestellt und stellte sich gerade vor.

»Hallo, Blackie. Ich bin Inna Alfandari. Ich bin Mutter, oder vielleicht Schwester von Mutter – Berthold? Bin ich Mutter oder Schwester?«

»Inna, hast du den Kaffee getrunken?«, schnitt ich ihr das Wort ab.

»Natürlich hab ich getrunken. Hast du zum Trinken gekauft, oder?«

»Ja. Nein. Ich meine, er ist fast alle.« Ich lächelte meine reizende Nachbarin entschuldigend an. »Aber Sie können gern …«

Sie runzelte die entzückende Stirn. »Ich wollte nur die Hausbewohner über den Bauantrag informieren.«

»… den Rest haben. Bauantrag?«

»Ja. Der Aushang überall an den Laternenmasten. Na ja, bevor die Kinder die Zettel abgerissen haben.«

»Die Zettel? Ach ja, es ging um Wonder Boy, den entlaufenen Kater. Seien Sie nicht traurig. Er hat bestimmt ein neues Zuhause gefunden.« Ich bremste mich gerade noch, bevor mir herausrutschte, Sei nicht traurig, o meine Schöne.

»Nein, den Zettel meine ich nicht. Sondern die Bekanntmachung des Bauamts wegen des Wohnblocks, der an die Stelle der Grünanlage gebaut werden soll. Dahin, wo die Kirschbäume stehen.«

Mein Blick wanderte über ihre schönen Züge, das ernste Flehen ihrer Augen. Vielleicht war da ein Hauch von Wahnsinn. Wie bei Ophelia. Was meine Leidenschaft nur noch vertiefte. »Oh, Ihr könnt Eure Raute mit einem Zeichen tragen! Da ist Maßlieb. Ich wollte Euch ein paar Veilchen schenken, aber sie welkten alle, da mein Vater starb.«

Welkten. Starb. Die letzten Worte brachten mich abrupt in die Wirklichkeit zurück. Mutter. Ich sah auf die Uhr. Weniger als eine Stunde bis zur Waldbestattung, und ich hatte immer noch keine Ahnung, wo das Ganze stattfand. Green Glade hieß der Ort. Jimmy hatte mir einen Plan geschickt, mit ein paar künstlerisch per Hand gezeichneten Baumgruppen, einer Wildblumenwiese und geschwungenen Pfaden, aber ohne erkennbare Straßennamen.

»Tut mir leid. Leider sind wir gerade etwas in Eile. Wir müssen zu einer Beerdigung. Vielleicht setzen wir unser Gespräch ein andermal fort. Bauantrag. Ja, sehr interessant. Davon gibt es so viele.«

Ich drückte ihr die fast leere Kaffeedose in die Hand – »Hoffentlich schmeckt er Ihren Gästen« – und schob sie zur Tür, die Hand leicht auf ihre Schulter gelegt.

VIOLET Handtuch

Violet fragt sich, ob es etwas bringt, die Tür-zu-Tür-Kampagne fortzusetzen. Es wohnen ein paar echt schräge Vögel hier, zum Beispiel der Typ, der sie eben mit einer leeren Kaffeedose aus der Wohnung geschoben hat.

Der heftige Regen macht alles noch beschwerlicher. Die Außenwege zwischen den Wohnungen sind überflutet, obwohl sie überdacht sind. Anscheinend sind ein paar Senkrohre verstopft, denn das Wasser schwemmt das ganze widerliche Zeug hoch, das normalerweise in den Gullys verschwindet: alte Zigarettenkippen, tote Insekten, alte Fastfoodpackungen, sogar ein Taubenkadaver. Sie geht schnell daran vorbei, doch sie hat gesehen, dass der Vogel zwei Füße hatte, es ist also nicht Pidgie. In der Regenzeit in Kenia stürzte das Wasser eine Stunde lang vom Himmel und wusch alles rein, und dann kam wieder die Sonne heraus. Aber in England scheint immer Regenzeit zu sein.

Mit dem Gebäudeteil, in dem sie wohnt, ist sie fertig, und jetzt klingelt sie an der ersten Tür im Westflügel, wartet einen Moment und klingelt noch einmal. Es muss jemand da sein, sie hört das Radio, und irgendwann geht die Tür auf. Der Mann, der vor ihr steht, trägt nichts bis auf ein Handtuch um die Hüften.

»Ja?«, sagt er gereizt. Dann mustert er sie von oben bis unten und fügt in freundlicherem Ton hinzu: »Was kann ich für Sie tun?«

Sie kennt diesen taxierenden Blick, wenn Männer überlegen, ob sie es bei ihr versuchen sollen oder nicht; normalerweise würde sie jetzt mit einer freundlichen Verabschiedung das Weite suchen. Aber da hört sie eine Kinderstimme aus der Wohnung: »Wer ist es, Dad?«

Also sagt sie ihr Sprüchlein auf. »Entschuldigen Sie die Störung. Ich bin Violet und wohne hier im Haus. Ich wollte die Bewohner darauf aufmerksam machen, dass auf dem Planungsamt ein Bauantrag vorliegt, der die Wohnungen hier betrifft.«

»Ich werde nicht lange hier wohnen.« Er klingt gelangweilt.

»Es liegt ein Plan vor, ein vierzehnstöckiges Gebäude mit Eigentumswohnungen auf die Grünfläche zu stellen, da, wo die Kirschbäume stehen.«

»Im Ernst?« Jetzt klingt er nicht mehr so gelangweilt.

»Im Ernst. Letzte Woche hing eine Bekanntmachung an den Laternenmasten aus, auf der stand, bis wann die Anwohner Widerspruch einlegen können.«

»Und Sie wiegeln jetzt die Bewohner auf?«

»Hoffentlich. Würden Sie sich dazu aufwiegeln lassen, einen Brief an den Stadtrat zu schreiben?«

Er lächelt. Schöne Zähne. »Klar. Das Projekt hätte Auswirkungen auf die Immobilienpreise.« Auch sein Oberkörper ist nicht schlecht. »Wollen Sie reinkommen? Ich zieh mir nur schnell was an. Ich komme gerade aus der Dusche.«

Ihre Alarmglocken schrillen: keine gute Idee, mit einem halbnackten Mann in seiner Wohnung zu sein. Doch dann taucht ein Junge an der Tür auf, und sie ist beruhigt. Es ist derselbe Junge, den sie aus der Limousine hat aussteigen sehen.

»Arthur«, sagt er Mann. »Mach Violet eine Tasse Tee, während ich mich anziehe, ja?« Er sieht sie an. »Trinken Sie Tee? Oder lieber Kaffee? Ich bin nicht sicher, ob Arthur als Barista was taugt.«

»Da-a-ad«, murmelt der Junge und tritt mit einem strumpfsockigen Fuß gegen den Türrahmen.

»Tee ist in Ordnung«, sagt sie und kommt aus dem Regen herein.

BERTHOLD Schlamm

Gerade als Inna und ich uns auf den Weg zur Beerdigung machen wollten, öffnete der Himmel die Schleusen. Inna lief zurück, um ihren Schirm zu holen, ein flottes Ding mit Leopardenmuster, den sie aufspannte, während wir zu dem wartenden Taxi rannten. Durch den strömenden Regen sah ich ein kleines rotes Auto, das hinter uns am Bordstein hielt. Mrs Penny saß am Steuer und starrte in unsere Richtung.

»Schnell! Fahren wir!«, rief ich dem Fahrer zu und hielt ihm den Zettel mit der handgezeichneten Karte hin.

»Green Glade? Nie gehört. Haben Sie eine Postleitzahl?«

»Äh … nicht genau. Irgendwas mit N4. Fahren Sie einfach los.«

Der Taxifahrer fuhr langsam an. Der rote Wagen folgte uns nicht. Puh!

»Wohin? N4 ist ein großes Gebiet, Kumpel.«

Der Regen trommelte dumpf aufs Wagendach. Inna hockte wie ein Unglücksvogel neben mir auf dem Sitz, ganz in Schwarz mit einer Jett-Kette und den passenden Jett-Ohrringen, einem Hauch von rosa Lippenstift, den nassen Schirm umklammernd, ohne zu ahnen, dass wir dem Schicksal haarscharf entronnen waren.

»Erst mal nach Norden«, sagte ich zu dem Taxifahrer. »Ich rufe den Bestatter an.«

Doch Jimmy the Dog ging nicht dran, der sture Hund.

Wir fuhren die Kingsland Road hinauf, und als Inna durchs beschlagene Fenster spähte, hüpfte sie plötzlich auf dem Sitz auf und ab. »Oj! Anhalten! Halt! Mein Freund weiß. Ist er aus Georgien, aber lebt schon lange in London.«

Der Taxifahrer hielt vor einem schäbigen Laden, der hauptsächlich internationale Telefonkarten und »pflanzliches Viagra« zu verkaufen schien. Hm. Vielleicht sollte ich mir das mal ansehen, falls ich mit der schönen Nachbarin dem Ziel, welches ich innigst wünschte, näherkam. Es war eine Weile her, dass ich das Tier mit den zwei Rücken gespielt hatte.

»Ali! Ali!«, rief Inna vom Bordstein unter ihrem Leopardenschirm, und Sekunden später trat ein Hüne mit schwarzem Bart, einer bestickten Kappe und einem goldenen Schneidezahn vor die Tür. Als er sie sah, lachte er und schloss sie in seine riesigen Arme. Sie zeigte ihm den Zettel. Er runzelte die Stirn, drehte ihn hin und her und murmelte etwas, das ich nicht hörte. Sie stellte sich auf ihre Zehenspitzen, gab ihm einen Kuss aufs Kinn – bis zur Wange reichte sie nicht hinauf – und lief zum Taxi zurück.

»Ist er nicht ganz sicher. Vielleicht Finsbury Park neben Bahnhof.«

Als der Taxifahrer sich wieder in den Verkehr gefädelt hatte, klingelte mein Telefon.

»Jimmy? Gott sei Dank! Hör zu, ich weiß nicht genau, wo wir hinmüssen … hast du eine Adresse? Oder eine Postleitzahl?«

Seine Stimme klang weit weg und rauschte. »Ganz ruhig, Bertie. Wir treffen uns unter der Eisenbahnbrücke am Bahnhof Finsbury Park. Von da kannst du dem Bestattungswagen folgen.«

Dem Bestattungswagen folgen – das war das Vernünftigste, was ich heute den ganzen Tag gehört hatte. Der Taxifahrer trat aufs Gas, und los ging's. Wir pflügten durch einen tropischen Sturzregen; die Scheibenwischer tanzten wie Derwische und schafften es kaum, für Durchblick zu sorgen. Normalerweise hätte ich den Fahrer gebeten, an den Rand zu fahren und den Regen abzuwarten, aber die Zeit war knapp.

Als wir unter den Schutz der breiten flachen Brücke rollten, hörte das Prasseln auf dem Wagendach auf. Und da vor uns parkte, mit eingeschaltetem Standlicht, der Bestattungswagen. Ich stieg aus und lief zu Jimmy, der auf dem Bürgersteig stand. Er sah äußerst würdig aus, mit schwarzem Schwalbenschwanz, Lederschuhen und schwarzem Zylinder, in der Brusttasche ein schwarzes Seidentuch.

Er schüttelte mir mit ernster Miene die Hand und klopfte mir auf die Schulter. »Gut gemacht, Bertie. Du hast es geschafft. Es ist ein bisschen schwer zu finden. Schande, dass es so schüttet. Wenigstens ist deine Mutter an einem besseren Ort.« Er nickte feierlich zu dem Sarg im Wagen, auf dem eine einzelne weiße Lilie lag. »Entronnen vor dem Sturmwind und Wetter.«

»Der Tod liegt auf ihr wie ein Maienfrost auf des Gefildes schönster Blume.« Ich hatte eine Träne im Auge, doch etwas an dem Sarg störte mich. »Der Sarg – er sieht irgendwie billig aus, Jimmy.«

»Pappe, alter Freund. Biologisch abbaubar. Umweltverträglicher. Beim Kampf gegen den Klimawandel müssen wir alle unser Scherflein beitragen, was?«

Mir gefiel das Ding nicht; es erinnerte mich an diese

großen Supermarktkartons, in denen die Klopapierrollen verpackt waren. Aber jetzt war es wohl zum Reklamieren zu spät. In diesem Moment tauchten zwei ältere Damen auf, die exakt gleich angezogen waren – in Schwarz, mit schwarzen Hüten, krausem weißem Haar und knallrotem Lippenstift –, und kamen auf uns zugelaufen.

»Wo ist der Green-Glade-Friedhof?«, kollerten sie. »Ist das die Beerdigung von Lily Sidebottom?«

Ich war so überrascht, dass ich einen Moment brauchte, bis ich Ted Madeleys Zwillinge erkannte.

»Bertie?« Die erste musterte mich von oben bis unten.

»Jenny? Margaret?«

»Jenny. Das ist Margaret.« Sie zeigte auf die andere, die vor dem Leichenwagen stand und versuchte hineinzuspähen. Auf den ersten Blick wirkten sie identisch, aber nach einer Weile fielen mir die Unterschiede auf; Margaret wirkte älter, zerbrechlicher und gebeugt, auch wenn sie natürlich gleich alt waren. »Danke, dass du dich gemeldet hast, Bertie. Es ist schön, dass wir ihr die letzte Ehre erweisen können. Lily war ein feiner Mensch, auch wenn wir nicht immer einer Meinung waren.«

»Ein feiner Mensch. Ja, das war sie«, murmelte ich.

Als ich die beiden das letzte Mal gesehen hatte, waren sie Mitte dreißig gewesen. Nun hatte die grausame Zeit ihr hässliches Zeichen in ihre einst hübschen Gesichter geritzt. Andererseits war ich damals noch ein Junge gewesen, und es war ein Wunder, dass sie mich überhaupt erkannten. Mum hatte eine Weile die Verbindung gehalten, und ich wusste, dass beide mit Mitte dreißig geheiratet und beide mit Mitte sechzig ihren Mann verloren hatten. Das war das Seltsame bei Zwillingen, die Art, wie ihre Leben einander spiegelten.

»Warum ist der Sarg aus Pappe?«, fragte Margaret.

»Das ist umweltfreundlich«, sagte ich. »Es wird eine Waldbestattung.«

»Aber weicht er im Regen nicht auf?« Vom Rand der Eisenbahnbrücke stürzte das Wasser auf den Verkehr herunter wie aus einer überlaufenden Badewanne.

»Lily hat sich gegen den Klimawandel eingesetzt. Sie hätte es so gewollt.« Darauf konnte sie nichts sagen. »Das ist Lilys Freundin Inna Alfandari.« Auch Inna war um den Leichenwagen herumgeschlichen, um sich den Sarg anzusehen. Ich stellte ihr Jenny und Margaret als Lilys Stieftöchter vor.

»Bin ich Mutter? Bin ich Schwester?«, flüsterte Inna mir zu, während sie die beiden nervös anlächelte.

»Freundin. Einfach eine Freundin, Inna. Eine verwirrte Freundin.« Ich rollte die Augen wie Lears Narr.

Sie zwinkerte mir listig zu. »Hey ho! Wenn es regnet, dann richtig!« Dann schnickte sie ihren Schirm auf, als wappne sie sich gegen einen Sturm, und alle drängten sich darunter zusammen, obwohl es unter der Brücke ganz trocken war.

»Am besten fahren wir so nah an Green Glade heran, wie wir können«, erklärte Jimmy. »Folgt uns mit dem Taxi. Bertie, wir können den Sarg zu zweit tragen, du und ich, wenn wir da sind. Er ist nicht schwer.«

Er stellte die Fahrerin des Bestattungswagens als Miss Wrest vor, die Tochter des Firmeninhabers, eine trübsinnige graue Maus in einem schwarzen Anzug mit einem Zylinder auf dem mausbraunen Haar, das Gesicht mit einer dicken Make-up-Schicht zugeschminkt, unter der auch ihre Lippen verschwanden. Ich hatte noch nie mit einer Bestatterin geschlafen, aber vielleicht war das eine

Lebenserfahrung, die ich freiwillig an mir vorüberziehen lassen würde.

Sobald wir unter der schützenden Brücke herauskamen, goss es wieder wie aus Kübeln. Zuerst folgte das Taxi dicht hinter dem Leichenwagen, doch Miss Wrest war eine nervöse Fahrerin, die gern abrupt auf die Bremse trat. Einmal wären wir ihr beinahe reingerumst, als sie scharf bremste, um einem Betrunkenen auszuweichen, der auf die Straße getorkelt war, und ab da hielt der Taxifahrer etwas Abstand. Als der Bestattungswagen an einer Ladenzeile vorbeirauschte, zog ein Bus auf unsere Spur und klemmte sich zwischen uns. Von der Rückseite grinste uns das George-Clooney-Plakat entgegen, was ich als schlechtes Omen nahm.

Wir schafften es im letzten Moment, dem Bestattungswagen zu folgen, als er rechts abbog – der Bus hatte unserem Fahrer die Sicht genommen. Dann fuhren wir durch ein paar gesichtslose Wohnstraßen und hielten schließlich am Ende einer Sackgasse, von wo ein Fußweg zu einer Baumgruppe führte. Hier stiegen wir aus und öffneten unsere Schirme.

Ich bemerkte ein nicht sehr auffälliges Schild mit der Aufschrift *Green Glade* und einem Pfeil, der auf den Fußweg wies. Daneben standen unter einem grün-weiß gestreiften Schirm zwei Männer, die mir Jimmy als die Totengräber vorstellte. Sie hatten kleidsame, wenngleich klitschnasse schwarze Trainingsanzüge mit dem Wrest'n'Piece-Logo auf der Brusttasche an, und beiden trugen Menjou-Bärtchen, vermutlich um den Totengräber-Look komplett zu machen. Ein dritter Mann – ein dünner älterer Herr in einem feuchten schwarzen Anzug mit zu kurzen Hosenbeinen und schwarzer Melone – stand unter seinem eigenen schwarzen Schirm daneben. Ich fragte mich, wer er war. Als ich ihm die Hand schüttelte und mich vorstellte, murmelte er irgendwas, das ich nicht verstand, die Worte vom Alkohol verschliffen, den ich in seinem Atem roch.

Jimmy hatte recht – der Sarg mit meiner Mutter war überhaupt nicht schwer. So viele Jahre voll Leben und Liebe dezimiert zu einem mickrigen Paket aus Pappe und Staub. Ich unterdrückte die Tränen, als wir ihn auf die Schultern stemmten, Jimmy vorne rechts, ich hinten links, damit er mit der rechten und ich mit der linken Hand den Schirm halten konnten. Der seltsame Balanceakt glich dem Widerstreit von Erleichterung und Trauer in meinem Herzen, als ich die sterblichen Überreste meiner lieben Mutter zu ihrem letzten Ruheplatz trug. Auch wenn der Regen dabei offen gestanden nervte.

Die mausartige Miss Wrest, die kniehohe schwarze Stiefel trug und damit die Einzige von uns mit passendem Schuhwerk war, ging mit einem schwarzen Schirm voran. Hinter uns drängten sich Inna und die Madeley-Zwillinge unter Innas Leopardenschirm, und das Schlusslicht bildeten die Totengräber mit ihrem grün-weißen Schirm und der dünne Melonenträger. Gesenkten Blicks machten wir uns auf den schlammigen Weg. Es tropfte von den Bäumen. Ich war so in den Ernst des Anlasses versunken, dass mir der rutschige Boden unter uns kaum auffiel, doch Jimmy schlitterte ziemlich herum auf seinen Ledersohlen.

Der Pfad führte vom Ende der Sackgasse auf einen breiteren Weg durch den Wald, der wie ein Bahndamm erhöht und mit Kies aufgeschüttet war. Unter den Bäumen war der Regen schwächer, und der Grund war weniger tückisch. Nach gut zweihundert Metern zeigte ein weiteres

Green-Glade-Schild zu einer Gruppe von Bäumen auf einer grasbewachsenen Anhöhe, hinter der sich eine grüne Lichtung auftat. Es wäre wirklich ein idyllisches Fleckchen gewesen, hätte es nicht so schrecklich geregnet.

Selbst Miss Wrest in ihren zweckmäßigen Stiefeln hatte Schwierigkeiten, sich auf dem nassen Hang aufrecht zu halten, der sich inzwischen in Matsch verwandelt hatte. Ich wagte es nicht, mich nach den alten Damen umzusehen. Vor mir rutschte Jimmy gefährlich und ruderte mit dem beschirmten Arm. Wir hatten es etwa bis zur Hälfte des Hangs geschafft, als plötzlich sein Telefon klingelte. Den Sarg auf einer Schulter balancierend, kramte er in der Tasche.

»Ja, Phil, ja, okay, ich verstehe … getrennte Wege … tut mir leid, kann gerade nicht … Green Glade … schade, dass es so enden musste.«

Plötzlich ertönte ein Donnern wie von einem niedrig fliegenden Jet, dröhnte durch den Hain und ließ den Boden unter unseren Füßen beben. Ich verlor die Konzentration und im selben Moment glitt Jimmy aus. Der Sarg rutschte von seiner Schulter und sauste den steilen Hang hinab. Ich drehte mich um, verlor den Halt und sauste hinterher, den offenen Regenschirm wie eine Art Fallschirm über mir erhoben. Jimmy schlitterte zur Seite weg und schaffte es, die drei alten Damen und den Melonen-Mann umzureißen, bevor er neben dem zerbeulten Pappsarg liegen blieb, das Telefon immer noch ans Ohr gepresst, während er mit der anderen Hand den Regenschirm hochhielt. Nur die Totengräber standen noch, sie waren auf dem Hauptweg geblieben und sahen dem Chaos mit eleganter Zurückhaltung zu.

Mir fiel vor allem der unglaubliche Krach auf – der niedrig fliegende Jet klang jetzt wie ein Hochgeschwindigkeitszug, der in nächster Nähe vorbeiraste, während Jimmy in sein Telefon bellte und die drei Frauen wie am Spieß kreischten. Ihr Geschrei schien mir ein bisschen übertrieben, bis ich sah, was der Grund dafür war. Der durchweichte Pappsarg war aufgeplatzt, und die Leiche, starrer als ihr Behältnis, war herausgerutscht und hatte sich zu dem allgemeinen Durcheinander gesellt. Inna bekreuzigte sich quiekend. Margaret wurde ohnmächtig. Jenny, die unter der Leiche lag, versuchte, deren Schulter von ihrem Gesicht zu schieben. Ich traute meinen Augen nicht. Selbst bei all dem Schlamm, der sie überzog, konnte ich sehen, dass mit der Leiche etwas nicht stimmte.

Dann kreischte ich auch. »Hier liegt ein Irrtum vor! Das ist nicht meine Mutter!«

»Ganz ruhig, Mr Sidebottom.« Miss Wrest legte mir beruhigend die Hand auf den Arm. »Ein geliebter Mensch kann sich nach dem Ableben verändern. Der Tod ist ein großer Fälscher, wissen Sie.« Sie tätschelte mich mit den Fingerspitzen; ihre Fingernägel waren scharlachrot lackiert, der einzige Farbtupfer an ihr.

»Wahrscheinlich hat sie einer der Praktikanten hergerichtet«, erklärte nun auch Jimmy und steckte das Telefon wieder ein. »Wir haben ein paar Arbeitslose in der Firma untergebracht. Lily hätte das gefallen, weißt du, dass wir Langzeitarbeitslosen helfen, für nützliche Berufe umzuschulen. Bei der derzeitigen wirtschaftlichen Lage müssen wir alle unser Scherflein beitragen, was?«

»Aber …« Ich sah noch mal genauer hin. Die Leiche sah absolut nicht wie aus meine Mutter. »… aber das ist ein Mann. Ein alter Mann. *War* ein alter Mann, muss man wohl sagen.«

»Ist nicht meine Lily! Ist Betrug!«, schrie Inna.

Das Gebiss des Toten war herausgerutscht und grinste uns aus dem Schlamm an. Sein Gesicht war teilweise rasiert und hatte ein paar hässliche Schnittwunden.

»Unsinn! Sehen Sie, hier haben wir die Sterbeurkunde!« Miss Wrest wedelte mit einem nassen Blatt Papier herum, auf dem tatsächlich der Name meiner Mutter stand.

Der dünne Melonen-Mann sah sich überrascht um. »Is' das nich' Mrs O'Reillys Beerdigung?«

»Nein«, erwiderte Miss Wrest. »Sie hat eine Sozialbestattung oben in St. Pancras. Die haben uns unterboten.« Sie sah auf die Uhr. »Wahrscheinlich ist es schon vorbei.«

»Wissen Sie, ob's nach der Beerdigung hier 'nen Leichenschmaus gibt?«

»Nein«, blaffte ich. »Und jetzt hauen Sie ab.«

»'schuldigung«, nuschelte er. »War wohl 'n Versehn.« Auf allen vieren krabbelte er zu dem befestigten Weg, dann kam er auf die Füße und schwankte davon.

Inna versuchte aufzustehen, aber sie fand keinen Halt. Ihre Brille lag neben dem Gebiss im Schlamm. Ich hielt ihr die Hand hin, verlor das Gleichgewicht, rutschte aus und stürzte. Ein sengender Schmerz schoss durch mein linkes Auge. Als ich mein Gesicht betastete, war meine Hand voll Blut.

Dann wurde ich ohnmächtig.

Als ich aufwachte, lag ich in einem Krankenwagen, der mit Blaulicht durch die Straßen Londons raste. Ein Sanitäter drückte mir eine blutgetränkte Kompresse aufs Auge, und die Welt war zur Hälfte dunkel. Miss Wrest saß neben mir und hielt mir die Hand. Sie hatte ihren Zylinder verloren, und ihr langes mausbraunes Haar klebte feucht und strähnig in ihrem Gesicht. Auch das Make-up war zum Großteil abgewaschen, so dass ihre Züge besser erkennbar waren, pummelig und kindlich, aber nicht unattraktiv – soweit ich das mit meinem einen Auge sehen konnte.

»Was ist passiert?«, fragte ich.

»Sie haben sich die Spitze Ihres Schirms ins Auge gerammt«, antwortete Miss Wrest nüchtern. »Sie waren recht verstört.«

Die grausige Szene tauchte in meiner Erinnerung auf, und ich versuchte, mich aufzusetzen, doch der Sanitäter drückte mich sanft, aber bestimmt auf die Trage zurück.

»Bleiben Sie liegen.«

»Mutter! Was ist mit meiner Mutter passiert?«

Miss Wrest drückte mir tröstend die Hand. »Seien Sie unbesorgt.«

BERTHOLD Mull und Asche

Dank einer der seltsamen Kapriolen des Schicksals, die einem das Leben so gern serviert, lag nun ich in einem Krankenbett, eine Pappschale auf dem Nachttisch, während Inna mit einer Papiertüte Weintrauben auf dem Schoß neben mir saß. Mein Kopf dröhnte gewaltig, und mir war schlecht von der Narkose. In der Pappschale lagen aufgeweichte, blutige Mullkompressen.

»Oj! Alles in Ordnung, Mister Bertie?« Mit unverhülltem Grauen in den Knopfäuglein blickte sie herab in mein verletztes Gesicht. Natürlich konnte ich nicht sehen, was sie sah, aber es musste wohl einen spektakulären Verband ums Auge und vielleicht ein bisschen getrocknetes Blut beinhalten. »Bist du jetzt Einauge-blind?«

»Könnte sein.« Ich zuckte die Schultern. Ich wollte die Flut des Mitgefühls noch nicht stoppen, obwohl mir die hübsche junge Ärztin versichert hatte, die Verletzung sei nur oberflächlich und mein Augenlicht nicht in Gefahr.

Inna bekreuzigte sich und seufzte. »Wenn bist du wieder zu Hause, mach ich Golabki Kolbaski Slatki. Wir trinken Wodka.«

»Wunderbar. Ich freue mich schon.« Eigentlich hatte ich vor, mich mit den Slatkis zurückzuhalten. Sicherheitshalber. »Am sechsten Mai ist mein Geburtstag. Wir könnten auch unsere neue Nachbarin einladen.«

»Die Blackie?«

»Violet. Du solltest dich erkundigen, ob sie Vegetarierin ist.«

Ich fragte mich, ob Violet meine Augenklappe abstoßend finden würde oder ob ihr weiches, zartfühlendes Herz obsiegen würde. Frauen sind so unberechenbar.

Nachdem Inna weg war, schaffte ich es, eine Weile zu schlafen. Ich wachte auf, als jemand meinen Namen rief. Vorsichtig öffnete ich das gesunde Auge. Lange konnte ich nicht geschlafen haben, denn es war noch hell draußen und auf der Station hörte man Klappern und schwatzende Stimmen. Eine ältere Frau mit weißem Haar und rotem Lippenstift beugte sich über mich, aber irgendwie war das Bild verdoppelt, als würde es gespiegelt, sie schien auf beiden Seiten gleichzeitig zu stehen.

»Hallo? Bertie?«, sagte die linke.

»Hallo? Bertie?«, sagte die rechte.

Meine Kopfschmerzen waren jetzt stärker, und um mich herum wirkte alles fragmentiert und unwirklich. Konnte man mit einem Auge überhaupt doppelt sehen?, fragte ich mich.

»Jenny«, sagte die linke. »Margaret«, sagte die rechte.

»Oh. Hallo.« Ich versuchte, den Kopf zu bewegen, um von einer zur anderen zu sehen, aber mein Nacken war steif. »Danke, dass ihr gekommen seid.«

»Wir haben dir was mitgebracht«, sagte Margaret.

Jenny knallte eine Pralinenschachtel auf den Nachttisch. »Die Schwester sagt, es geht dir ganz gut. Du darfst bald wieder nach Hause.«

»Hoffentlich. Ich möchte bloß wieder in mein eigenes Bett, in meiner eigenen Wohnung.«

Sie wechselten einen Blick.

»Die Sache ist die, Bertie …«, sagte Margaret.

»Wir müssen etwas mit dir besprechen«, sagte Jenny. »Weißt du, eigentlich ist es nicht deine Wohnung.«

»Nicht meine Wohnung? Wie meint ihr das? Wessen Wohnung soll es denn sonst sein?«

»Eigentlich ist es unsere. Unser Vater hat uns in seinem Testament die Nutzung vermacht.«

»›Meinen geliebten Töchtern Jenny und Margaret hinterlasse ich den Nießbrauch für die Wohnung.‹ So steht es da«, zitierte Margaret mit einem irritierenden pseudonaiven Blöken.

In der Zwischenzeit schnappte sich Jenny die Pralinenschachtel und riss die Zellophanhülle ab.

»Magst du die nicht, Bertie? Sie waren ganz schön teuer.«

»Bitte. Bedient euch.«

»Aber keine Eile«, sagte Margaret, wählte eine Praline aus, schob sie in den Mund und leckte sich die Finger ab. »Bleib so lange, bis du was Passendes gefunden hast.«

»Nur, jetzt, da wir beide Witwe sind, suchen wir zusammen nach einer netten Dreizimmerwohnung.« Jenny nahm die Pralinenschachtel an sich und tat es ihrer Schwester in allen Einzelheiten nach. »Wir wollen dich nicht rauswerfen, Bertie, aber bei den Mietpreisen in London tut sich in unserer Preisklasse einfach nicht viel auf.«

»Ich werde aber nicht ausziehen. Meine Mutter war Hauptmieterin, und jetzt bin ich es.« Ich hatte wieder die letzten Worte meiner Mutter im Ohr. Damals dachte ich, mit *sie* meinte sie die Behörden oder einen ihrer Exehemänner, aber vielleicht wollte sie mich vor den Zwillingen warnen. »Als Ted Madeley starb, euer Vater, ging das Wohnrecht automatisch auf sie über. So lautet das Gesetz. Und von ihr geht es auf mich über.« Ich spürte, wie mein Gesicht rot anlief. Mein verletztes Auge fing an zu pulsieren.

Die Zwillingsgesichter begannen sich zu drehen, weiße Kraushaare um vampirrote Lippen. Ich wünschte, sie würden einfach verschwinden.

»Die Sache ist die, Bertie«, schob Jenny nach, »wir wollten es dir eigentlich nicht sagen, aber irgendwann hättest du es sowieso rausgefunden. Unser Vater und deine Mutter waren gar nicht verheiratet. Sie haben nie offiziell die Ehe geschlossen, und damit hat deine Mutter das Wohnrecht auch nicht gesetzlich geerbt. Als Lily das Baby verloren hatte –«

»Welches Baby?«

»Deine Mutter war im dritten Monat schwanger, als sie in die Wohnung einzogen. Er hat ihr versprochen, sie zu heiraten.«

»Es hat unserer Mutter das Herz gebrochen.« Falls die Zwillinge guter Cop, böser Cop spielten, war Jenny ganz klar der böse.

»Aber dann hat sie das Baby in der zweiundzwanzigsten Woche verloren.«

»Sie müssen geheiratet haben. Ich habe die Heiratsurkunde. Ich kann sie euch zeigen«, sagte ich.

Sie wechselten bedeutungsvolle Blicke.

Margaret sprach als Erste. »Verstehst du, unsere Mutter und unser Vater wurden nie geschieden. Vielleicht hat er Lily geheiratet, aber es war nicht …«

»… legal.«

»Und nachdem sie zusammengezogen waren, ging es

mit Teds Gesundheit bergab. Vergiss nicht, er war vierzig Jahre älter. Er …«

»… war dem einfach nicht gewachsen.« Jenny senkte den Blick und flüsterte: »Dem Sex!«

»Er hatte einen Herzinfarkt, *während sie* …« Margaret hielt mir die Pralinenschachtel hin, aber ich schüttelte den Kopf. Mir war schlecht.

»Ich verstehe immer noch nicht, wieso es deshalb jetzt eure Wohnung sein soll«, sagte ich.

»Nach dem Gesetz ging das Mietrecht an unsere Mutter über, und wir sind ihre Erbinnen«, kläffte Jenny.

»Dad hat sie uns versprochen«, sagte Margaret. »Aber er sagte, Lily dürfte bis zu ihrem Tod dort wohnen, und wir haben seinen Wunsch respektiert.« Sie stopfte sich noch zwei Pralinen in den Mund. Eine davon musste mit Karamell gefüllt sein, denn ihre Zähne klebten zusammen, als sie sagte: »Baber jetzt, ba sie so trabisch verstorben ist … glb … ist es Zeit … glb.«

»Außerdem …«, Jennys Blick wanderte zwischen den zwei letzten Pralinen in der Schachtel hin und her. Dann traf sie ihre Wahl und schlug zu, »… dürftest du die Wohnung sowieso nicht behalten, weil du allein bist und die Wohnung zwei Schlafzimmer hat. Das würde das Wohnungsamt nicht zulassen.«

Margaret setzte mit ihrem Klein-Mädchen-Blöken nach: »Es ist das Heim unserer Kindheit, Bertie. Wir sind dort aufgewachsen.« Ihre wässrigen blauen Augen schienen sich mit Tränen zu füllen. »Setz uns nicht auf die Straße.«

Ich wusste, dass das Blödsinn war; die beiden waren bei ihrer Mutter geblieben, als Ted zu Lily zog, und hatten keinen Fuß in die Wohnung gesetzt. Wahrscheinlich hatten sie die ganze Geschichte erfunden, mitsamt der Fehlgeburt.

»Aber Berthold Lubetkin hat versprochen …« Ich versuchte, mich aufzusetzen, doch ein sengender Schmerz im Auge ließ mich zurück in die Kissen sinken.

»Lubetkin?« Jenny schnaubte. »Der hatte ein paar merkwürdige Ideen, meinte Dad, aber zu sagen hatte er da gar nichts. Er war bloß der Architekt. Außerdem ist er seit Jahren tot.«

Schmerzen sind nicht nur unangenehm, sondern auch anstrengend. Anscheinend hatte ich mit zusammengebissenen Zähnen gestöhnt, denn Margaret legte mir die Hand auf den Arm. »Nur kein Stress, Bertie.«

»Schwester! Schwester!«, rief ich mit schwacher Stimme. »Kann ich bitte noch ein Schmerzmittel haben?«

»Er braucht Ruhe«, ordnete die Krankenschwester an, dieselbe mandeläugige Schönheit, die meiner Mutter den letzten Katheter angelegt hatte. Mit schlanken Händen verscheuchte sie meine Besucherinnen und reichte mir zwei weiße Tabletten und ein Glas Wasser.

Während ich mich dem süßen Nichts überließ, verschmolzen die Zwillingsschwestern zu einer und schrumpften wie durchs falsche Ende eines Fernrohrs betrachtet, bis sie nur noch ein Staubkorn waren und spurlos verschwanden.

Später, als der Essenswagen mit den Resten von aufgewärmtem Rindfleisch und glibberigem Vanillepudding davongerattert war, fragte ich mich, ob dieser Besuch wirklich stattgefunden hatte oder ob die ganze Szene nur ein Produkt meiner Fantasie in Kombination mit den Medikamenten gewesen war.

Am nächsten Morgen kam, kurz bevor ich entlassen wurde, noch mehr Besuch: Jimmy the Dog und die mausartige Miss Wrest. Obwohl sie nicht ihre Bestattungsoutfits, sondern Alltagskleidung trugen, betraten sie die Station Seite an Seite mit feierlich gesenktem Blick – jeder konnte erkennen, dass sie Bestatter waren. Jimmy trug ein großes in schwarzes Seidenpapier eingeschlagenes Paket. Miss Wrest hatte einen weißen Blumenkranz dabei, der aussah, als hätte sie ihn von einem Leichenwagen gemopst.

»Wie geht's, Kumpel? Was macht das Auge?« Jimmy schaffte es, mein bandagiertes Gesicht mit noch dramatischerer Fürsorge zu betrachten als Inna.

»Sie meinen, ich werde es wahrscheinlich verlieren«, erklärte ich, denn ich fand, es stand mir zu, die Situation ordentlich auszuschlachten. »Sie versuchen, noch mal zu operieren. Sie haben hier einen ägyptischen Spezialisten, aber es besteht nicht viel Hoffnung.«

»O Gott!«, sagte Miss Wrest. »Wie furchtbar. Die haben wir Ihnen mitgebracht.«

Sie legte mir ehrfurchtsvoll den Kranz auf den Schoss, als wäre ich ein Sarg, und flüsterte Jimmy etwas zu. Ich verstand nicht, was sie sagte, aber ich meinte, das Wort »Versicherung« gehört zu haben.

»Und das hier.« Jimmy reichte mir das in Seidenpapier eingeschlagene Paket, das überraschend schwer war.

»Was …?«

Ich packte es aus. Unter dem Seidenpapier kam ein weißer Pappkarton zum Vorschein, der das Logo von Wrest'n'Piece in Gold trug. Darin befand sich eine klobige Messingschatulle.

»Die Asche deiner verstorbenen Mutter«, sagte Jimmy mit einem respektvollen Nicken.

»Wir möchten uns in aller Form für die Verwechslung entschuldigen«, fügte Miss Wrest hinzu.

»Ein unglücklicher Irrtum«, murmelte Jimmy. »Sie haben den falschen Sarg kremiert.«

»Aber der alte Mann ... die Leiche ...?«

»Eigentlich hätte er eingeäschert werden sollen.«

Als sich der medikamentöse Nebel des Unverständnisses zu lichten begann, wurde der Schmerz in meinem verletzten Auge wieder heftiger, aber sogar mir war klar, dass irgendwas an der Geschichte nicht stimmte.

»Wie kam ihre Leiche überhaupt in das Krematorium? Ich meine, hat jemand die falsche Leiche in den Sarg gelegt?«

Jimmy wich meinem Blick aus. »Es gab eine Verwechslung im Bestattungsinstitut.« Er entdeckte die letzte Praline in der Schachtel, die mir die Zwillinge mitgebracht hatten, und schlang sie hinunter wie ein Wolf.

»Leider mussten wir unseren alten Bestatter gehen lassen«, murmelte Miss Wrest. »Er war vierzig Jahre bei uns. Kannte das Geschäft in- und auswendig. Aber er stellte einfach zu hohe Ansprüche.«

»Schade ist es schon. Diese Praktikanten – wir wollen den Langzeitarbeitslosen natürlich helfen, aber sie kriegen kein Geld, und was kann man da schon erwarten? Manchmal fehlt ihnen ... die Motivation«, sagte er.

»Philip hielt sich für unverzichtbar. Wir mussten ihm eine Lektion erteilen«, erklärte sie.

»Bei der heutigen Sparpolitik müssen wir doch alle unser Scherflein beitragen, Bertie«, sagte Jimmy ernst.

»Jedenfalls ist die Einäscherung eine sehr schätzenswerte Post-Vitam-Option«, versicherte mir Miss Wrest. »Sie kann sogar teurer als eine Beerdigung sein.«

»Ja, aber …« Mein Hirn funktionierte immer noch nicht richtig.

»Du kannst die Asche in Green Glade verstreuen, alter Kumpel«, sagte Jimmy.

»Ohne zusätzliche Kosten«, fügte Miss Wrest hinzu.

VIOLET Kunstfaser

In ruhigen Momenten im Büro hat Violet angefangen, sich Stellenanzeigen und Jobangebote anzusehen. Es werden eine Menge unbezahlte Praktika angeboten, aber richtige Jobs gibt es derzeit hauptsächlich bei Technologie-Start-ups und in der Immobilienbranche, insbesondere Projektentwicklung, was sie beides nicht interessiert.

Marc behandelt sie mit höflicher Förmlichkeit und erwähnt das Abendessen mit keinem Wort. Wenn sie an seinen Gesichtsausdruck denkt, als er sich mit der Serviette den Wein vom Schoß tupfte, lächelt sie zufrieden in sich hinein. Aber ihre Begeisterung für den Job ist abgeflaut. Sie möchte etwas anderes machen – nur was? Das weiß sie nicht. Für die beiden einzigen Jobs, die sie interessieren, braucht sie Referenzen – natürlich. Und da sie weder Marc Bonnier noch Gillian Chalmers als Referenz angeben kann, ohne ihnen zu erklären, warum sie GRM verlassen will, schickt sie die Bewerbungen einfach so ab und fügt nur ihre akademischen Zeugnisse bei, auch wenn sie weiß, dass sie damit wohl kaum eine Chance hat.

In der Zwischenzeit ist die Kampagne zur Rettung der Kirschbäume ins Rollen gekommen. Am Sonntagabend sitzt sie in Mrs Craceys Wohnzimmer, das leicht nach Katzenpisse riecht, auf einer Couch mit braunem Kunstfaserbezug eingezwängt zwischen Mrs Cracey und Greg Smith, dem Handtuchmann. Ein paar dünne verschiedenfarbige Katzen schleichen auf dem Teppich herum und lauern auf ein einladendes Knie, auf das sie springen können. In einer Ecke parkt der Rollstuhlmann, der Len heißt. Mrs Tyldesley, die Künstlerin, die neben Mrs Cracey wohnt, sitzt auf dem braunen Sessel gegenüber und zeichnet vor sich hin. Gregs Sohn Arthur sitzt auf einem Küchenhocker, lutscht konzentriert an seinem Kuli und kritzelt auf einen Block. Sie setzen eine Petition zur Rettung der Kirschbäume auf.

Das Zimmer erinnert Violet an das Wohnzimmer ihrer Großmutter in Nairobi, mit den gleichen schweren Möbeln mit Kunstfaserbezug, dem Kruzifix an jeder Wand und den Spitzengardinen an den Fenstern, bis hin zu genau dem gleichen Druck von Jesus, der mit einer Laterne in der Hand an eine verschlossene Tür klopft. Ihre Großmutter hat Violet gesagt, das sei die Tür ihres Herzens. Jesu trauriger Blick hat ihr schon immer Schuldgefühle verursacht, und nun tut sie Buße, indem sie sich bereit erklärt, die Petition abzutippen und an Greg zu mailen, der in seinem Büro ein paar Exemplare ausdrucken wird.

BERTHOLD Die laute Gladys

Innas erschrockener Blick, als ich aus dem Krankenhaus nach Hause kam, verursachte mir leichte Schuldgefühle, weil ich den Ernst meiner Verletzung übertrieben hatte. Ich ließ mich aufs Sofa fallen, stöhnte von Zeit zu Zeit und ließ mir Tee und Wodka aufdrängen. Ich hatte gehofft, im Krankenhaus würden sie mich mit einer schwarzen Piratenaugenklappe ausrüsten, doch sie hatten nur rosa Gummiklappen auf Lager. In meinem Gesicht sah das Ding aus wie ein verirrtes Cremetörtchen.

»Oj, siehst du verrückt aus, Bertie! Verrückt Einaug!«

»Die Ärzte sagen, es steht fifty-fifty, ob ich das Auge verliere, Inna«, sagte ich. Was nicht ganz stimmte – die Ärzte sagten, mein Augenlicht sei nicht gefährdet –, aber warum die freundlichen Gefühle ungenutzt lassen, die die Menschen anscheinend für die Blinden aufbringen?

»Lieber nicht bald verlieren. Hast du am Dienstag Geburtstag. Ich lade Blackie zum Abendessen ein. Mache ich Golabki Kolbaski Slatki.«

»Wunderbar. Aber denk dran, sie heißt Violet und nicht Blackie.«

»Blackie, Violet, alles dasselbe – stimmt, Indunky Smiet?«

Die Papageiendame machte ein grimmiges Gesicht und

antwortete nicht. Für eine Kreatur von beschränkter Intelligenz musste es hart sein, mit all den Namensänderungen zurechtzukommen. Innerlich hüpfte ich vor Aufregung, doch für Inna setzte ich eine coole Miene auf.

»Ich habe überlegt, Inna, ob ich in eine dieser George-Clooney-Kaffeemaschinen investieren soll.«

Man weiß nie, was einer Frau gefällt.

»Zu teuer«, gab Inna zurück. »Geldverschwendung. Dovik hatte so eine. Kaffee bei Lidl ist besser.«

Aus Gründen, die sich meinem Einfluss entzogen und die zum großen Teil Jimmys Schuld waren, hatte ich die Rede, die ich für Mutters Beerdigung so sorgfältig komponiert hatte, nicht halten können. Nun, auf dem Wohnzimmersofa, richtete ich den melancholischen Blick meines einen Auges auf die Urne, die mir Jimmy ins Krankenhaus gebracht hatte und die jetzt auf dem Kaminsims stand. All die Energie und Komplexität zu einem Kästchen voll Staub reduziert. Ich versuchte, mir in Erinnerung zu rufen, was sie mir von ihrem Leben erzählt hatte. Was ich nicht wusste, würde nun für immer ein Geheimnis bleiben.

Mutter hatte stets mit ihrer bescheidenen Herkunft geprahlt. Sie war in Shadwell im Londoner East End geboren, in einer Wohnung über einem Pastetenladen in der Sutton Street, wie sie sagte. Es war nicht mal eine richtige Wohnung, nur zwei Zimmer im ersten Stock – Flur, Treppe und die Küche im Zwischengeschoss teilten sie sich mit einer anderen Familie. Ein Bad gab es nicht, nur ein Gemeinschaftsklo im Hof. Trotzdem hatten sie es besser als viele andere Familien, sagte Mutter, die zusammengepfercht in einem einzigen Raum lebten oder in einem lichtlosen Keller. Ihr Vater, mein Großvater Robert, geboren 1890, hatte das Grauen des Ersten Weltkriegs überlebt und arbeitete als Listenführer im Londoner Hafen. Er hatte mit eigenen Augen gesehen, wie entwürdigend der Kampf der arbeitslosen Dockarbeiter um einen Brass Tally war, die Messingplaketten, die die Vorarbeiter in die hungrige Menge warfen und die man brauchte, um Arbeit für einen Tag zu kriegen. Einmal sah er, wie ein Mann in dem Gedränge ums Leben kam. Das Erlebnis hatte ihn tief berührt, und Mum erzählte mir mit gedämpfter Stimme, dass ihr Vater ihr auf dem Sterbebett das Versprechen abgenommen hatte, niemals eine Streikpostenkette zu durchbrechen. Ich rätselte jahrelang, was wohl Streichposten waren, aber ich fragte nicht, so mächtig war die Aura meines Großvaters. Lieber kuschelte ich mich zu Mutter aufs Sofa und ließ mich von ihrer Stimme in die sepiagetönte Vergangenheit entführen.

Ihre Mutter Gladys, die 1900 in Yorkshire in einer Bergarbeiterfamilie zur Welt kam, siedelte in der Wirtschaftskrise nach London über, um als Dienstmädchen im Haushalt eines Zahnarztes in Chelsea zu arbeiten. Doch weil sie die Klappe nicht halten konnte, stürmte Gladys, auch »die laute Gladys« genannt, eines Tages nach einem Streit um ihren Lohn aus dem Haus und fand eine Stelle bei einer Lumpenfabrik in Whitechapel. Innerhalb von zwei Jahren hatte sie dort einen neuen Gewerkschaftsableger aufgebaut. Gladys und Robert lernten sich bei einer Kundgebung in Bow kennen, wo George Lansbury über seine Vision von einer besseren Gesellschaft sprach. Irgendwann sprang Gladys auf, klein und streitlustig, in hohen Schuhen und einem roten Filzhut mit einer Blume an der Krempe, und rief, das ganze Gerede über Ethik und Ästhetik sei doch bloß hochgestochenes Geschwafel, und wir müssten die Faschisten auf der Straße bekämpfen. Robert, hünenhaft und friedliebend, sah sie voller Ehrfurcht an und lud sie nach der Kundgebung zu einem Getränk ein. Es gab ein Foto von der Hochzeit, er groß und gut aussehend in einem zweireihigen Anzug, sie, die ihm selbst in Stöckelschuhen kaum bis zur Schulter reichte, in weißer Seide und mit Blumen im Haar. Wenn man genau hinsieht, kann man die leichte Wölbung unter der Seide erkennen, wo sich Lily ankündigte, die in dem Jahr zur Welt kam, als George Lansbury Vorsitzender der Labour Party wurde, und jahrelang im mit Flugblättern vollgepackten Kinderwagen zu Parteiversammlungen und Kundgebungen im East End geschoben wurde.

Ich habe Großvater Bob nie kennengelernt – er starb, bevor ich zur Welt kam –, aber einmal nahm Lily mich zu Großmutter Gladys ins Altersheim in Poplar mit. Sie war eine winzige verschrumpelte Person, über den Rollator gebeugt, in einem kleinen überhitzten Zimmer, das nach Desinfektionsmittel und Urin roch. An der Wand hing ein im Kreuzstich gesticktes Motto: »Gemeinsinn ist Leben.«

»Gib deiner Großmutter einen Kuss, Bertie.« Mutter gab mir einen Schubs, und ich stolperte vorwärts.

Ihre Wange war trocken und weich wie ein zerknittertes Papiertaschentuch. Laut war sie immer noch; mit schriller, zitternder Stimme zog sie über Stanley Baldman her, und Mum erklärte mir flüsternd, sie meinte den Premierminister von vor dem Krieg, der seit zwanzig Jahren tot war. Als ich beim Tee nach einem Schokoladenkeks griff, ohne dazu aufgefordert worden zu sein, schlug sie mir mit dem Löffel auf die Finger.

Als Großmutter Gladys starb, war Mutter wochenlang untröstlich, doch ich war insgeheim froh, denn ich hatte sie nicht besonders gemocht, und nach der Beerdigung bekam ich Großvaters Spazierstock, der einen geschnitzten Hund als Griff hatte. Mutter erbte das gestickte Motto und hängte es im Wohnzimmer auf. Außerdem hatte sie Großmutter Gladys' streitlustigen Geist und Großvater Bobs Beständigkeit geerbt. Bei der Erinnerung an ihre erstickte Stimme, wenn sie von ihm sprach, stieg Rührung in mir auf.

»Was heißt ›Gemeinsinn ist Leben‹?«, fragte ich Mutter einmal und tippte mit Großvaters Spazierstock an das Stickbild.

Sie drehte sich zu mir und erklärte mit tränenschimmernden Augen: »Sie waren nur sechs Jahre an der Macht, aber wir verdanken ihnen den National Health Service, Arbeitslosengeld, Rente, anständige Schulen und Tausende von neuen Wohnungen, auch die hier, Bert. Das bedeutet ›Gemeinsinn‹.«

VIOLET Sieben Zwerge

Am Montagabend kommt Greg zu Mrs Cracey und präsentiert mit einer kleinen Verbeugung einen Stapel Zettel und ein paar Klemmbretter. Len und Mrs Tyldesley sind auch da. Mrs Cracey schenkt fünf Gläser Whisky ein und erklärt, der Garten des Herrn blühe besser, wenn er gegossen werde. Violet stößt mit den anderen an. Für die Kampagne zur Rettung der Kirschbäume zu arbeiten macht viel mehr Spaß, als HN Holdings zu helfen, Geld aus Kenia zu schleusen und in Horace Nzangus Firma auf den Britischen Jungferninseln zu verschieben.

Bewaffnet mit Klemmbrettern und Petitionsformularen ziehen sie los. Alle, bei denen sie klingeln, unterschreiben, und manche lassen sich sogar überreden, selbst einen Brief ans Amt zu schreiben. Anschließend geht Violet auf einen Kaffee mit zu Greg. Er hat eine dieser Hightechkaffeemaschinen wie Marc, die zischt und lärmt und schließlich einen aromatischen Tropfen schwarzen Kaffee herausquetscht. Das muss so ein Männerding sein.

»Wo ist Arthur?«, fragt sie.

»Bei seiner Mutter«, sagt Greg. »Er ist immer die Hälfte der Woche bei ihr.«

Ihr Magen meldet eine kurze Warnung. Wenn Arthur

da ist, fühlt sie sich mit Greg in der Wohnung wohl, aber mit ihm allein zu sein, war nicht ihre Absicht. Er ist viel älter als sie, hat eine komplizierte Ehegeschichte und diesen taxierenden Blick. Kein Mann, mit dem Violet sich einlassen will.

»Das ist sicher nicht einfach. Für Sie beide.« Sie wirft einen Blick zur Tür für den Fall, dass sie überstürzt den Rückzug antreten muss.

»Man muss sich erst dran gewöhnen«, antwortet er.

Sie sitzen auf Barhockern in der Küche; Violet rührt einen halben Teelöffel Zucker in ihren Kaffee, der für ihren Geschmack ein bisschen zu stark ist und ihr Herzklopfen macht. Greg spricht weder über seine Eheprobleme noch über seine Arbeit: Er redet über das Segeln, seine Leidenschaft, und sein Ziel, Kap Hoorn zu umsegeln.

»Segelt Arthur auch so gern?«, fragt sie, als könnte ihn die Erwähnung seines Namens leibhaftig herbeizaubern.

Greg lacht. »Ich versuche, es ihm schmackhaft zu machen, aber er steht mehr auf Minecraft.«

Sie erinnert sich an den verlorenen Blick des Jungen, als er auf die Straße lief, in sein Display vertieft.

»Was hat Sie dazu gebracht, sich für die Kirschbäume einzusetzen, Violet?«, fragt Greg.

Sie erzählt ihm von den Neubauten in Nairobi, die wie Pilze aus dem Boden schießen. »Diese unsagbare Arroganz. Die meinen, sie kommen mit allem durch, weil es keiner wagt, Einwände zu erheben. Oder weil sie jemanden geschmiert haben. Und Sie? Wie sind Sie hier gelandet?«

Sie wundert sich, dass jemand, der anscheinend genug Geld hat, in einer Wohnung wie dieser lebt. Aber wie sie ist auch Greg ein Neuankömmling, und wie sie hat er nicht vor, lange zu bleiben.

»Mein eigenes Haus wird gerade umgebaut. Dabei gab es ein paar Probleme, und ich musste schnell ausziehen.«

»Das klingt nicht gut.«

»Ist es auch nicht. Die Substanz. Und Sie?«

»Hm. Ich habe bei einer Freundin gewohnt. In Croydon. Ich kann mir die Wohnung hier ohne Mitbewohner eigentlich gar nicht leisten«, fügt sie mit einem verlegenen Kichern hinzu.

Abgesehen von der Kaffeemaschine ist seine Wohnung noch kahler als ihre. Sie hat Vorhänge, aber keine Betten. Greg und sein Sohn schlafen auf Luftmatratzen am Boden.

»Sie können sich welche von mir ausleihen«, sagt Violet. »Ich habe von allem sieben.«

»Sieben?«

»Die Vormieter waren Zwerge.«

Er lacht. Seine Zähne sind weiß und gerade, mit spitzen Eckzähnen. Er hat glattes dunkles Haar mit grauen Schläfen, sein Gesicht ist ebenmäßig, wie gemeißelt, attraktiv auf so eine George-Clooney-Art.

Aber viel zu alt für sie.

Zu zweit schleppen und schieben sie zwei Betten, zwei Schreibtische und zwei Stühle aus ihrer Wohnung in den Fahrstuhl und über den Außengang hinüber zu seiner Wohnung. Der Umzug dauert fast eine Stunde. Am Ende sind sie außer Atem und erschöpft.

»Ich lade Sie zum Essen ein«, schlägt er vor.

Sie zögert. Der Gedanke an gutes Essen in einem richtigen Restaurant in der Gesellschaft eines Mannes ist verlockend, aber sie darf sich nicht wieder in eine Situation hineinmanövrieren, aus der sie nicht mehr herauskommt.

Er hat etwas Schnelles, Hungriges an sich, das sie an Marc erinnert. Sie hat ihre Lektion gelernt.

»Vielen Dank. Aber ich habe versprochen, mit meiner Großmutter in Nairobi zu skypen.«

Sie schließt die Wohnungstür ab und legt die Kette vor. Nachts fühlt sie sich hier immer noch nicht ganz sicher; die seltsamen Geräusche von nebenan und das Lärmen auf der Straße, wenn die Pubs schließen, machen sie nervös. Sie lässt den blauen Sari-Vorhang herunter und verquirlt zwei Eier für ein Omelett; mit ihrer Großmutter wird sie nach dem Essen skypen. Da klingelt es an der Tür.

Sie erschrickt und lauscht mit klopfendem Herzen. Es klingelt wieder. Zum Glück hat sie die Kette vorgeschoben. Wahrscheinlich ist es nur Greg mit den restlichen Petitionen, aber man kann nie vorsichtig genug sein. Sie öffnet die Tür einen Spalt und späht über die Kette auf den Gang, wo es schon so gut wie dunkel ist. Die schattenhafte Gestalt draußen ist fast unsichtbar, ganz in Schwarz gekleidet; im Licht aus der Küche glitzert der Strass auf einer Brille. Violet braucht einen Moment, bevor sie die alte Frau von nebenan erkennt.

»Hallo Blackie. Ich bin Inna nebenan«, kräht die alte Frau. »Sie vegetabel?«

Sie Blackie zu nennen, ist eine Sache – nach dem Ton der alten Frau zu urteilen, meint sie es mehr beschreibend als beleidigend. Aber vegetabel? Was meint sie damit?

Violet öffnet die Tür weiter. »Vegetabel?«

»Essen? Mache ich Golabki Kolbaski Slatki. Morgen halb nach sieben.« Das Gesicht der alten Dame knittert zu einem Lächeln.

»Ach so, ich verstehe.« Sie versteht kein Wort.

»Bin ich Mutter-Schwester von Lily.« Hinter der glitzernden Brille tanzen ihre Augen hell und fröhlich.

»Wer?«

»Mach ich. Sie kein vegetabel sonst nix, okay?«

»Okay?«

Die alte Dame gluckst, reibt sich die Hände und verschwindet im Halbdunkel. Das war jetzt wirklich schräg.

Violet schließt die Tür, schneidet eine Tomate klein und toastet altes Brot zum Omelett, wobei sie ein bisschen bereut, eine anständige Mahlzeit im Restaurant abgelehnt zu haben. Dann skypt sie mit ihrer Großmutter Njoki in Nairobi.

»Violet! Violet *mpenzi*!« Auf dem Bildschirm ihres Laptops erscheint das verschwommene Pixelbild eines faltigen braunen Gesichts mit rosa Zahnfleisch und perlweißen falschen Zähnen. »Wann kommst du uns in Nairobi besuchen?«

»So bald wie möglich, Nyanya Njoki! Ich spare für das Ticket.« Was nicht ganz stimmt, aber plötzlich scheint es eine gute Idee.

BERTHOLD 6. Mai

Der Morgen meines Geburtstags dämmerte, und ich nahm mir vorsichtig das rosa Gummitörtchen vom Auge. Alles wirkte normal. So weit, so gut. Ich hatte genug vom Herumliegen, und die Vorfreude auf heute Abend erfüllte mich mit Unruhe. Ich brauchte einen Kaffeekick, und vielleicht wusste Luigi, wo ich mir eine dieser Clooney-Kaffeemaschinen kaufen konnte. Als ich mich gerade aus dem Bett wälzte, klingelte der beinlose Len an der Tür.

»Was sollen wir wegen den Wohnungen machen?«, wollte er wissen, als er sich über die Schwelle ins Wohnzimmer hievte, rot und aufgedunsen im Gesicht. Seine Stirn und die Mütze vereinten sich zu einem großen Tupfen Zornesröte.

Ich kannte Len seit Jahren. Früher war er Taxifahrer gewesen – einer von Mutters Schützlingen, die alle möglichen Strippen gezogen hatte, um ihm die Erdgeschosswohnung zu besorgen und sie behindertengerecht machen zu lassen, nachdem man ihm die Beine amputiert hatte. Und er hatte es ihr gedankt, indem er bei der Wahl des Vorsitzenden der Mietervertretung Mrs Crazy unterstützt hatte. Trotzdem waren sie irgendwie Freunde geblieben.

»Welche Wohnungen?«

»Die sie uns in den Garten stellen wollen.«

»Tut mir leid, Len, aber das musst du mir erklären.«

Len hatte die irritierende Eigenschaft, zu glauben, alle anderen könnten seine Gedanken lesen. Falls er überhaupt welche hatte.

»Hast du den Aushang nicht gelesen, Bert? Du musst immer den Aushang lesen.«

»Welchen Aushang?«

»Den mit dem Bauantrag. Von der Stadtplanungsbehörde.« Vage erinnerte ich mich, dass kürzlich schon jemand von diesem Aushang gesprochen hatte. Doch es war so viel los gewesen in letzter Zeit, ich konnte nicht alles im Kopf behalten, erst recht nicht etwas Unwichtiges wie Zettel, die an Laternen aushingen.

»Die hatten nichts mit Wohnungen zu tun, Len. Es ging um einen entlaufenen Kater.«

»Und genau da liegst du falsch, Bert. Leute wie du, ihr Intellektuellen, ihr denkt, ihr wisst schon alles, also braucht ihr euch nicht die Mühe machen aufzupassen.«

Es tat gut, intellektuell genannt zu werden, selbst von jemandem, der das so wenig beurteilen konnte wie Len. Allerdings war sein Ton untypisch aggressiv.

»Du rennst irgendwelchen Ideen hinterher, Bert, aber du hast nichts, was dich leitet, keine Werte.«

Was war mit ihm los? Er schwitzte und war jetzt totenbleich. Vielleicht war auch er in die Göttin von nebenan verliebt. Ich hatte gesehen, dass sie ein- oder zweimal im Kirschgarten miteinander geredet hatten. Armer Tölpel, was hatte er für Chancen?

»Dein Problem ist, Bert, du hast keine Mannschaft, die du unterstützt. Freunde kommen und gehen, verstehst du, deine Familie stirbt weg, Politiker lassen dich im Stich.

Aber deine Mannschaft hast du ein Leben lang.« Seine Stimme zitterte.

»Hör zu, Len, tut mir echt leid, aber ich muss weg. Können wir ein andermal darüber reden?«

Er hatte sich mitten im Zimmer aufgepflanzt und sah mit seiner roten Arsenal-Mütze aus wie ein giftiger Fliegenpilz. Ganz offensichtlich hatte er nicht vor, sich abwimmeln zu lassen.

»Wenn du zurückkommst, ist es wahrscheinlich zu spät. Guck dir das an!«

Er zeigte zum Fenster. Ich zog die Gardine zurück und schaute hinaus auf den Kirschgarten. Erst sah ich nicht viel. Dann bemerkte ich zwei Männer mit Schutzhelmen, die zwischen den Kirschbäumen umherwanderten, sich immer wieder umsahen und einen großen Papierbogen konsultierten. Am Straßenrand stand ein Transporter, aber ich war zu weit weg, um den Namen der Firma entziffern zu können. Ich schob Len auf den Balkon. Einer der Helme hielt ein Lasermaß an die Baumstämme. Der andere machte Notizen auf einem Klemmbrett.

Während wir zusahen, tauchte eine weitere Gestalt im Kirschgarten auf – eine kleine energische Frau in einem militärisch geschnittenen lila Mantel, üppig besetzt mit glänzenden Messingknöpfen, und einer Plastikduschhaube auf dem Kopf. Sie rannte auf den Mann mit dem Laser zu und riss ihn ihm aus der Hand. Dann lief sie zu dem Mann mit dem Klemmbrett, zerrte die Blätter heraus, zerriss sie und verteilte die Schnipsel im Wind. Als Nächstes holte sie einen Taschenschirm aus einer Plastiktüte, zog ihn zu voller Länge auf und schlug damit auf Rücken und Schultern der Männer ein. Die Männer nahmen die Beine in die Hand, rannten durch den Kirschgarten, sprangen in ihren Transporter und rasten davon. Die Frau im lila Mantel – Mrs Crazy natürlich – sah sich um, um sicherzugehen, dass sie alle Unholde vertrieben hatte, dann warf sie das Lasermaß ins Gebüsch und kämpfte mit dem Teleskopschirm, der sich nicht mehr zusammenschieben ließ, wahrscheinlich weil er verbogen war.

»Ist sie richtig verrückt jetzt!«, rief Inna, die sich zu uns auf den Balkon gesellt hatte, mit respektvollem Beben in der Stimme.

Als das Drama vorbei war und wir gerade wieder reingehen wollten, sah ich noch eine Bewegung im Kirschgarten. Eine schlanke junge Frau, geschmeidig, mit mahagonifarbener Haut – eine Vision reiner Schönheit –, sprang leicht wie eine Dryade über den mäandernden Pfad zwischen den Bäumen. Sie lief direkt auf Mrs Crazy zu, schloss sie in ihre lieblichen Arme und drückte sie an sich. Ich war noch nie zuvor auch nur ansatzweise neidisch auf Mrs Crazy gewesen, auch wenn sie weniger ekstatisch wirkte, als ich es an ihrer Stelle gewesen wäre. Sie schälte sich aus der Umarmung, schüttelte der Nymphe die Hand und verschwand wie eine Hexe in dem Holzhäuschen neben dem Gemeinschaftsgemüsegarten.

»Siehst du jetzt, was ich meine?« Lens Stimme holte mich in die Wirklichkeit zurück. »Wir müssen in die Gänge kommen, Bert. Wir können doch nicht den ganzen Ruhm den Frauen überlassen. Action ist Männersache, oder?«

»Was vielen nicht klar ist, Len, das lateinische Wort ›Actio‹ bezeichnet nicht nur einen handlungsreichen Vorgang, sondern auch Rede oder Rechtsstreit.«

»Ach ja?« Len war sichtlich stolz auf seine brillante Ausdrucksweise. »Latein! Mach Sachen! Es gibt eine Petition, Bert, und alle sollen unterschreiben. Aber meiner bescheidenen Meinung nach hätte deine Mutter Lily eine Protestaktion veranstaltet. Wir müssen uns organisieren!«

»Nicht trauern, organisieren!«, rief Flossie mit einem Maß an politischem Bewusstsein, das für einen Vogel außergewöhnlich war.

»Haargenau, Flossie. Sag ihm das.« Len, der Wellensittiche züchtete, hatte eine Schwäche für Flossie – vielleicht war das der Grund, warum seine Freundschaft mit Mutter alle politischen Differenzen überstanden hatte.

»Was für eine Art von Aktion schwebt dir denn vor, Len?«

»Also, wir könnten das Rathaus besetzen. Uns an die Bäume ketten und so weiter. Uns an Lily ein Vorbild nehmen, Gott hab sie selig. Sie war eine großartige Lady und hat immer positiv gedacht, obwohl sie Kommunistin war.«

In diesem Moment wurde mir klar, dass die Anschaffung einer Kaffeemaschine im Clooney-Stil eine sinnlose Geste wäre und sogar nach hinten losgehen konnte. Clooney war bloß ein oberflächlicher, cappuccinonippender Promi, während ich ein Mann von Prinzipien war, der einem Engel mehr zu bieten hatte als eine Tasse Kaffee. Am besten ging ich gleich los und kaufte mir ein Vorhängeschloss und eine Kette, so wie die an meinem gestohlenen Fahrrad. Wenn es nötig war, dass ich mich an einen Baum kettete, dann würde ich es tun.

VIOLET Niha

Es ist erstaunlich, wie viele Leute die Szene zwischen Mrs Cracey und den behelmten Männern im Kirschgarten durchs Fenster beobachtet haben; Mr Rowland von der Stadtplanungsbehörde hat schon mehrere Anrufe erhalten, als Violet mit ihm telefoniert.

»Nein, die Behörde hat den Bauantrag noch nicht genehmigt«, sagt er. »Das steht für Juni auf der Agenda. Aber es verstößt nicht gegen das Gesetz, herumzulaufen und Bäume zu vermessen, wissen Sie.«

»Na ja, aber die Planer gehen offensichtlich davon aus, dass die Sache durch ist«, gibt Violet mit ihrer Stöckelschuhstimme zurück, obwohl sie in Wirklichkeit in Turnschuhen vorm Spülbecken steht.

»Sie können ausgehen, wovon sie wollen. Zuerst muss das Projekt von der Behörde genehmigt werden.« Er klingt leicht defensiv. »Das Problem ist, ein Widerspruch muss städtebauliche Gründe anführen – es reicht nicht, wenn die Leute einfach sagen, ein Projekt gefällt ihnen nicht.«

»Und was genau wären städtebauliche Gründe in diesem Fall?«

»Ein Bauvorhaben muss zur städtischen Strategie in Bezug auf Zugang, Verkehr, Infrastruktur et cetera passen.«

»Warum haben Sie mir das nicht vorher gesagt?«

In der Leitung wird es still. »Hören Sie«, sagt er dann. »Ich tue mein Bestes mit den Briefen, die angekommen sind. Und bei der Petition. Aber ich kann Ihnen nichts versprechen.«

»Ist Geld geflossen?«, will sie wissen. »Verdient sich hier jemand ein paar schnelle Kröten?«

»Ich tue so, als hätte ich das nicht gehört.«

Wäre sie nicht so wütend gewesen, hätte sie vielleicht irgendeine Ausrede erfunden, als Greg kurz nach sechs bei ihr klingelt. Er hat noch den Anzug aus dem Büro an und eine große Aktentasche dabei.

»Ich habe von Ihrer Heldentat gehört«, sagt er grinsend.

»Ha! Da haben Sie sich verhört. Das war die alte Dame, nicht ich. Meine einzige Heldentat war, irgendeinen armen Kerl bei der Baubehörde anzuschreien.«

»Auch gut. Ich finde, Sie haben sich eine Belohnung verdient. Ich habe einen Tisch im Niha reserviert. Darf ich Sie zu einem frühen Abendessen einladen?«

Sie will schon nein sagen, aber eigentlich findet sie auch, dass sie eine Belohnung verdient hat. Sie verabreden sich in einer halben Stunde vor dem Haus. Während er den Wagen holt, zieht sie sich ein Kleid und hohe Schuhe an, die nicht nur ihre Größe, sondern auch ihren Kampfgeist erhöhen.

Das Niha ist ein kleines libanesisches Restaurant in der Nähe des Barbican Centre, nicht weit von GRM entfernt. Sie war einmal mit Laura zum Mittagessen da. Abends herrscht eine gemütliche, vertrauliche Atmosphäre bei gedämpftem Licht. Ohne sie zu fragen, bestellt Greg Sayadia für sie beide, ihr Einverständnis voraussetzend, welches er natürlich hat, und einen libanesischen Wein, der Château Musar heißt und doppelt so viel kostet wie die ganze Mahlzeit. Während sie auf das Essen warten, berichtet Violet von ihrem Gespräch mit Mr Rowland.

»Städtebauliche Gründe! Warum haben sie das nicht gleich gesagt? Es ist, als würden sie ständig neue Regeln erfinden.«

»In den Behörden sitzen lauter unsoziale Paragraphenhengste«, sagt er, »die für ihre Zimmerpflanzen und irgendwelche Eitelkeitsprojekte unser Geld ausgeben. Ich habe selbst gerade Probleme mit dem Bauamt. Aber ich will Sie nicht mit den Einzelheiten langweilen.«

Beim Nachtisch wird das Gespräch persönlicher. Er erzählt ihr vom Segeln auf dem Solent. Sie erklärt ihm den Unterschied zwischen Bakewell-Törtchen und Bakewell-Pudding. Als sie kichernd beschreibt, wie der Koch im White Horse Inn versehentlich eine Eier-Mandel-Creme über die Marmelade gestrichen hat, legt Greg seine Hand auf ihre.

Ganz ruhig, ohne ein Wort, zieht sie die Hand weg.

Um neun setzt er sie vor Madeley Court ab und bringt sein Auto in die Mietgarage. Kein Kuss, keine Einladung zu einem Kaffee, nicht einmal ein falscher Handgriff. So weit, so gut, denkt sie.

Sie schließt die Wohnungstür auf, streift die Stöckelschuhe ab und tappt barfuß in die Küche, um Wasser aufzusetzen. Dann schlüpft sie in ihren Pyjama – ein ziemlich verschossenes Teil aus handbestickter Seide, das ihre ehemalige Mitbewohnerin aus Singapur dagelassen hatte, anstelle des nagelneuen Teddybären-Schlafanzugs von Marks & Spencer, den sie dafür mitgehen ließ, zusammen mit Nick. Sie macht sich auf die Suche nach einem Pfefferminzteebeutel und lässt den Abend mit Greg Revue passieren. Soll sie zulassen, dass sie einander näherkommen? Er sieht gut aus, ist ein Gentleman (anders als Marc) und Vater eines sehr niedlichen Jungen. Aber viel zu alt für sie, und außerdem genießt sie ihre Freiheit zu sehr.

Das Wasser kocht. Sie geht in die Küche, gießt heißes Wasser in den gelben Becher mit dem Teebeutel und will gerade ins Bett gehen, als es an der Tür klingelt. Einmal. Zweimal. Dreimal.

BERTHOLD L’Heure Bleue

Die gute Inna stand zwei Stunden lang in der Schürze am Herd und rackerte sich mit meinem Geburtstagsessen ab, während ich mich zurückzog und ein duftendes Entspannungsbad nahm, sorgfältig darauf achtend, dass das verletzte Auge nicht nass wurde. Ohne die Törtchenklappe sahen die Wunde und der Bluterguss ziemlich schaurig aus – aber schaurig war sexier als lächerlich, befand ich. Andererseits, bei Frauen konnte man nie wissen.

Ein paar Spritzer Eau Sauvage, dann zog ich das cremefarbene 100-Prozent-Baumwolle-Hemd von Marks & Spencer an. Nach dem letzten Einsatz bei Mutters Begräbnis war es von Inna gewaschen worden, doch der Anzug war noch in der Reinigung, also trug ich meine schwarzen Jeans. Inna war mit einem schwarzen Rock, Seidenbluse und Perlenohrringen angetan und hatte sich zur Feier des Tages das Haar mit einem Schildpattkamm hochgesteckt. Sie hatte Lippenstift aufgelegt und sich mit Mutters Parfum eingesprüht, um den Küchengeruch zu überdecken. Der schwermütige Moschusduft von L’Heure Bleue löste ein Gefühl von Nostalgie und Sehnsucht in mir aus, fast wie Liebe, und ich schenkte uns als Aperitif ein Gläschen süßen Lidl-Sherry ein, in memoriam. Dann setzten wir uns an den Tisch und warteten auf die Ankunft der Frau, die, ich spürte es, mein Leben verändern würde. Während die Minuten verstrichen, glitt mein Blick mehr als einmal zu der Messingurne mit Mutters sterblichen Überresten auf dem Kaminsims, und ich hatte sogar ihre zärtlich geflüsterte Mahnung im Ohr, wieder zu heiraten und es wie die Sonnenuhr zu machen. Ich spürte ganz deutlich ihre Anwesenheit im Raum und war sicher, dass sie meine Freude und Aufregung über die Bedeutung dieses Abends teilte, während ich wartete.

Und wartete.

Und wartete.

Um halb neun sagte ich zu Inna: »Bist du sicher, dass du sie eingeladen hast? Bist du sicher, dass sie zugesagt hat?«

»Hab ich bestimmt eingeladen. Halb nach sieben. Sie hat gesagt, kein vegetabel ist okay.«

»Gott ist tot! Halt den Schnabel, Indunky Smiet!« Auch Flossie war aufgeregt und ließ hin und wieder einen Schrei vom Stapel.

Um neun sagte ich: »Wäre es nicht besser, wenn du rübergehst und nachsiehst, was los ist?«

VIOLET Cholera großer Aufbruch

Violet ist erleichtert und genervt zugleich. Erleichtert, weil nur die senile alte Dame von nebenan vor der Tür steht, kein finsterer Mörder oder Einbrecher, oder auch nur Greg mit seinem beunruhigenden Blick. Genervt, weil es schon nach neun ist. Eigentlich will Violet sie wegschicken, aber stattdessen bittet sie sie höflich herein.

»Kommen Sie rüber und ieß Golabki Kolbaski Slatki mit uns?« Die alte Frau sieht sich mit unverhohlener Neugier um.

Wie lange hat sie es mit ihrem schrecklichen Englisch geschafft, in Großbritannien zu überleben? Vielleicht haben die Leute, die verpflichtende Sprachkurse für Ausländer fordern, nicht ganz unrecht. Sogar Violets Großmutter Njoki, die noch nie in England war, spricht besser Englisch.

»Hab ich extra gekocht, wird kalt, kommen Sie und ieß.«

»Das ist sehr nett von Ihnen. Vielleicht ein andermal.«

»Kein ander, jetzt, Berthold wartet.«

Berthold: So heißt der seltsame ältere Typ von nebenan, der ihr die leere Kaffeedose gegeben hat.

»Bitte entschuldigen Sie mich bei Berthold, aber ich habe schon gegessen.«

»Machen kein Sorge, Berthold macht nix Problem – ist homosexy nix Ladys.«

Violet hätte ihn gar nicht für schwul gehalten, aber es ist auf jeden Fall ein Pluspunkt: So kann sie sich entspannen und muss nicht fürchten, die falschen Signale zu senden, oder ungebetene Avancen abwehren.

»Sie Afrika?« Die alte Dame mustert sie mit freimütiger Neugier. »Welcher Land?«

»Ich bin in Kenia geboren, aber ich habe …«

»Aha, Kenia! Mein Dovik ist da gewesen wegen Bakteriophagenforschung. Cholera. Großer Aufbruch.«

Wovon in aller Welt redet sie? Vielleicht sollte Violet rübergehen und hallo sagen, aus Höflichkeit, damit er nicht denkt, sie hätte was gegen Schwule. Aber es ist schon ganz schön spät.

»Es ist wirklich ein bisschen spät. Ich wollte gerade ins Bett gehen.«

»Keine Sorge. Hat er Geburtstag. Hat extra Kette für Sie geholt.«

»Kette?« Was soll das bedeuten? Na ja, der Mann ist ein Spinner, aber wahrscheinlich ganz harmlos.

»Sehr nett. Aber wie Sie sehen, bin ich schon im Schlafanzug.«

»Schlafanzug nix Problem.«

Die alte Dame packt sie an der Hand und zieht sie durch die Tür in die Nacht hinaus.

BERTHOLD Seidenpyjama

Sie trug einen rosa Pyjama, wie in dem Lied. Nicht in mädchenhaftem Zartrosa, sondern in einem tiefen Fuchsia aus schwerer Seide mit Stickereien am Kragen und an den Säumen. Harem trifft Marks & Spencer. Das offene Haar floss ihr über die Schultern. Sie sah göttlich aus. Ich war gerührt, dass sie sich für meinen Geburtstag solche Mühe gegeben hatte.

»Violet!« Ich rückte ihr den Stuhl hin. »Was möchten Sie trinken?«

»Tut mir leid, dass ich so spät komme«, murmelte sie. »Ich hoffe, Sie haben nicht zu lange gewartet.«

»I wo«, sagte ich. »Wie arm sind die, die nicht Geduld besitzen! Wie heilten Wunden als nur nach und nach?«

Auf ihrem Antlitz schimmerte ein Ausdruck süßer Verwirrung. Dann schlurfte Inna mit einem dampfenden Teller Golubski herein, in einer glänzenden fetten Soße, die sie Jukscha nannte, eine ihrer Spezialitäten und lange nicht so schlimm, wie es sich anhört.

»Biete. Ieß, ieß«, gurrte sie.

Ein Anflug von Panik glitt über die engelsgleichen Züge. »Tut mir wirklich leid, aber ich habe schon zu Abend gegessen. Ich bin pappsatt.«

»Oj! Magst du nicht meine Golabki?« Sturmwolken sammelten sich auf Innas Stirn.

Ich ging dazwischen. »Schon gut, Inna. Sie muss auf ihre Figur achten.« Zu meiner Überraschung sammelten sich nun auch auf der göttlichen Stirn Sturmwolken, und ich setzte schnell nach: »Welche in Gestalt und Bewegung so bedeutend und wunderwürdig.«

Brummend nahm Inna die Golabki und knallte sie vor mich auf den Tisch. Was gut war, denn ich war schon halb verhungert. Dann holte sie einen Teller Kobaski – ukrainische Würste in der gleichen fetten Soße – und klatschte sie vor Violet, die abwehrend die zarten Hände hob, so dass ihre hellen Handflächen aufblitzten.

»Oj! Oj! Ießt du nix Kolbasa. Bist du Judisch?«

Schweigend schnitt Violet ein kleines Stück Kobaski ab und hob es an die Lippen. Unterwegs löste sich ein dicker Tropfen Soße, landete auf dem Knie ihres Seidenpyjamas und hinterließ einen dunklen öligen Fleck. Sie sah hinunter und brach in Tränen aus.

Zu meiner Überraschung brach auch Inna in Tränen aus. »Hat mein gut jüdisch Ehemann nie Kolbaski gegessen!«, heulte sie. »Oj, guter Mann! Hat er gesagt, tu ich alles für dich, Inna, aber ess ich nix Kolbasa! Und jetzt ist er tot! Ermordet von Olihark! Oj, er fehlt mir so!«

Die beiden waren völlig aufgelöst und blubberten wie ein Wasserrohrbruch. Sollte ich mich ihnen anschließen wie ein neuer Mann? Was würde George Clooney tun? Jetzt lagen sie einander in den Armen und schluchzten sich gegenseitig die Schultern nass. Das stand eindeutig nicht im Textbuch.

»Na gut, erzähl uns, was deinem Mann passiert ist, Inna«, sagte ich skeptisch, denn die Geschichte von dem

Oligarchen, den sie schon einmal erwähnt hatte, kam mir nicht ganz koscher vor.

»Ermordet von Bisnessmen. Arkady Kukuruza. Kennst du?«

»Ich fürchte nein.«

»Will er Geheimnis von Bakteriophage kaufen, mit große Profit. Dovik sagt, mein Freund, kannst du nicht machen Profit damit. Kommt aus Toilette. Kukuruza sagt: ›Alfandari, kann ich machen Profit mit allem. Passt du besser auf, nächste Mal bist du tot.‹«

Sie behauptete, dieser Gangster-Oligarch habe den glücklosen Dovik in London aufgespürt und ihm ein Angebot gemacht, von dem Dovik nicht gewusst habe, dass er es nicht hätte ablehnen dürfen.

»Quatsch mit Jukscha, Inna, wenn du mir die gemischte Metapher verzeihst.«

»Lädt er ihn ein in Restorant für Bisness-Besprechung und gibt ihm zu essen vergiftet Slatki.«

Vergiftete Slatkis! Das Blut stockte mir in den Adern. Hatte sie die Idee daher? War es Usus da, wo sie herkam? Während ich alle Möglichkeiten erwog, fing sie wieder mit dem herzerweichenden Gejaule an.

»*Poviy vitre na Ukrainu!* Weh, Wind in Ukraine. Ist schönes Lied. Schönes Land. Menschen haben schöne Herz. Einzige Problem Oliharki. Wehen alles Geld raus aus mein Land. Fliegt Geld nach Westen, aber Menschen nicht können hinterher! Oj-oj-oj!«

»Ach, Ruhe jetzt, Inna!«, sagte ich. Mal im Ernst, irgendwann musste Schluss sein mit diesem Quatsch, schließlich hatte ich Geburtstag und war kurz davor, mit der Frau meiner Träume zur Sache zu kommen. Aber zu meiner Verblüffung schien meine reizende Nachbarin wie hypnotisiert von Innas Unsinn und achtete überhaupt nicht auf mich.

»Genauso ist es in meinem Land auch, Inna!«, rief sie. »Sie bestehlen die Menschen und schleusen das Geld auf geheime Konten! Und wir helfen ihnen dabei! Das Geld fliegt weg, und die Menschen bleiben in Armut zurück. Tausende von Afrikanern ertrinken im Meer bei dem Versuch, dem Weg zu folgen, den ihr Geld genommen hat!«

»Oj, Blackie, ist die Welt überall gleich! Besser essen, trinken, singen, vergessen ganze traurige Geschichte.«

Dann verschwand Inna wieder in der Küche und kam mit einer kleinen Flasche Wodka und einem Teller frisch gebackenen Slatki zurück, die nach Mandeln und Honig dufteten. Violet hörte auf zu weinen, und ihr Gesicht hellte sich auf. Panik ergriff mich. Als sie die Hand nach dem Teller ausstreckte, riss ich ihn Inna aus der Hand und stopfte mir alle sechs Slatki auf einmal in den Mund. Wäre George Clooney wohl Manns genug gewesen, für die Frau, die er liebte, sein Leben zu opfern?

Violet starrte mich an, und ihre runden braunen Augen füllten sich wieder mit Tränen.

Inna nahm sie in die Arme. »Oj! Oj! Nicht weinen, Blackie! Ist der Mann nix gut für dich. Ist er Lady-Man und ießt gern süße Slatki. Findest du besseren.«

»Nein, Inna, ich bin nicht schwul …«, brabbelte ich mit vollem Mund, während ich zu keuchen anfing, weil mir die Brust enger wurde.

»Armer Bertie, bist du noch traurig wegen dein Mama. Verstehe ich.«

Zu bestreiten, dass man schwul war, war unglaublich uncool, sagte zumindest George Clooney, und um nicht schwulenfeindlich zu klingen, hielt ich die Klappe. Außerdem schien Violet mich nicht gehört zu haben, denn jetzt schluchzte sie: »Ich habe gerade den perfekten Job in den Sand gesetzt und Rotwein über meinen Boss geschüttet! Ich habe mein Leben ruiniert!«

Ich wollte sie tröstend in die Arme nehmen und ihr verraten, welches Opfer ich gebracht hatte, um sie vor dem Gifttod zu retten, aber Inna hatte schon die Arme um sie geschlungen, und ich musste mich damit begnügen, noch eine Runde Wodka auszuschenken.

Wir hoben die Gläser.

»Auf unsere Lieben, die jetzt nicht bei uns sind!«, sagte ich, und glaubt man es oder nicht, jetzt begann auch ich zu heulen.

Es ging noch etwa eine Stunde so weiter, bis jemand – es war Violet, glaube ich – zu kichern anfing. Inzwischen war die Wodkaflasche leer, und die Flasche Pinot Noir auch, die ich als perfekte Begleitung zu den Globulski gekauft hatte, ebenso die Flasche süßer Sherry, die Inna unter ihrem Bett gefunden hatte.

Flossie schlief schon, der Käfig mit einer Tischdecke abgedeckt, damit sie ruhig blieb. Inna war mit dem Kopf auf dem Tisch eingeschlafen; silberne Strähnen hatten sich aus ihren Zöpfen gelöst und waren in die Soße gerutscht.

Ich schlief auf dem Sofa ein, und der rosaseidene Engel kuschelte sich keusch in meine Arme.

Wie George Clooney seinen Geburtstag gefeiert hat, weiß ich nicht.

BERTHOLD Chenille-Bademantel

Am nächsten Morgen wurde ich vom Prasseln des Regens geweckt, der auf den rostigen Deckel des Grills auf dem Balkon trommelte. Ein Jahr älter. Violet in ihrem Seidenpyjama war verschwunden, und vor mir stand Inna in ihrem scheußlichen seegrünen Chenille-Bademantel mit mürrischer Miene und einer Tasse dünnem Pulverkaffee in der Hand. Sie hatte immer noch Soßenspuren im Haar.

»Oj, hat sie nix gegessen!«, jammerte sie. »Nix Golabki, nix Kolbaski, nix Slatki! Dürre kleine schwarze Vogel!«

Ich lag immer noch im Wohnzimmer, immer noch in den Kleidern von gestern. Mein Nacken war steif, weil das Sofa zu kurz war, meine Zunge schmeckte nach nassem Hund, mein Bauch grummelte wie ein Vulkan, wahrscheinlich von den Slatkis, aber zum Glück lebte ich noch. An gestern Abend erinnerte nichts als ein Haufen schmutziger Teller und Gläser auf dem Tisch, und ich hoffte, darum würde sich Inna gleich kümmern.

»Stell ihn hierhin, Inna.« Ich zeigte auf den Kaffeetisch, während ich wieder in den düsteren Frieden meiner Gedanken eintauchte.

Der Pulverkaffee war lauwarm, als ich ihn schließlich

trank; dann taumelte ich ins Bad, um zu pinkeln. Ich erinnerte mich verschwommen, dass ich auch in der Nacht ein- oder zweimal aufs Klo gemusst hatte. Ich sollte wirklich mit Dr. Brandeskievich über meine Prostata reden. Hatte George Clooney diese Probleme auch? Es wäre gut, mal von Mann zu Mann über das Thema zu reden, unsere Ängste wegen der immer spürbarer werdenden Sterblichkeit miteinander zu teilen. Ich meinte mich zu erinnern, dass ich bei einem der Ausflüge ins Badezimmer aus dem Fenster gesehen und im Kirschgarten eine geisterhafte Gestalt ausgemacht hatte – oder eine Gestalt und ihren Geist –, die zu unserer Wohnung heraufstarrte, das weiße Haar im Licht der Straßenlaterne wie ein doppelter Heiligenschein, oder vielleicht war es nur eine Halluzination, hervorgebracht von den vergifteten Slatkis.

Als ich aus dem Bad kam, starrte Inna durchs Fenster in den unablässigen Regen. Ich folgte ihrem Blick und machte eine Entdeckung, die mein träges Herz schneller schlagen ließ. Dort, am Bordstein hinter den Kirschbäumen, stand ein kleines rotes Auto, und eben stieg eine grün gekleidete Frau aus und spannte einen Schirm auf. Sie folgte dem gewundenen Pfad durch den Kirschgarten in Richtung Haus.

»Inna! Wir bekommen Besuch!«, rief ich.

»Warte!«, sagte Inna. »Ich zieh schnell an!«

»Nicht nötig. Du siehst gut so aus.« Der seegrüne Chenille-Bademantel und das soßenverkrustete Haar konnten den Eindruck der Altersdemenz nur verstärken. »Diesmal bist du meine Mutter, okay? Nicht Schwester. Mutter. Ein bisschen verwirrt.« Ich wedelte mit den Händen und rollte die Augen.

Sie nickte und ahmte mich nach.

»Erinnerst du dich an deinen Geburtstag?«

»Erste März 1932!«

»Erster März 1932!«, wiederholte Flossie, verständlicherweise schlecht gelaunt, weil sie davon geweckt wurde, dass jemand rüde das Tischtuch von ihrem Käfig riss.

Es blieb nicht einmal Zeit, ins Schlafzimmer zu sprinten und etwas Frisches anzuziehen. Ich strich mein zerknittertes Hemd glatt, dort, wohin der rosaseidene Engel bis vor Kurzem den lieblichen Kopf gebettet hatte. Auf der cremefarbenen Marks & Spencer-100%-Baumwolle entdeckte ich ein langes gelocktes schwarzes Haar, das ich abzupfte und mir in die linke Brusttasche schob, ganz nah an mein Herz.

Dann klingelte es. *Ding dong!*

Miss Penny trug das grüne Kleid, das sie bei unserer letzten Begegnung bei Oxfam anprobiert hatte, die Knöpfe spannten leicht über dem Busen. Ihre etwas plumpen Fesseln wirkten wohlgeformt in den hohen Schuhen, auch wenn sie immer noch von flohartigen Stigmata übersät waren.

»Kommen Sie herein, Mrs Penny!« Ich schüttelte ihre salatblattschlaffe Hand. »Darf ich Sie mit meiner Mutter Lily bekanntmachen.«

Inna schlurfte in ihrem seegrünen Morgenmantel herbei, wedelte mit den Händen und rollte die Augen.

»Hey ho! Erste März 1932!«, rief sie.

So weit, so gut.

»Wie reizend, Sie kennenzulernen«, sagte Mrs Penny überschwänglich, während sie den nassen Schirm ausschüttelte und neben die Tür stellte. »Ihr Sohn hat mir schon so viel von Ihnen erzählt. Ich glaube, wir hätten uns neulich fast getroffen, als Sie bei dem Sturzregen in ein

Taxi gestiegen sind. Aber Sie schienen es ziemlich eilig zu haben.«

»Wir mussten zur Beerdigung einer Freundin.«

»Hey ho! Regen marsch! Regen marsch! Jeden Tag!«, sang Inna mit Verve.

»Ich hoffe, ich komme nicht ungelegen. Ich war zufällig in der Nähe und dachte, wir können die Übertragung gleich jetzt angehen. Es ist eine gute Idee, den Mietvertrag auf Ihren Sohn umzuschreiben, solange Sie noch bei … äh … geistiger und körperlicher Gesundheit sind, nicht wahr, Mrs Lukashenko? Ich wünsche Ihnen natürlich noch viele gute Jahre. Aber man weiß nie, was hinter der nächsten Ecke lauert.«

Inna spähte um die Ecke in den Flur und schüttelte den Kopf. »Niemand da.«

»Schön.« Mrs Penny lächelte und zog eine Klarsichthülle aus der Tasche. »Ich habe die Papiere mitgebracht, Mr Lukashenko. Seit 1953 sind zwei Hauptmieter eingetragen, Mr und Mrs Ted Madeley.«

»Ich heiße nicht Lukashenko, sondern Sidebottom. Meine Mutter hat noch zweimal geheiratet. Mein Vater hieß Sidney Sidebottom«, sagte ich.

»Sidebottom? Das ist ein hübscher Name«, sagte sie ohne einen Funken Ironie. Ich sah sie genau an. Sie lächelte nicht einmal. »Wann war das? Haben wir Urkunden mit den Daten?«

»Erste März 1932!«, krähte Inna.

»Das war 1960. Ich habe hier irgendwo die Papiere. Sie ist ein bisschen durcheinander«, flüsterte ich Mrs Penny zu, indem ich die Augen rollte und zu Inna sah.

Inna wedelte mit den Händen, rollte ebenfalls die Augen und gluckste: »Hey ho! Regen marsch, Regen marsch!«

»Ding dong«, krähte Flossie, und Mrs Penny fuhr erschrocken zusammen.

»Ach, den Papagei hatte ich ganz vergessen«, kicherte sie. »Haben Sie ihn schon lange?«

»Zwanzig Jahre«, antwortete ich. »Flossie war ein Geschenk ihres letzten Ehemanns, Mr Lev Lukashenko. Stimmt's, Mutter?«

»Hey ho! Luka-Lily!« Inna wedelte mit den Händen und rollte die Augen.

Mrs Penny notierte etwas. »Das erklärt einiges«, sagte sie. »Auf dem Amt ist der Brief eines Mr Lukashenko eingegangen, der die Wohnung für sich beansprucht. Ist das zu fassen? Er behauptet, Sie seien verstorben!«

Inna rutschte ein Schrei heraus, und sie rollte wie wild mit den Augen in meine Richtung.

»Völlig durch den Wind«, seufzte ich und wedelte diskret mit der Hand in ihre Richtung. »Er war stets nur hinter ihrem Geld her, wissen Sie. Und hinter der Wohnung. Meine Mutter hat sich von ihm scheiden lassen. Stimmt's, Mutter?«

»Erste März 1932!«, sagte Inna händewedelnd.

Mrs Penny notierte noch etwas. »Er lebt also nicht hier?«

»Aber nein! Ich wohne seit acht Jahren hier, und er ist kein einziges Mal hier aufgetaucht. Ich glaube, er ist zurück in die Ukraine gegangen.«

»Das ist seltsam. Mr Lukashenkos Brief wurde in London aufgegeben«, sagte Mrs Penny. »Und er hat diese Adresse als Absender angegeben.«

Mein Herz machte einen Aussetzer. Dieser Mistkerl! Anscheinend hatte er jemanden in London, der den Brief für ihn abschickte, nachdem er meine Einladung zur Beerdigung bekommen hatte.

»Wer ist diese Lucky Skunky?«, fragte Inna.

»Dein Exmann, Mutter. Du hast ihn wahrscheinlich schon vergessen. Kein Wunder. Sie hat seit Jahren nichts von ihm gesehen oder gehört. Oder, Mutter?«

Ich fing Mrs Pennys Blick auf und tippte mir an die Schläfe, eine überflüssige Geste, denn Inna hatte die Situation völlig im Griff.

»Mann tot«, seufzte sie. »Oj! Guter Mann, gute Haare, gute Barte, und jetzt ist tot.«

»Dreimal verheiratet! Kein Wunder, dass sie durcheinanderkommt.« Mrs Penny sah neugierig von mir zu Inna.

»Genau deswegen möchten wir den Mietvertrag so schnell wie möglich ändern, Mrs P-Penny. Ihre Verwirrung wird sich wohl nicht bessern. Es kann nur schlimmer werden.«

Ich spürte, wie mein Stresslevel unter Mrs Pennys Blick in die Stratosphäre schoss. Mein Puls raste; mein Hirn war ein Komposthaufen verrottender Erinnerungen, wo Wahrheiten und Unwahrheiten wahllos miteinander kopulierten.

»Hm.« Sie kaute an ihrem Kugelschreiber. »Gibt es noch andere Familienmitglieder, die ein berechtigtes Interesse an der Wohnung hegen könnten? Geschwister? Enkel?«

Wenn Sie wüssten, dachte ich, aber ich sagte nichts von den Zwillingen. Warum die Sache unnötig verkomplizieren? Ihre rührselige Behauptung, die Wohnung sei das Reich ihrer Kindheit gewesen, war eine dreiste Lüge, schließlich wurde das Haus erst 1952 oder 1953 gebaut. Sie konnten höchstens ein paar Mal hier gewesen sein, bevor ihre Mutter den untreuen Ted ausrangierte und weiterzog. Was die Behauptung anging, seine Ehe mit meiner

Mutter sei ungültig gewesen, konnte ich mir kaum vorstellen, dass sie stimmte. Und selbst wenn – wer konnte sie beweisen?

»Nicht dass ich wüsste. Was meinst du, Mutter?«, sagte ich.

»Erste März 1932!«, bestätigte sie.

»Sie würden nicht glauben, zu welchen Mitteln manche Leute angesichts der derzeitigen Wohnungsnot in London greifen. Wir müssen so vorsichtig sein.« Mrs Penny verengte die Augen. »Es gab sogar schon Leute, die so getan haben, als würde ein verstorbener Verwandter noch leben.«

»Ung-glaublich!« Mein Herz machte schon wieder einen Aussetzer. »Aber als einziges K-kind habe ich doch sicher Rechte, oder?« Mein altes Stottern klopfte wieder an und drohte, die ganze ausdauernde Therapie meiner Mutter zunichtezumachen.

»Normalerweise geht das Mietverhältnis auf den überlebenden Ehepartner über, falls es einen gibt. Nach unseren Richtlinien kann es pro Mietvertrag nur einen Nachfolger geben, und bei einem Ehepartner ist die Nachfolge automatisch. Im Fall Ihrer Mutter, mit all den Scheidungen und Namenswechseln, müssen wir uns alle Pappenheimer genau ansehen.«

»Pappenheimer? Es waren zwei Scheidungen. Ihr erster Mann ist gestorben.«

»Oh, das tut mir leid.«

»Eines natürlichen Todes«, setzte ich hinzu, um jedem Zweifel zuvorzukommen.

»Das ist gut. Was ist mit Stromrechnungen und Ähnlichem? Auf wessen Namen laufen die?«

»Es läuft alles auf den Namen meiner Mutter. Ich weiß

im Moment nicht genau, wo die Unterlagen sind, aber ich kann sie Ihnen zuschicken.«

Als ich Mutters Zimmer für Inna hergerichtet hatte, hatte ich den ganzen alten Papierkram weggeworfen, aber es würden unausweichlich neue kommen, das hatten Rechnungen so an sich.

»Und haben Sie einen Nachweis für Ihre familiäre Beziehung und Ihren Wohnsitz, Mr … äh … Lukashenko?« Sie biss so fest auf den Kuli, dass ich ihn knacken hörte.

»Berthold Sidebottom. Mein Vater war Sidney Sidebottom, ihr zweiter Mann. Ich habe irgendwo meine G-geburtsurkunde. Mein Name steht nicht auf den R-r-rechnungen, aber ich habe an mich hier adressierte Briefe, die Jahre zurückgehen.«

»Wunderbar!«, sagte Mrs Penny. »Können wir die mal sehen?« Auf einmal hatte sie etwas majestätisch Wohlwollendes.

Ich eilte in mein Zimmer und ging den Schuhkarton mit meinen Papieren durch. Da waren mein Bibliotheksausweis, die Zahnarzttermine, Einladungen zum Vorsprechen, der Mietkaufvertrag für mein Fahrrad, sogar meine jammervollen Kontoauszüge. Ich hätte noch mehr finden können, doch ich wollte Mrs Penny nicht eine Minute länger als nötig mit Inna allein lassen.

Als ich wieder ins Wohnzimmer kam, sagte Inna gerade: »Erste März 1932«, und Mrs Penny schüttelte den Kopf.

»Wer hätte das gedacht!«

Ich fragte mich, wie die Frage gelautet hatte.

»Die ist aber hübsch.« Mrs Penny zeigte auf die schimmernde Messingurne auf dem Kaminsims. »Ist sie antik? Ihre Mutter hat mir gerade erklärt, es sei Asche darin, aber ich habe nicht verstanden, was sie meinte.«

»Ja, das ist …« Mir fiel nichts ein.

»Gott ist tot!«, rief Flossie wie aufs Stichwort.

»… ein Papagei. Ein verstorbener Papagei. Sie hieß Flinna. Ursprünglich hatten wir zwei Papageien, aber einer ist gestorben.«

»Halt den Schnabel, Inna!«, krähte Flossie.

»Achten Sie nicht auf sie«, gluckste ich, »sie ist ein bisschen verwirrt. Hier sind ein p-paar Unterlagen mit meinem Namen und der Adresse hier.«

Die offiziell aussehenden Papiere zauberten ein Lächeln auf ihr Bürokratengesicht.

»Darf ich?« Sie nahm sich einen Stuhl, setzte sich an den Tisch, und während sie einen Brief nach dem anderen durchging, kreuzte sie auf dem grünen Formular mit dem Aufdruck »Übertragung des Mietverhältnisses« Kästchen an und machte sich in ihrer Akte Notizen.

Ich hatte ein grässlicher Engegefühl in der Brust. Bei einer solchen Gelegenheit hätte ich normalerweise den Sherry herausgeholt, aber den hatten wir gestern Abend geleert.

»Wir können die Modalitäten dann abschließen, wenn Sie mit Ihrer Geburtsurkunde und der Heiratsurkunde Ihrer Eltern irgendwann nächste Woche zu mir ins Büro kommen könnten. Die Originale bitte – wir akzeptieren keine Kopien.« Sie gab mir ihre Karte. »Sind Sie einverstanden, Ihrem Sohn den Mietvertrag für diese Wohnung zu überschreiben, Mrs Lukashenko?«

Inna sah von ihr zu mir. »Gehört sie Stadt. Privat ist besser.«

Am liebsten hätte ich mich rübergebeugt und ihr eine geknallt. Es würde ihr ähnlich sehen, in letzter Sekunde noch alles zu ruinieren.

Glücklicherweise fasste es Mrs Penny als ja auf. »Dann unterschreiben Sie einfach hier, Mrs Lukashenko.«

Sie schob Inna das grüne Formular und den blauen Kuli hin, und Inna nahm ihn und unterschrieb mit ihrem Namen: *Inna Alfandari.*

VIOLET Plakate

Die ganze Nacht hat es geregnet, doch in letzter Sekunde reißt der Himmel auf. Violet hat der Personalabteilung bei GRM mitgeteilt, dass sie eine weitere Zahnarztsitzung hat, und trifft sich mit den anderen Hausbewohnern um zehn unter den Kirschbäumen, dann wollen sie alle gemeinsam mit ihrer Petition zum Rathaus marschieren. Gut vierzig Leute haben sich eingefunden. Mrs Tyldesley, die Künstlerin, hat ein hübsches Banner mit rosa und grünen Schnörkeln um ein etwas idealisiertes Bild von Madeley Court gemalt. Len führt den Zug mit einem Plakat an, das an der Lehne seines Rollstuhls befestigt ist: »Spekulanden raus!« In Lady Manners, Violets alter Schule in Bakewell, wäre er damit nicht durchgekommen. Trotz seines großsprecherischen Plakats wirkt Len ein bisschen blass und aufgedunsen. Mrs Cracey sagte, er habe Diabetes. Ist nicht Elvis daran gestorben? Und Violets Großmutter Alison auch. Er sollte auf sich aufpassen. Ein paar schlecht gelaunte Rentnerinnen streiten sich, wer mit dem Schieben dran ist. Dann kommt Mrs Cracey dazu, mit beschlagener Plastikhaube und aufgemalten Brauen, deren überraschter Ausdruck heute an Entsetzen grenzt, schubst die anderen mit dem Schirm zur Seite und übernimmt das Schieben selbst. Sie hat auch ein selbstgemachtes Plakat dabei, eine ausgeschnittene Kreuzigung, beklebt mit echten Kirschblüten – Jesus, in einem Meer von rosa Blütenblättern sterbend. Darüber hat sie mit rotem Filzstift den Slogan geschrieben: »Er ist gestorben, damit wir leben.«

Das afrikanische Kontingent wird von dem jungen Mann aus Malawi angeführt, der ein zu enges buntes Hemd anhat und rhythmisch auf eine Handtrommel schlägt. Auch ein paar der Sambier trommeln und tanzen, und eine Truppe junger Leute in kurzen Hosen und Miniröcken und mit bemalten Gesichtern johlt, pfeift und schlägt Tamburine wie im Karneval. Die drei weißblonden Polinnen aus dem zweiten Stock hüpfen in Stöckelschuhen herum – warum tragen sie keine Turnschuhe oder Ballerinas? Zwei schüchterne Inder halten ein Transparent mit der Aufschrift *Wir ♥ Bäume* hoch, und Berthold hat den Papagei samt Käfig dabei, Gott weiß warum, und versucht, ihm beizubringen, *»Rettet unsere Bäume!«* zu sagen, aber der Vogel sagt immer nur: *»Rettet uns keiner!«*

Greg ist nicht da, er ist im Büro, und Violet ist froh darüber. Er hätte sie mit seinem Blick nur befangen gemacht. Sie trägt ein schwarz-grün-rotes T-Shirt, die Farben der kenianischen Flagge, mit einem Massai-Schild in der Mitte, und sie ist in kriegerischer Stimmung.

Gregs Sohn Arthur schwänzt die Schule und geht in seinen grauen Schulshorts neben ihr her, im Takt der Tamburine hüpfend.

»Was ist das auf deinem T-Shirt?«, fragt er.

»Das ist ein Massai-Schild. Die Massai sind ein Stamm von Kriegern in Kenia.«

»Wirklich? Kriegerkönigin! Warum heißt du dann Violet? Veilchen sind doch eigentlich schüchtern. Wir haben ein Gedicht über Veilchen in der Schule gehabt. Gibt es Veilchen in Kenia?«

Das hat sie noch niemand gefragt. »Es gibt bestimmt afrikanische Veilchen. Wahrscheinlich sind sie größer und zäher.« Sie winkelt den Arm an und zeigt Arthur ihren Bizeps.

»Wirst du Sex mit meinem Vater haben?«

Das hat sie auch noch niemand gefragt. »Ich habe es nicht vor. Warum fragst du?«

»Ich glaube, er steht auf dich. Er mag Frauen wie dich.«

»Wie mich? Wie meinst du das?«

»Na ja, du weißt schon …« Jetzt wirkt er verlegen. »Irgendwie … braun?«

Eine der Rentnerinnen dreht sich um und starrt sie an.

»Oh.« Violet ärgert sich, aber es bringt natürlich nichts, es an dem Jungen auszulassen, der wahrscheinlich keine Ahnung hat, wovon er redet. Sie würde ihn gern fragen, warum sie in der miesen Wohnung in Madeley Court wohnen, wo Greg doch offensichtlich Geld hat.

Während sie damit beschäftigt ist, die Frage höflich zu verpacken, platzt das Kind selbst mit der Antwort heraus. »Wir ziehen bald um? Sobald die Scheidung durch ist und Dad sein Geld zurückkriegt? Dann ziehen wir in was Besseres? Die Wohnung stand nur zufällig gerade leer, als Mum ihn rausgeworfen hat?«

»Warum hat deine Mum ihn rausgeworfen?«

»Sie hat ihn mit dem Hausmädchen erwischt?«, murmelt er, und das Haar fällt ihm über die Augen. »Und jetzt hat sie Sex mit so einem Kotzbrocken, der Julian heißt und immer Cordhosen anhat? Voll eklig? Sie machen es im Wohnzimmer oder in der Küche, und mich schicken sie hoch in mein Zimmer?« Er redet in einem hilflosen, stockenden Singsang, als hätte jeder Satz ein Fragezeichen.

Er tut ihr leid. »War das Hausmädchen auch … irgendwie braun?«

»Mhm. Schon.«

Ein Mädchen mit blonden Zöpfen und grün angemaltem Gesicht pfeift hinter ihnen rhythmisch auf einer Trillerpfeife. Der Papagei kräht: »Rettet uns keiner!«

»Was ist mit seinem Geld passiert?«

»Mum hat es eingesackt? Sie sagt, wenn er versucht, es sich zurückzuholen, erzählt sie der Polizei, was er gemacht hat?«

Violet spitzt die Ohren. Jetzt wird es interessant. »Warum, was hat er denn gemacht?«

Arthur zuckt die Achseln. »Weiß ich nicht. Sie sagen es mir nicht. Dad sagt, keiner versteht, dass reiche Leute auch Probleme haben.«

»Das glaube ich.« Sie versucht, den Sarkasmus nicht durchklingen zu lassen. Der Kleine kann ja nichts dafür.

Er schüttelt sich das Haar aus den Augen. »Wenn wir umziehen, könntest du doch mitkommen. Dad sagt, wir werden einen Riesenswimmingpool haben? Unter dem Haus? Im Keller?«

»Danke, ich denke darüber nach. Aber ich gehe vielleicht nach Nairobi.«

»Warum?«

»Meine Großmutter lebt dort.«

»Cool! Kann ich mitkommen?« Er hüpft wieder.

»Würden dir deine Eltern nicht fehlen?«

»Ich glaube nicht. Ich glaube, sie machen sich nicht viel aus mir? Meistens tun sie so, als wäre ich gar nicht da?

Außer, wenn ich im Weg bin?« Seine Augen sind blassgrau wie die seines Vaters, nur mit einem wässrigen Schimmern. »Hast du noch Eltern?«

»Ja. Sie wohnen in Derbyshire. Ich schätze, sie würden mir fehlen, wenn ich nach Kenia gehe. Das Leben ist kompliziert, oder?«

Die Gruppe zockelt an der Ampel über die große Straße, Autos hupen und blenden auf; der Junge tritt ohne sich umzusehen vom Bordstein – er hat wirklich kein Gespür für den Verkehr –, und sie packt seine Hand und zieht ihn zurück, gerade als scheinbar aus dem Nichts ein weißer Transporter heranschießt. Dann gehen sie nach links, an einer Ladenreihe vorbei, und marschieren auf das Rathaus zu.

Auf der Rathaustreppe begrüßt sie ein verschwitzter, übergewichtiger Mann mittleren Alters mit Pferdeschwanz und einem silbernen Stecker im Nasenflügel.

»Willkommen, Bewohner von Madeley Court! Ich bin Stadtrat Desmond Dunster«, ruft er in ein Megaphon. »Ich bin euer gewählter Vertreter in diesem Bezirk, und ich möchte die Gelegenheit ergreifen, jedem von euch zu danken, der bei der letzten Wahl für mich gestimmt hat. Und falls ihr nicht für mich gestimmt habt, hoffe ich, dass ihr beim nächsten Mal für mich stimmt. Ich versichere jedem Einzelnen von euch, dass ich mich mit aller Kraft für euch einsetze, und versichere euch meiner vollen Unterstützung für eure Petition wegen … wegen dieser wichtigen Sache. Ich glaube fest an die enge Zusammenarbeit zwischen dem Volk und seinen gewählten Vertretern, und ich verspreche jedem Einzelnen von euch, dass ich alles tun werde …«

Was für ein Neandertaler. Er labert noch zehn Minuten so weiter, mit einer Stimme wie ein Zahnarztbohrer.

»Halt mal die Luft an!«, ruft Len.

»Amen!«, schreit Mrs Cracey.

Berthold stellt den Papageienkäfig auf ein Mäuerchen, setzt sich daneben und starrt mit gewohnt trübem Gesichtsausdruck in den Himmel. Arthur schleicht heran und schiebt einen Ast durch die Käfigstäbe.

»Gott ist Bäume! Bäume ist tot! Ding dong!« Aufgebracht flattert der Papagei im Käfig herum.

Auch die Tamburinmädchen haben genug gehört und fangen wieder zu trommeln an.

Gelangweilt schlendert Violet weg von der Menge um die Ecke des Rathauses, angelockt von einem Fleckchen Grün, das aussieht wie ein kleiner Park. Neben dem Eingang des grauen Gebäudes, wo die Stadtplanungsbehörde sitzt, stehen zwei Männer über ihre Zigaretten gebeugt und qualmen verstohlen, wobei sie offenbar versuchen, die Nikotinzufuhr in der kürzest möglichen Zeit zu maximieren. Einer davon ist Mr Rowland.

»Hallo!« Sie geht auf ihn zu.

Die beiden blicken sich um wie schuldbewusste Schüler; einer tritt seinen Zigarettenstummel aus und verschwindet in der Tür. Mr Rowland, der noch fünf Zentimeter Nikotin zu inhalieren hat, lächelt verlegen und sagt: »Er ist wieder mal ganz schön in Fahrt, der Stadtrat, stimmt's?«

Sie lacht. »Aber wird er auch was tun?«

Mr Rowland schüttelt den Kopf. »Er wird die Sache unter den Teppich kehren.«

»Woher wissen Sie das?«

»Weil er gerade auf der MIPIM in Cannes war. Das ist eine internationale Immobilienkonferenz, wo die großen globalen Investoren den lokalen Würdenträgern billigen Champagner in die Kehle schütten und sie überreden, alte Sozialbauten zu verscherbeln, um sie zu Luxuswohnungen umzubauen. Dunster wird die Unterschriften in die Mülltonne werfen, und wenn die nächste Wahl näherrückt, sagt er, er hätte sein Bestes getan, aber die anderen Parteien wären alle gegen ihn gewesen. Und ich sage Ihnen – es wird nicht bei dem Kirschgarten bleiben. Sie wollen den ganzen Komplex.«

»Und können *Sie* nicht irgendwas tun, Mr Rowland?«

»Ich? Ich bin nächsten Monat hier raus. Ich hab es satt, vor diesen Clowns zu katzbuckeln. Ich habe eine bessere Stelle gefunden.«

»Bei einer anderen Behörde?«

»Bei Shire Land. Einer der größten Investoren in London. Die Eigentümer sitzen in Katar. Shire Land ist übrigens der Konzern, der den Antrag für Madeley Court gestellt hat.« Er nimmt noch einen langen letzten Zug von seiner Zigarette.

»*Sie?* Sie arbeiten für *die*?« Vor Violets Augen scheinen seine jungenhaften Züge zu erzittern und zu etwas altbekanntem Schmierigen zu mutieren. Ihr ganzer gut gelaunter Optimismus, mit dem sie heute Morgen aufgebrochen war, löst sich mit dem letzten Zug seiner Zigarette in Rauch auf.

»Ich heirate bald. Ich habe eine Anzahlung für eine Wohnung gemacht. Wenn man sie nicht schlagen kann, schließt man sich ihnen besser an.« Er tritt die Kippe mit dem Absatz aus und verschwindet ins Gebäude.

Die Demonstration hat sich bereits aufgelöst und die Leute gehen nach Hause. Violet beschließt, am Kanal joggen zu gehen, um sich etwas aufzumuntern.

Nach einer Stunde kommt sie nach Hause, ziemlich außer Atem, mit einem warmen Gefühl in den Gliedern und einem Schweißfilm im Gesicht, bereit für die Dusche.

BERTHOLD Käfig

Violet war verschwunden. Wir hatten zwar kaum ein Wort gewechselt, aber ich war den ganzen Weg zum Rathaus hinter ihr gegangen, mit Flossie im Käfig, der verdammt schwer war, muss ich sagen. Ich wusste selbst nicht, warum ich Flossie mitgenommen hatte, aber sie war gut mit Slogans, und mir war aufgefallen, dass Frauen sich zu flauschigen Wesen hingezogen fühlen. Violet war aber leider ins Gespräch mit diesem seltsamen Jungen verstrickt. Eigentlich hatte ich vorgehabt, Violet, wenn alles vorbei war, zu Kaffee und einem nachbarschaftlichen Plausch bei Luigi einzuladen. Nach unserer romantisch keuschen Nacht mit rosaseidenem Pyjama wusste ich, dass ich die Sache langsam angehen musste, um sie nicht zu verschrecken. Eine wunderschöne Frau wie sie war stets von Männern umzingelt, die sie ins Bett kriegen wollten. Doch nicht ich. Ich war anders. Ich war fürsorglich, sensibel, ein guter Gesprächspartner, ein guter Zuhörer, ein guter Nachbar und Freund, ein guter … was immer sie wollte.

Aber dann kam es zu einer Krise mit Flossie. Ich saß auf der Mauer und wartete, bis dieser Esel Stadtrat Desmond Dunster ausgeblökt hatte. Die unerträgliche Verlogenheit seiner Rede stank nach allem, was heutzutage in der Politik falschlief, dieser ganze ausgebuffte, selbstverliebte, übelkeiterregende, für die Medien erfundene Mist, mit dem sie um sich werfen, weil sie denken, wir, das Volk, wären zu dumm oder zu verantwortungslos, um die Wahrheit zu verkraften. Ich wünschte, Mutter wäre dabei gewesen und wir hätten ein paar gesalzene Zwischenrufe loslassen können. Mein verletztes Auge tat weh, und Flossie war nervös von dem ganzen Trillerpfeifen- und Tamburinlärm. Plötzlich tauchte der Junge auf, der neben Violet hergegangen war, und pikte Flossie mit einem Stock, worauf sie völlig außer sich geriet und wild mit den Flügeln gegen die Käfigstäbe schlug, das arme Ding. Ich hätte den Bengel erwürgen können, aber ich riss mich zusammen und gab ihm nur einen Klaps auf den Hinterkopf. Wie Sid es immer bei mir getan hatte. Hat mir auch nie geschadet. Aber der Junge schrie los wie am Spieß – bringen sie Kindern heute keine Selbstbeherrschung mehr bei? – und sagte, er würde mich wegen Kindesmisshandlung anzeigen. Plötzlich mischten sich alle ein: Mrs Crazy sagte, der Papagei gehöre erwürgt; Inna nannte den Jungen ein Hooligan-Element; der beinlose Len nannte mich einen Kinderfeind. Als der Junge und Flossie sich endlich wieder beruhigt hatten – der Junge entschuldigte sich bei Flossie, und ich musste mich bei ihm entschuldigen –, war Violet verschwunden. Und Inna auch.

Also schleppte ich den Käfig allein nach Hause, der sein Gewicht in der Zwischenzeit verdoppelt zu haben schien. Es war fast Abendessenszeit, und ich bekam langsam Hunger. Warum musste sich Inna den ungünstigsten Zeitpunkt aussuchen, um einen ihrer verdammten Spaziergänge zu machen? Wo war sie bloß?

Flossie hatte sich von ihrem traumatischen Erlebnis erholt und döste auf ihrer Stange vor sich hin. Statt auf

Innas Rückkehr zu warten, beschloss ich, mir bei Luigi eine Tasse anständigen Kaffee zu gönnen und über die Garstigkeit des Lebens nachzudenken. Ich zog mir gerade wieder die Jacke über, als es klingelte. *Ding dong!*

Mein Herz klopfte. Violet? Der Briefträger? Inna, die ihren Schlüssel vergessen hatte? Mrs Penny?

Ich wappnete mich und ging zur Tür.

BERTHOLD Slapski

»Bertie? Bertie! Du hast dich überhaupt nicht verändert!« Ein Geruch nach Alkohol und Urin schlug mir entgegen. Ich konnte den ausgemergelten alten Kerl mit der Säufernase, den strähnigen weißen Haaren, die ihm auf den schuppigen Kragen fielen, und der Zipfelmütze, die er tief über ein Auge gezogen hatte, nicht sofort einordnen, der da mit einer leeren Flasche in der Hand vor der Tür stand.

»Howard! Dein Bruder!« Er streckte einen Arm aus, schlang ihn mir um den Hals und zog mich zu sich heran, um mir einen feuchten, nach Whisky schmeckenden Kuss auf die Lippen zu pflanzen.

»Oh. Hallo, Howard.« Ich wich vor dem heißen Gebläse seiner Alkoholfahne zurück. Es war nicht leicht, in dem verschrumpelten Schluckspecht den attraktiven, halbseidenen Schuhverkäufer zu erkennen, der einst mein Idol und meine Geißel gewesen war. Howard konnte nicht viel älter als sechzig sein, aber der Zahn der Zeit hatte es nicht gut mit ihm gemeint. »Schön, dich zu sehen. Ist eine Weile her. Was führt dich zurück nach Hause?«

»Ich wollte zu Lilys Beerdigung kommen, ehrlich, aber ich konnte den verdammten Friedhof nicht finden. Green irgendwas. Bin zum Schluss bei der Beerdigung einer

Dame namens O'Reilly gelandet. Eins-a-Leichenschmaus. Mit Roastbeefsandwiches und Whisky …« Er hielt inne. »Habt ihr eine schöne Trauerfeier für Lily gemacht?«

»Ja. Ja, absolut«, log ich. »Bis auf den Regen natürlich. Einer kam, der auch bei der falschen Beerdigung war. Und die Zwillinge waren dabei – Ted Madeleys Töchter. Die hatte ich seit vierzig Jahren nicht gesehen. Anscheinend bilden sie sich ein, ihr Vater hätte ihnen die Wohnung hinterlassen.«

»Hehehe, die sind mir ja ein Paar Herzchen! Na, sie haben es eben versucht. Lily hat mir mal gesagt, dass Ted Madeley und die Mutter der beiden nie offiziell geheiratet hätten. Anscheinend hatten sie es vor, als sie wieder schwanger wurde, aber dann hat sie das Baby verloren.«

»Oh, und mir haben sie …« Was hatten sie mir gleich wieder erzählt? Meine Erinnerung verschwamm in einem Nebel aus Morphium und Doppelbildern, aber ich bildete mir ein, es hatte auch irgendwas mit einer Fehlgeburt zu tun. Entweder hatten die Zwillinge gelogen oder Lily. Ich würde wahrscheinlich nie erfahren, wer.

Howard räusperte sich. »Wir müssen reden, Bertie. Hat Lily mir in ihrem Testament irgendwas hinterlassen?«

»Sie hat kein Testament gemacht.«

»Sie hat's mir versprochen.« Seine grauroten Augen tränten, und er wischte sich mit dem Ärmel darüber, dann wühlte er in der Jackentasche und zog ein kleines orangefarbenes Feuerzeug heraus. Weiteres Kramen förderte ein zerknautschtes Zehnerpäckchen Zigaretten mit dem üblichen riesengroßen Warnaufdruck zutage. »Macht's dir was aus?«

Ich zuckte die Achseln und ging auf die Suche nach einem Aschenbecher. Plötzlich gaben seine Beine nach, und er sank in einen Sessel, den Blick auf den Schrank gerichtet, in dem Mutter früher den Schnaps hatte. »Hast du vielleicht was zu trinken da?«

Ich empfand Mitleid und Widerwillen. »Nein. Wir haben bei der Trauerfeier alles ausgetrunken«, log ich. Die einzige Trauerfeier hatte an meinem Bett im Krankenhaus stattgefunden.

»Sei ein guter Junge – lauf zu Baz's Bazaar und hol mir eine Flasche Old Grouse. Hier ist das Geld.« Er kramte wieder in der Jackentasche und hielt mir mit zitternder Hand einen Zehner hin.

Ich lachte. »Ich bin kein Kind mehr, Howard. Ich bin dreiundfünfzig. Und Baz's Bazaar hat vor zwanzig Jahren zugemacht.«

»Hehe. Wahrscheinlich waren wir schuld daran, Nige und ich. Wir haben geklaut wie die Raben. Und du, Bertie. Du warst der Schurke vom Dienst. Weißt du noch, wie wir dich an einem Seil in den Kohlenkeller runtergelassen haben? Du warst so ein dürrer Hänfling. Und dann bist du die Kellertreppe hoch und hast uns das Fenster aufgemacht?«

Ein gestaltloses Grauen wallte aus meinen Alpträumen auf: Ich baumele wie eine frisch geschlüpfte Spinne in einer tiefen schwarzen Leere. Das Seil um meinen Bauch ist viel zu eng. Etwas Festes, Formloses drückt mir auf die Brust. Augen und Nase von schwarz behandschuhten Händen bedeckt. Mund voller Kohlestaub. Versuche zu schreien. Kein Ton kommt heraus – nur ein ersticktes, samtiges Husten, Husten, Husten. »Klappe! Sei still!« Howard, der durch die Gitterstäbe zischte.

»Ich erinnere mich daran, wie ich versuchte, Dad meinen verdreckten Schlafanzug zu erklären. Und an den Gürtel.«

»Der Gürtel. Ja. Dad und sein Gürtel. Ich hab ihn auch abgekriegt. Aber weißt du was, Bertie? Ich war immer neidisch, dass Mum dich beschützt hat. Du warst ihr ganz besonderes Lämmchen. Dich hat sie in den Armen gewiegt, wenn du geweint hast. *Mäh-äh-äh! Pscht, mein Lämmchen. Er meint es nicht so.*« Er ahmte Lilys Stimme nach.

»Dich hat sie auch geliebt, Howard. Sie hat noch Jahre lang immer von dir gesprochen.«

»Nee. Ich war nur so 'n Streuner, mit dem sie Mitleid hatte. Als du kamst, hat sie das Interesse an mir verloren. Sie hat mich nicht mal in ihrem Testament erwähnt, dabei hat Dad ihr bestimmt ein anständiges Sümmchen vermacht. Hat Mum dir erzählt, dass er nach der Trennung mit der Vermietung von Eigentumswohnungen über eine Million gescheffelt hat? Am Ende hat er gemerkt, dass Steuerlöcher viel profitabler sind als Verbrechen.« Howard gluckste grimmig in sich hinein. »Hehehe. Das hat sie dir wohl nie erzählt?«

Ich war müde und mir war ein bisschen schlecht. Ich wünschte, er würde weggehen, aber gleichzeitig wollte ich, dass er weiterredete, dass er bitteres Licht auf die dunklen Orte der Vergangenheit warf.

»Weißt du noch, wie wir nach Ossett zum Grab deiner wirklichen Mutter gefahren sind?«

Im Sommer 1983 hatten Howard und ich uns zusammen auf den Weg nach Ossett gemacht, seiner Heimatstadt und dem Geburtsort unseres Vaters Sidney Sidebottom alias der schlimme Sid, Schwindler, Kindesmisshandler, Immobilienhai. Howard hatte das gute Aussehen unseres Vaters und die Musikalität seiner Mutter geerbt und feierte damals bescheidene Erfolge mit einer Lokalband namens Blue Maggots, die mehr oder weniger UB40 nachahmte.

Ich war ein begeisterungsfähiger 19-Jähriger mit zu viel Zeit, und auch wenn ich keine große Zuneigung für meinen Vater hegte, hatte ich eine gewisse Neugier, was familiäre Dinge betraf.

Obwohl der Name aus Cheshire stammte, war, wie ich herausfand, der Sidebottom-Clan seit Generationen in diesem trostlosen kleinen Industriestädtchen auf halbem Weg zwischen Dewsbury und Wakefield ansässig. Vor langer Zeit war Ossett ein Kurort gewesen, doch als die Sidebottoms dort aufschlugen, war Ossett eigentlich nur noch wegen Ward's Garnspinnerei bekannt, in der meine Großeltern Lumpen recycelten, genau wie es meine andere Großmutter, die laute Gladys, in Whitechapel getan hatte. Lumpen lagen mir sozusagen im Blut, auf beiden Seiten der Familie, und in Augenblicken der Selbsterkenntnis fragte ich mich manchmal, ob mein geschredderter Blick aufs Leben vielleicht damit zu tun hatte. Sid allerdings fühlte sich zu Höherem berufen. Charmant und gut aussehend, mit goldenen Locken und silberner Zunge, arbeitete er tagsüber in einem Zeitungskiosk und lernte nachts Buchhaltung in der Abendschule.

Kaum hatte er sein Diplom, begann er, für den Kioskinhaber und andere örtliche Geschäfte die Bücher zu führen. Seine Beliebtheit wuchs, als sich herumsprach, dass er ziemlich gut darin war, die steuerpflichtigen Einnahmen zu drücken, alles völlig legal. Niemand außer Sid konnte genau sagen, wann ein Teil des Geldes, das durch die Bücher ging, in seine Tasche zu wandern begann. Mit fünfundzwanzig hatte er genug beiseitegeschafft, um eine Anzahlung auf ein Reihenhaus in Ossett zu leisten und Howards Mutter Yvonne Lupset zu heiraten, die (laut Howard) bildschöne und musikalische einzige Tochter eines wohlhabenden örtlichen Landwirts. Sie war im sechsten Monat schwanger, als er sie zum Altar führte.

Sid war höchst einfallsreich, und in den nächsten paar Jahren lieh er sich von seinen Schwiegereltern Geld, um verschiedene todsichere Geschäftsideen zu lancieren: Land in Madagaskar, Gold in Peru, Straußenfarmen in Kenia. Allesamt schillernde, faszinierende Methoden, todsicher das Geld anderer Leute zu verlieren.

Die Lupsets ließen ihren Schwiegersohn auf verschiedene nicht sehr subtile Arten wissen, dass sie fanden, ihre Tochter habe unter ihrem Niveau geheiratet. Das erregte Sids Unmut. Yvonne begann mit unerklärten blauen Flecken nach Hause zu kommen. Die Lupsets redeten mit dem Kioskbesitzer, Sids ehemaligem Chef, der zufällig in derselben Freimaurerloge wie Mr Lupset saß. In den Büchern wurden Unregelmäßigkeiten entdeckt. Yvonnes Eltern überredeten den Kioskbesitzer, Sid nicht anzuzeigen, aber sie drohten Sid mit Bloßstellung, falls er noch einmal Hand an ihre Tochter legte. Sid, der immer ein hitziges Temperament gehabt hatte, wurde nun von seinem unbeherrschbaren Zorn aufgefressen, den er nicht mehr an seiner Frau auslassen konnte. Außerdem hatte Yvonne angefangen, zur falschen Tageszeit Gin Tonic zu trinken, und schadete sich selbst genug. Sie starb mit dreiunddreißig Jahren. Glücklicherweise war Howard mit acht Jahren groß und stark genug, eine Tracht Prügel auszuhalten.

Als Howard mir auf jener Autofahrt seine Geschichte erzählte, flackerte sein düsteres Profil im Scheinwerferlicht der entgegenkommenden Wagen auf; wie Sid war er ein guter Schauspieler. Schön und gut, sagte ich, und ich verstand auch, warum es Sid dann nach London zog, wo er sich günstige Gelegenheiten und Anonymität erhoffte, in der uralten Tradition der Glücksritter und Tunichtgute. Was ich dagegen nicht verstand, war, wie die reizende verwitwete Lily Madeley auf diesen Gauner hereinfallen konnte, als er auf der Suche nach einer Unterkunft im Widow's Son auftauchte.

Howard sah mich an, und der Wagen driftete hinüber auf die Überholspur. Ich klammerte mich am Sitz fest und machte mich auf den Tod gefasst, doch hinter uns war niemand, oder wenn, dann hatte er gute Bremsen.

»Sie wollte ein Kind, Bert. Ted war tot und Lily wurde nicht jünger. Es war nicht Sid, auf den sie hereinfiel, sondern ich.«

Auch mich hatte das Bild des schönen Yorkshire-Manns mit dem nachdenklichen Blick und dem rührenden, stillen Halbwaisenkind beeindruckt, und so war es vielleicht nicht ganz unbegreiflich, wie sie Lilys weiches Herz erobert hatten. Kurze Zeit später wurde ich gezeugt ...

»Hehehe!« Howard zog tief an seiner Zigarette, schwang ein Bein über die Armlehne und lachte. »Und dann beschloss ich, dass ich genug Prügel kassiert hatte und du an der Reihe warst. Tut mir leid, kleiner Bertie.« Er sah nicht so aus, als täte es ihm leid.

»Da ist noch was, woran ich mich zu erinnern versuche. Ein Seil. Ein Kanal. Eine Brücke ...«

»Ach, ja ...«

In diesem Moment drehte sich ein Schlüssel im Schloss, und wir wandten uns um. Die Wohnungstür ging auf. Im Flur erschien Inna, gerötet und vom Wind zerzaust. Irgendwas war anders an ihr, irgendwie wirkte sie jünger, lebendiger, aber ich kam nicht darauf, was es war.

»Hallo, Bertie. Hallo ...« Sie sah von mir zu Howard.

Er sah von ihr zu mir.

»Howard, das ist Inna, eine Freundin von Mutter. Sie wohnt jetzt hier.«

Sein Gesicht verzog sich zu einem wissenden Lächeln. »Onschontey, Madame.«

Er küsste ihr die Hand und zwinkerte mir zu. Mir war klar, was er dachte. Innas Wangen waren rosig, und ihre Augen strahlten, aber Herrgott, sie musste Mitte siebzig sein.

»Inna, darf ich dir Howard vorstellen, meinen ...«

»Ah! Ich weiß. Versteh ich. Hab ich kein Problem.« Sie zwinkerte mir theatralisch zu und machte eine angedeutete Verbeugung. »Schmecken Sie Slatki, Mister Howort?«

»Nein«, unterbrach ich. »Nein danke, Inna. Schon gut.« Ich traute ihr immer noch nicht über den Weg.

»Willst du, geh ich raus?«, fragte sie.

»Nein ...«

»Was sind Schlagski?« Ein anzügliches Lächeln umspielte Howards Lippen.

»Ah! Ich glaube, mögen Sie gern, Mister Howort!« Sie spitzte die Lippen zu einem Kuss. »Ganz süß-süß.«

»Oh, ja?« Trotz ihres Alters wirkte er ernsthaft interessiert, der alte Lustmolch.

»Nein danke, Inna. Wirklich.«

»Na, willst du nix, ieß du nix, Mister Bertie.«

Mit einem Schnauben verschwand sie in der Küche. Howard machte ungehörige Gesten hinter ihrem Rücken. Ich schüttelte den Kopf. Er wackelte lüstern mit den Fingern. Als ich sah, wo es hinging, war mir klar, dass Alkohol gefragt war.

»Hör zu, ich glaube, ich geh doch Whisky kaufen. Der passt gut zu den Slatki. Gib mir den Zehner, Howard.«

Als ich durch den dämmrigen Kirschgarten ging, war alles still, und bei Luigi brannte Licht. Es gab etwas, das ich noch dringender brauchte als Whisky: Ruhe, Kaffee und eine Denkpause. Die Versuchung war einfach zu groß. Luigi begrüßte mich wie einen lange verschollenen Freund, obwohl seit meinem letzten Besuch kaum eine Woche vergangen war. Ich stützte die Ellbogen auf die Theke und atmete tief ein. Nach kurzer Zeit vertrieb das himmlische Kaffeearoma den sauren Geruch von Howards Whiskyfahne und den gefährlichen Slapskiduft, so wie die Gegenwart die Vergangenheit vertreibt.

»Das Übliche? Latte mit Extra?« Luigi hielt den Kaffeestopfer hoch. »Wo warst du, Chef? Ich hab dich vermisst.«

»Meine Mutter ist gestorben. Mein Rad ist geklaut worden. Ich habe mich bei der Beerdigung verletzt.« Ich hatte nicht vorgehabt, ihm mein Herz auszuschütten, aber als ich erst einmal angefangen hatte, brach sich alles Bahn. »Und ehrlich gesagt, dein Kaffee ist auch nicht mehr das, was er mal war. Du nimmst die Sparpolitik zu wörtlich, Lu.«

»Okay. Tut mir leid wegen deiner Mama, Chef. Ich hab noch was vom alten Kaffee übrig, den mache ich extra für dich.« Er griff unter die Theke.

»Danke, Lu.« Nachdem ich den Ballast losgeworden war, ging es mir schon besser. »Und die neue Zeitung, die du hier auslegst, gefällt mir auch nicht. Ein Märchen ist's, erzählt von einem Dummkopf, voller Klang und Wut, das nichts bedeutet. Der *Guardian* war mir lieber.«

»Ich weiß, Chef, aber die *Mail* ist billiger, und die Gäste lesen sie gern.«

Ein unwillkommener Gedanke drängte sich auf. War meine reizende Nachbarin eine heimliche *Daily-Mail-*

Leserin? Sicher war sie zu lieb und arglos für dieses giftige Gebräu? Ich griff nach der aktuellen Ausgabe, nur so aus Neugier, und setzte mich mit meinem Kaffee ans Fenster, wo ich das Kommen und Gehen auf der Straße sehen konnte. Der Kaffee war knapp annehmbar, aber die Zeitung war sehr fesselnd, voller Steuerspartipps und verkorkster Brustvergrößerungen irgendwelcher Prominenter. Und den Kardashians, was immer das sein mochte. So was hatte der *Guardian* nicht zu bieten.

Ich war fast fertig mit dem Kaffee, als ein schwarzer Schatten am Fenster vorbeihuschte. Sie. Sie lief zum Haus wie ein zartes Reh, das vor den Pfeilen des Jägers floh. Ich überlegte kurz, ob ich aufspringen und ihr nachrennen sollte, doch ich unterdrückte den Impuls, denn sie war schon halb durch den Kirschgarten – und ich war in der Mitte eines faszinierenden Artikels in der *Daily Mail*, der darüber spekulierte, ob George Clooney seine Hochzeitsausrüstung einer kosmetischen Behandlung unterzogen hatte – von Hodenglättung war die Rede –, was mich mit wohliger Schadenfreude erfüllte.

Als ich fertig war, nahm ich das Wechselgeld von Howards Zehner und ging zu Lidl, um Whisky zu kaufen.

Zwanzig Minuten später schloss ich die Tür auf und wurde vom angenehm dampfigen Geruch von Kolapski in Juschka begrüßt, der immer noch von einer leichten Whiskyfahne unterlegt war; außerdem roch es irgendwie angebrannt. Howard lag zurückgelehnt im Sessel und hielt sich ein blutgetränktes Taschentuch an die Nase. Auf dem Teppich ringsum waren kleine Blutstropfen zu sehen.

»Hallo, Inna.« Ich begrüßte sie mit einem Küsschen auf die Wange. »Alles in Ordnung?«

Sie schob mich weg. »Oj! Hast du mir gesagt, ist er homosexy!«

Howard stöhnte und hielt sich die Nase. »Ich hab nichts gegen ein bisschen Schlagski, aber ich fand, das war doch etwas grob.« Ich bemerkte Scherben auf dem Boden. »Hast du den Whisky? Verdammt, für einen Zehner kriegt man heute auch nicht mehr viel.«

Im gleichen Moment klingelte es. *Ding dong!* Inna schlurfte zur Tür, die Faust voller Gabeln.

Eine Frauenstimme, süß wie eine Harfe. »Entschuldigen Sie die Störung, mir ist der Kaffee ausgegangen …«

Violet! Ich sprang auf. Mein Herz klopfte wie wild.

»Tut mir leid. Wir haben kein Kaffee.« Inna schlug die Tür zu.

Als seine Nase nicht mehr blutete und der Whisky fast leer war, wanderte Howard spürbar enttäuscht in die Nacht hinaus. Ich brachte ihn zum Fahrstuhl.

»Komm mal wieder vorbei, ja?«

»Ich glaube kaum, Bertie. Nicht, solange *die* hier ist. Ich weiß nicht, was du in ihr siehst.«

»Es ist nicht das, was du denkst.«

»Das ist es nie.«

Mit einem Seufzer trug der Fahrstuhl ihn davon.

Inna war ähnlich resolut. »Sag ich ihm, geh und koch dein eigen klein Kolbaska. Hat fast Wohnung angezündet. Guck!«

Da war tatsächlich ein hässlicher Brandfleck im Sesselbezug. Ich fand das orange Feuerzeug zwischen den Polstern und schob es in meine Tasche. Es war noch halb voll. Wir hatten Glück gehabt.

»Beruhig dich, Inna.« Ich tätschelte ihr den Arm, und

plötzlich begriff ich, was sich an ihrem Aussehen verändert hatte.

Statt der ordentlichen silbernen Schnecke am Hinterkopf war ihr Zopf jetzt glänzend schwarz. Sie hatte sich das Haar färben lassen. Aber warum?

VIOLET Horace Nzangu

Violet wäscht und ölt sich das Haar unter der Dusche und wickelt sich ein warmes Handtuch um den Kopf. Während die Haare trocknen, nimmt sie das Telefon und wählt die Nummer ihrer Eltern in Bakewell.

Der Umgang mit Eltern kann knifflig sein, eine Gratwanderung zwischen deren Behütungstrieb und dem eigenen Drang, sein Leben zu leben. Eigentlich wollte Violet warten, bis sie eine neue Stelle in Aussicht hat oder andere gute Nachrichten, bevor sie mit ihrer Mutter redet – fröhliche SMS und E-Mails zu schreiben ist leichter, als die Stimme zu verstellen, wenn man unglücklich ist –, aber die Sache mit Marc und ihre Unterhaltung mit Mr Rowland waren einfach zu viel. Sie hat den Glauben verloren, den ihre Eltern und ihre Schulen ihr dreiundzwanzig Jahre lang eingetrichtert haben – dass es hier in England keine Rolle spielt, wer du bist oder woher du kommst, dass Fleiß sich auszahlt, Anstand und Integrität auf lange Sicht gewinnen und am Ende das Gute siegt.

»Violet, die Großstadt zieht dich runter, warum kommst du nicht eine Weile nach Hause?« Wie immer merkt ihre Mutter sofort, dass es ihr nicht gut geht. »Es ist so schön hier im Sommer.«

Ein verlockender Gedanke, den Job an den Nagel zu hängen und sich von ihrer Mutter ein bisschen verwöhnen zu lassen, während sie in ihrem alten Zimmer chillt, Musik hört und Bewerbungen schreibt. Aber sie weiß, spätestens nach einer Woche würde ihr die Decke auf den Kopf fallen – besonders, weil alle, mit denen sie zur Schule ging, weggezogen sind, bis auf die Gescheiterten, die mit Joints und ihren traurigen Geschichten auf dem Marktplatz rumhängen. Nach London ist Bakewell deprimierend klein.

»Danke, Mum. Ich überlege es mir. Aber es ist echt cool hier. Ich lerne jede Menge interessante Leute kennen, und ich habe eine Kampagne zur Rettung eines Kirschgartens organisiert. Mach dir keine Sorgen.«

Als sie es laut sagt, fühlt sie sich schon besser.

»Bist du unter die Umweltschützer gegangen, *mpenzi*?«

»Irgendwie schon. Glaube ich.«

Ihre Mutter lacht. »Wie Wangari Maathai. Eine große Kämpferin für Bäume und Menschenrechte. Immer wenn Wangari etwas zu feiern hatte, pflanzte sie einen Trompetenbaum.«

Violet hat die Geschichte der kenianischen Umweltschützerin Wangari Maathai schon oft gehört, aber sie hat nie richtig achtgegeben.

»Ja, ich erinnere mich an die Bäume. Wunderschön. Fast so schön wie Kirschblüten.«

»Wangari hat gesagt, sowohl Bäume als auch Menschen haben Rechte, und sie brauchen einander.«

»Das stimmt! Ich wünschte, sie wäre hier in London! Die Bäume haben die Menschen zusammengebracht.«

Sie hat bemerkt, dass im Angesicht eines gemeinsamen Feindes in Madeley Court der Gemeinschaftsgeist erwacht ist. Nachbarn grüßen einander, unterhalten sich und lästern über das Stadtplanungsamt, nicht mehr übereinander. Im Kirschgarten stehen immer kleine Grüppchen von Leuten, und die Tamburin-Mädchen, offenbar Oberstufenschülerinnen der örtlichen Schule, veranstalten neuerdings regelmäßig lautstarke Shows, die Violet, wenn sie ehrlich ist, ein bisschen auf die Nerven gehen. Es ist wie in Langata, sowohl die Freundlichkeit als auch der Lärm.

»Wangari hat eine Verbindung zwischen den Abholzungen in Kenia und der Plünderung des Wohlstands dort gezogen. Aber auch sie konnte das nicht aufhalten. Jeden Tag gibt es einen neuen Korruptionsskandal«, sagt ihre Mutter.

»Apropos Korruption, Mum, als du noch in Kenia warst, hast du da je von einem Mann namens Horace Nzangu gehört? Einem Geschäftsmann?«

»Nzangu. Ein ziemlich häufiger Name …« Ihre Mutter überlegt. »Ich glaube, in unserem Krankenhaus gab es vor vielen Jahren einen Nzangu, der in einen Skandal verwickelt war. Es ging um die Mehrfachbenutzung von Injektionsspritzen.«

»Hm. Großmutter erzählte mir mal, als Babu Josaphat in der Krankenhausverwaltung arbeitete, hat er irgendwelche Unregelmäßigkeiten in Bezug auf das Material aufgedeckt und ist zur Polizei gegangen. Dann hat Grandma ganz abrupt das Thema gewechselt und wollte kein Wort mehr sagen.« Violet erinnert sich immer noch an Njokis zornig zusammengepressten Mund und die Angst in ihren Augen. »Kann es sein, dass es dabei um diese Sache ging?«

»Vielleicht. Man hat deinen Babu tot am Straßenrand gefunden, nicht lange, nachdem er bei der Polizei war. Niemand wusste, ob es ein Unfall oder Mord war. Damals kursierten viele Gerüchte wegen Hexerei, und die Leute hatten Angst. Wer den Mund aufmachte, starb plötzlich auf geheimnisvolle Weise, deshalb hat deine Großmutter nie darüber geredet.« Ihre Mutter senkt die Stimme. »Sei vorsichtig, Violet. Diese Leute sind mächtiger und skrupelloser, als du dir vorstellen kannst.«

Die traurige Resignation in der Stimme ihrer Mutter irritiert sie. Warum nehmen die Leute so was einfach hin und tun nichts dagegen?

»Aber das sind doch alte Geschichten und Märchen. Wenn wir wissen, dass ein Verbrechen verübt wurde, müssen wir den Mund aufmachen, oder?«

»Natürlich müssen wir die Wahrheit sagen, selbst wenn wir damit ein Risiko eingehen. Aber wer wird auf uns hören, wenn wir keine Beweise haben?«

»Ich glaube, ich habe Beweise.«

BERTHOLD Geldprobleme

Meine trostlose Existenz, bereits gebeutelt vom Tod meiner Mutter, von der drohenden Obdachlosigkeit, unerwiderter Liebe und den Enthüllungen über meine kriminelle Vergangenheit, wurde jetzt an einer neuen Front attackiert. Seit einiger Zeit hatte ich in Bezug auf meine finanzielle Situation den Kopf in den Sand gesteckt, doch die unumstößliche Wahrheit kam ans Licht, als bei Lidl meine Bankkarte abgelehnt wurde. Zu meiner totalen Demütigung wurde ich vor der ganzen Schlange von Mittagseinkäufern als armer Schlucker geoutet.

»Hören Sie, das muss ein Irrtum sein. Ich bin Stammkunde hier. Erkennen Sie mich nicht? Ich habe schon Hunderte von Pfund … na, sagen wir, viel Geld für Ihre miesen Produkte ausgegeben. Ich könnte auch einfach zu Waitrose gehen, wissen Sie? Sie sind nicht der einzige Supermarkt in der Gegend«, empörte ich mich.

»Bar oder Karte?«, wiederholte die hübsche Kassiererin. Ihr Name auf dem Namensschild war voller *z*s und *ch*s. Vielleicht Polnisch.

Ich wusste tief drinnen, dass ich verloren war und man mir schon bald das Pfund Fleisch aus dem Körper schneiden würde, aber man musste wenigstens Widerstand leisten, oder nicht, gegen die blanke, haarspalterische Gemeinheit des Lebens? Ich holte Luft, hob den Zeigefinger und deklamierte: »Suchst du um Recht schon an, erwäge dies: Dass nach dem Lauf des Rechtes unser keiner zum Heile käm'! *WIR BETEN ALL' UM GNADE, UND DIES GEBET MUSS UNS DER GNADE TATEN AUCH ÜBEN LEHREN!!!*«

Warum schrie ich hier herum? Porzia hatte Shylock wohl kaum angeschrien, oder? Das Mädchen drückte die Klingel, und der Manager kam, genervt und verschwitzt in einem Polyesterhemd, mit einem Turm Windelkartons auf dem Arm.

»Der Herr sich weigert bezahlen«, sagte das Mädchen. »Und macht laute Rede.«

Die Leute in der immer länger werdenden Schlange erdolchten mich mit Blicken.

Am Ende stellte ich die Flasche Sherry und die Dose Kaffee zurück ins Regal. Glücklicherweise hatte ich noch genug Münzen in der Tasche für eine Dose Thunfisch, einen Laib geschnittenes Brot und einen Eisbergsalat. Doch es war ein Weckruf. In absehbarer Zukunft würde es für mich keinen Latte bei Luigi mehr geben.

Mit meiner jämmerlichen Frustkauftüte stolperte ich nach Hause, wo mich der nächste Schock erwartete, in Form eines kleinen blauen Briefs, der in meiner Abwesenheit unter der Tür durchgeschoben worden war.

Lieber Berthold,
wir haben Dich im Auge, und wir glauben, Du führst etwas im Schilde und willst uns um unser Geburtsrecht bringen. Wir müssen das mit der Wohnung klären, und

wir würden gern mit Dir zu einem Ergebnis kommen, ohne unsere Anwälte einschalten zu müssen. Das Warten treibt uns an den Rand der Verzweiflung.
Deine Dich liebende Schwester
Jenny
PS: Unser Kanienchen ist unter einem der Kirschbäume im Garten begraben, Du siehst also, wie verzweifelt wir uns wünschen, nach Hause zurückzukommen, um bei ihm zu sein.
Margaret

Ich zerknüllte den Brief und warf ihn in die Papiertonne, genervt, aber nicht beunruhigt. Howard hatte mich gewarnt, dass sie es mit Tricks versuchen würden. Kein Wunder, dass sie keine Anwälte einschalten wollten. Ha! Ihr verdammtes Kaninchen verweste seit über fünfzig Jahren! Und sie wussten nicht mal, wie man es buchstabierte! Ich konnte ihnen noch das eine oder andere beibringen, was Verzweiflung betraf.

Als meine Mutter noch lebte, hatte sie drei Renten bezogen – ihre gesetzliche Altersrente, die Rente ihres Berufsverbands aus den Jahren als Sprachtherapeutin und die Witwenrente von Ted Madeley. Mit anderen Worten, sie war gut versorgt, zwar nicht in der Liga der Oligarchen, aber doch geschützt vor dem kalten Wind der Austerität. Ihre Renten, und was immer sie an Geld von meinem Vater bekommen hatte, ermöglichten uns einen einigermaßen komfortablen Lebensstil und reichten für Miete, Lebenshaltung, Besuche im Programmkino und gelegentlich einen kleinen Urlaub. Ich war versucht, ihre Renten noch eine Weile laufen zu lassen, nur bis es mit meinen Finanzen wieder bergauf ging, aber Jimmy hatte mich davor gewarnt.

»Die erwischen dich. Außerdem geht es mit deinen Finanzen doch sowieso nie bergauf, oder?«

Wahrscheinlich hatte er recht. Mein Einkommen bestand aus den Almosen, die ich vom Arbeitsamt bekam, hin und wieder aufgestockt durch eine kurze, schlechtbezahlte Gastrolle in einem kleinen subventionierten Theater, wo das Bühnenbild unweigerlich aus einem Tisch und einem Stuhl bestand und manchmal mehr Schauspieler auf der Bühne als Zuschauer im Publikum waren – eine Hingabe an die Kunst, die George Clooney wohl kaum je erlebt hat.

Wie so viele Schauspieler war ich auf dem Arbeitsamt kein Fremder, aber ich hatte die Stütze immer als Notbehelf, nicht als Lösung betrachtet. Ich meine, kein Mensch kann von 72,40 Pfund die Woche leben, oder? Mein Sachbearbeiter war ein gut aussehender junger Schwarzer namens Justin mit einem goldenen Schneidezahn und einem Abschluss in Medienwissenschaft. Er nahm meinen Fall ernst, als wären meine Auftritte in einer Reihe von ständig an der Pleite vorbeischrammenden winzigen Theatern sein persönlicher Beitrag zur Kultur. Er hatte sogar das örtliche Jobcenter überredet, die Theaterzeitschrift *The Stage* zu abonnieren. Ihm zuliebe las ich sie regelmäßig und ging immer zum Vorsprechen, wenn etwas Erfolg verheißendes auftauchte.

Mein letzter derartiger Vorstoß war ein Vorsprechen für die Rolle des Lucky in *Warten auf Godot* im Bridge-Theater gewesen, zwei Wochen bevor Mutter starb. Glücklicherweise bekam ich die Rolle nicht. Wer hat schon Lust, seine Abende damit zu verbringen, sich an einem Strick auf einer zugigen Bühne unter einer Eisenbahnbrücke in Poplar herumzerren zu lassen? Justin war neugierig geworden, als ich ihm mein entschärftes Feedback gab.

»Worum geht's denn in *Warten auf Godot*? Den Namen habe ich schon mal irgendwo gehört.«

»Es geht um zwei Typen unter einem Baum, die auf jemanden warten, der nie kommt.«

»Echt? Das ist alles?«

»Na ja, es ist philosophisch. Es geht um die Bedeutungslosigkeit des Lebens.«

»Wenn Sie mich fragen, sind Sie besser dran, wenn Sie da nicht mitmachen, Mr Sidebottom.«

Doch Bedeutungslosigkeit hin oder her, meine Lage war inzwischen so verzweifelt, dass ich Justin sagte, ich sei zu allem bereit. Er fand es traurig, meinen Status von Künstler zu Überlebenskünstler abrutschen zu sehen, doch er informierte mich, dass zurzeit Schauspieler gesucht würden, die als Mickymaus verkleidet im Einkaufszentrum Brent Cross Flugblätter verteilten.

»Oder das hier, das wäre vielleicht auch was.« Er scrollte auf dem Bildschirm nach unten. »Ein Beerdigungsinstitut in Nord-London sucht einen Schauspieler mit guter Stimme für Bestattungs- und Einäscherungszeremonien. Null-Stunden-Vertrag, aber mit der Möglichkeit von Überstunden.«

»Null Stunden? Was heißt das?«

»Das ist so wie in dem Stück, von dem Sie erzählt haben, Warten auf Dingsda. Sie sind die ganze Zeit auf Abruf, aber bezahlt werden Sie nur, wenn Sie gebraucht werden.«

Es erinnerte mich an Mutters Geschichte von Großvater Bob und den Dockarbeitern, die darauf warteten, dass die Brass Tallies in die Menge geworfen wurden. Widerwillen nagte an meiner Seele. »Ich schau es mir an«, sagte ich.

Vielleicht konnte ja Inna einen Beitrag zur Miete leisten, aber als ich ihr den Vorschlag machte, sah sie mich entgeistert an, bekreuzigte sich und sagte, ich solle Wohngeld beantragen. Doch ich hatte nach dem, was Mrs Penny gesagt hatte, Bedenken. Damit würde die offizielle Herumschnüffelei ganz neue Dimensionen annehmen. Gleichzeitig machte es die Übertragung des Mietvertrags noch dringlicher. Was mich zurück zur Frage ihrer Unterschrift brachte.

Inna warf ihre glänzenden, frisch geschwärzten Zöpfe zurück und wies meinen Vorwurf einfach von sich. »Oj! Denkst du, ich bin verrückt, Mister Bertie? Warum denkst du, ich unterschreibe mit Inna Alfandari?«

Die Frage der falschen Unterschrift beschäftigte mich. War Inna wirklich so dumm, wie sie vorgab, oder führte sie etwas im Schilde? Hegte sie in ihrem Gobabki-benebelten Hirn den bösen Plan, sich den Mietvertrag selbst unter den Nagel zu reißen?

Mrs Penny hatte, nachdem Inna das Formular mit *Inna Alfandari* statt mit Lily Lukashenko unterschrieben hatte, das Blatt ohne einen weiteren Blick darauf zusammengefaltet und in die Akte geschoben. Wo es, wie ich hoffte, die nächsten fünfzig Jahre unbesehen bleiben würde. Doch was, wenn Mrs Penny beim erneuten Aufschlagen der Akte der falsche Name ins Auge sprang?

Ich könnte noch eine Ehe/Todes/Scheidungs-Geschichte erfinden, die Inna alias Lily in ihrer Verwirrung vergessen hatte. Vielleicht würde mir Jimmy the Dog mit einer gefälschten Sterbeurkunde aushelfen – er schuldete mir einen Gefallen. Ich könnte sagen, meine Mutter habe momentan vergessen, wer sie war, und den Namen einer Freundin hingeschrieben. Bestimmt passierte das bei dementen Greisinnen ständig. Oder ich konnte das falsch unterschriebene Dokument einfach stehlen und zerstören. Mit diesen Optionen im Hinterkopf zog ich ein sauberes Hemd an, folgte rasch noch einem natürlichen Bedürfnis, packte meine Geburtsurkunde und Mutters Heiratsurkunde mit dem schlimmen Sid ein und zog los, um Mrs Penny gegenüberzutreten.

BERTHOLD Eustachia

Obwohl es für eine Liebesaffäre zwischen meiner Mutter und Lubetkin keine stichhaltigen Beweise gab, fanden sich in der ganzen Wohnung vielversprechende Hinweise. Da war zum Beispiel ein Buch über moderne Architektur, das Mutter in der Toilette auf dem Regal über der Klopapierrolle aufbewahrte, die Seiten, auf denen Lubetkin erwähnt wurde, mit Zeitungsstreifen markiert. Das Buch enthielt schöne Fotos, auch von Madeley Court, und kurze Texte, deren Format zur Länge eines durchschnittlichen Toilettenbesuchs passte. Tatsächlich hatte ich just an dem Morgen, als ich mit Mrs Penny verabredet war, darin gelesen.

Mrs Pennys Büro befand sich im achten Stock eines düsteren Betonklotzes hinter dem Rathaus. Lubetkin hatte mit Ove Arup zusammengearbeitet, hatte ich gelesen, dem Meister des Betons; doch sein Beton floss in verspielten Mustern oder klaren Linien. *Nichts ist zu gut für die einfachen Leute,* hatte Lubetkin propagiert. Die städtischen Ämter dagegen waren ein Beispiel des »neuen Brutalismus«, nahm ich an, eines robusten Abkömmlings von Lubetkins Moderne, der keine Zugeständnisse an verweichlichte bürgerliche Konzepte wie »Schönheit«

machte. In dieser Behörde saß nicht mehr der wohlwollende, helfende Staat, den Lubetkin und seine Nachkriegskollegen aufbauen wollten, sondern ein rechthaberisches, übergriffiges, Vorschriften aufstellendes »*sie*«, deren Rolle es war, die minderwertigen Armen auf ihren Platz zu verweisen. Die perfekte Kulisse für die neugierige Mrs Penny und ihre mit Flohbissen übersäten Fesseln.

Ich fuhr mit dem Fahrstuhl in den achten Stock (sogar hier hatte jemand in die Kabine gepinkelt) und folgte einem von blinkenden Neonröhren erleuchteten Flur, der mit Teppichfliesen in einem unschönen Mosaik aus Armeegrün und Schlachtschiffgrau ausgelegt war. Wenn, wie Lubetkin behauptete, unser Lebensumfeld dazu beitrug, unsere Seele zu formen, dann war die Umgebung hier kein gutes Vorzeichen für mein Treffen mit Mrs Penny.

An der Tür stand ihr Name neben vier anderen. Sie klangen eher nach einer Truppe internationaler Versager als nach Staatsdienern. Mr Matt Longweil, Mr En Nuy Yeux, Mr Fred Treg, Miss Ignacia Noiosa, Mrs Eustachia Penny.

Eustachia! Donnerwetter!

Das Büro war groß genug für fünf Schreibtische, doch von den anderen Beamten war keiner da; wahrscheinlich waren sie alle unterwegs und terrorisierten unschuldige Mieter in ihren Wohnungen. Mrs Pennys Arbeitsplatz war sauber und aufgeräumt, mit wohlgeordneten Papieren, einem gepunkteten Becher voller gespitzter Bleistifte und einem flauschigen Teddybären mit einer getupften Schleife. Im Vergleich sah der Tisch gegenüber – wahrscheinlich der von Miss Ignacia Noiosa – wie eine Müllhalde aus, voller Papiere, alter Teetassen, einem kränkelnden Kaktus und einem Aschenbecher voller Kippen mit scharlachrotem

Lippenstift. Was ich merkwürdig fand, denn Rauchen war normalerweise in Büros verboten, besonders in behördlichen Gemeinschaftsbüros.

»Kommen Sie rein! Schön, dass Sie da sind. Bitte setzen Sie sich, Mr Lukashenko.« Mrs Penny zeigte auf einen Holzstuhl mit abgesplitterten Kanten.

»Sidebottom«, sagte ich.

»Sidebottom?«

»Meine Mutter hat noch einmal geheiratet. Wissen Sie noch, wir haben darüber gesprochen? Ich habe die Heiratsurkunde und meine Geburtsurkunde dabei.«

»Ach ja, jetzt erinnere ich mich. Nette alte Dame. Drei Ehemänner. Ein bisschen verwirrt. Kein Wunder.«

Als ich mich setzte, klimperte es in meiner Jacke. Mit der linken Hand erforschte ich die Tasche: zwei Münzen – wahrscheinlich 50 Pence und ein Pfund – und etwas Glattes, Langes. Ich sah heimlich nach. Howards Bic-Feuerzeug.

Mrs Penny untersuchte meine Dokumente, nickte und griff nach der Klarsichthülle, die sie auch bei ihrem Besuch in der Wohnung dabeigehabt hatte. Ganz oben lag das grüne Mietverhältnis-Übertragungs-Formular, das Inna mit ihrem eigenen Namen unterschrieben hatte. Mrs Penny nahm sich das Formular vor und begann es zu überfliegen. Im gleichen Moment klingelte auf einem der anderen Schreibtische das Telefon. Zuerst ignorierte sie es und las weiter. Das Telefon klingelte und klingelte: sieben, acht … zwölf, dreizehn … neunzehn, zwanzig …

»Entschuldigen Sie mich.« Sie stapfte zu dem Tisch in der Ecke und nahm den Hörer ab. Mir hatte sie den Rücken zugewandt.

»Ja? … Tut mir leid, Mr Treg ist im Moment nicht an

seinem Platz, kann ich Ihnen helfen? … Dringend? … Notfall? … Es brennt? Ach du liebe Zeit …!«

Ich spitzte die Ohren. Es brannte? Was für eine gute Idee! Ich nahm Howards Feuerzeug aus der Tasche und hielt es an ein zerknülltes Dokument im Papierkorb des Schreibtischs mit den Zigarettenkippen. Einen Moment schwelte es nur, dann züngelte eine kleine Flamme hoch.

»… Hoffentlich niemand verletzt … Gott sei Dank …!«

Dann schob ich das grüne Formular und ein paar andere Papiere in Richtung der Flamme, wobei ich darauf achtete, dass ich nicht meine kostbaren Urkunden gefährdete.

Mrs Penny roch den Rauch, drehte sich um und schrie. Ich griff nach einem halbvollen Teebecher und goss ihn in den Papierkorb. Das Feuer zischte, sackte zusammen, doch dann flackerte es wieder auf. Mrs Penny versuchte, die Flammen mit einem Wasserkessel zu löschen, aber jetzt brannte der ganze Papierkorb lichterloh.

»Ach, verdammt!« Sie schlug die Glasscheibe des Notrufmelders ein und drückte den Knopf.

Eine Sirene ertöne. Bald hörten wir das Trappeln von Füßen auf dem Flur.

»Raus mit Ihnen!«, rief ich, nahm den Feuerlöscher von der Wand und zielte auf den Mülleimer, der sich sofort mit Löschschaum füllte. »Warten Sie nicht auf mich!«

Das grüne Übertragungsformular schwamm ganz oben auf dem Schaum, geschunden und angekokelt, aber mit immer noch lesbarer Unterschrift. *Inna Alfandari.* Ich sprühte nach. Dann lief ich durch das brutalistische Treppenhaus acht Stockwerke nach unten zum Ausgang.

Draußen vor dem Eingang herrschte Karnevalsstimmung. Wie Vögel, die aus dem Käfig entkommen waren, schwirrten die Beschäftigten herum, aufgeregt gackernd, doch nur wenige hatten den Mut zu flüchten. Zwei Feuerwehrautos kamen, gelb behelmte Adonisse richteten Schläuche gegen die Fenster, während andere ins Innere vordrangen.

Mrs Penny kam auf mich zugelaufen und schlang mir die Arme um den Hals. »Oh, Berthold!«, rief sie. »Ich hoffe, Sie sind nicht verletzt! Ich hab Ignacia tausendmal gesagt, dass sie im Büro nicht rauchen soll, aber …«

Sie hielt mich einen Augenblick länger fest als strikt nötig. Ihr blumiges Parfum stieg mir in die Nase, und ich spürte ihre pneumatischen Brüste durch den Stoff meiner mit Löschschaum bekleckerten Jacke. Unter meinem Gürtel regte sich das Tier. Was merkwürdig war, denn es hatte sich nicht gerührt, als ich die liebreizende Violet im Arm hielt.

»Alles in Ordnung. Ende gut, alles gut«, murmelte der intellektuelle Beherrscher des Tiers.

»Vielen Dank, dass Sie versucht haben, meine Papiere zu retten. Ein paar dieser alten Akten gehen Jahre zurück! Die neuen sind natürlich alle im Computer, aber die alten, wie die Ihrer Mutter, die sind ein Stück Geschichte.« Sie seufzte. »Sie waren ein richtiger Held!«

Ein Held! Steck dir das in die Pfeife und rauch es, George Clooney.

»Nicht der Rede wert, Mrs Penny.« Als ich ihren Namen aussprach, fragte ich mich zum ersten Mal, ob es einen Mr Penny gab.

»Bitte nennen Sie mich Eustachia. Oder Stacey.«

»Eustachia. Was für ein schöner Name. Gibt es da nicht irgendeine Röhre?«

»Ja. Im Ohr. Als ich zur Welt kam, hatte ich Hörprobleme. Meiner Mutter gefiel der Name.«

»Das ist ungewöhnlich. Ist jetzt alles wieder in Ordnung?«

»Es hat sich rausgewachsen. Aber als Kind hatte ich in der Schule ziemlich zu kämpfen. Es gab eine Phase, in der ich hoffnungslos und depressiv war.«

Depressiv. Diese Hölle kannte ich auch. »Den Menschen ist nicht klar …«, begann ich.

»Sie wissen nicht, wie es ist.« Sie vertraute sich mir an wie bei der Beichte, mit leiser, zutraulicher Stimme. »Ich schämte mich so, weil ich so komisch redete, dass ich während meiner ganzen Kindheit kaum ein Wort sagte. Ich blieb einfach in meinem Zimmer und redete nur mit meinen Teddys.«

Plötzlich war das Gespräch ziemlich persönlich geworden. Ihre Brüste, wogend in der intensiven vertraulichen Emotion, hoben und senkten sich direkt unter meiner Nase.

»Dann trennten sich meine Eltern. Aber ich hatte eine wunderbare Sprachtherapeutin. Sie hat mich gelehrt, deutlich zu sprechen. Sie hat mir gesagt, ich soll rausgehen und etwas Nützliches tun, statt mich im Selbstmitleid zu suhlen. ›Mach es wie die Sonnenuhr, zähl die heitren Stunden nur, Stacey‹, hat sie immer gesagt. Nach dem Schulabschluss fing ich bei der Kommunalverwaltung an. Ich dachte, unter unseren Kunden da draußen sind unzählige, denen es viel schlechter geht als mir.«

Ich warf einen Blick auf ihre Fesseln. Sie wirkten wohlgeformter, doch die hässlichen Narben waren noch da.

»Das klingt fast wie bei mir.«

»Bei Ihnen, Berthold?« Ihr liebes Gesicht und ihre offene Art, das Eingeständnis ihrer Verletzlichkeit, luden mich ebenfalls zu Vertraulichkeit ein.

Es war lange her, dass ich mit irgendwem über meinen Zusammenbruch gesprochen hatte. »Ich bekam Depressionen, als meine Tochter starb. Sie hieß Meredith. Meine Frau hat mir die Schuld an ihrem Tod gegeben. Die Ehe zerbrach. Damals fing ich wieder zu stottern an. Was für einen Schauspieler nicht gerade gut ist.«

»Sie sind Schauspieler?«

»Die ganze Welt ist eine Bühne.«

»Ist das nicht von Shakespeare?«

»Ganz genau. Sollen wir einen Kaffee trinken gehen? Ich kenne ein nettes L-lokal gleich um die Ecke.«

VIOLET Luigi's

Violet hat das Bedürfnis, sich etwas Gutes zu tun. Sie hat ein einstündiges Meeting mit Marc hinter sich, bei dem sie Augenkontakt vermieden und ihm die kalte Schulter gezeigt hat. Jetzt ist sie unerklärlich niedergeschlagen, als wäre etwas in ihr gestorben. Auch wenn sie immer noch die teure Uniform ihres Jobs trägt, ist sie nicht mehr mit dem Herzen dabei. Es geht nicht nur um Marc, es geht um das Konzept der Vermögenssicherung, das einst so verheißungsvoll war, doch jetzt nur noch schmierig wirkt. Violet geht mit ihrem Laptop zu Luigi, um sich einen anständigen Cappuccino zu gönnen, während sie ihre privaten E-Mails checkt und sich die Stellenangebote im Netz ansieht. Es muss noch andere interessante Jobs da draußen geben.

Sie sieht, dass ihr exzentrischer Nachbar Berthold auch hier ist, an einem Ecktisch, tief im Gespräch mit einer hübschen mittelalten Frau mit rostbraunem Haar. Beide haben rote Wangen. Hm, denkt Violet. Da läuft doch was.

»Hallo!«, grüßt sie, doch er lächelt nur geheimnisvoll. Er ist schräg, aber nicht halb so schräg wie die alte Dame, mit der er zusammenwohnt – die, wie Len der Rollstuhlfahrer behauptet, gar nicht seine Mutter ist, sondern nur so tut.

Jedenfalls sieht seine neue Flamme nett aus, trotz ihrer komischen Frisur.

Sie loggt sich ein. E-Mails von Jessie und Laura, die fragen, wie es läuft, und eine Einladung zu einer Party in Billy's Bar heute Abend. Außerdem – ihr Herz schlägt schneller – die Antwort auf eine ihrer Bewerbungen mit der Einladung zu einem Vorstellungsgespräch. Es geht um eine Juniorposition bei einer Investmentfirma in Canary Wharf, die jeder kennt, zumindest jeder aus der Branche. Gutes Gehalt; super Aufstiegsmöglichkeiten. Genau das, was sie wollte. Aber jetzt zögert sie.

Dann ist da noch eine E-Mail der NGO, die von Frauen geführte Unternehmen in Subsahara-Afrika unterstützt, ebenfalls mit der Einladung zu einem Vorstellungsgespräch. Der Lohn ist mickrig im Vergleich, aber der Job ist interessant und sehr verantwortungsvoll, und die afrikanische Zentrale hat ihren Sitz in Nairobi, so dass Violet bei ihrer Großmutter wohnen könnte. Am besten, sie geht zu beiden Vorstellungsgesprächen und entscheidet später.

Beide Jobs verlangen Arbeitszeugnisse, was im Moment etwas heikel ist, aber statt einfach wieder ihre Professoren an der Uni zu nennen, schreibt sie eine E-Mail an Gillian Chalmers und bittet sie, sie als Referenz angeben zu dürfen. Fast im gleichen Moment erhält sie die automatische »Out-of-office«-Antwort. Gillian Chalmers ist in Bukarest und beantwortet ihre E-Mails erst, wenn sie zurück ist; wann das sein soll, steht nicht da. Die Bewerbungsfrist beider Jobs läuft morgen ab. Also nimmt Violet allen Mut zusammen, füllt die Online-Formulare aus und trägt Gillian Chalmers als Referenzgeberin ein.

BERTHOLD Das schottische Stück

Am nächsten Morgen um neun Uhr rief Mrs Penny an. Sie sagte, sie habe die angesengten und aufgeweichten Unterlagen vom Boden ihres Büros aufgesammelt und wolle sich noch einmal bedanken. Auf unseren Körperkontakt ging sie nicht ein, und auch ich hielt mich zurück, aber dafür erwähnte sie den Kaffee (Luigi hatte mir alle Ehre gemacht mit einem doppelten Latte für mich und einem extraschaumigen Cappuccino für sie, mit Kakaopulver, Zimt *und* Muskatnuss) und schlug vor, das Ganze vielleicht irgendwann zu wiederholen.

»Unbedingt«, sagte ich mit künstlicher Begeisterung, denn ich begann den Moment der Schwäche auf dem Behördenhof zu bereuen. Die Art, wie sie sich an mich geklammert hatte, war irgendwie liebeshungrig gewesen. Nichts törnt einen Mann mehr an, als von einer Frau sexuell begehrt zu werden. Aber sobald man sich dem Tier beugt und mit ihr schläft, sitzt man in der Falle. Sie erstickt dich mit ihrer Nettigkeit, und ehe du dich versiehst, sitzt du jeden Samstag in der hinteren Reihe im Multiplex, isst Popcorn und glotzt George Clooney an. Nein danke. Dazu kam, dass sie eine feindliche Agentin von »denen« war, die mich, falls ich eine falsche Bewegung machte, mit einem

Fingerschnippen aus meinem Zuhause vertreiben konnte. Das dürfte klarmachen, warum ich mich zurückhielt.

Außerdem musste ich mich auf die nächste bürokratische Schlacht vorbereiten. Mit den Worten des unsterblichen Barden: »Wenn die Leiden kommen, kommen sie wie einzlne Späher nicht, nein, in Geschwadern.« Soeben hatte ich einen Brief vom Ministerium für Arbeit und Renten erhalten, noch so ein Handlanger von »denen«, der mir aus dem Fenster des braunen Umschlags böse zuzwinkerte.

Wir führen derzeit eine Generalüberholung des Systems durch, um die Bedürfnisse der Arbeitssuchenden zur obersten Priorität zu machen, höhnte er und lud mich zu einem Sondierungsgespräch im Jobcenter Plus ein, um zu überprüfen, ob mir weiterhin Arbeitslosengeld zustand.

Im Erdgeschoss lief ich dem beinlosen Len in die Arme, der mir erzählte, er habe den gleichen Brief erhalten. Er sprühte vor Optimismus.

»Ich nehme an, sie haben einen Job für mich, Bert! Sie bewerten meine Einsatzfähigkeit neu!«

»Das ist ja toll, Len.«

»Hoffen wir mal, dass du auch so viel Glück hast, Bert.«

»Wie der unsterbliche Barde sagen würde, im Elend bleibt kein andres Heilungsmittel als Hoffnung nur.«

»Echt tiefgründig. Ich leg es zu meiner Sammlung positiver Sprüche.« Fröhlich summend rollte er davon.

Als ich termingemäß im Jobcenter erschien, stellte ich zu meinem Verdruss fest, dass Justin nicht mehr da war und der neue Stellvertreter von »denen« ein gewisser George McReady war, ein dünner verschlagener Rothaariger mit Ziegenbart und schottischem Akzent.

»Wo ist Justin?«, fragte ich.

»Er hat seine Ziele nicht errreicht, Mr Sideboatum«, schnurrte er schottisch-fuchsartig. »Und Sie sind eins davon. Wie ich sehe, haben Sie das letzte Mal vor vier Monaten gearbeitet, und da auch nur für zwei Wochen.«

»Zwei Wochen ist ziemlich gut in meiner B-branche.«

»Tja, in meiner Brranche ist es ziemlich schlecht. Für wie viele Jobs haben Sie sich ernsthaft beworben?«

»Seitdem?« Ich dachte nach. Irgendwie verschwamm alles zu einer langen Kette von Fehlschlägen. »Vielleicht zehn. Und ich habe v-vier Mal vorgesprochen.« Möglicherweise war das leicht übertrieben.

McReady konsultierte ein eselsohriges Dokument, das mit Justins Zeichnungen und Häkchen übersät war, und schnalzte mit der Zunge.

»Nach Ihrer Vereinbarung lautet Ihr Ziel sechs Bewerbungen pro Woche. Wovon zwei von sechs zu einem Vorstellungsgespräch führen sollten.«

»Sechs pro Woche? Das ist ja absurd. Sechs p-p-pro Monat wären schon v-viel.«

»Ist das Ihre Unterschrift oder nicht, Mr Sideboatum?« Er schob mir das Blatt hin.

Meine Brust wurde eng. Mir wurde schwindelig. Sein Name und die angedeutete Drohung in der Stimme mit dem Dundee-Akzent ließen eine merkwürdige Erinnerungsblase in mir aufsteigen, eine Macbeth-Aufführung in Newcastle vor langer Zeit, in der ich den Pförtner gespielt hatte. Zum großen Lob der Kritiker, wenn ich das anfügen darf.

»Meinerr Seel', Herrr, das ist sie.« Ich hörte das spannungsgeladene Rascheln im Theatersaal, die Zuschauer atemlos auf ihren Plätzen.

»Mit dieser Unterschrift haben Sie sich zu sechs Bewerbungen pro Woche verpflichtet. Die Vereinbarung ist bindend, und Sie sind Ihrer Pflicht nicht nachgekommen.« Mit einem anzüglichen Blick lehnte er sich über den Tisch, und ich spürte, wie die Knochen meiner Entschlossenheit zwischen seinen Fuchszähnchen zersplitterten. »Haben Sie irgendeine Entschuldigung?«

»Meinerr Seel', Herrr, ich zechte, bis der zweite Hahn krähte: und der Trunk ist ein großer Beförderer von roten Nasen, Schlaf und Urin.« Ein Kichern ging durch die Menge.

McReady sah mich eiskalt an. Er hatte hellgraue Augen mit stechenden schwarzen Punkten in der Mitte. »Verarrschen Sie mich, Mr Sideboatum? Das würde ich Ihnen nicht raten.«

»Buhlerrei, Herrr, befördert und dämpft er zugleich: Er beförrdert das Verlangen und dämpft das T-tun.« Noch mehr Gelächter.

»Ich habe keine Ahnung, wovon Sie reden. Aber hier sind ein paar Angebote, um Sie auf Trab zu bringen. Kommen Sie nächste Woche zur gleichen Zeit. Dann sehen wir, was Sie hingekriegt haben. Falls nicht, wird es mein perrsönliches Verrgnügen sein, Ihr Arbeitslosengeld anzupassen und Sie zur Umschulung zu schicken.«

Er klickte auf Drucken und reichte mir die zwei Zettel mit den Einzelheiten des Mickymaus-Jobs und des Jobs im Beerdigungsinstitut.

»Anpassen?« Davon stand nichts im Textbuch.

»In Ihrem Fall strreichen.« Er fuhr sich mit zwei Fingern über die Kehle. »Der Nächste!«

Ein alter gebeugter Mann, unrasiert, ungekämmt und nach Alkohol stinkend, schlurfte herüber und ließ sich auf den Stuhl plumpsen, den ich gerade geräumt hatte, während ich ins Nebenzimmer mit den an die Tische geketteten Computern und Druckern schlurfte, wo eine Matrone mit stählernem Blick, grausamem Mund und klinisch sauberen Händen Aufsicht führte wie die stereotype Besetzung der Schottischen Lady.

Ich begann, eine Bewerbung für das Beerdigungsinstitut aufzusetzen – es war tatsächlich Wrest 'n' Piece –, doch dann stand mir wieder die Szene bei der Beerdigung meiner Mutter vor Augen, als Jimmy the Dog sich mit einer unbekannten Leiche im Matsch wälzte und sagte: »Wir helfen, die Arbeitslosen auf nützliche Jobs vorzubereiten.« Nicht mit mir, Jimmy, nicht mit mir. Ich legte das Blatt weg und griff nach der Mickymaus-Anzeige. »SchauspielstudentInnen oder Ähnliches für Werbeaktion im Einzelhandel gesucht.«

Der alte Säufer, der mir gefolgt war, saß jetzt vor dem Computer neben mir, stank leise und schnarchte laut. Auf seinem Bildschirm stand: *Umschulungsmöglichkeiten im Einzelhandel.*

Die Schottische Lady kam, rieb sich die Hände und murmelte: »Wer hätte gedacht, dass ein alter Mann so viel Schnaps in sich hätte?«

Sie trat von hinten gegen seinen Stuhl. Er schreckte auf und sah sich mit blutunterlaufenen Augen um, dann fiel sein Blick auf den Zettel, den ich weggeschoben hatte.

»Aaah! Die Friedhofs-Ghoule!« Er beugte sich vor und legte mir die Hand auf den Arm. »Deck dich mit Knoblauch ein, wenn du dahin willst, Kumpel!«

»Sie kennen die Firma?«

»Wrest 'n' Piece. Hab vierzig Jahre für die gearbeitet. Weiß alles, was man über den Umgang mit den Toten wissen kann. Als der alte Mr Wrest noch da war, war es eine gute Firma.« Er warf seine ergrauten Locken zurück. »Aber dann ist er gestorben, und seine Tochter hat übernommen – mit ihrem großkotzigen Freund James. Wollten expandieren. Privat gemanagte Beerdigungen und Einäscherungen, Mitsteigern bei Behördenverträgen. Wollten Kosten sparen. Haben alle abserviert, die eine Ahnung von Leichen hatten. Und dann haben sie sich ein paar junge Arbeitslose geholt, weil die umsonst arbeiten müssen.«

»Umsonst?«

»Unbezahlte Arbeitspraktika. Dreißig Stunden die Woche.« Er packte meinen Arm fester. »Sie wollten, dass ich sie noch einarbeite, bevor ich ging. Leckt mich am Arsch, hab ich gesagt. Man muss den Toten Respekt zollen. Aber so frech wie diese Jungen sind, da kommt keine Leiche mit.«

»Sie sind …« Aus dem schlamm- und schmerzverzerrten Grauen arbeitete sich eine Erinnerung hervor, »… Philip?«

»Phil Gatsnug. Genau der. Bestattungsmeister. Künstler im Dienst der Toten.«

»Meine Mutter …«

»Ach ja, die alte Dame. Ihre Mutter, was? Verdammte Schande. Ich hab mein Bestes gegeben, aber die Jungen haben's verbockt. Wir mussten sie direkt zur Einäscherung schicken. Sie müssen nach der Asche fragen. Die Asche müssen sie Ihnen zurückgeben.«

»Danke, Phil. Ich habe die Asche. Aber woher soll ich wissen, dass es die richtige ist? Bei allem, was schiefgegangen ist.«

»Ja, manchmal kommt was durcheinander.« Er fixierte mich mit blutunterlaufenen Augen. »Aber egal, von wem die Asche kommt, mein Freund, behandeln Sie sie mit Respekt. Irgendjemandes Mum oder Dad ist es gewesen. Sagen Sie ein Gebet und verstreuen Sie sie an einem hübschen Ort. Aber nicht in Ihr Müsli, haha!«

Seine Worte trafen einen Nerv. Ich beschloss, die Asche des verbrannten Unbekannten fortan zu ehren, in der Hoffnung, jemand würde das Gleiche für meine Mutter tun; ich würde die Asche im Herzen des Kirschgartens verstreuen, den sie so geliebt hatte. Falls jemand fragte, würde ich natürlich so tun müssen, als wäre sie ein toter Papagei.

»Sie haben also gekündigt?«, fragte ich.

»Ja, deswegen behauptet dieser Sparpolitik-Faschist«, er zeigte in Richtung des fuchsigen McReady, »ich wäre freiwillig beschäftigungslos, was heißt, dass ich drei Monate lang kein Geld kriege. Seit zwei Wochen ernähre ich mich von Dosenbohnen von der Tafel, aber morgen laufen meine Gutscheine aus. Dann kann ich mir im Park von den Tauben die Krumen schnorren.«

»Aber mit Ihrer Qualifikation finden Sie doch sicher leicht eine andere Stelle? Gestorben wird immer. Du weißt, es ist gemein: Was lebt, muss sterben.«

»Nicht genug, Kumpel. Außerdem, das große Geld gibt's nur bei Hochzeiten. Beerdigungen müssen billig sein. Aber ich mache keine Kompromisse, verstehen Sie? Wenn ich mein Handwerk versehe, dann richtig.«

Plötzlich fühlte ich mich diesem angeschlagenen Mann verbunden, einem Kameraden, verwundet im Kampf des Lebens gegen die Niederträchtigen, die Ehrlosen, die Selbstsüchtigen, gegen alle, für die Qualität nicht mehr zählte. Allen Widrigkeiten zum Trotz hatte er immer noch versucht, meiner Mutter gerecht zu werden. Ich war froh, dass er der Letzte war, der ihre sterblichen Überreste berührt hatte.

»Hm. Danke, dass Sie's versucht haben, mein Freund. Vielleicht sollten Sie sich selbstständig machen?«

»Gute Idee, Kumpel.«

Schweren Herzens füllte ich das Bewerbungsformular für den Mickymaus-Job aus, unterschrieb und reichte es bei »denen« ein.

Als ich auf Zehenspitzen das Jobcenter verließ, war Phil Gatsnug wieder eingeschlafen, den Kopf auf der Tastatur.

Es war fünf Uhr nachmittags und schwül, als ich nach Madeley Court zurückkam; ich hatte fast den ganzen schönen Tag in dem stickigen Jobcenter verschwendet. Der beinlose Len hing im Kirschgarten herum und genoss die letzten Sonnenstrahlen, die durch das Laub der Bäume sickerten.

»Wie war's, Kumpel?«, fragte ich ihn.

»Toll.« Er schob die Arsenal-Kappe hoch, so dass ich sein glänzendes Gesicht sehen konnte. »Telefonverkauf. Bekannte Kanzlei. Ich soll die Öffentlichkeit über ihr Recht auf Entschädigung informieren, wenn ihnen unter Vorgabe falscher Behauptungen Finanzdienstleistungen verkauft wurden. Nicht schlecht, was? Ich bin froh, wenn ich keine Stütze mehr bekomme und wieder selbst verdiene. Wie der Mann im Jobcenter sagt, das baut Selbstvertrauen auf und beflügelt meine Ambitionen.« Er strahlte. »Er sagt, Ambitionen nimmt er ungeheuer ernst.«

Hatte ich Lens Träume zu Unrecht verlacht? Offensichtlich gab es da draußen selbst für die Beinlosen Jobs. Wenn eine beidseitige Beinamputation kein Hindernis für eine Beschäftigung darstellte, wie konnte ich mich dann von einem leichten Stressstottern aufhalten lassen? Vielleicht hatte Fascho-George doch nur mein Bestes im Sinn, und ich brauchte einfach einen Tritt in den Hintern. Vor lauter Dankbarkeit und frisch gefasster Entschlossenheit wurden meine Augen feucht. Mickymaus, ich komme!

»Gut gemacht, Len! Toll! Wann fängst du an?«

»Sofort. Freischaffend. Flexible Arbeitszeiten. Null-Stunden-Vertrag. Und wie steht's bei dir, Bert?«

»Ja, ich hab auch eine Bewerbung losgeschickt.«

Inna stand in der Küche und klatschte auf einem Schneidebrett Hackfleisch für Kobabski herum, das sie mit zerdrücktem Knoblauch und fein gehackten Kräutern verknetete, bevor sie es durch einen Trichter in den Darm eines unbekannten Tiers drückte. Ihr schwarzer Zopf war ordentlich an ihrem Hinterkopf aufgerollt, und zwischen ihren strengen schwarzen Brauen stand eine konzentrierte Falte. In den Wochen unseres Zusammenlebens waren ihre Kochkünste deutlich raffinierter geworden, obwohl sie immer dieselben simplen Zutaten verwendete.

Ich berichtete ihr von den guten Neuigkeiten im Hinblick auf die Wohnung, und sie lachte und wischte sich die Hände an der Schürze ab, bevor sie mich umarmte. Dann kippten wir ein Glas Wodka darauf.

Ich brachte es nicht übers Herz, ihr zu sagen, dass ich ihre Dienste nicht mehr brauchen würde, sobald demnächst der Mietvertrag auf meinen Namen lautete.

VIOLET Motorsäge

Am Montagmorgen wacht Violet von einem ungewöhnlichen Geräusch früher als sonst auf. Ein durchdringendes Röhren, nicht unähnlich dem Bohrer eines Zahnarztes; nur findet es nicht in ihrem Kopf, sondern eindeutig draußen statt. Lauschend liegt sie im Halbdunkel und versucht auszumachen, was es sein könnte, aber sie ist zu faul, um nachzusehen. Dann schreckt sie ein näheres, vertrautes Geräusch auf. Pidgie klopft ans Fenster, nicht auf seine übliche freundliche Art, wenn er sie zum Frühstück ruft, sondern er hämmert hektisch mit dem Schnabel an die Scheibe und flattert mit den Flügeln. Violet zieht den blauen Sari zurück und sieht hinaus.

Da sitzt er auf dem Balkon. Sie wirft ihm ein Stück Brot hin, doch er ignoriert es und hüpft auf einem Bein aufs Geländer und wieder zurück, aufgeregt mit den Flügeln schlagend. Dann setzt das Röhren wieder ein, und zu ihrem Entsetzen entdeckt Violet einen Mann mit einer Motorsäge im Korb eines Teleskopfahrzeugs, das rückwärts an Pidgies Baum herangefahren ist.

»Halt! Halt!«, schreit sie, aber sie ist zu weit weg, oder der Mann ignoriert sie.

Im Pyjama rennt sie zur Nachbarwohnung und hämmert

gegen die Tür. Inna, die alte Dame, öffnet, und hinter ihr steht Berthold in nichts als einer Pyjamahose mit Paisleymuster und späht über ihre Schulter. Er sieht erschrocken aus.

»Komm rein. Bitte.«

»Die Kirschbäume! Sie sägen sie ab! Wir müssen alle zusammentrommeln!«

Berthold läuft ins Wohnzimmer, um aus dem Fenster zu sehen. Sie läuft ihm hinterher. Unten im Kirschgarten stehen zwei Männer mit Helmen und schwingen Motorsägen; ein Bulldozer mit Hebebühne steht direkt unter Pidgies Baum. Aber was sind das da für drei große Dinger zwischen den Bäumen, die über Nacht wie Pilze aus dem Gras geschossen sind? Sie sehen ein bisschen wie Zelte aus.

»Entschuldigung. Ich gehe mich schnell anziehen.« Sie rennt zurück in ihre Wohnung und schlüpft in Jeans und T-Shirt.

Als sie endlich in den Kirschgarten kommt, ist Berthold schon da. Er trägt noch immer nichts als seine Pyjamahose, und er hat eine Fahrradkette um den nackten Bauch, mit der er sich an Pidgies Baum festgekettet hat. Das Sägen hat aufgehört.

»Oh, Berthold!« Sie wirft ihm die Arme um den Hals. »Du bist ein Held!«

Inzwischen ist es acht, und die halbe Bewohnerschaft von Madeley Court hat sich im Kirschgarten versammelt. Es wird gejohlt und geschrien und auf Tamburine geschlagen, und Mrs Cracey schwenkt ihren Schirm. Ein halbnackter Mann aus einem der Zelte schreit die Motorsägen-Männer in irgendeiner fremden Sprache an.

Plötzlich werden alle still, weil aus einem der Zelte ein Mädchen kommt, in einem Hauch von einem Hemd, das bis zum Bauch offen ist, ein dickes nacktes Baby am Busen, der nur vom Vorhang ihres schwarzen Haars bedeckt ist. Sie setzt sich auf eine Bank unter einem Baum und wiegt das Baby im Arm. Es ist ein verzauberter Moment inmitten eines Pandämoniums: Das Baby hat die Augen geschlossen, sein Kinn bewegt sich rhythmisch, ein Tropfen Milch rinnt über die Brust der Frau, das Baby streckt die winzigen Finger aus, um seine Mutter zu streicheln, während sie mit verträumtem Blick zu ihm hinabschaut. Dann räkelt sich das Baby, grunzt und spuckt einen großen Schluck geronnene Milch aus; der Bann ist gebrochen.

Gegen acht Uhr fünfzehn sieht sie Greg Smith, der im Anzug auf die Gruppe zukommt, das Smartphone ans Ohr gepresst, mit genervtem Gesicht.

»Hi!« Als er sie sieht, lächelt er. »Was ist denn hier los?«

»Sie haben angefangen, die Kirschbäume zu fällen! Können Sie nicht irgendwas tun, um sie aufzuhalten, Greg?«

»Wahrscheinlich.« Er steckt das Telefon ein und geht auf die Arbeiter zu. »Wo ist Ihre Genehmigung?«, bellt er.

»Wir brauchen keine Genehmigung«, sagt der Fahrer des Bulldozers.

»Natürlich haben wir eine Genehmigung, stimmt's nicht, Dez? Wir sind doch keine Cowboys«, schaltet sich der Jüngere ein, unter dessen Helm, den er abgenommen hat, ein rostbrauner Pferdeschwanz zum Vorschein gekommen ist.

»Keine Cowboys und auch keine Zigeuner«, erklärt Dez mit einem Seitenblick auf Berthold.

Violet weiß, dass man heute nicht mehr »Zigeuner« sagt, aber sie versteht trotzdem nicht, warum er damit Berthold in seinem Marks-&-Spencer-Pyjama meint.

Die beiden Männer suchen in ihren Taschen nach der Genehmigung. »Ich muss im Wagen nachsehen.« Der mit dem Pferdeschwanz läuft über die Wiese und kommt einen Augenblick später mit einem Ausdruck wieder.

Greg nimmt ihn ihm ab und faltet ihn auseinander. Sie versucht über seine Schulter zu sehen.

»Ich glaube, das Datum stimmt nicht«, sagt sie. »Die Stadtratssitzung ist erst nächste Woche.«

»Gut erkannt, Violet. Ich mache eine Kopie und prüfe, ob die Genehmigung gültig ist. Danke.« Greg faltet das Blatt zusammen und steckte es in seine Brusttasche. »Falls sie nicht gültig ist, mache ich Sie persönlich haftbar für alle entstandenen Schäden an städtischem Eigentum. Dazu gehören auch Parks und Grünanlagen. Tut mir leid – ich muss los!« Er zwinkert Violet zu und schreitet von dannen.

Die Arbeiter sehen ihm entgeistert nach. Dann packen sie ihr Werkzeug ein und trotten zurück zu ihrem Transporter.

Sie tun Violet ein bisschen leid. Als sie Berthold sieht, der immer noch in Pyjamahosen an den Baum gekettet ist, tut auch er ihr ein bisschen leid.

»Warum ziehst du dir nicht was an und kommst auf einen Kaffee vorbei, Berthold?«

»Ich kann nicht. Ich habe den Fahrradschlüssel oben vergessen. Kannst du hochgehen und Inna Bescheid sagen?«

BERTHOLD Motorsäge

»Oh, Berthold!« Sie warf mir die Arme um den Hals. »Du bist ein Held!«

Zweimal in einer Woche. Es ging aufwärts. Zuerst die mollige Eustachia (ich konnte einfach nicht Stacey zu ihr sagen) und jetzt die gertenschlanke Violet. Es war ein Triumph von clooneyesken Ausmaßen. Ja, fast war es die Rauheit der Kirschbaumrinde wert, die an meinem nackten Rücken scheuerte, und den besonders unangenehmen Zweig, der sich in mein linkes Schulterblatt bohrte.

Dann war Mrs Crazy am Schauplatz aufgetaucht, Duschhaube über steifer, blondierter Föhnfrisur, in ihrem lila Mantel, mit Juwelen eingedeckt und zwei Regenschirmen bewaffnet. Sie ging sofort auf den Motorsägenmann los, und er ließ die Säge fallen, die auf dem Boden weiter brauste und röhrte, bis der andere Helmträger seine Finger riskierte, um sie einzufangen und abzuschalten.

Während die beiden zu streiten anfingen, ging die Luke eines der Zelte auf und ein Mann kam heraus, groß und übergewichtig, mit schulterlangem Haar, nackt bis auf die ausgebeulte, ausgeleierte Unterhose.

Er gähnte, kratzte sich am Kopf und rief: »*Ce fucking est acest fucking zgomot? Du te fucking aici!*«

Seine Sprache war unverständlich, der Inhalt nicht. Der zweite Helmträger, der jetzt die Säge hielt, hob sie drohend in seine Richtung und rief: »Ihr baut lieber eure Zelte ab. Wir fällen jetzt die Bäume, und ihr seid im Weg.«

Der Unterhosenmann antwortete: *»Nu am nici o fucking idee despre ce este fucking vorba. Du te fucking de aici! Am incercat sa fucking dorm!«* Dann fischte er Streichhölzer und eine Zigarette aus der ausgebeulten Unterhose, bog die Zigarette gerade und zündete sie sich an.

»Hast mich nicht verstanden, Kumpel? Du nix sprechen Englisch? Verpissi dichi in dein eigenes Land.« Der Helmträger schaltete die Motorsäge an und drohte noch ein bisschen damit.

Der Unterhosenträger rauchte nachdenklich.

»Entspann dich, Dez.« Der zweite Helmträger nahm den gelben Helm ab und schüttelte den Kopf. Ein dünner, von einem Gummi gehaltener Pferdeschwanz fiel ihm auf die Schulter. »Wir wollen hier keinen Stress anfangen.«

Allein Mrs Crazy war nicht überzeugt von seinen pazifistischen Reden und schlug ihm mit dem Regenschirm auf den nunmehr unbehelmten Kopf. Er geriet ins Taumeln und stürzte auf das Zelt. Die Zeltluke öffnete sich wieder, und eine junge Frau krabbelte auf allen vieren heraus.

»Ce se intampla? Cine sunt acesti oameni?«

Sie war ungefähr in Violets Alter, mit dunklen Augen und langem glänzendem schwarzem Haar, das ihr magdalenenartig über die Schulter fiel, was kein Schaden war, denn sie schien splitternackt zu sein bis auf einen rot gepunkteten Schlüpfer.

»Du te inapoi in cort Ramono! Nu ai nici o fucking modestie!«, schrie der Mann sie an.

Die junge Frau warf ihm einen genervten Blick zu,

nur um ein paar Minuten später mit einem Baby herauszukommen.

In diesem Moment verließ Violet die Szene. Sie stürzte auf einen durchgestylten Anzugträger zu, der auf dem Weg in die City die Abkürzung durch den Kirschgarten nahm und mit seinem arroganten Eton-Akzent in ein Smartphone näselte, und flehte ihn um Hilfe an. Der Typ befahl den Helmträgern aufzuhören, und die zogen sofort den Schwanz ein, die typisch unterwürfigen Vertreter der Arbeiterklasse, die kuschten, sobald sie es mit Überlegenen zu tun hatten. Violet strahlte ihn an, und ich dachte schon, sie würde auch ihm um den Hals fallen, aber glücklicherweise tat sie es nicht, und er schritt selbstgefällig von dannen.

»*Costum fucking grozav*«, sagte der Unterhosenmann bewundernd hinter seinem Rücken her.

Dann zischten die Arbeiter in ihrem Transporter ab, und es gab keinen vernünftigen Grund, warum ich fast eine Stunde später immer noch an den Baum gekettet war. Es war ein Fehler gewesen, Inna den Schlüssel anzuvertrauen. Sie hatte gesagt, sie käme in ein paar Minuten mit Kaffee und Toast nach und würde mich im richtigen Moment losschließen. Was in Gottes Namen trieb sie da oben?

Ohne die Leiden Jesu am Kreuz irgendwie verharmlosen zu wollen, gab es an unserer Situation gewisse Ähnlichkeiten, die mich nachdenklich machten, während ich auf Rettung wartete. Ich gedachte meiner lieben Mutter, die sich auf die schreckensvolle Reise in das unbekannte Land gemacht hatte, ihre Asche vermischt mit der von Fremden und von unbekannten Händen in die Winde verstreut. Und doch hatte diese Vermischung etwas Tröstliches:

Mutter war ein geselliger Mensch gewesen; sie hätte die Reise nicht allein antreten wollen.

Die Jahre, die sie in Madeley Court verlebt hatte, waren reich an Liebe, Freundschaft und Gemeinschaft gewesen – Jahre der Überzeugung, dass eine bessere Welt möglich war, wenn wir es nur redlich versuchten. Jahre der Vorschulspielgruppen und der Nachmittagsbetreuung, der Kleingärten und der Mieterausschüsse, der Tombolas für Afrika und Indien, des Fastens für Mandela, Kuchen gegen den Atomkrieg und Grillen für Solidarität. Als 1968 die erste Familie aus Jamaika einzog und Enoch Powell vor »Strömen von Blut« warnte, hatte Mum sie mit Strömen von Tee versorgt. Ich erlebte meine Kindheit in einer Welt, die von Berthold Lubetkin entworfen und von Aneurin Bevan zum Leben erweckt worden war, paternalistisch vielleicht, doch ungetrübt von Zynismus und Eigennutz. Eine unzynische Träne rollte mir über die Wange. Mit dem Rücken zur Straße festgekettet, labte ich meine Augen an den schönen Proportionen von Lubetkins Bau, wo private und gemeinschaftliche Räume verflochten waren, durch den gewundenen Weg im Grünen zur Vision vereint.

Wenn doch Mutter hier gewesen wäre, um ihr Reich und die Ideale, die es verkörperte, zu verteidigen, um an Mrs Crazys Seite den Schirm zu schwingen! Aber was hätte sie von den langhaarigen Zeltbewohnern gehalten, die ihr Lager in ihrem Kirschgarten aufgeschlagen hatten? Hätte sie sie als freie Geister und Abenteurer geschätzt oder als faule Tunichtgute verdammt? Bei meiner Mutter konnte man nie wissen. Müßiggang, Trunkenheit und ordinäre Sprache waren ihr strikt zuwider. Andererseits hatte sie seit ihrer Pensionierung kaum vor Mittag den Morgenmantel abgelegt, ihre Vorliebe für Sherry war legendär, und sie hatte versucht, Flossie beizubringen, den Fernseher zu beschimpfen. Sie verachtete Promiskuität, aber sie liebte Babys, egal wer die Eltern waren. Das war die weiche Seite der Frauen. Selbst die verflixte Inna – wo zum Teufel blieb sie mit dem Schlüssel? – ließ sich nie die Chance entgehen, in einen Kinderwagen zu gaffen.

In meinem Zimmer hing ein Foto von Stephanie und Meredith, aufgenommen in unserer alten Wohnung in Clapham: Stephanie lächelt, nicht in meine Richtung, nicht in die Kamera, sondern in sich hinein; Meredith ist ein dicker, gieriger, knuddeliger Klops mit einem dunklen Haarbüschel auf dem Kopf. Würde sie noch leben, wäre sie heute dreiundzwanzig. Würde sie noch leben, wären Stephanie und ich vielleicht noch zusammen, und ich hätte eine Reihe von großen Rollen hinter mir und eine fast abbezahlte Hypothek.

Festgekettet, wie ich war, unfähig, mich wegzubewegen, wanderten meine Gedanken die gefährlichen Pfade der Vergangenheit hinauf. Ich stellte mir vor, wie Meredith heute aussähe, und das Bild, das mir in den Sinn kam, war Violet mit ihrem hochgesteckten Haar und dem Grübchenlächeln, so schön und so verletzlich, auch wenn sie zur Zeit des Unfalls so robust wie ein Pony auf ihren kleinen Beinen gewirkt hatte. Da war sie endlich, lief mit einem Becher in der Hand durch den getupften Schatten der Kirschbäume … und wurde von Inna mit Turbohumpeln überholt, die zwei Stück Toast auf einem Teller brachte und mir in die Hand drückte.

»Ieß, ieß.«

»Wo ist der Schlüssel?«, fragte ich.

Inna sah verlegen zur Seite. Die Strass-Brille war ihr auf die Nasenspitze gerutscht. »Oj! Verloren!«

Sie drehte sich hilfesuchend nach Violet um; die beiden wechselten ein paar geflüsterte Worte.

»Ich fürchte, Inna hat den Schlüssel verloren.« Violet lächelte und tippte sich ein paarmal an die Schläfe.

»Herrgott noch mal! Du hattest ihn nur ein paar Minuten! Wie konntest du ihn verlieren?«

Inna spielte wieder verrückt, wedelte mit den Händen und rollte die Augen, wie ich es ihr beigebracht hatte. Am liebsten hätte ich ihr eine geschmiert. Der Zweig bohrte sich tiefer in mein linkes Schulterblatt. Über mir raschelte es im Laub, und plötzlich landete ein großer, warmer, feuchter Tropfen auf meinem Kopf.

»Böser Pidgie!«, schalt Violet und beugte sich mit einem Taschentuch über mich, um die Vogelscheiße abzuwischen.

Einen Augenblick lang spürte ich den Druck ihres festen jungen Busens an meiner nackten Brust. Ich war verwirrt.

»Hast du zwischen den Sofakissen nachgesehen, Inna? Hast du in den Mülleimer geschaut? Langsam wird es hier verdammt unbequem«, rief ich.

Nicht nur unbequem, sondern auch peinlich. Die elf Bewohner der drei Zelte, darunter der Unterhosenmann, die Frau mit dem Baby, ein paar bunt angezogene Oldies und verschiedene Kinder, hatten sich im Halbkreis um meinen Baum aufgestellt und flüsterten miteinander.

»Geht weg! Haut ab! Blöde Ausländer!«, rief ich, obwohl ich wusste, dass es falsch war, aber ich war sauer, weil ich den Ruhm als Retter der Kirschbäume, der eigentlich mir gebührte, mit dieser abgerissenen Bande und dem aalglatten Businessheini teilen musste, dessen Umgang mit Violet mir viel zu ungezwungen war. Immerhin war ich es, der um sieben Uhr morgens halb nackt in den Garten gerannt war und die Unannehmlichkeiten des Märtyrertums auf sich genommen hatte, während der Heini in sein Büro stolziert war und die Zeltbande Kauderwelsch redend herumstand und rauchte.

Als ich sie anschrie, wurden sie still, und dann trat ein Alter mit besticktem Hemd und weiten Hosen vor, nahm meine Hand, schüttelte sie und hielt eine unverständliche Rede, die mehrere Minuten dauerte. Der Halbkreis der Zuschauer klatschte höflich. Dann trat die junge Frau mit den herrlichen Brüsten vor, die vorher ihr Baby gestillt hatte, und reichte mir ein langes, hartes rosa Objekt, teilweise in weißes Tuch eingeschlagen. Zu meinem Entsetzen sah es aus wie ein eingeschrumpeltes totes Baby, doch bei näherem Hinsehen entpuppte es sich als große Salami. Die Frau überreichte sie mir mit einer kleinen Verbeugung und sagte ein paar Worte. Das Publikum klatschte.

Inna, die neben mir stand, flüsterte mir ins Ohr: »Sie sagt, danke für Retten unser Heim und Baby.«

Die junge Frau umarmte mich und drückte die herrlichen Brüste an meinen nackten Brustkorb, was ziemlich schön war, auch wenn sie jetzt leider angezogen war. Langsam gewöhnte ich mich an solche weiblichen Zuwendungen, und mir schwante, was George Clooney auszuhalten hatte.

»Er sagt, du großer Held, weil du mit Kette an Baum, damit Arbeiter nicht Zelt abreißen«, flüsterte Inna.

»Ach, sag ihnen, es war die Mühe wert«, sagte ich edelmütig und trank den lauwarm gewordenen Kaffee, den Violet mir gebracht hatte.

»Ist er in Ordnung?«, fragte sie.

»Perfekt«, antwortete ich, obwohl er zu dünn und zu süß war, und musste mir das »wie du« verkneifen. Doch hier das Rätsel: Selbst als Violet mich mit ihrer Brust gestreift hatte, selbst als sie so nah war, dass ich die Seife auf ihrer

Haut riechen konnte, selbst als sie mich mit ihren ätherischen Händen berührt und mir die Vogelkacke von der Stirn gewischt hatte, selbst wenn die Liebe zu ihr durch jede Faser meines Wesens strömte – das Tier unten blieb ungerührt.

Inna ging auf den Halbkreis der Zeltenden zu und redete sehr schnell und mit ausladenden Gesten auf sie ein; sie antworteten in gleicher Weise.

»Welche Sprache sprechen sie, Inna?«

»Rumänisch«, antwortete sie. »Sind aus Turda in Transsilvanien. Aber sie kommen nach London wegen Obsternte.«

»Transsilvanien?« Ich musste kichern, obwohl ich wusste, dass es kindisch war. »Hier gibt's aber nicht viel Obst.«

»Aha! Hab ich ihnen gesagt, Kirschbaum hier ist wegen schöne Blüte, nicht wegen Essen.«

»Sag ihnen, der beste Ort zum Obstpflücken ist Kent. Äpfel, Birnen, Erdbeeren, die ganze Palette. Wie kommt es, dass du Rumänisch sprichst, Inna? Ich dachte, du wärst aus Odessa in der Ukraine?«

»Geboren in Moldawien.« Sie hustete und bekreuzigte sich. »Zwischen Ukraine und Rumänien, mal Russland, mal Ungarn, mal Rumänien. Nach Krieg Sowjetunion. Alles gemischt.«

In der Aufregung leuchteten ihre Wangen rosarot. Die Verwandlung der verhutzelten Alten, die ich an Mutters Sterbebett kennengelernt hatte, war geradezu unheimlich.

»Moldawische Sprache wie rumänische Sprache, aber mit russische Buchstaben«, ratterte sie weiter. »In meiner Schule sprechen Leute Rumänisch, Russisch, Ukrainisch, Moldawisch. Vier Sprachen ist genug für Gehirn, Englisch passt bei mir nicht mehr rein.«

»Du bist auf einem großen Schmaus von Sprachen gewesen, Inna.«

»Aha! Irgendwann erzähl ich dir meine Geschichte. Aber jetzt müssen wir knacken Schloss!«

Noch während sie sprach, kam der Unterhosenmann, inzwischen vollständig bekleidet, grinsend auf mich zu. Seine Zähne blitzten golden auf. Seine Fett gewordenen Muskeln wölbten sich unter dem T-Shirt. Dann packte er die Fahrradkette an zwei Stellen und zog. *Schnapp!* Mit einem Ruck war ich frei.

VIOLET Len

Violet steht im Halbkreis der Zuschauer im Kirschgarten und sieht bei Bertholds Befreiung zu, als jemand an ihrem Ärmel zupft. Es ist Arthur; er trägt seine Schuluniform, doch er ist nicht auf dem Weg in die Schule. Er scheint aufgeregt.

»Len ist ganz komisch. Komm und guck mal!«

Sie seufzt und folgt dem Jungen in Lens Erdgeschosswohnung, deren Tür von einem Stuhl aufgehalten wird. Im Innern ist es schmutzig, überall liegt Zeug herum, und es riecht übel. Auf den Postern an den Wänden sieht man Fußballspieler in dynamischen Torschussposen, erschreckend anders als Lens Pose in seinem Rollstuhl vor dem ausgeschalteten Fernseher. Die Krücken liegen am Boden, die Arsenal-Kappe sitzt schief, seine Augen glänzen und sein Atem geht schnell und keuchend wie der eines Ertrinkenden.

»Len, was ist los? Soll ich den Notarzt rufen?«

»Nee. Wird schon wieder. Nur kein Aufstand.« Er spricht leise und nuschelnd, und sie muss sich zu ihm beugen, um etwas zu verstehen; als sie das Ohr vor seine Lippen hält, fällt ihr ein seltsamer Geruch auf, süß und künstlich, wie Birnen-Drops.

»Ich glaube, im Kühlschrank ist noch eine Flasche Diet Coke. Das müsste reichen. Hab sie nur nicht gefunden.«

Sie öffnet den Kühlschrank. Er ist leer bis auf eine offene Dose Baked Beans, randvoll mit grünem Schimmel, eine halbleere Plastikflasche verdorbene Milch und eine weiße Schachtel mit einem Apothekenetikett. Der Strom ist aus.

»Da ist nichts drin. Nur verschimmelte Bohnen.«

»Keine Cola?«

»Ich sehe keine. Soll ich Ihnen eine Tasse Tee machen?« Sie gibt Arthur den Schlüssel zu ihrer Wohnung. »Schnell, lauf hoch und hol die Milch aus meinem Kühlschrank.«

Arthur verschwindet, halb laufend, halb hüpfend.

»Wie lange ist der Kühlschrank schon aus?«, fragt sie Len.

Er sieht verwirrt aus. »Den Strom hamse mir letzte Woche abgestellt. Aber das wird schon wieder, wenn ich wieder arbeite.«

Es ist heiß und stickig in der Wohnung, die Sonne knallt auf die Südfenster.

»Sind Sie sicher?«

»Sie ham mir wegen dem Extra-Zimmer die Stütze gekürzt. Aber ich hab Einspruch eingelegt. Und ich bin bei 'ner Agentur für Telefonverkauf unter Vertrag, bald bin ich wieder aufm Damm. Können Sie mir die Krücken geben, Schätzchen?«

Sie hilft ihm, sich mit den Krücken aus dem Rollstuhl hochzustemmen, und er lässt sich in den Sessel sinken.

»Könnten Sie nur noch kurz nach den Sittichen sehen, Schätzchen? Sie sind im Nebenzimmer.« Er nickt zu einer offenen Tür, aus der ein zwitschernder Chor und ein stechender Gestank herüberdringen, ein bisschen wie aus dem Papageienkäfig von nebenan, wo Berthold und die verrückte alte Dame leben.

In dem kleinen Zimmer stehen drei Käfige mit jeweils vier leuchtend bunten Vögeln, die tschirpend von Stange zu Stange hüpfen. Die würden jeden in den Wahnsinn treiben. Die Wasserflaschen sind ausgetrocknet, und die Futterspender sind fast leer. Violet bringt sie in die Küche und füllt sie auf.

Dann geht die Tür auf, und der Junge kommt mit einer Flasche Milch zurück. Doch er ist nicht allein. Er hat eine junge Frau dabei – Violet erkennt das Mädchen, das am Tag nach ihrem Einzug ihre Wohnung saubergemacht hat, doch jetzt trägt sie keine Homeshine-Uniform mehr und hat auch keinen Besen dabei. Violet ist irritiert. Warum läuft ihr dieses Slum-Mädchen nach? Sie will im Moment nicht an die Armut in Kenia denken. Sie hat ihren Beitrag geleistet, als sie sich geweigert hat, für HN Holdings zu arbeiten. Reicht das nicht? Sie will einfach nur ihr Leben leben.

»Sie hat vor deiner Wohnung gewartet«, sagt der Junge. »Soll ich Wasser aufsetzen?«

»Ja. Oben bei mir, hier gibt's keinen Strom.« Sie wendet sich an das Mädchen, das Mary Atiemo heißt, soweit sie sich erinnert, und sagt mit fester Stimme: »Hör mal, Mary, in England kannst du nicht einfach bei jemandem vor der Tür auftauchen. Du musst vorher anrufen und fragen, wann es passt. Wie John Lennon sagt, des Engländers Haus ist seine Burg.« John Lennon? Das klingt nicht ganz richtig. Vielleicht war es Oscar Wilde. Oder Shakespeare. Oder einer der anderen Kerle, die ständig Zitate von sich geben.

»Bitte, Ma'am, ich brauche Ihre Hilfe.« Das Mädchen senkt den Blick und faltet die Hände zu einer flehenden Geste, die Violet unerträglich findet. Len und Arthur sehen sie mit offenem Mund an, und Violet wird ein bisschen weicher. »Außerdem kann ich mir im Moment einfach keine Putzhilfe leisten.«

»Ich putze umsonst«, sagt Mary. »Ich brauch nur einen Ort zum Wohnen.«

Der Junge kommt mit einem Becher Tee. Len süßt ihn mit einer Saccharintablette und trinkt langsam, was ihm gut zu tun scheint, auch wenn er immer noch blass ist. Violet weiß nicht, ob sie ihn allein lassen kann, aber sie hat Berthold versprochen, einen Kaffee mit ihm zu trinken, und in einer Stunde hat sie einen Termin mit Gillian Chalmers.

»Weißt du, es passt gerade überhaupt nicht«, sagt sie zu dem Mädchen. »Außerdem ziehe ich bald aus.«

»Ich bleibe nicht lang.«

»Es tut mir leid. Ich kann nichts dafür, wenn du Ärger hast. Du musst lernen, auf eigenen Beinen zu stehen. Schau dir Len an, er steht auf eigenen Beinen, dabei hat er gar keine!« Keiner lacht über ihren Witz.

»Das mache ich, Ma'am. Meine Beine sind gut. Aber ich kann nicht in meinem Zimmer bleiben. Ich kann nicht für Homeshine arbeiten.«

»Hast du keine Lust mehr auf Putzen?« Violets Großmutter Njoki hat gesagt, dass die Leute aus den Slums meistens faul und unehrlich wären.

»Ich putze gerne. Aber er will, dass ich andere Dinge für Kunden mache. Dinge, die ich nicht mache. Ich bin zwar arm, aber ich habe ein Leben.« Sie senkt den Blick und starrt stur zu Boden.

Violet fragt nicht, was sie meint, denn auf einmal ist es ihr erschreckend klar. »Sag mir, wer ist dieser ›er‹, der das von dir verlangt?«

»Mr Nzangu. Der Boss.«

Da also hat sie den Namen schon einmal gehört. Ihre Gedanken rasen.

»Mr Horace Nzangu? Aber er ist Geschäftsmann in Nairobi.«

»Mr Lionel Nzangu. Sein Sohn. Sein Geschäft ist, Menschen zu helfen, nach London zu gehen. Aber ich dachte, die Arbeit wäre Putzen. Er hat nicht gesagt …«

Violets Herz klopft schneller, und sie weiß, dass sie nicht anders kann, als das Mädchen aus dem Slum bei sich einziehen zu lassen. Doch bevor die Worte ihren Mund verlassen, meldet sich Arthur. »Du kannst bei uns wohnen. Wir haben ein Zimmer frei.«

Das Mädchen strahlt, und der Zahn mit der fehlenden Ecke blitzt auf. »Das ist sehr nett. Ich mache eure Wohnung sauber. Gott wird es euch lohnen.«

Violet hat ein schlechtes Gewissen, weil sie nicht hilfsbereit war. Und sie fragt sich, wie Mary Atiemo mit Greg zurechtkommen wird. Soll sie sie warnen? Aber was soll sie sagen?

»Ich muss los. Ich müsste längst im Büro sein.«

Sie hasst es, zu spät zu kommen – Pünktlichkeit, sagt Großmutter Njoki immer, ist eine der positiven Errungenschaften, die die Briten den rückständigen Völkern gebracht haben. Auch wenn es jetzt, da Violet bald weggeht, keine große Rolle mehr spielt.

Sie rennt die Treppe hoch, zwei Stufen auf einmal, und klopft an Bertholds Tür.

BERTHOLD Meine blöden Witze

Mir fehlten die Mittel, um Violet der vorläufigen Rettung der Kirschbäume zu Ehren bei Luigi zum Kaffee einzuladen, also lud ich sie auf eine Tasse Kaffee zu Hause ein. Kein Kaffee aus der Clooney-Kaffeemaschine, nicht mal Nescafé Gold, sondern Lidl-Eigenmarke. So tief waren wir gesunken.

»Ich kann nicht lange bleiben«, sagte sie. »Ich müsste längst im Büro sein.«

»Im Büro?«

»Internationale Vermögenssicherung.«

»Mein lieber Schwan, so was könnte ich auch gebrauchen.«

Sie kicherte, als hätte ich etwas wahnsinnig Witziges gesagt, und ich dachte, wenn Meredith noch am Leben wäre, wäre sie jetzt ungefähr im gleichen Alter und würde auch über meine blöden Witze kichern.

»Ich glaube, die Kirschbäume bleiben fürs Erste. Dank deinem Einsatz, Berthold. Aber du musst Len im Auge behalten. Dem ging es heute nicht so gut.« Sie lächelte, trank schnell ihren Kaffee aus und war wieder weg.

Ein paar Minuten später sah ich, wie sie in einem ziemlich sexy lila Kostüm den Kirschgarten durchquerte und unterwegs kurz stehen blieb, um sich mit den bunt angezogenen Zeltältesten zu unterhalten, die auf der Bank in der Sonne saßen.

»Nett, aber ist zu dürr.« Inna stellte Flossies Käfig auf den Balkon, damit auch sie ein wenig Sonne genießen konnte. »Zu jung. Muss mehr Fett dran. Die andere, die Dicke vom Amt, ist besser für dich.« Sie musterte mich listig. »Du immer noch homosexy, Mister Bertie?«

Ich zuckte die Achseln und würdigte ihre absurde Zwangsvorstellung keiner Antwort. Ich fand Violet nicht zu dünn, sondern perfekt. Trotzdem hatte Inna etwas angesprochen, das auch mich beschäftigte. Obwohl mein Herz Violet gehörte, rührte nicht sie, sondern die mollige, alternde Mrs Penny mein Lustzentrum. Ihr Begehren hatte etwas Drängendes, das bei mir eine Resonanz auslöste. So wie der unsterbliche Barde hin- und hergerissen war zwischen der dunklen Dame seiner Lust und dem blonden Engel seines Geistes. Manchmal ist das männliche Tier ein Rätsel, selbst für den Mann. Ich seufzte.

»Zeit fürs Mittagessen. Machen wir eine Dose Thunfisch auf.« Ich butterte ein paar Scheiben Brot und schnitt den Salat klein. »Du wolltest mir doch von deiner finsteren Vergangenheit in Moldawien erzählen, Inna.«

VIOLET Druck

»Wollen Sie mir sagen, warum Sie sich nach einem neuen Job umsehen, Violet?« Wie ein kleiner blonder Vogel hockt Gillian Chalmers hinter ihrem großen polierten Schreibtisch, auf dem ein Stapel verschiedenfarbiger Aktenmappen liegt. Der Bildschirm zeigt das Lloyd's Building bei Nacht mit hell erleuchteten Fenstern. »Die Entscheidung ist recht plötzlich. Warum sind Sie nicht zuerst zu mir gekommen?«

Gillians Augen sind stechend wie Bleistiftminen. Ihr Gesicht ist von einem Netz feiner Fältchen überzogen, mit tieferen Linien um den Mund. Violet hat gelesen, dass Frauen, die zu viel Zeit vor dem Computer verbringen, Falten bekommen.

»Ich habe …«, beginnt sie verlegen. Gillians grauer Blick verwirrt sie. »Ich weiß, ich hätte …«

Über den Tisch riecht sie Gillians subtiles Parfum und den schwachen Hauch von Ashwagandha-Tee. Das Licht, das durch die Jalousien fällt, wirft ein Schattengitter auf Gillians Gesicht. Diese unnahbare, gefangene, alternde Frau ist Lichtjahre entfernt von der tigerhaften Draufgängerin, die Violet im Lloyd's Building in Aktion gesehen hat.

»Es ist so, Violet, Sie hätten mich zuerst fragen müssen,

bevor Sie meinen Namen als Referenz angeben. Sie haben mich damit in eine schwierige Position gebracht.«

»Ich weiß. Es tut mir leid. Sie waren in Bukarest, und ich wollte die Bewerbungsfrist nicht verpassen.«

»Hm. Nun, ich wünsche Ihnen natürlich alles Gute bei der Jobsuche, Violet. Aber Sie müssen mir sagen, warum Sie GRM verlassen möchten.«

»Es ist schwer zu erklären«, murmelt Violet. »Es ist eine Frage des Prinzips.«

»Oh? Des Prinzips? Das klingt interessant. Erklären Sie mir das.« Gillian beugt sich vor und stützt die Ellbogen auf den Tisch. Sie wirkt müde und reizbar. Die Wimperntusche ist in die Fältchen unter ihren Augen gesickert. Obwohl es kalt in ihrem Büro ist, läuft die Klimaanlage auf Hochtouren, und sie wärmt sich an einer Tasse Ashwagandha, der aussieht wie schwach gefärbtes heißes Wasser.

»Na ja. Vermögenssicherung war nicht das, was … ich mir vorgestellt hatte. Ich bin gegen die Praxis, Briefkastenfirmen in Steueroasen zu gründen. Wenn reiche Leute in armen Ländern wie Kenia ihr Geld ins Ausland schaffen, ist weniger übrig, das in Schulen und Krankenhäuser fließen kann, verstehen Sie? Und … es kommt mir einfach nicht richtig vor.«

»Aha. Es kommt Ihnen nicht richtig vor.« Gillians Gesicht bleibt ausdruckslos bis auf den bleistiftspitzen Blick, mit dem sie Violet reglos anstarrt. »Und was ist mit Marc Bonnier? Gab es Unstimmigkeiten zwischen Ihnen?«

Violet zuckt zusammen. Gillian weiß bestimmt von Marcs Ruf, genau wie alle anderen bei GRM. Wahrscheinlich hat er es ihr sogar selbst erzählt, mit seinem augenzwinkernden Lächeln, nicht direkt, um damit zu prahlen, sondern um sich ein bisschen aufzuspielen.

»Es gab keine persönlichen Unstimmigkeiten, wenn Sie das meinen.« Sie holt Luft. »Ich habe ihm gesagt, dass ich es unethisch finde, in armen Ländern Steuerflucht zu unterstützen. Es ist keine Kritik an Marc. Ich wollte da nur nicht mitmachen.«

»Aber es ist doch was Persönliches, oder?« Die Bleistiftspitzen scheinen sich in sie hineinzubohren. »Sie können mir die Wahrheit sagen, Violet.«

Sie sucht nach neutralen Worten, die nicht anschwärzend oder nachtragend klingen: Das wäre zu billig. Sie will ihm nichts heimzahlen – sie hat ihre Lektion gelernt und will weiterziehen. Doch Gillian macht es ihr nicht leicht. Mit ruhiger Stimme erzählt sie, wie sie auf die überhöhten Eimerrechnungen gestoßen ist.

»Marc sagt, so läuft das Geschäft. Ich bin zu dem Entschluss gekommen, dass das nichts für mich ist.«

»Das ist interessant.« Gillian lehnt sich zurück und legt den Kopf schräg. Ihr Ausdruck verändert sich nicht. »Zufälligerweise teile ich Ihre Meinung, Violet. Es ist unethisch, und es ist nicht die Art, wie bei GRM Geschäfte gemacht werden. Können Sie die Rechnungen an mich weiterleiten?«

»Ja, ich versuche es.«

»Danke. Wenn es Ihnen lieber ist, können Sie gerne in die Versicherungsabteilung zurückkommen.«

Violet denkt darüber nach, aber nur kurz. Die Welt außerhalb von GRM kommt ihr interessanter vor, selbst bei all dem Chaos und Elend. »Ich glaube, ich möchte etwas Neues ausprobieren.«

»Na gut, dann geben Sie mir bitte ein paar Informationen zu dieser Stelle, für die Sie sich bewerben.«

Violet holt Luft und trifft eine spontane Entscheidung.

»Es ist eine NGO mit Sitz in Nairobi, die von Frauen geleitete Betriebe im südlichen Afrika unterstützt. Häufig sind die Frauen die Brotverdiener in den Familien, wissen Sie, und ein bisschen Kapital und Schulung können einen riesigen Unterschied machen …« Sie bricht ab.

Gillian starrt aus dem Fenster, ausdruckslos.

»Ich schreibe Ihnen sehr gerne ein Zeugnis, Violet.« Die Linien um ihren Mund sind weicher geworden, doch ihre Augen sehen immer noch traurig aus.

Als Violet Gillians Büro verlässt, ist es fast eins, und die Leute fangen an, zur Mittagspause zu den Fahrstühlen zu strömen. Einem Impuls folgend nimmt Violet den Fahrstuhl hoch in den vierten Stock und geht durch den Flur an Marcs Büro vorbei. Die Tür ist zu, und sie sieht durch die Milchglasscheibe, dass er nicht da ist. Sie hat den Schlüssel-Code noch nicht vergessen. Ihr Herz klopft laut, aber sie weiß, das ist ihre einzige Chance; ohne Termin kommt sie nie wieder durch die Sicherheitsschranke des Gebäudes. Falls Marc zurückkommt, fällt ihr schon irgendein Vorwand ein. Sie tippt den Code ein und öffnet die Tür.

Es riecht muffig und leblos, als wäre eine Weile niemand hier gewesen. Durch die offenen Jalousien knallt die Sonne in das nach Süden ausgerichtete Fenster. So kalt es in Gillians Büro war, so heiß ist es hier. Ein leichter Hauch seines moschusartigen Aftershaves hängt noch in der Luft, und auf dem Schreibtisch steht eine Glasvase mit verwelkten roten Rosen. Wer hat ihm die geschenkt? Er scheint keine Zeit verloren zu haben, was? Wut steigt in ihr auf und stärkt ihre Courage. Sie schaltet den Computer an und loggt sich ein – ihr Passwort ist noch gültig –, dann findet sie die HN-Rechnung und klickt auf DRUCKEN. Der kleine Drucker/Kopierer auf dem Schrank neben der Kaffeemaschine erwacht ratternd zum Leben.

»Violet?« Seine Stimme erschreckt sie.

Sie dreht sich um. Ihr Herz rast. Er steht in der Tür und beobachtet sie. Wie lang steht er schon da? Wie viel hat er gesehen?

»Marc …«

»Violet, ich bin froh, Sie zu sehen. Wir müssen reden. Gehen Sie mit mir mittagessen?« Zwischen seinen Brauen hat sich eine neue Falte gebildet, und sein Mund ist eine harte Linie, doch er ist immer noch äußerst attraktiv. Das hatte sie fast vergessen.

»Tut mir leid, Marc. Ich musste nur etwas holen. Ich kann nicht mittagessen gehen.«

»Kommen Sie schon, Violet, sehen Sie's als kleine Entschuldigung. Ein harmloses Mittagessen tut niemandem weh.« Sein Lächeln zwinkert. »Ich verspreche auch, dass ich nicht beiße.«

»Nein … ich … habe zu tun.«

»Zu tun?« Er runzelt die Stirn. »Was machen Sie eigentlich hier, Violet?«

»Ach, ich … musste nur etwas ausdrucken. Etwas Privates.« Er sieht sie immer noch auf diese irritierende Art an. Sie spürt, wie ihr das Blut in den Kopf strömt. »Ich habe es hier hochgeladen, weil ich zu Hause keinen Drucker habe. Ich weiß, das darf man eigentlich nicht, aber …!« Sie zuckt die Achseln und kichert bescheuert.

»Etwas Privates?« Er klingt ungläubig.

»Störe ich bei irgendwas?« Eine Frauenstimme.

Gillian steht in der Tür und beobachtet beide mit kühlem Blick.

Violet zuckt zusammen. Es muss so aussehen, als wäre sie nach ihrem Treffen direkt zu Marc gelaufen. Mit anderen Worten, es sieht gar nicht gut aus.

»Kein bisschen, Gillian! Steht unsere Mittagessensverabredung noch?« Marc tritt lächelnd vor; sein Ausdruck hat sich innerhalb einer Millisekunde verändert.

Als sie sieht, wie die beiden Blicke tauschen, wird Violet klar, wie wenig sie über sie weiß. Marc und Gillian waren jahrelang ein Paar. Empfindet Gillian noch etwas für ihn? War es dumm von Violet, Gillian zu vertrauen, als sie ihr von Marc und den Rechnungen erzählt hat?

Während Marc sich Gillian zuwendet, nimmt sie schnell die vier Rechnungen vom Drucker und schiebt sie in ihre Tasche.

»Natürlich. Wir haben uns viel zu erzählen.« Dann ruht Gillians Blick auf ihr. »Wie steht es mit Ihnen, Violet, schließen Sie sich uns an?«

»Tut mir leid. Vielen Dank, Gillian, aber ich muss … mich auf ein Gespräch vorbereiten.«

Die beiden waren also vorher schon zum Mittagessen verabredet! Violet sieht es ihren Gesichtern an, dass sie Geheimnisse teilen, die weit zurückgehen. In diesem Moment wird ihr klar, dass sie nicht hierhergehört: nicht in dieses Dreieck, nicht in dieses Umfeld.

Als sie Marcs Büro verlässt und zu den Fahrstühlen geht, spürt sie die Blicke der beiden im Rücken. Draußen auf dem Gehsteig lässt sie das GRM-Gebäude rasch hinter sich und atmet die frischen kühlen Abgase ein.

An der nächsten Kreuzung ist ein Zeitungsladen, wo sie eine Fotokopie der GRM-Rechnungen macht. Die Originale schiebt sie in einen Umschlag und schickt sie an Gillian Chalmers bei GRM. Die Kopien schiebt sie in einen zweiten Umschlag, den sie mit nach Nairobi nehmen wird.

Dann nimmt sie den 55er-Bus, um mit Laura mittagessen zu gehen.

BERTHOLD Odessa

Trotz ihres unsäglichen Englischs war die Geschichte, die mir Inna beim Mittagessen erzählte, nicht uninteressant. Sie sei, erklärte sie, während sie mit Trauermiene ihr Thunfischsandwich verdrückte, in einem Teil Moldawiens geboren, der an die Ukraine grenze, und als sie noch ein Baby war – ihr Geburtsjahr ließ sie kokett im Dunkeln – und die rumänische Armee sich im Frühjahr 1941 dem Achsenpakt anschloss und einmarschierte, floh ihre Mutter mit ihr nach Odessa im Süden, wo die kleine Inna der Obhut ihrer Großmutter anvertraut wurde, die in einer in Wohnungen aufgeteilten riesigen, baufälligen Villa lebte.

Am unteren Ende der Straße glitzerte zwischen den Bäumen das Schwarze Meer und eine hohe Statue blickte über die prächtige Freitreppe hinweg, die die Stadt mit dem Hafen verband. Inna behauptete, es sei ein Denkmal für das Herz von Richard Lee, was mich überraschte, weil Richard Lee der Torwart des Brentford FC war, doch ein paar Minuten kluges Googeln brachte Licht in die Sache.

»Meinst du den Herzog von Richelieu?« Ich fragte mich, wie ein Franzose auf einer Säule in dem Kultseebad am Schwarzen Meer gelandet war.

»Aha! Herzog Richard Lee! Gouverneur. Odessa war voll mit Ausländern und Juden.«

Ihre Großmutter, die sie als kleine Dame mit einem silbernen um den Kopf gelegten Zopf beschrieb, erzählte ihr, Odessa sei vor hundertfünfzig Jahren von der deutschen Kaiserin Katharina der Großen gegründet worden, als das ruhmreiche kaiserliche russische Heer die Krim und die benachbarten Küstengebiete von den barbarischen ungläubigen Türken befreit hatte, und, wie Innas Großmutter mit erhobenem Zeigefinger hinzufügte, wenn sie nicht sofort ins Bett ginge, würden die Türken zurückkommen und ihr mit dem Krummsäbel die Finger abschneiden. Bei anderen Gelegenheiten drohte sie mit den Briten, die überall Kolonien haben wollten, oder den falschherzigen Franzosen, die im Krimkrieg die Stadt bombardiert hatten.

Aus lauter Angst vor den bösen Ausländern konnte die kleine Inna nachts nicht schlafen. Trotz der hohen Decken und großen Fenster war die Wohnung in Odessa düster und schwach beleuchtet, mit kaputten Kronleuchtern, schimmligen Brokatvorhängen, langen Korridoren und unheimlichen dunklen Wandschränken. Ihre Großeltern hatten ursprünglich allein hier gelebt; ihr Großvater war Ophthalmologe am Filatov-Institut gewesen, aber seit seinem Tod teilte sich die Großmutter die Wohnung mit einem scheuen Ehepaar mittleren Alters namens Schapnik, das die beiden Zimmer hinten belegte und selten herauskam, bis auf die nicht enden wollenden morgendlichen Sitzungen auf dem Gemeinschafts-WC.

Dann, im August 1941, rückte die rumänische Armee nach Süden vor und belagerte die Stadt. Trotz der Unterstützung durch die ruhmreiche Schwarzmeerflotte, die vor der nahegelegenen Krim lag, ergab sich Odessa den Achsenmächten. All das lernte Inna später in der Schule. Damals bekam sie vor allem das Donnern mit, das sie für ein Sommergewitter hielt, und dass die Schapniks plötzlich verschwunden waren. Als sie die Großmutter fragte, wo sie geblieben seien, murmelte diese irgendetwas von Juden, die weggebracht würden. Damals wusste Inna noch nicht, was ein Jude war; und auch von dem Massaker an rund dreißigtausend Juden, die an zwei Oktobertagen im Jahr 1941 in Odessa zusammengetrieben und erschossen oder lebendig verbrannt worden waren, hörte sie erst viel später.

Eines Tages tauchte ein Junge in der Wohnung auf – ein schmächtiger, kahl rasierter Junge mit trüben grauen Augen und Hosen, die ihm ein paar Nummern zu groß waren. Anscheinend hatte er sich eine Weile in der Schule versteckt und war ihr nach Hause gefolgt. Schweigend saß er an dem großen Mahagonitisch und verschlang zwei Teller Kohlsuppe, der Löffel bewegte sich so schnell, dass er vor Innas Augen verschwamm, bis der Junge fertig war und sich mit der rosa Zungenspitze die Lippen leckte.

»Wie heißt du?«, fragte sie auf Ukrainisch.

Er sah sie ausdruckslos an. Sie versuchte es auf Russisch und erntete den gleichen leeren Blick. So ein Flegel, dachte sie; aber dann kam sie auf die Idee, ihn auf Moldawisch zu fragen, einer Sprache, die sie in einer Schublade im Hinterkopf verwahrte, bei den Dingen ihrer Kindheit. Sofort leuchtete sein Gesicht auf und er lächelte. Er sagte, sein Name sei Dovik Alfandari, er sei neun Jahre alt und mit seiner Familie aus Rumänien nach Odessa gekommen. Eine Träne glänzte in seinem Augenwinkel auf und hinterließ eine blasse Spur in der schmutzigen Patina seiner Wange.

Dovik sagte, vor ein paar Tagen hätten rumänische Soldaten in dem Haus, wo sie lebten, eine Razzia durchgeführt und seine ganze Familie mitgenommen. Zufällig war Dovik an jenem Tag länger in der Schule gewesen. Als er nach Hause kam, war die Tür aufgebrochen und die Wohnung geplündert, und ein Nachbar riet ihm, zurück in die Schule zu gehen. Zwei Tage hatte er sich in der Gerätekammer der Turnhalle versteckt.

»Was hast du da gegessen?«, fragte sie.

»Nichts«, murmelte er und schaufelte sich noch mehr Kohlsuppe in den Mund.

Drei Jahre lang verließ Dovik die Wohnung nicht. Wenn jemand klingelte, sprang er auf und versteckte sich im Schrank zwischen den Pelzmänteln der Großmutter, so dass er, wenn die Besucher weg waren und er wieder herauskam, nach Mottenkugeln roch. Inna und er spielten in den dunklen Korridoren Verstecken und erschreckten einander mit Gebrüll, während draußen an beiden Enden der Straße rumänische Soldaten standen, die rauchten und jeden, der vorbeikam, mit dem Gewehr bedrohten, und Nachbarn unter vorgehaltener Pistole in Zweier- und Dreiergruppen abgeführt wurden. Falls es Kämpfe gab, sahen sie sie nicht, doch nachts hörten sie den Beschuss am Hafen, und die Großmutter versicherte ihnen, die glorreiche Schwarzmeerflotte würde sie bald von diesen Nazis befreien.

»Ruhm der Ukraine! Ruhm unseren Helden!«, schrie Inna eines Tages in Doviks Ohr, als sie hinter dem Sofa hervorschoss.

Dovik sprang fast an die Decke vor Schreck. »Sag das nicht, du dumme Gans!«

»Warum nicht? Nenn mich nicht dumm!«

»Genau das rufen sie, wenn sie die Juden wegbringen.«

»Was ist ein Jude?«

»Ich bin ein Jude.«

Sie starrte ihn an. »Du kannst kein Jude sein. Du siehst ganz normal aus. Na ja, fast. Haha. Du kriegst mich nicht!« Sie verschwand hinter dem Vorhang.

»Juden *sind* normal.« Wütend riss er den Vorhang zurück. »Nur ignorante Leute glauben, wir würden Blut trinken. Und deshalb wollen sie uns umbringen.«

»Ha! Du trinkst Kohlsuppe wie alle anderen auch. Aber ich verstehe nicht, was das mit ›Ruhm der Ukraine‹ zu tun hat.«

»Das ist kompliziert.« Er machte ein finsteres Gesicht. »Zu kompliziert für Mädchen.«

»Blödmann!«

Inna kicherte bei der Erinnerung, wie sie ihm mit einem dicken Ophthalmologiebuch auf den Kopf gehauen hatte. Dovik erzählte ihr, dass seine Familie 1942 nach Bukarest kam, als die sephardischen Juden aus Spanien vertrieben wurden.

»1942?«, sagte ich irritiert. »Bist du dir sicher, Inna?« Irgendwas stimmte da nicht.

»Bestimmt 1942.«

»Erster März 1932!«, krähte Flossie vom Balkon.

»Türkenmorde. Zweihundert Tote.«

»Rettet die Toten!«

»Halt die Klappe, Teufelvogel!« Inna knallte die Balkontür zu, dann setzte sie Wasser auf.

In der Zwischenzeit konsultierte ich Google. Die Vertreibung von 200000 sephardischen Juden aus Spanien hatte 1492, nicht 1942 stattgefunden. Was haben wir bloß vor Wikipedia gemacht?, dachte ich. »Türkenmorde« war etwas schwieriger, bis ich über Torquemada stolperte, den spanischen Großinquisitor. Ich erfuhr zu meiner Überraschung, dass viele Juden aus Spanien ins Osmanische Reich geflohen waren, zu dem damals Teile des heutigen Rumänien gehörten. Hier ging es ihnen unter den toleranten muslimischen Herrschern gut, die sie vor der Feindseligkeit ihrer blutrünstigen christlichen Nachbarn in Schutz nahmen. Was mich nachdenklich machte. Auch wenn ich mich schon lange nicht mehr als Christen betrachtete, hielt ich die Christen für im Grunde anständige, tolerante, eher lockere Typen wie mich selbst, während mir die Moslems eher, na ja, sagen wir, ein bisschen anfällig für Fundamentalismus vorkamen.

Ich feierte die Entdeckung mit einer Tasse Kaffee und einer zweiten Runde Thunfisch-Sandwiches für uns beide.

Auch wenn Innas Geschichtsverständnis lückenhaft war, schmückte sie es in bunten Farben aus und konnte spannend erzählen. Leichtfüßig ein halbes Jahrtausend überspringend, schilderte sie, wie der gute König Carol von Rumänien mit dem lustigen Schnurrbart vom bösen »eisernen« Ion Antonescu gestürzt worden war. Als sich Antonescu Hitlers Achsen-Allianz anschloss, packten viele Juden die Koffer und verließen Rumänien. Doviks Familie war durch die Westukraine nach Osten geflohen, wo sie sowohl von den deutschen Soldaten als auch von Stepan Banderas ukrainischen Nationalisten-Milizen bedroht wurde. Schließlich schafften sie es zu Verwandten nach Odessa – fast ein Drittel von Odessas Einwohnern waren Juden –, nur um erneut von der Katastrophe eingeholt zu werden, als die rumänische Armee anrückte.

»Oj!« Inna seufzte und tupfte sich mit einem Taschentuch die Augen ab. »Nur Dovik ist entkommen.«

Nach dem Ende der Belagerung kehrte Innas Mutter nach Odessa zurück, und auch ihr Vater kam nach Hause, in seiner Rotarmistenuniform, mit Orden bedeckt, aber mit nur einem Bein. Sie hob den Kopf und sah aus dem Fenster hinunter, wo in einem Moment historischer Duplizität der beinlose Len mit seinem Rollstuhl durch den Kirschgarten eierte.

»Wie hat dein Vater sein Bein verloren?«

»Wie Len. Wundbrand. Auf Eisstraße nach Leningrad.«

Ich starrte Lens Stümpfe an. »Ich glaube nicht, dass Len in Leningrad gewesen ist. Trotz seines Namens.«

»Nein, Len ist Diabetik. Mein Vater war Held mit gefrorene Fuß in Ladogasee …«

Len winkte ihr von unten zu, und sie winkte zurück.

»Blockade von Leningrad«, fuhr sie fort. »Sie bringen ihm in Krankenhaus wegen Abschneiden, aber Arzt sagt, wir probieren neue Medizin. Bakteriophage. Bakterie essende Virus. Sowjetisch Antibiotikum. Ein Bein gerettet. Nicht wie arme Len«, sagte sie.

Unter uns rollte Len mit dem Rollstuhl an das Zeltlager unter den Kirschbäumen heran. Violets Warnung zum Trotz wirkte Len von hier oben so fidel wie immer.

»Na, Dovik sieht Wunder von Vaters Bein, und er will studieren neue sowjetische Medizin an Eliava-Institut für Phagenforschung in Tiflis. Finden sie in Toilettewasser. Ich bleibe in Odessa lerne Krankenschwester. Aber ganze Zeit denke ich an Dovik in Tbilissi.«

Während Inna immer weiter redete, schweifte meine Aufmerksamkeit zu der Szene unter uns ab. Verschiedene Leute gingen geschäftig hin und her, aber ich konnte nicht erkennen, was sie machten. »Wusstest du, Inna, dass Berthold Lubetkin, der Architekt dieses Gebäudes, auch aus Tiflis kam? Und seine Familie war auch jüdisch?«

Ich dachte, sie würde den Zufall zu schätzen wissen,

aber sie schnaubte nur: »Sozialwohnung«, und rümpfte die Nase. »Oj! Oj! Ich trauere meine Eltern. Trauere mein Dovik. Trauere mein Land! England ist gut, aber nicht wie Heimat! Sandwich ist gut, aber nicht wie Golabki.«

Während Inna ihre Erzählung unterbrach, um sich die Augen zu tupfen, wanderten meine Gedanken zu den geheimnisvollen Gezeiten der Geschichte, die Lubetkin über die Schlachtfelder Europas ins Schlafzimmer meiner Mutter gebracht hatten und Inna auf einer anderen Route aus Moldawien hierher. Ich versuchte, den Optimismus jener Nachkriegsjahre heraufzubeschwören, die Hoffnung auf eine Zukunft ohne Elend, Not und Krankheit, in deren Geist Lubetkin Wohnungen entwarf, die gut genug für gewöhnliche Leute waren, meine Mutter zum National Health Service ging und Dovik auf der Suche nach einer Universalmedizin für jedermann die Welt umreiste. Große Träume hatten sie gehabt damals.

Unten im Kirschgarten wurde inzwischen lautstark geschrien und mit den Armen gefuchtelt. Die bunten Zeltältesten waren verschwunden, nur der fleischige Unterhosenmann, der mich befreit hatte, war noch da und diskutierte mit einem kleinen Mann im Anzug. Dann kam eine gertenschlanke Frau in Lila von der Bushaltestelle. Sie.

»Irgendwas ist da unten los«, unterbrach ich Innas kummervolles Kauen. »Komm, wir gehen nachsehen.«

Die milchige Nachmittagssonne warf letzte unscharfe Schatten durch das Laub der Kirschbäume. Als wir uns näherten, erkannte ich die Stimme des Zwergs in dem zerknitterten Anzug, der ein Megaphon hochhielt.

»… und ich bin euer gewählter Vertreter in diesem Bezirk, also möchte ich die Gelegenheit ergreifen, jedem von euch zu danken, der bei der letzten Wahl für mich gestimmt hat, und ich versichere euch, dass ich alles tun werde, was in meiner Macht steht, um diesen Schandfleck aus unseren Augen zu entfernen …«

»Warum will er Augen entfernen?«, flüsterte Inna neben mir.

Doch Violet, die in der Menge stand, hatte genau verstanden. »Diese Menschen hier retten unseren Kirschgarten, Stadtrat Dunster, und das ist mehr, als Sie tun!«, rief sie.

Ein paar Leute klatschten Beifall. Mrs Crazy hielt den Schirm in die Luft. »Rettet unsere Bäume! Rettet unsere Bäume!« Die Minirock-Aktivistinnen übernahmen das Feld und begannen mit ihrer Tamburin-Show. In einem der Zelte begann ein Baby zu schreien. Ein dürrer Jugendlicher, den ich noch nicht gesehen hatte, führte einen ausgemergelten Hund aus einem der Zelte, der dem Stadtrat ans Bein pinkelte.

Desmond Dunster fuhr fort. »Die Stadtplanungsbehörde ist im Moment dabei, verständliche Bebauungspläne aufzusetzen, die deutliche Verbesserungen der Gegend zeigen, mit Hunderten von nagelneuen Wohnungen und …«

»Aber nicht für uns!«, brüllte ich dazwischen. »Mit Luxuseingängen nur für Eigentümer und Stahldornen gegen Obdachlose!« Mutter wäre stolz auf mich gewesen.

Violet applaudierte, aber falls ich mir eine Umarmung erhofft hatte, wurde ich enttäuscht.

Len wandte sich gegen mich. »Warum musst du immer so verdammt negativ sein, Bert? Vielleicht werden wir alle in nagelneue Wohnungen umgesetzt wie die, die sie oben an der Old Street bauen.«

»Ich will nicht umgesetzt werden. Mir gefällt es hier.«

»Tja, ich hab mich für ’ne hübsche kleine Einzimmerwohnung vormerken lassen, je schneller, desto lieber. Die Wohnung hier kann ich mir wegen der Schlafzimmersteuer eh nicht mehr leisten.«

»Wovon redest du, Len? Du faselst einen Stuss zusammen.« Der Präventivschlag sollte die Aufmerksamkeit von meiner eigenen irregulären Situation hinsichtlich der Schlafzimmersteuer ablenken.

»Wegen der Bude wurde mir die Stütze um zwanzig Pfund die Woche gekürzt, weil ich von unserem Joey das Zimmer übrig habe.«

»Züchtest du da drin nicht deine Sittiche?«

»Ja, aber der Mann vom Amt sagt, Sittiche sind Luxus, wenn man von der Stütze lebt. Im Prinzip stimme ich ihm zu, aber ich kann es mir einfach nicht leisten, und was Billigeres finde ich wegen dem Rollstuhl nicht.«

»Du kannst dir immer einen Sittich braten.« Ich wusste, dass der Witz geschmacklos war, aber Lens Rechtfertigung von Dingen, die nicht zu rechtfertigen waren, konnte einen auf die Palme bringen.

»Warum musst du immer alles runtermachen, Bert? Vielleicht kommt ja was Gutes dabei raus«, sagte er.

In einem Punkt hatte er recht. Ich, der ich so unverdorben von Weltlichkeit und Zynismus aufgewachsen war, war weltlich und zynisch geworden.

»Werd erwachsen, Len«, sagte ich.

In diesem Moment hielt ein kleines rotes Auto auf dem Parkplatz vor dem Kirschgarten, die Tür ging auf und ein flotter hochhackiger Schuh streckte sich nach dem Pflaster aus. Eine mit Flohbissen übersäte Fessel folgte. Mein Herz klopfte warnend. Inna, Mrs Crazy und Mrs Penny an einem Ort waren eine potenziell tödliche Kombination.

»Ah, kommt dick Madame Penny!« Inna wedelte mit den Armen.

Mrs Penny kam auf uns zu. Sie trug ein interessantes Mini-Outfit im Campbell-Tartan-Karo und eine dazu passende Schottenmütze mit Bommel. Es war schon toll, was heutzutage alles bei Oxfam landete.

»Mrs Lukashenko! Wie schön, Sie zu sehen!« Sie schüttelte Innas Hand, dann sah sie mich an. »Wissen Sie, was hier los ist, Berthold? Man hat mich wegen einer Notfallunterbringung infolge einer Zwangsräumung gerufen.«

Im Augenwinkel bemerkte ich, dass Mrs Crazy uns neugierig beobachtete. Langsam schob sie sich in unsere Richtung. Doch wir wurden vom Stadtrat gerettet, der, als er Mrs Pennys Beamtenausweis sah, mit vor Behördenschweiß glänzendem Gesicht herangewieselt kam.

»Mrs … äh … Penny«, er beugte sich vor, um ihren Namen zu entziffern. »Ich versuche, diese … äh … Leute hier wegzukriegen. Unterstützung ist unterwegs, aber irgendwie sind sie aufgehalten worden. Haben wir einen Ort, wo wir die Leute unterbringen können? Gibt es freie Plätze in den Herbergen?« Ein Schweißtropfen rollte an seiner Nase hinunter und versickerte in dem Loch, in dem er früher einen Nasenring getragen hatte.

Aus den Zelten kamen weitere Bewohner und standen flüsternd herum. Die Frau mit dem Baby setzte sich wieder auf die Bank, um zu stillen.

»Ich habe gerade nachgesehen, Stadtrat Dunster. Wir haben nichts Näheres als Cleethorpes.«

»Cleethorpes ist doch sehr schön. Buchen Sie, bevor uns ein anderer Bezirk die Plätze wegschnappt.«

»Aber da gibt es nur Einzelzimmer für Obdachlose. Nichts für Familien.«

Er wandte sich an die Zeltleute und redete laut und langsam. »Versteht ihr? Wir bringen euch in eine sehr schöne Pension in Cleethorpes.«

»*Ce se fucking intampla?*«, sagte der Unterhosenmann.

Inna eilte herbei, um zu übersetzen, mit hektischen Gesten und Blicken. Ich hatte keine Ahnung, was sie sagte, aber während sie sprach, sah ich das Entsetzen in den Gesichtern der Leute. Der Junge mit dem Hund an der Schnur stieß eine Tirade von Flüchen aus und spuckte auf den Boden. Die alte Frau stöhnte laut. Die Frau mit dem Baby schrie auf und drückte sich das Kind an die Brust. Der kräftige Unterhosenmann taumelte und fiel um wie ein Sack Mehl.

Mrs Penny, offensichtlich erschüttert von der emotionalen Szene, warnte: »Wir machen uns strafbar, wenn wir keine angemessene …«

Der Stadtrat warf die Hände in die Luft. »Was sollen wir denn machen?« Sein Gesicht hatte eine gefährliche dunkelrote Farbe angenommen.

»Vielleicht sind wir auf der sicheren Seite, wenn wir sie erst mal hier lassen.«

Inna übersetzte, und die Zeltbewohner jubelten. Violet applaudierte.

Der Stadtrat hob resigniert die Hände. Mrs Crazy zog ihm mit dem Schirm eins über. Seine Knie gaben nach, und im Fallen schlug er mit dem Kopf gegen einen Baumstamm.

Mrs Penny griff nach dem Telefon und rief den Notarzt.

Später, nachdem der Krankenwagen mit Tatütata davongefahren war und die Büttel gekommen und wieder fortgeschickt worden waren, streifte Mrs Penny ihre Schuhe ab, zog die Bommelmütze aus und legte sich wie eine erschöpfte, von Flohbissen übersäte, karogemusterte Odaliske auf unser Wohnzimmersofa, wo sie mit den Zehen wackelte, während Inna ihr Pfefferminztee brachte.

»Sie sind ein glücklicher Mann, Berthold, mit einer Mutter, die so gut für Sie sorgt.«

»Ja. Wir sorgen füreinander.«

Auch wenn sie wirklich gut für mich sorgte, verschwand Inna häufig ganze Nachmittage in ihr altes Revier in Hampstead. Ausgerechnet heute aber hatte sie aus irgendeinem nervenden Grund beschlossen, zu Hause herumzuhängen, bei offener Küchentür, als wollte sie unsere Besucherin im Auge behalten. Vielleicht hatte sie endlich geschnallt, dass ich nicht schwul war, und dachte, wenn sie jetzt ginge, wäre ich vielleicht versucht, mich Mrs Penny aufzudrängen. Wohl kaum.

»Komisch, eine Frau, mit der ich mich unten unterhalten habe, hat behauptet, Mrs Lukashenko sei überhaupt nicht Ihre Mutter.«

Mein Herz hämmerte gegen meinen Brustkorb. Trotz ihrer Odaliskenpose war Mrs Penny immer noch eine Abgesandte von »denen« und darauf aus, uns bei einem Regelverstoß zu ertappen.

»Lily hat eine Schwester, sie bringt die beiden immer durcheinander. Sie sehen sich wirklich ein bisschen ähnlich. Aber die Frau ist ziemlich gaga. Präsenile Demenz. Trauriger Fall.« Ich versuchte, Inna einen warnenden Blick zuzuwerfen, aber sie war wieder in der Küche verschwunden, und bald driftete der himmlische Duft von gerösteten Mandeln und Honig herein und vermischte sich mit Mrs Pennys blumigem Parfum.

»Hm. Dachte ich mir. Sie hatte so ein fanatisches Glitzern in den Augen. Und wie sie auf den Stadtrat eingeschlagen hat. Das hat niemand verdient, nicht mal ein Mann von so zweifelhafter Moral wie Desmond Dunster. Gemeingefährliche Psychopathin, würde ich sagen. Davon begegnen mir in meiner Branche viele.«

»Was für gefährliche Granaten?«, rief Inna aus der Küche.

»Und warum von zweifelhafter Moral?«, fragte ich.

Mrs Penny seufzte. »Sie wissen schon, Auslandsreisen mit ungedeckelten Spesen. Kumpelei mit Baufirmen. Aber sagen Sie niemandem, dass ich das gesagt habe. Und wir, die kleinen Beamten, müssen die Richtlinien durchsetzen.«

Sie kratzte sich an den Fesseln, und ich war kurz davor zu fragen, ob sie Haustiere mit Flöhen hatte, als sie seufzte: »Die Dinge, die ich in meinem Job tun muss. Menschen auf die Straße setzen oder ihnen das Wohngeld kürzen. Oder sie zwingen, ihre Haustiere einschläfern zu lassen. Es macht keinen Spaß.«

»Nein, bestimmt nicht.«

»Ich bin zum Wohnungsamt gegangen, weil ich den Menschen helfen wollte, doch alles, was ich tue, ist, sie ins Elend stürzen.«

Traurigkeit umwölkte ihre Odaliskenzüge, und ich fragte mich, ob ich ihre Motive völlig falsch eingeschätzt hatte. Sollte ich sie tröstend in den Arm nehmen?

Während ich zögerte, kam Inna mit einem Teller warmer Slatkis herein. »Ieß, ieß!«

»Bitte.« Ich reichte den Teller an Eustachia weiter. Sie sah robust genug aus, um eine kleine Dosis Gift wegzustecken, und auch ich gab der Versuchung nach, immerhin hatte ich bis jetzt überlebt.

»Ach, was soll's.« Mit unglücklichem Blick schlang sie zwei herunter, während Inna lächelnd zusah.

»Mmh. Die sind aber lecker. Machen Sie die selbst, Mrs Lukashenko?«

Inna nickte.

»O je, ich soll gar kein Gebäck essen. Ich versuche gerade abzunehmen. Aber manchmal brauche ich einfach etwas Süßes gegen die ganze Bitterkeit. Ich würde gern wissen, Mrs Lukashenko«, fragte sie dann, »was haben Sie zu den Rumänen gesagt, dass sie so reagierten?«

»Hab ich sie an Oktober 1941 in Odessa erinnert. Rumänische Soldaten bringen Juden weg. Rumänen sagen ihnen, nur andere Unterbringung, dabei nehmen sie alle auf Marktplatz und schießen. Dann verschütten sie Benzin und zünden an. Alle verbrannt.«

»Mein Gott!« Mrs Penny tupfte sich mit einem Taschentuch die Stirn ab. »Dagegen ist die Politik unserer Regierung geradezu human.«

BERTHOLD Smøk & Miras

Am nächsten Tag war mir ein bisschen blümerant, vielleicht wegen der Sletkis, und ich beschloss, mir Frühstück im Bett zu genehmigen, das Inna hoffentlich für mich machen würde. Doch trotz meiner wiederholten Andeutungen erklärte sie um elf Uhr plötzlich, sie müsse weg. Sie trug einen Hauch Lippenstift und Rouge auf, band sich ein Kopftuch um das geschwärzte Haar, stopfte sich einen dicken braunen A4-Umschlag in die Tasche und verschwand geheimnisvoll in den Vormittag.

»Wo gehst du hin, Inna?«

»Hempstett. Hab ich Geschäfte. Bald zurück, Mister Bertie.«

Vielleicht musste sie ihren Blausäurevorrat aufstocken, auch wenn die Slatkis bei Eustachia, wie mir auffiel, anscheinend keine schädliche Wirkung gehabt hatten, obwohl sie sechs davon gegessen hatte. Doch jetzt wurde ich neugierig auf den Inhalt des braunen Umschlags.

»Was für Geschäfte?«

»Kümmer dich eigene Geschäfte«, gab sie zurück.

Ich stand auf und machte mir das Frühstück selbst, alldieweil ich darüber nachgrübelte, was sie im Schilde führte. Geschäfte. Ich wünschte, ich hätte auch irgendwelche Geschäfte oder ein Textbuch, das ich durcharbeiten müsste. Es war mindestens vier Monate her, dass ich auf den Brettern gestanden hatte. Die Brent-Cross-Mickymaus-Leute hatten sich nicht auf meine Bewerbung gemeldet. Das Bedürfnis, sinnvolle Arbeit zu leisten, plagte meine Seele wie ein Juckreiz. Trotz seiner abscheulichen Art hatte Fascho-George einen Hunger nach bedeutungsvoller Aktivität in mir geweckt, nach einer Rolle im großen Drama unseres Lebens. Vielleicht sollte ich meine eigene Rolle in meinem eigenen Stück schreiben; doch worüber konnte ich schreiben? Ich starrte durchs Fenster auf den Kirschgarten mit seinem gewundenen Pfad und den Bäumen, die dicht belaubt und majestätisch leuchteten, strotzend vor Sommer, so zeitlos und doch so zerbrechlich. Der Held wäre ein Mann im mittleren Alter auf der Suche nach etwas von Bedeutung in seinem Leben, der sich an einen Baum kettet, um sich dem Kataklysmus der Postmoderne entgegenzustellen. Es war ein tolles Thema; aber gab es so was nicht schon? Während ich im Kopf die dramatische Struktur entwarf, klingelte es an der Tür: *Ding dong! Ding dong! Ding dong!*

Es war der beinlose Len im Rollstuhl, den Daumen aggressiv auf die Klingel gepresst.

»Hoppla, Len. Einmal klingeln reicht. Du weckst noch die Toten auf!«

Kein glücklicher Vergleich für jemanden, der kürzlich einen traurigen Verlust erlitten hatte, doch Len schien es nicht aufzufallen.

»Hör zu, Kumpel, ich hab ein bisschen Ärger. Kannst du mir einen Zehner leihen?« Bevor ich antworten konnte, packte er seine Räder und katapultierte sich in die Wohnung.

»Ich bin selbst ein bisschen blank, Len.« Das war peinlich. »Ich dachte, du arbeitest im Televerkauf.«

»Nee! Wurde gestrichen. Und die Stütze auch. Einfach so.«

»Was ist passiert?«

»Null-Stunden-Vertrag. Du musst rund um die Tür zur Verfügung stehen, sieben Tag die Woche. Hab gewartet, dass sie anrufen, haben sie aber nicht. Und dann gestern, als im Kirschgarten die Hölle los war, bin ich nur kurz raus, um nachzusehen, was da abging, und glaub's oder nicht, aber genau in dem Moment haben die Schweine vom Jobcenter angerufen. Um zu überprüfen, ob ich zur Verfügung stehe.« Er nahm die Arsenal-Kappe ab und kämmte sich mit den Fingern durchs Haar, das dünner und grauer wirkte als beim letzten Mal, als ich es gesehen hatte. »Meinst du, die Rumänen haben mich angeschwärzt?«

»Das halte ich für unwahrscheinlich, Len. Dafür müssten sie zumindest minimal Englisch sprechen.«

»Na ja, irgendwer muss es gewesen sein. Warum würden sie sonst genau in dem Moment anrufen?«

»Das ist echt ein Rätsel. Tut mir leid, dass ich dir nicht aushelfen kann, Kumpel. Ich hab selbst keine Arbeit.«

»Ich hab gehört, es sind die Einwanderer, die uns unterbieten.« Er flüsterte verschwörerisch, als hätte er vertrauliche Informationen für mich, dabei hatte ich das Gleiche neulich bei Luigi in der Zeitung gelesen. »Wer einem Ausländer keinen Job gibt, wird von der politisch korrekten Brigade sofort beim Europäischen Gerichtshof angezeigt.«

»Ja, Len. Das Land geht vor die Hunde. Und die Ausländer und die Wellensittiche sind schuld daran.«

Er rieb sich die Stirn. »Warum die Wellensittiche, Bert?«

»Warum die Ausländer, Len?« Ich grinste. »Sie können nicht gleichzeitig Sozialschmarotzer sein und uns bei den Löhnen unterbieten.«

Während ich diesen schlagfertigen Spruch abfeuerte, kam mir ein unangenehmer Gedanke. Bald musste auch ich wieder im Jobcenter vorsprechen. Konnten die mich am Ende dazu zwingen, das Wrest'n'Piece-Umschulungsprogramm wahrzunehmen? Ich fragte mich, wie es Phil Gatsnug seit unserer letzten Begegnung ergangen war.

»Kannst du nicht einfach zur Tafel gehen, wenn es knapp wird, Len? Anscheinend geben sie dort jede Menge Baked Beans aus. Ich hab noch eine Dose Thunfisch übrig, wenn dir das hilft.«

»Nett gemeint. Aber ich brauch kein Essen, Bert, ich brauch Strom. Ich konnte die Rechnung nicht bezahlen, und die haben mir den Saft abgestellt. Aber ich muss mein Insulin kühl halten. Gestern ging's mir ziemlich schlecht.«

»Ich frage Inna, wenn sie wiederkommt.«

»Danke. Ich weiß es zu schätzen.«

Len rumpelte wieder über die Schwelle und durch den Laubengang zum Fahrstuhl. Gott sei Dank hatte er die Dose Thunfisch nicht angenommen. Statt übrig zu sein, wie ich behauptet hatte, war sie das Einzige, was zwischen mir und dem Hungertod stand, jedenfalls bis Inna zurückkam.

Als ich die Tür hinter ihm schloss, entdeckte ich einen dünnen lila Umschlag auf der Fußmatte. Wie lange lag er schon da? Früher war der Postbote morgens gekommen, aber dank des Niedergangs der Zivilisation, wie wir sie kannten, konnte er sich heute den ganzen Tag Zeit lassen. Bald würde alles von Drohnen geliefert werden und selbst die Postboten der Vergangenheit angehören.

Ich bückte mich. Es war ein Brief von einer Werbeagentur namens Smøk & Miras, der mich informierte, dass alle offenen Stellen im Brent-Cross-Shopping-Centre besetzt seien, aber sie luden mich zu einem Vorstellungsgespräch heute um 12.30 Uhr ein, bei dem es um einen ähnlichen Job bei der Vorstellung einer neuen Kaffeesorte an einem der großen Bahnhöfe in der Innenstadt ging. Kaffee – das war ja genau mein Ding! Vielleicht war dies mein erster Schritt zum Clooneytum! Ich sah auf die Uhr. Es war 12.30 Uhr. Die Adresse war in der Nähe von King's Cross. Normalerweise wäre ich aufs Rad gestiegen, doch da mich das Schicksal so grausam entfahrradet hatte, griff ich nach meinem Jackett und spurtete die Treppe hinunter zur Bushaltestelle.

Es war 13.15 Uhr, als ich im Büro von Smøk & Miras Promotions ankam, im vierten Stock (ohne Fahrstuhl, ächz) eines schmalen Altbaus in einer gepflasterten Gasse hinter King's Cross. In einem schuhkartongroßen Raum mit nackten Wänden und Oberlicht saß ein schlanker junger Mann Mitte zwanzig mit kahl rasiertem Kopf und seltsam tätowiertem Skalp in einem Drehstuhl vor einem riesigen Bildschirm. Es roch nach einer nicht unangenehmen Mischung aus Kaffee und moschusartigem Aftershave.

»Hallo! Komm rein, Berthold! Cooler Name! Ich bin Darius. Setz dich doch.« Er schüttelte mir die Hand und zeigte auf einen schwarzen Regiestuhl, der so niedrig wie ein Liegestuhl war, so dass ich auf Augenhöhe mit seinen Knien saß.

»Tut mir leid, dass ich so spät bin. Ich hab euren Brief eben erst bekommen.«

»Kein Problem. Die anderen sind auch nicht gekommen. Also, worum es geht – wir haben ein tolles neues Konzept für Kaffee, nämlich, dass er aus Bohnen gemacht wird!« Er strahlte mich an.

»Cool!« Ich täuschte Enthusiasmus vor.

»Was du zu tun hast – also … du hängst auf dem Bahnhofsplatz rum, zur Hauptverkehrszeit zwischen sieben und zehn Uhr morgens und vier und sieben nachmittags, und verteilst in einem Bertie-Bean-Outfit Gratisproben. Die hier.« Er reichte mir eine kleine Baumwolltüte, die geschätzt sechs Kaffeebohnen enthielt.

»Cool!« Mir blieb fast das Herz stehen. Bertie Bean. O Grauen, Grauen, Grauen!

»Wir zahlen zwanzig Pfund pro Tag, cash auf die Kralle. Keine Abzüge.«

»Ist der Mindestlohn nicht …?«

»Das ist der Ausbildungslohn, Mann.« Seine Stimme war leicht schrill, als mache der Stress des Lügens seinen Stimmbändern zu schaffen.

»Aber ich bin …«

»Fang einfach am King's Cross an. Am Montag kommst du um kurz vor sieben her und holst dein Kostüm ab. Wie groß bist du?«

»Äh, eins dreiundachtzig.« (Drei Zentimeter größer als George Clooney, wohlgemerkt.)

»Cool.«

Er schrieb meine Größe auf einen Post-it-Zettel. »Gut, wir sehen uns am Montag. Um sieben.«

»Cool.«

Als ich nach dieser Ruck-Zuck-Unterredung die Treppe runterging, hörte ich, wie er hinter mir die Tür abschloss.

Sieben Uhr. Das hieß, um sechs aufstehen. Es war Jahre her, dass ich so früh aus dem Bett gekommen war. Eine echte Herausforderung.

VIOLET Entscheidungen

Es ist seltsam, manchmal triffst du die großen Entscheidungen in deinem Leben, und manchmal treffen sie dich. Um neun Uhr hatte sie das Vorstellungsgespräch bei der NGO, aber sie war schon um sieben wach und probierte verschiedene Outfits an. Irgendwie spürte sie, dass das zartlilane und das taubengraue, die zu GRM passten, bei der NGO fehl am Platz wären. Stattdessen wählte sie einen gerade geschnittenen Rock und schwarze Strumpfhosen aus. Im letzten Moment tauschte sie die Pumps gegen ein Paar Ballerinas.

Die drei Interviewerinnen in dem winzigen Konferenzraum der Action-for-Women-in-Africa-Zentrale in Bloomsbury brauchten nur einen Moment, um sich zu besprechen.

»Würden Sie die Stelle annehmen, wenn wir sie Ihnen anbieten?«, fragte Maria Allinda, die Jüngste der drei, dann.

»Auf jeden Fall«, sagte Violet. »Ich liebe Herausforderungen.«

Und so waren die Würfel gefallen.

Nach dem Vorstellungsgespräch lehnt sie am Geländer des alten Reihenhauses und hat das Gefühl, die Erde unter ihr dreht sich wie ein Rouletterad. Alles, was in London so vertraut ist, wird mit der Zeit wieder unvertraut werden, wenn sie in eine neue Richtung wächst wie eine Pflanze, die einer anderen Lichtquelle ausgesetzt wird.

Bevor sie die Stelle antritt, muss sie sich von ihren Freunden verabschieden, Jessie das Geschirr und die Bettdecke zurückbringen und eine Weile zu ihren Eltern nach Bakewell fahren.

Auf dem Balkon wartet Pidgie auf sie und gurrt sich das Herz aus dem Leib, obwohl er gar nicht weiß, dass sie ab morgen nicht mehr hier sein wird. Sie sieht zu, wie er auf den Nachbarbalkon hopst, auf der Suche nach herabgefallenen Körnern aus dem Papageienkäfig. »Leb wohl, Pidgie.« Er wird den Toast vermissen, aber nicht sie.

Sie nimmt die Bilder von der Wand und legt sie sorgfältig in ihren mannsgroßen Koffer, dann hängt sie den nachtblauen Sari ab und wickelt die gelben Becher darin ein. Natürlich ist sie aufgeregt, und im Kopf ist sie schon auf den staubigen Straßen Nairobis unterwegs; aber sie empfindet auch Wehmut. Diese merkwürdige Wohnung war ihr erstes eigenes Zuhause; hier hat sie einen Schritt ins Erwachsenwerden getan. Auch hier gibt es Menschen, denen sie Lebewohl sagen muss.

Ihre Nachbarn Berthold und Inna sind nicht da, als sie klingelt. Sie hofft, sie kann sich noch verabschieden, bevor sie geht. Mrs Cracey macht ihr einen starken Tee und verscheucht einen räudigen weißen Kater vom Sofa, damit sie sich setzen kann. Auf schwarz bestrumpften Pfoten stolziert er davon und wirft ihr über die Schulter einen grollenden Blick zu.

»Afrika sagen Sie, Schätzchen? Macht ja nichts. Der

selige Pfarrer Cracey hat die kleinen schwarzen Babys immer in seine Gebete eingeschlossen, wissen Sie.«

Lächelnd denkt Violet daran, dass ihre Großmutter Njoki immer alle Weißen, die vom rechten Weg abgekommen waren, in ihr Gebet eingeschlossen hat.

»Haben Sie das vom armen Len gehört? Er ist gestern zusammengebrochen. Ich musste den Krankenwagen rufen.«

»O nein!« Violet hat ein schlechtes Gewissen. Hätte sie es nicht so eilig gehabt, zu ihrem Termin mit Gillian Chalmers zu kommen, hätte sie ihn zu einem Arzt bringen können. Sie fragt sich, wie Mary Atiemo mit Arthur und Greg zurechtkommt.

Als sie eine halbe Stunde später bei ihnen klingelt, macht Mary die Tür auf, mit einer Schürze über einem weiten T-Shirt und Leggings, in denen ihre Beine noch dünner aussehen. »Kommen Sie herein, Ma'am!« Sie lächelt breit, aber da ist auch etwas Selbstgefälliges, Besitzergreifendes, das Violet an den Kater auf Mrs Craceys Sofa erinnert. »Arthur ist gerade von der Schule gekommen. Ich mache ihm Toast. Möchten Sie auch welchen?«

»Nein, danke. Ich kann nicht bleiben. Ich wollte mich nur verabschieden. Ich gehe weg.«

In der Wohnung sieht es schon sauberer und ordentlicher aus als vorher, und etwas auf dem Herd riecht köstlich würzig. Arthur sitzt an einem der Schreibtische, den Kopf über ein Blatt gebeugt, auf dem steht: *Sie wohnte, wo wegloser Grund.* Wahrscheinlich Hausaufgaben.

Er sieht auf. »Hey, Violet, Kriegerkönigin. Alles in Ordnung?«

»Alles gut. Aber ich habe eine Stelle in Nairobi angenommen. Ich wollte Lebewohl sagen.«

»Oh. Dann tschüs.« Er sieht geknickt aus. »Dad ist noch nicht zurück, aber ich sage ihm, dass du da warst. Hey, hast du das von Len gehört?«

»Mrs Cracey hat was gesagt. Was ist passiert?«

»Ich glaube, es ist der Fluch des Ramses?« Das Kind blickt sie todernst an. »Len hat mir davon erzählt. Das ist so eine antike Mumie, die immer aus dem Grab steigt, wenn Arsenal ein Tor schießt?«

»Wirklich?« Es klingt nicht ganz plausibel. »Also, wenn du ihn siehst, grüß ihn von mir, ja?«

»Ja, klar. Aber wir ziehen auch aus, in ein paar Tagen? Das Haus ist fertig, aber sie haben den Swimmingpool zugeschüttet? Der Inspektor vom Bauamt hat gesagt, er würde das Fundament des Nachbarhauses schädigen? Dad sagt, das ist Blödsinn, und dass er sie verklagt.«

»Hm.« Sie denkt an Mr Rowland und seine flexible Einstellung gegenüber Investoren. »Bist du nicht traurig, hier auszuziehen?«

»Nein, das hier ist ein Loch. Eigentlich vermietet mein Dad die Wohnung? Gehört zu seinem Portfolio? Deine Wohnung gehört ihm auch? Danke, Mary.« Mary stellt ihm den Teller mit dem Toast hin und eine Tasse Tee. »Mary kommt mit uns, wenn wir umziehen, stimmt's?«

Mary zuckt die Achseln und sieht sich über die knochige Schulter um, als hätte sie Angst, das Glück könnte wieder verschwinden. »Wenn Gott will.« Dann sieht sie auf und begegnet Violets Blick. Ihre Augen sind braun und glänzend wie Kaffeebohnen. Ein freches Grinsen stiehlt sich in ihre Mundwinkel. »Sehen Sie, Ma'am, ich stehe schon auf meinen eigenen Füßen.«

»Seien Sie vorsichtig. Vielleicht brauchen Sie sie eines Tages, um wegzulaufen.«

BERTHOLD Bertie Bean

Als ich um sieben Uhr kam, schloss Darius gerade das Büro auf. Er drückte mir das Bertie-Bean-Kostüm in die Hand.

»Tut mir leid, wenn die Beine ein bisschen zu kurz sind. Es ist das Letzte, das wir haben.«

Das Beste, was man über das Kostüm sagen konnte, war, dass es völlige Anonymität garantierte. Es war eine Art spitz zulaufende Burka, die an den Knöcheln gerafft war und mich von Kopf bis Fuß verhüllte, mit runden Augenlöchern, einem Luftloch irgendwo zwischen Nase und Mund und zwei Löchern für die Hände. Das heißt, nicht ganz von Kopf bis Fuß. Das Ding war etwa zwanzig Zentimeter zu kurz, so dass meine zwei verschiedenen Socken und die weißen Turnschuhe zu sehen waren.

Darius musterte mich kritisch. »Du hast zwei verschiedene Socken an.«

»Wirklich? Da ist wohl einer in der Waschmaschine verschollen.« Ich lächelte entwaffnend. »Der Himmel muss voller Engel mit unterschiedlichen Strümpfen sein.«

Doch er ließ sich nicht entwaffnen. »Heute Nachmittag ziehst du dir schwarze Socken an. Und schwarze Schuhe, okay?«

»Klar.« Eine Kindheitserinnerung tauchte auf. Ich begann zu singen. *»Schwarze Strümpfe werden nie schmutzig – je länger du sie trägst …«*

»Cool«, sagte Darius kühl. »Aber jetzt musst du die Bertie-Bean-Rolle lernen.«

»… desto schwärzer werden sie. Manchmal …«

»Es ist ganz einfach. Du gehst lächelnd auf die Kunden zu.«

»… wenn ich sie wechseln will …«

»Na ja, eigentlich musst du nicht lächeln, weil das Lächeln auf das Kostüm gemalt ist. Aber du wirst merken, wenn du …«

»… sagt eine Stimme …«

»… lächelst, klingt deine Stimme freundlicher. Und dann sagst du …«

»… wasch sie noch nicht.«

Das Lied hatte Mum mir beigebracht, als ich noch stotterte. Wir hatten es zusammen im Kanon gesungen.

»… Hallo! Ich bin Bertie Bean, und ich will Ihnen eine ganz neue Kaffeeerfahrung vorstellen …«

»Hallo! Ich bin B-B-Bertie B-B-Bean.« Es nutzte nichts – meine Cortisolwerte waren oben. Also fing ich zu singen an. Der Text passte zwar nicht zur Melodie, aber irgendwie brachte ich ihn trotzdem raus. Darius war beeindruckt.

»Cool! Geil! Sing ihn einfach!« Er drückte mir einen Korb mit Mustern in die Hand und schob mich zur Treppe. »Viel Erfolg.«

Weil der untere Saum des Kostüms so eng war, war die Treppe schwer zu meistern, und auch auf der Straße konnte ich nur winzige Trippelschritte machen. Frauen gewöhnen sich vermutlich an so was, aber für einen Kerl war es demütigend. Im Büro hatte es keinen Spiegel gegeben, also wurde mir erst klar, wie absurd ich aussah, als ich mein Spiegelbild in einem Schaufenster sah. Ich versuchte mich – ich war schließlich Berthold Sidebottom, der ausgezeichnete Shakespeare-Schauspieler – von der merkwürdigen Gestalt zu distanzieren, die einer aufrecht gehenden Kakerlake gleich zwischen den eiligen Pendlern umhertrippelte. Es war der Toleranz der Londoner zuzuschreiben, dass mich keiner eines zweiten Blickes würdigte.

Es war ein sonniger Morgen mit einem Ansatz von Wärme, als ich mich auf den großen, frisch renovierten Bahnhofsvorplatz stellte, wo die Menschen aus allen Richtungen zusammenströmten, und mich so positionierte, dass ich meine Beute aus ein paar Metern Entfernung anpeilen, ihren Kurs abschätzen und mich ihnen in den Weg stellen konnte.

»Hi! Ich bin Bertie Bean …«

Als Kind hatte mich meine Mutter immer zum Flugblätterverteilen mitgenommen, also war ich von den Reaktionen nicht überrascht. Was mich dagegen überraschte, war, wie lange es dauerte, bis mein Korb mit den Kaffeebohnen leer war. Man hätte meinen können, ich würde Rauschgift austeilen. Die meisten Passanten hatten es eilig und wichen vor mir zurück; die, die nicht ausweichen konnten, nahmen ein paar Gratisproben und warfen sie in den nächsten Mülleimer oder auf den Boden; ein paar hörten sich mein Liedchen an und sagten dann höflich: »Nein, danke.« Das waren die Netten, aber von ihnen gab es wenige. Nach einer Stunde war ich voller Hass auf meine Mitmenschen. Nach zwei Stunden war ich voller Selbsthass, ein Aussätziger der Menschheit, der sich in eine verhasste Unterart verwandelt hatte, ein Insekt auf

Beinen – ein bloßes, zweizinkiges Tier. Nach drei Stunden dachte ich gar nichts mehr, sondert schwitzte in meinem Kostüm vor mich hin und sehnte mich nach einem Drink.

Am anderen Ende meines Reviers versuchten vier junge Leute in roten T-Shirts mit dem Logo einer Tierschutzorganisation, Passanten zu einer Überweisung zu überreden. Im Laufe des Morgens konnte ich zusehen, wie ihre Gesichter und Gesten immer marionettenhafter wurden. Um zehn, der Stunde meiner Befreiung, ging ich zu ihnen rüber und überredete sie, sich die übrigen acht Kaffeebohnentüten aus meinem Korb zu nehmen.

»Klar, Kumpel. Möchtest du vielleicht eine Spende zur Rettung der Nashörner machen?«

»Ich hab kein Geld«, sagte ich. »Sonst wäre ich wohl nicht hier, oder?«

Darius telefonierte, als ich zum Büro von Smøk & Miras zurückkam. Ohne das Gespräch zu unterbrechen, sah er zu, wie ich das Kostüm auszog und mein Jackett anzog, das ich an die Rückseite der Tür gehängt hatte.

Als ich gehen wollte, ließ er den Hörer sinken. »Warum hast du so lange gebraucht?«

»Ich dachte, ich sollte um zehn wiederkommen.«

»Ja, aber du hättest mindestens einmal Nachschub holen müssen. Wie lang kann es dauern, Qualitätsware wie unsere zu verschenken?«

»Länger, als man meint.«

»Dann hast du wohl die falsche Technik.« Er kratzte den Hintern des grinsenden Teufels, der auf seine Kopfhaut tätowiert war. »Mal sehen, wie es heute Nachmittag läuft, wenn die Leute auf dem Heimweg sind. Komm um kurz vor vier wieder her.«

Die sechs Stunden, die ich mitten am Tag totzuschlagen hatte, verpufften wie nichts. Allein die Fahrt nach Hause dauerte fast eine Stunde.

Inna war nicht da, als ich nach Hause kam. Ich steckte den Kopf in ihr Zimmer, aber sie war ausgeflogen. Ein Hauch von L'Heure Bleue kitzelte meine Nase, und wieder sah ich den dicken braunen Umschlag, inzwischen leicht schmuddelig, der am Spiegel der Frisierkommode lehnte. Die Versuchung hineinzusehen war gewaltig, doch ich hielt mich standhaft zurück.

Stattdessen unterhielt ich mich mit Flossie, schlang die Kobsabki hinunter, die Inna mir hingestellt hatte, las meine E-Mails, duschte und wechselte das Hemd, das schweißfeucht war.

Und schon war es wieder Zeit, zum Bus zu rennen.

Als ich um kurz vor vier bei Smøk & Miras eintraf, hing Darius wieder am Telefon.

»… Cool. Cool. Keine Sorge. Ich mach das schon.« Er legte auf, während ich in mein Kostüm stieg.

»Du hast vergessen, die Socken zu wechseln.«

Ich warf einen Blick auf meine Füße und täuschte Überraschung vor. »Oh, stimmt.«

»Hast du eine Ahnung, wie lächerlich das aussieht?« Seine Stimme hatte einen fiesen Unterton.

»Offen gestanden, ja.«

Die Sonne hatte sich hinter den Wolken versteckt, und ein kühler Wind wirbelte leere Chipstüten und alte *Metro*-Ausgaben über die trostlose Granitfläche meines Reviers. Statt der Nashornretter standen jetzt vier Krebsspendensammler da; trotz der Schwere ihres Anliegens waren ihre

Gesichter noch frisch und hoffnungsvoll. Jeder von ihnen nahm begeistert ein Tütchen Kaffeebohnen entgegen und informierte mich darüber, wie hoch meine Chancen waren, Krebs zu bekommen.

»Ja, ja«, sagte ich. »Das ist die geringste meiner Sorgen.«

Die Zahl der Reisenden, die den Bahnhofsvorplatz überquerten, war jetzt kleiner, und die Leute waren weniger gestresst als während der morgendlichen Rushhour. Ich nahm meinen alten Posten vor der Granitbank ein und begann, mein Liedchen zu singen, weniger wegen des Stotterns, als um mich, den Menschen in der Bohne, von dem lächerlichen Bertie Bean zu distanzieren. Wenn ich Berties Worte sang, war er nicht mehr ich, sondern die Figur einer Farce. Das ätzende Gefühl der Demütigung von heute Morgen wich dem dumpfen Schmerz der Akzeptanz; dies waren keine Menschen, die sich über den Bahnhofsvorplatz schoben, sondern Kunden, eine andere Spezies von Insekt. Insgesamt waren die Frauen netter als die Männer, aber das brachte mich auch nicht weiter.

Die junge Frau, die einen gigantischen Koffer in Richtung St. Pancras zog, sah auf den ersten Blick nicht anders aus als die Hunderte von Passanten, die mir an diesem Tag über den Weg gelaufen waren. Es war die Art, wie sie ging, die mich stutzig machte, diese besondere, federnde Leichtigkeit in ihrem Schritt, trotz des schweren Gepäcks, als würde sie von einer Wolke zur nächsten hüpfen, wie ein Engel. Und es war nicht der übliche Rollkoffer, den man fürs Wochenende mitnimmt; es war die Art von riesigem Überseekoffer, in den man sein ganzes Leben packt, wenn eine große Veränderung bevorsteht.

»Violet!« Ich stellte mich ihr in den Weg. »Wo willst du denn mit dem riesigen Koffer hin?«

»Entschuldigen Sie?« Sie musterte mich nervös, ohne mich zu erkennen. Anscheinend hatte sie nicht gehört, dass ich ihren Namen kannte. Sie warf einen Blick auf die Muster in meinem Korb und lächelte kurz. »Es tut mir wirklich leid, aber ich habe es eilig!« Dann wich sie mir aus und hastete weiter.

Ich hätte mich zu erkennen geben können, ich hätte ihr mit dem Koffer helfen können, ich hätte sie zu einem Kaffee überreden können; aber ich tat nichts dergleichen. Ich trat zur Seite, entließ sie auf ihren engelhaften Weg und sah ihr nach, als sie die Straße überquerte und auf St Pancras zuging, ohne an der Ampel stehen zu bleiben, ohne nach rechts und links zu blicken. Es war das Federn ihres Schritts, das mich verzauberte und eine Erinnerung heraufbeschwor, die ohne Vorwarnung über mich hereinstürzte; der gleiche sorglose Schritt, mit dem Meredith damals auf die Straße gelaufen war, ohne auf das grüne Männchen zu warten, ohne den weißen Transporter zu sehen, der aus dem Nichts herangerast kam.

Nachdem sie im Untergrund verschwunden war, stand ich noch lange da, starrte durch die Löcher meiner Verkleidung und ließ mir den Müll um die Füße blasen, als wäre ich mit dem grauen Granitplatz verschmolzen, als wäre meine Seele zu Granit geworden.

Am Ende kam einer der Krebs-Leute zu mir herüber. »Hey, alles in Ordnung, Kumpel?«

»Ja, ja«, sagte ich. »Danke. Ich muss nur nach Hause. Hier, nimm die.« Ich gab ihm den Rest meiner Bohnen. Meine Hände waren vor Kälte taub.

Ich sah auf die Uhr. Es war Viertel vor sieben. Ich sollte erst um sieben zurückkommen, und als ich bei Smøk & Miras ankam, war abgeschlossen. Kein Lebenszeichen. Ich zog das Bertie-Bean-Kostüm aus, legte es zusammengefaltet neben den leeren Korb vor die Tür und ging zurück auf die Straße, um mir für zehn Minuten die Schaufenster anzusehen.

Doch es war kalt ohne Jacke, und ich bekam ein paar Regentropfen ab, also ging ich wieder zurück, setzte mich oben auf die Treppe und wartete. Um Viertel nach sieben war immer noch keiner da. Um halb acht wurde mir klar, dass auch keiner kommen würde. Hinter der Tür waren mein Jackett und meine zwanzig Pfund Tageslohn. Ich konnte die Umrisse der Jacke durch die Milchglasscheibe sehen. Als ich zusah, wie auf meiner Uhr der Sekundenzeiger um das Zifferblatt tickte, fingen die Demütigung und die Wut in mir zu brodeln an. Ich sprang auf die Füße, hämmerte gegen die Tür und trat immer wieder dagegen.

»Darius, du hinterhältiger kleiner Teufelskopf, gib mir mein Geld und meine Jacke und lass mich gehen!«

Beim vierten Mal rief ich: »Darius, du mieser dreckiger Dieb, gib mir meine verdammte Jacke und lass mich gehen!« Ich wusste, es war sinnlos, aber irgendwie tat es gut.

Als ich heiser war und mir die Faust vom Hämmern wehtat, stülpte ich mir den leeren Kaffeebohnenkorb über die Hand und schlug die Scheibe ein. Da erst sah ich, dass das Büro vollkommen leer war. Der Computer und der Schreibtisch waren weg. Darius' Drehstuhl und der niedrige Regiestuhl, auf dem ich gesessen hatte, waren weg. Am Boden lagen nur noch ein paar vereinzelte Bohnensäckchen und ein paar ungeöffnete Briefe. Ein schwacher Duft von Kaffee und Aftershave hing in der Luft.

Ich nahm das Jackett vom Haken und schnitt mich dabei an einer Scherbe, die im Türrahmen steckte, so dass Blut auf das hellgraue Revers tropfte. Okay, es war nicht das teuerste Jackett der Welt, aber es war das beste, das ich besaß, mit aufgesetzten Taschen und zwei Knöpfen, ein bisschen wie das, das Clooney auf dem Pressefoto von *Burn After Reading* trug. Wahrscheinlich musste ich es jetzt reinigen lassen. Als ich die Jacke anzog, landete auch Blut am Ärmel.

Es war fast acht, und draußen kündigten schwere Regentropfen ein Gewitter an. Ich wickelte mir Bernie Bean wie eine Kapuze um den Kopf und machte mich auf die Suche nach einem anständigen Kaffee und dem Bus nach Hause. Um den Bahnhof, die Stätte meiner Demütigung, zu umgehen, wandte ich mich in die andere Richtung und landete in einem Gewirr anonymer Straßen, wo es weder Cafés noch sonstige Spuren von Zivilisation gab, nur ein Labyrinth von städtischen Wohnblocks. Inzwischen regnete es beständig, der Himmel war hinter einem grauen Vorhang verschwunden und im Hintergrund, irgendwo im Süden, donnerte es. Ich zog mir Bertie Bean tiefer ins Gesicht und trottete weiter.

An einer großen Kreuzung blieb ich stehen und sah mich um. Hinter mir rauschte der Verkehr, der sich die Pentonville Road nach Islington hinaufschob. Vor mir war … Ich blinzelte. Es sah aus wie zu Hause; in manchen Fenstern brannte bereits Licht. Ein Blitz ließ die wohlgestaltete, sauber aufgeteilte Backstein- und Beton-Fassade aufleuchten, das angenehme Schachbrettmuster der Fenster und versenkten Balkons hinter der Grünanlage mit Bäumen, Sträuchern und einem Erholungsbereich, elegant und verspielt zugleich. Lubetkin? Nichts ist zu gut für die einfachen Leute?

Der unbehauste Mensch – das bloße, zweizinkige Tier, das ich war – überquerte die Straße und drückte das nasse

Gesicht ans Geländer. Eine junge Mutter öffnete gerade das Törchen, ein kleiner Junge zerrte an ihrer Hand.

»K-k-können wir schaukeln, Mummy?«, schrillte seine Stimme.

»Komm, es regnet, mein Liebling. Wir gehen heim und machen Essen. Morgen gehen wir wieder schaukeln.«

Dann fiel das Tor hinter ihnen ins Schloss. Meine Augen füllten sich mit Tränen. Ich klammerte mich ans Geländer und ließ mich vom Ansturm der Schluchzer beuteln.

VIOLET East Croydon

Um 17.50 Uhr geht ein Zug von St. Pancras nach East Croydon, und sie ist spät dran. Sie zerrt den schweren Koffer mit Jessies geborgter Bettdecke und dem Geschirr über den vollen Bahnhofsvorplatz, wo sie ein paar jungen Leuten ausweicht, die für irgendeine gute Sache sammeln, und einem Blödmann, der als Kaffeebohne verkleidet ist und versucht, ihr den Weg zu versperren. Den Zug erwischt sie in letzter Sekunde. Ein Typ beugt sich heraus und hilft ihr, den schweren Koffer hineinzuhieven, und dann schließen sich die Türen.

»Danke. Das war knapp.« Sie lacht erleichtert.

»Wo geht es hin mit dem Riesenkoffer?«

Er ist jung und sieht nett aus, mit einer Hornbrille, die ihn cool und intelligent zugleich aussehen lässt, und einer Jeansjacke über dem Arm.

»Nairobi.«

»Nicht schlecht. Fliegst du von Gatwick?«

»Nein, von Manchester. Aber vorher besuche ich eine Freundin in Croydon.«

Jessie wartet am Bahnhof auf sie.

»Hey, du Abenteurerin!«

Sie lachen und umarmen einander. Violet atmet Jessies vertrauten Duft ein.

»Ich werd dich vermissen, Jess. Du kommst mich mal besuchen, oder?«

»Darauf kannst du wetten. Komm, gib mir den Koffer. Ich hab gleich um die Ecke geparkt.«

Aus irgendeinem Grund steigen ihr die Tränen in die Augen.

BERTHOLD Wisch wisch

»Berthold? Berthold, alles in Ordnung?« Es war Mrs Penny, und sie legte den Arm um mich. Trotz der Tränen roch ich ihr Parfum, als sie mir ins Ohr flüsterte: »Soll ich Sie heimfahren, mein Lieber?«

»Es geht schon. Ich bin nur …« Die Worte erstickten.

»Schon gut. Ich parke gleich um die Ecke. Ich muss sowieso in Ihre Richtung.«

Halb auf sie gestützt stolperte ich über den Bürgersteig, bis wir ihr kleines rotes Auto erreichten. Im Seitenspiegel erhaschte ich einen Blick auf mein tropfnasses Haar, die verheulten Augen, die blutbefleckte Jacke und die Bertie-Bean-Kapuze. So hätte ich mich nicht im Auto mitgenommen.

Sie drückte auf den Schlüssel, und die Scheinwerfer zuckten auf.

»Steigen Sie ein.« Sie ließ den Motor an. »Was machen Sie überhaupt in Priory Green?«

»Ach, ich hatte nur einen Job am K-king's Cross. Leider für die Katz.« Ich versuchte, lässig zu klingen, aber meine raue Stimme verriet mich. »Und Sie? Sie haben doch längst Feierabend, oder?«

»Ich muss noch ein paar Fälle abschließen. Ich möchte

demnächst ein paar Wochen freinehmen.« Sie klang verlegen.

»Verreisen Sie?«

»Nein.« Eine Pause entstand. »Nur eine kleine Auszeit.«

Wie wir da nebeneinandersaßen, beide den Blick nach vorne gerichtet, war merkwürdig anonym, fast wie in einem Beichtstuhl, mit einem Gitter der Höflichkeit zwischen uns: Wir sahen nicht einander an, sondern den Scheibenwischern zu, die ihren Rhythmus wischten, verschwommen-klar, verschwommen-klar, während wir uns im Schneckentempo die Pentonville Road hinaufschoben.

»Ach ja? Ich hoffe, es ist nichts Schlimmes?«

»Nein. Nicht wirklich.«

Ich hatte das Gefühl, ich hätte ein Zittern in ihrer Stimme gehört, aber ihr Profil blieb reglos. Unwillkürlich fielen mir die Fältchen in den Augenwinkeln auf, und die nach unten gezogenen Mundwinkel.

»Ehrlich gesagt will ich eine Art Kur machen, wenn Sie es unbedingt wissen wollen. Ich will meine innere Göttin wiederentdecken.« Wieder Schweigen, und dann ein Ausbruch der Gefühle. »Sie können sich nicht vorstellen, unter welchen Druck mich die Arbeit setzt. Ich halte es nicht aus, jeden Tag da rauszugehen und herzlose Richtlinien durchzusetzen, die nicht zu dem Beruf gehören, von dem ich geträumt habe. Ich wette, auch Sie halten mich für ein eiskaltes Monster, oder?« Sie wartete meine Antwort nicht ab. »Ich versuche, professionell zu sein, aber innerlich weine ich den ganzen Tag.« Sie packte mit beiden Händen das Lenkrad und beugte sich zur beschlagenen Windschutzscheibe vor.

Wisch, wisch, säuselten die Scheibenwischer.

Am liebsten hätte ich sie in den Arm genommen. »Hm.

Das Gefühl kenne ich.« Ich zog mir Bertie Bean vom Kopf. »Ich habe heute auch den ganzen Tag innerlich geweint.«

»Früher war ich ein großherziger Mensch …« Ihre Stimme bebte vor Mut und Verlegenheit.

Wisch, wisch. Die Tropfen auf der Scheibe verschmierten. Ich bildete mir ein, in ihrem Auge blitzte eine Träne auf, aber vielleicht spielte mir nur das Licht einen Streich.

»Sie sind immer noch … ich meine, Sie sind wunderbar, so wie Sie sind, Eustachia. Sie sind schon eine Göttin!«

»Meinen Sie das ehrlich?«

»Natürlich. Eine Göttin der Gnade.« Meine Stimme klang blecherner und unehrlicher, als es gemeint war.

Sie sah mich von der Seite an. Ihre Wimperntusche war in die Fältchen gesickert und schwarz verschmiert. »Meine Ärztin hatte mir Tranquilizer verschrieben, wissen Sie.«

»Ich habe lange Prozac genommen.«

Das P-Wort auszusprechen brachte unangenehme Erinnerungen zurück. *Du denkst, du bist darüber weg, aber das bist du nicht. Sieh dich an. Du bist ein verdammtes Wrack. Wisch, wisch.*

Vor uns verschwammen rote Rücklichter. Sie fuhr nervös, den Fuß über dem Bremspedal.

»Ich habe zugenommen. Ich wurde vergesslich. Meine Ärztin wollte, dass ich sie absetze. Sie sagte, sie machten mich abhängig. Sie sagte, ich müsse lernen, meine Impulse zu kontrollieren. Aber das kann ich nicht, wissen Sie? Ich bin ein emotionaler Mensch. Diese Gebäckstücke zum Beispiel, die Ihre Mutter macht …«

»Hm. Slotki. Übrigens, wie ging es Ihnen, nachdem Sie sie gegessen hatten?«

»Jetzt, wo Sie fragen, es war schrecklich!«

O Gott! Ich erinnerte mich an meine Übelkeit und den

Würgereiz, nachdem ich sie zum ersten Mal gegessen hatte. Vielleicht war ich doch nicht paranoid. Vielleicht gehörte es zu Innas Plan, an die Wohnung zu kommen.

»Der reine Selbstmord!«, stöhnte sie. »Meine ganze Selbstkontrolle – mit einem Bissen dahin.«

»Mir war danach auch komisch, aber eher körperlich. Ich glaube, sie bekommen mir nicht.«

»Lustig, dass Sie das sagen – meine Sprachtherapeutin hatte eine Allergie gegen alles, was Nüsse enthielt.«

»Hm. Ihre Sprachtherapeutin?« Ich überlegte. Waren Allergien erblich?

Als wir Islington passiert hatten, wurde der Verkehr flüssiger und der Regen ließ nach. Wir kamen jetzt schneller voran, und Mrs Penny kaute konzentriert auf ihrer Unterlippe, während sie sich durch die Gänge arbeitete, der linke Fuß schwer auf der Kupplung. In wenigen Minuten würden wir zu Hause sein.

Ich nahm die Gelegenheit wahr und stellte die Frage, die sich aus meinem Hinterkopf nach vorn gearbeitet hatte. »Was ist eigentlich mit Mr Penny, Eustachia?«

Sie seufzte auf, und der Wagen machte einen Satz. Ich griff ins Steuer, damit wir nicht den Radfahrer auf meiner Straßenseite mitnahmen.

»Dieser verlogene, treulose, herzlose Mistkerl! Er hat zu mir gesagt, ich würde mich gehen lassen und wäre nicht mehr die Frau, die er geheiratet hatte. Dann fand ich heraus, dass er die ganze Zeit eine Affäre mit einer Jüngeren hatte. Er wollte nicht, dass ich mich in Form brachte; er wollte mich loswerden.«

Auf ihrer Wange glänzte eine Träne. Sie zitterte, als wir den nächsten Radfahrer überholten und ich meine Hand am Steuer auf ihre legte, während ich meinen Schatz an Shakespeare-Weisheiten durchging.

»Klag, Mädchen, klag nicht Ach und Weh, kein Mann bewahrt die Treue; am Ufer halb, halb schon zur See, reizt, lockt sie nur das Neue.«

»Wie wahr.« Ein kleines Lächeln erleuchtete ihr Profil. Sie sah mich von der Seite an. »Ist das ein Gedicht?«

»Shakespeare. Der Beste.«

»Ich wette, Sie sind nicht so, Berthold, oder? Nicht ständig auf der Jagd nach etwas, das Sie nicht kriegen können?«

»Ich? Niemals.«

Schließlich war ich Violet nicht nachgejagt. Auf dem Bahnhofsvorplatz hatte ich sie mit ihrem Koffer davonspringen lassen. Bei der Erinnerung empfand ich Schmerz, aber auch Erleichterung. Was hatte ich mir bloß gedacht, mir einzubilden, zwischen Violet und mir könnte so etwas wie Liebe sprießen? Sie könnte meine Tochter sein. Doch Bertie Bean hatte mich davor bewahrt, mich vollkommen zum Narren zu machen. Ich zog ihn enger um mich.

»Was haben Sie dann gemacht, Eustachia?«

»Was konnte ich schon machen? Ich ging zu meiner Sprachtherapeutin. Sie war inzwischen in Rente, aber sie war wie meine gute Fee, und ich ging zu ihr, um sie um Rat zu fragen. Ihr Rat war, ihn sitzen zu lassen. Und das war das Beste, was ich je getan habe – ihn sitzen lassen.«

»Und jetzt leben Sie allein?«

»Nur ich und Monty.«

»Monty?«

»Monty der Mischling. Er hat einer Kundin gehört, einer alten Dame, die ich in eine andere Wohnung umsetzen musste. Ihr Mann hatte unter Montgomery in El Alamein gekämpft. Ist das nicht unglaublich? Er war ein

Kriegsheld, und sie durfte ihren Hund nicht mit in die neue Wohnung nehmen. Sie sagten ihr, sie müsse ihn einschläfern lassen. So was von herzlos, die Regeln, die wir durchsetzen müssen. Die Dame sagte zu mir, sie würde lieber den Hund behalten und auf der Straße leben. Also habe ich ihn zu mir genommen.«

»Das war lieb.« Die Worte klangen banal, aber sie kamen von Herzen, und plötzlich hatte ich eine Art Offenbarung. Ich saß im Wagen eines durch und durch guten Menschen, eines Menschen, der herumlief und heimatlose Hunde und Menschen rettete.

»Das Beste, was ich getan habe, seit ich meinen Ex rausgeschmissen habe. Das einzige Problem sind die Flöhe. Ach, da sind wir ja!«

Sie hielt und zog die Handbremse an. Wir standen vor Madeley Court. Durch das Laub der Kirschbäume sah ich, dass in meiner Wohnung Licht brannte, hell wie ein Leuchtturm. Wenn ich Glück hatte, schmorten Glabolki im Ofen.

»Vielen, vielen Dank, Eustachia. Sie haben mich gerettet. Wirklich. Ich war ganz unten, und Sie haben mich aufgesammelt. Wie einen herrenlosen Mischling.« Ich öffnete die Wagentür und hielt inne, den Blick auf ihre zerkratzten Fesseln gerichtet. Die Flohbisse hatten nun eine ganz neue Bedeutung; sie waren Stigmata menschlicher Güte. »Wollen Sie nicht mit reinkommen? Meine Mutter würde sich sicher freuen.«

Sie schloss den Wagen ab, und Seite an Seite durchquerten wir den Kirschgarten. In den rumänischen Zelten brannte Licht – Taschenlampen, oder vielleicht Kerzen. Stimmen redeten leise. Ein Baby murmelte im Schlaf. Ich griff nach ihrer Hand und drückte sie.

Im Fahrstuhl standen wir dicht beieinander, und unsere Hände berührten sich freundschaftlich. Ihr blumiges Parfum erfüllte den Raum und überdeckte den Uringeruch. Als wir durch den Laubengang gingen, warf ich einen Blick auf die Fenster der Wohnung nebenan. Sie lag im Dunkeln. Ein Schauer lief mir über den Rücken, aber Eustachia war so nah hinter mir, dass ich das Strahlen ihrer Körperwärme bis durch die Jacke spürte.

Sie murmelte: »Klingt, als hätte Ihre Mutter Besuch.«

Ich spitzte die Ohren. Was war das für ein Gekreisch und Gebrüll? Erst dachte ich, Flossie wäre aus dem Käfig entwischt und krakeelte herum, aber als ich den Schlüssel ins Schloss steckte, machte ich zwei Stimmen aus, ein schrilles Soprangekreisch und ein tieferes Baritongepolter. Was geschrien wurde, verstand ich nicht, denn sie schrien, wie mir schnell klar wurde, nicht auf Englisch, sondern auf Rumänisch. Oder auf Ukrainisch. Oder so etwas. Böse Vorahnungen stiegen in mir auf, doch Eustachia loderte vor professionellem Kampfgeist. »Alte Leute sind so verletzlich heutzutage, auch in ihrem eigenen Zuhause.«

Ich öffnete die Tür. Inna stand im Wohnzimmer, mit weit aufgerissenen Augen und einem Küchenmesser in der Hand. Ihr gegenüber stand ein Mann, der uns den Rücken zugewandt hatte – ein untersetzter Kerl mit kurzem Haar und breiten Händen und Schultern. Er sah aus wie ein kleiner Schrank. Er steckte in viel zu engen silbergrauen Hosen; über dem Gürtel wölbte sich ein Rettungsring, und das dunkelgraue Hemd hatte noch dunklere Schweißflecken unter den Achseln. Ein silbernes, zur Hose passendes Jackett hing über der Stuhllehne.

»Hallo!«, sagte ich. »Hallo, Mutter!« Diskret rollte ich die Augen und wedelte mit den Händen, das Zeichen, dass sie vor Eustachia, die hinter mir stand, in Muttermodus gehen sollte. »Was ist denn hier los?«

»Bertie!« Sie klang aufgebracht. »Das … das ist mein Mann aus Ukraine.«

Der Schrank drehte sich zu mir um. »Bertolt? Hallo, alte Jung. Schön dich zu wiedersehen.«

Er war attraktiv, wenn man Schränke schön fand, mit apfelroten Wangen, borstigem kurzem Haar mit grauen Schläfen und einer Nase wie eine Fleischpastete, in der zwei Bissen fehlten. Ich hatte ihn noch nie in meinem Leben gesehen. Er streckte die Hand aus. Ich nahm sie nicht.

»Und Sie sind …?«

»Erinnerst du nicht, Bertolt? Warst du noch kleines Kind. Ich bin Lukashenko. Mann von deine Mama Lilya.« Er lächelte. Zwei goldene Backenzähne blitzten auf. »Ich hab erhalten Brief mit traurige Nachricht von Lilyas Tod. Bin ich so froh zu sehen war nur faltsche Alaram.«

Ich hatte keine Ahnung, wer zum Teufel er war, aber er war bestimmt nicht der Lev Lukashenko, den meine Mutter vor fast dreißig Jahren geheiratet hatte und bei dessen Hochzeit ich anwesend gewesen war. Abgesehen von allem anderen war er mindestens zwanzig Jahre zu jung.

»Willst du machen Sex mit mir?«, fragte ihn Inna mit einem dunklen Glimmen in den Augen.

Er zögerte, aber nur einen Moment. »Natürlich, mein Darlink. Wenn du willst.« Er trat einen Schritt auf sie zu. »Für mich bist du schönste Frau von Welt.«

»Sprichst du wahr?« Sie ließ das Messer sinken, an dessen Schneide Kohlschnipsel klebten, wie ich jetzt sah, und ein kokettes Lächeln umspielte ihre Lippen.

Währenddessen wartete Eustachia draußen auf dem Gang und versuchte zu begreifen, was hier los war.

Ich streckte ihr die Hand entgegen. »Kommen Sie herein, Eustachia«, sagte ich. »Möchten Sie …? Was haben wir im Haus, Mutter?«

Halb hatte ich gehofft, Eustachia würde sich jetzt entschuldigen und gehen. Die Situation hatte wenig Potenzial für Intimitäten, das war klar. Eher war sie gemeingefährlich. Auch wenn ich Mrs Pennys Güte erlebt und von ihrer Verletzlichkeit gerührt war, traute ich ihrem Bürokratenherz noch nicht ganz über den Weg.

»Gibt Golabki. Hab ich für dich gemacht.« Inna zog sich in die Küche zurück, ohne Lukaschranky aus den Augen zu verlieren. Sie trug ihre Schürze, an der ebenfalls Kohlschnipsel klebten. Auf der Küchentheke lagen geschnittene Kohlblätter.

»Danke, Mrs Lukashenko. Das ist wirklich lieb von Ihnen. Ich habe einen Bärenhunger.« Eustachia wandte sich an den Fremden, der sich besitzergreifend an den Kopf des Tischs gepflanzt hatte. »Waren Sie es, der ans Bauamt geschrieben hat, Mr Lukashenko? Wegen der Wohnung?«

»Ja. Wohnung. Sehr schön.« Er zwinkerte Inna zu, die den Blick senkte. »Hab ich Wohnung in Donezk wegen Bomben verloren. Also hab ich entschlossen nach London zurück und mit mein Darlink Lilya wohnen.«

»Oh, ja, ich habe die Nachrichten verfolgt. Wie schrecklich.« Eustachia schüttelte den Kopf. »So viele, die ihr Obdach verloren haben und umgesetzt werden müssen.«

»Kriminelle faschistische US-Regierung bombt auf unsere Zivils, weil wir sprechen andere Sprache. Sechstausend Tote. Viele Kinder.« Schweißtropfen bildeten sich auf seiner Stirn. »Wollten Europa, aber kriegen USA. Nur Putin uns kann retten.«

»Putin?«, riefen Eustachia und ich entsetzt wie aus einem Mund, dann sahen wir einander an und mussten lachen.

»Ist er kleiner Mann, aber kluk.«

»Aber er versucht, die Weltherrschaft an sich zu reißen!«, rief Eustachia mit reizend geröteten Wangen. »Ich habe es auf BBC gesehen!«

»Ist dein BBC nicht korrekt, Madam. Putin will nicht Weltherrschaft, will nur Herrschaft in Russland. Aber hat er Angst, Amerika will Weltherrschaft mit kriminelle faschistische Netto-Expansionismus. Deswegen ist Putin große patriotische Held in Russland. Wie Ihre große Mrs Tetcher.«

Putin wie Mrs Thatcher? Der Mann war offensichtlich ein Opfer der russischen Propaganda. Ölte Mrs Thatcher ihre Muskeln? Trug Putin eine Handtasche? Mehr brauchte man dazu nicht zu sagen.

»Aber warte mal, Lukaschranky, Mutter hat sich von dir scheiden lassen. Du kannst nicht einfach wieder hier auftauchen, nur weil du Pech mit deiner Wohnung hattest.«

»Was für Scheidung? Ich nix Scheidung. Ich liebe mein Frau.«

»Ießt du Golabki, Lev?«, fragte Inna aus der Küche.

»Ich ieß alles, Darlink.« Er sah Eustachia an und murmelte leise: »Bist du hübsche runde Frau. In mein Land rund sehr beliebt. Warum kommst du nicht Ukraine? Ich finde netten Mann für dich.«

»Sehr freundlich von Ihnen«, gab sie zurück, »aber …« Vor lauter Verlegenheit fiel ihr keine Antwort ein.

»Hören Sie, Lukaschranky«, schaltete ich mich ein,

»oder wer Sie auch sind … diese Dame ist …« Vergeben. Das war das Wort, das mir auf der Zunge lag, aber das ich nicht über die Lippen brachte.

Wir musterten uns feindselig. Die Schnittwunde an meinem Handgelenk pulsierte schmerzhaft, und ich brauchte dringend einen Drink.

Plötzlich brach er in Gelächter aus. »Denkst du, bin ich Lukashenko aus Belarus? Denkst du, bin ich verrückt? Nein! Gleicher Name, aber nicht gleicher Mensch! Ich komm aus Kharkiv! Hahaha!« Er lachte über seinen Insiderwitz, während Eustachia matt lächelte, erleichtert, vom Haken zu sein. »Ost, West. Alles gleiche ukrainische Volk. Warum Krieg? Besser Golabki essen und Wodka trinken. Hahaha! Hahaha!«

Erst da bemerkte ich die Zweiliterflasche Wodka, die auf dem Tisch stand.

»Bist du Kharkiv?« Inna stand mit vier Tellern und Besteck in der Tür. »Schöne Stadt. War ich mit mein Mann.«

Ich warf Eustachia einen Blick zu, die immer noch verwirrt lächelte und Innas Fehler nicht bemerkt hatte. So weit, so gut.

»Kharkiv. Kiew. Krim. Sogar London. Wo du willst, Darlink Lilya, können wir zusammen wohnen.« Er ließ sein goldenes Lächeln aufblitzen.

Ich erinnerte mich dunkel, dass Mutters Lev Lukashenko aus der West-Ukraine stammte und Stahlkronen auf den Zähnen trug. Wer war dieser schrankige Hochstapler bloß? Wusste Inna, dass er nicht der echte Lev Lukashenko war, mit dem Lily verheiratet gewesen war? Wusste er, dass sie nicht die echte Lily war, Lev Lukashenkos Exfrau, sondern ebenfalls eine Hochstaplerin? Während ich den beiden Schwindlern beim Schattenboxen zusah, kreuzte ich die Finger und hoffte, dass Eustachia, die weder den echten Lev noch die echte Lily kannte, so klug blieb als wie zuvor. Doch ich hatte die Rechnung ohne Flossie gemacht.

Als Inna gerade mit einer dampfenden Platte Globulski aus der Küche kam, krähte Flossie: »Gott ist tot!«

»Mein Gott, Lilya! Wo hast du die Vogel her?«, rief Lukaschranky.

»Weißt du nicht mehr, Lev«, mischte ich mich hastig ein. »Du hast ihn Lily zur Hochzeit geschenkt. Hattest du das vergessen?«

»Diese Vogel? Hab ich Lilya diese Vogel geschenkt?«

»Du hast ihm sogar beigebracht, ›Gott ist tot‹ zu sagen!«

»Soweit ich weiß, gibt es zwei Papageien. Einen toten und einen lebendigen.« Eustachia sah mit einem pfiffigen Lächeln von ihm zu mir.

»Zwei Vogel?«

»Ja, zwei, Lev«, sagte ich fest und wich Eustachias Blick aus. »Einer ist tot. Er ist da in der Urne.«

»Mein Gott!« Er zog ein zerknittertes Taschentuch aus der Hosentasche und schnäuzte sich die Fleischpastetennase.

»Gott ist tot!«, kreischte Flossie.

Eustachia zwinkerte mir langsam und sehr sexy zu.

Inna nahm unsere vier Gläser, dann verteilte sie Galoschki auf unsere Teller und gab einen ordentlichen Löffel Juschtschenko dazu. »Biete, sietz und ieß.«

Der Hochstapler Lukaschranky, der sich am Kopfende eingerichtet hatte, machte sich mit dem Wodka und den Gläsern zu schaffen und reichte Eustachia das erste Glas, die einen schlanken Finger abspreizte, als sie trank.

»Es ist so nett von Ihnen, mich zu Ihrem Familientreffen

einzuladen. Manchmal sind die Abende recht einsam, nur Monty und ich.«

Als ihr Glas halb leer war, griff ich nach der Flasche und schenkte randvoll nach.

»Oh, nicht doch, Berthold! Das verträgt sich nicht mit den Medikamenten. Und von den Kalorien her ist es ein absoluter Killer!«

»Zum Teufel mit den Medikamenten, Eustachia. Zum Teufel mit den Kalorien.« Ich trank meinen Wodka auf einen Zug, und das Zimmer waberte wie in einem Unterwassertheater. Ein schimmernder Zauber legte sich über alles, selbst über Flossie, und plötzlich hatte ich einen Song aus den Siebzigern im Kopf. *»Love is the drug!«* Als die Wärme meine Stimmbänder erreichte, fing ich zu singen an: *»Mmm mm mm mmm … and I need to score!«*

Lukaschranky stand auf und schwenkte sein leeres Glas wie einen Dirigentenstab. Als ich fertig war, begann er mit einem schokoladigen Bariton: *»Vychodila na bereg Katjuscha!«* Die Melodie sank von Dur zu Moll, gequält von Sehnsucht, Heldentum und verlorener Liebe, wie in diesen schwarz-weißen sowjetischen Kriegsfilmen, die ich mit Mutter im Curzon-Kino gesehen hatten. Mit Tränen in den Augen lauschte ich. Auch Inna weinte. Sie tupfte sich mit der Schürze die Augen ab und stimmte mit hohem Geheul in den Refrain ein. Ich bemerkte, dass die Wodkaflasche zu zwei Dritteln leer war.

»Povie! Povie!«, krähte Flossie von ihrer Stange.

In der Pause meldete sich Eustachia mit trällerndem Sopran: *»Keep on the sunny side, always on the sunny side!«*

»Bravo!« Lukaschranky klatschte. »Große Philosophia! Musst du kommen Ukraine. Haben wir zu viel Pessimismus.«

»Mach es wie die Sonnenuhr, zähl die heitren Stunden nur. Das hat meine Sprachtherapeutin immer gesagt«, kicherte sie.

Inzwischen hatte ich zwei und zwei zusammengezählt, aber ich behielt den Verdacht für mich, dass Eustachias Sprachtherapeutin niemand anders gewesen war als meine Mutter. Für diese Dinge hatten wir in der Zukunft noch reichlich Zeit.

»Du bist meine Sonnenuhr, Eustachia.«

BERTHOLD Stacey

Die Nacht war süß von menschlicher Wärme, üppig von rundem Fleisch, feucht von Körperflüssigkeiten und unterbrochen von Gängen ins Bad. Ich wachte spät auf, mit einem Potpourri alter Lieder im Kopf. Fast über das ganze Bett ausgestreckt und die ganze Decke an sich gerissen, schnarchte Eustachia leise weiter. Ich küsste ihre Nasenspitze und machte mich auf die Suche nach Kaffee.

In der Küche hatte Lukaschranky, splitternackt, das Gleiche vor. Ich warf einen diskreten Blick auf sein Tier, das rot und unbeschnitten vor der Besteckschublade baumelte. Es kam mir nicht größer vor als meines.

»Berthold, alte Jung, wir müssen reden.«

»Ja, aber nicht jetzt.« Ich brauchte dringend einen Kaffee. In der Lidl-Dose waren kaum zwei Löffel übrig. Ich verteilte sie auf zwei Tassen, eine für Eustachia und eine für mich. Er konnte von mir aus zum Teufel gehen.

»Dein Mutter Lily ist sehr leidenschafftliche Ledy.«

»Hm.« Ich goss heißes Wasser auf.

»Haben wir ganze Nacht Liebe gemacht.«

»Hm. Ich hab's gehört.«

Ich öffnete den Kühlschrank. Als ich mich bückte, meldete sich der stechende Kopfschmerz zurück. Es war auch fast keine Milch mehr da. Das war wirklich allerhand. Eigentlich sollte sich Inna um diese Sachen kümmern.

»Sie will wir leben zusammen.«

»Hm.« Ich verrührte die beige Flüssigkeit. »Und wo? Wie habt ihr euch das vorgestellt?«

»Sie hat Vorschlak gemacht, ich zieh mit ihr ein. In diese Wohnung.«

»O nein. Nein, nein, nein. Du kapierst es nicht, Lukaschranky.«

»Ich weiß, wie du fühlst, Bertie, alter Jung. Aber bist du jetzt erwachsene Mann. Bist du zu alt für leben mit Mama.«

»Hör zu, da ist eine Sache, die du wissen solltest.« Der Schmerz in meinem Kopf schepperte wie ein Hammer auf einer Metalltonne. »Sie ist nicht meine Mutter.«

»Nicht Mutter? Wie möglich?«

»Meine Mutter Lily ist tot.«

»Gott ist tot! Ding dong! Gott ist tot!« Keiner hatte daran gedacht, Flossies Käfig für die Nacht zuzudecken. Sie hing mit übernächtigtem Blick auf ihrer Stange.

Die Geräusche hatten Eustachia geweckt, und sie rief aus dem Schlafzimmer: »Kann ich helfen?«

»Alles in Ordnung, Stacey. Ich komme. Nimmst du Zucker?«

Stacey! Was für ein schrecklicher Name! Ich schätzte, ich musste mich daran gewöhnen.

»Ich bin süß genug!«

Wir saßen mit unserem Wasserkaffee im Bett, die Decke über unsere Nacktheit gezogen, und ihr aus dem Pferdeschwanz gelöstes Haar lag in kupferroten Locken über ihren herrlichen Brüsten. Durch die Wand hörten wir das Geschrei eines schrillen Soprans und eines samtigen Baritons. Zum Glück waren Lubetkins Wände dick genug, dass wir nicht verstanden, was sie sagten.

BERTHOLD Kirschbaumpflücker

Wenig später verabschiedete sich Eustachia in einer Wolke aus Polyester, Parfum und hastig aufgetragenem Lippenstift. Ich ließ mir Zeit, denn ich wusste, es gab weder Kaffee, auf den ich mich freuen konnte, noch Geld, um rauszugehen und welchen zu kaufen, bis Inna auftauchte.

Ich las meine E-Mails, die keine Neuigkeiten brachten – wer zum Kuckuck fiel auf diese lächerlichen ukrainischen Braut-Anzeigen herein? –, dann zog ich meinen Paisleypyjama über und tappte ins Bad, wo ich das Radio aufdrehte, damit ich Innas und Lukaschrankys immer noch lautstarkes Gezeter nicht hören musste. Ich hielt mein rasierfertiges Kinn in den Spiegel und grübelte über einen neuen Makel – hatte Clooney auch diese geplatzten Äderchen? – und über die Grausamkeit des Älterwerdens. Dann hörte ich, wie die Wohnungstür zuschlug. Ich streckte den Kopf in den Flur und sah nach, was los war.

Inna stand im Nachthemd da und starrte völlig verzweifelt zur Tür. »Warum tust du das mir an, Bertie?«

»Was angetan, Inna? Der Mann ist ein Halunke. Ein Gauner. Ein Hochstapler. Wir wissen nicht, wer er ist. Wahrscheinlich habe ich dich vor einem Schicksal gerettet, das schlimmer wäre als der Tod.«

Na ja, nach dem Lärm von letzter Nacht zu urteilen hatte sie dieses Schicksal schon hinter sich, und es hatte ihr gefallen.

»Ich sag alles, wie sagst du mir – Mutter, Schwester, Freundin, verrückt –, und ich tu so, wie sagst du mir. Aber du – warum tust du nicht ein kleine Sache für mich, Bertie?«

»Hör zu, Inna, wir müssen eins klarstellen. Dieser Mann zieht hier nicht ein. Auf keinen Fall.«

Sie schwieg und zog eine trotzige Schnute.

»Und noch was – warum ist der Kaffee alle? Du weißt doch, dass ich morgens meinen Kaffee brauche, wenn ich überhaupt funktionieren soll. Das ist doch nicht zu viel verlangt, oder? Hör zu, es tut mir ja leid …«

Ihre Augen füllten sich mit Tränen. War ich zu hart?

»… aber ich dachte, wir hätten eine Abmachung, Inna.«

»Ich mache Abmachung mit Lily, deine Mutter. Ich hab Lily Versprechen gegeben. Ich zieh aus meine schöne Wohnung in Hempstett aus, um hier in stinkige Sozialwohnung mit dir leben! Oj!«

»Mutter wollte, dass du bei mir einziehst?« Halb hatte ich so was vermutet.

»Sie sag mir, Inna, pass auf mein Sohn auf. Ist guter Mann, aber nixnutz. Ohne mich verhungert. Wenn ich sterbe, er muss auf die Straße wegen Unterbuttersteuer.«

»Das hat meine Mutter zu dir gesagt?« Schön zu wissen, wie viel Vertrauen die eigenen Eltern in einen setzten.

»Lily gute Sowjetfrau wie Heilige in Himmel.« Tränen rannen durch die Furchen ihrer Wangen. »Sagt sie mir, bist du homosexy. Ich verstehe. Du nix verheiratet. Du brauchst Frau in Haus.«

»Mutter hat dir gesagt, ich wäre schwul?« Konnte das

wahr sein? Ich ging in die Küche, wo der pfeifende Kessel um Aufmerksamkeit heischte.

Sie schlurfte mir in Pantoffeln hinterher und schimpfte weiter, ein trauervolles Kreischen, das zur Tonart des Kessels passte.

»Aber sehe ich, magst du Dame. Zuerst jagst du Schwarzie, dann Dickie. Was kann ich machen? Bald du heiratest, und ich muss raus.«

»Ganz ruhig, Inna! Kein Grund zu schreien. Können wir vernünftig darüber reden?«

Aber sie hörte nicht auf mich.

»Ich will gute Mann, gute Wohnung, gute Leben. Ich schreibe Briefe an ukrainische Zeitung.« Wieder wimmerte sie auf. »Oj, ich versteh! Du denkst, bin ich zu alt, du denkst, ist Lev zu jung für mich!«

»Der Gedanke war mir gekommen.«

»Jung, alt – Liebe hat kein Barrikade für Alter! Guck George Glooney! Ist er vierzig Jahre alt und heiratet wunderschöne junge Frau.«

»Ehrlich gesagt ist George Clooney dreiundfünfzig, Inna.«

Doch meine Korrektur erreichte sie nicht. »Bin ich jünger als Lily.«

Da dämmerte mir etwas.

»Aber Inna, dieser Mann, dieser Lukaschranky, er ist nicht der Mann, mit dem meine Mutter verheiratet war. Er war nicht ihr Mann. Wir wissen gar nicht, ob er vielleicht sogar mit einer anderen verheiratet ist.«

»Nicht ihr Mann? Oj!« Sie bekreuzigte sich erschrocken, als hätte ich sie des Ehebruchs bezichtigt. »Wer ist dann?«

»Keine Ahnung. Vielleicht ein Verwandter oder ein Bekannter. Vielleicht einfach nur jemand, der die Geschichte einer schönen Wohnung in London und einer alleinstehenden Frau gehört hat und sein Glück versuchen wollte. Die Welt ist voller Glücksritter. Du kannst nicht vorsichtig genug sein, Inna.«

Sie nahm zwei Tassen, füllte sie mit kochendem Wasser und hängte einen Teebeutel in eine davon, während sie laut nachdachte: »Ganze Nacht hat er gemacht Liebe wie große Hengst von Zarin Ekaterina.«

»Ja. Die ganze Nacht. Ich hab's gehört. Sieh mal, Inna. Das ist alles schön und gut, aber es gibt ihm noch lange nicht das Recht, hier bei uns einzuziehen.«

»Als Morgen kommt, singt er für mich schöne Lied aus mein Land. *Mmm m mmm m!*« Sie stimmte ein klagendes Liedchen an. »Kennst du Lied, Mister Bertie? Soldat geht weg in große Vaterländisch Krieg, und seine geliebte Katjuscha geht an Flussufer und singt für ihn.« Sie nahm den Teebeutel aus der einen Tasse und hängte ihn in die andere, dann begann sie wieder zu grölen. »*Vychodila na bereg Katjuscha.*«

»Ja, wunderschön. Aber wir haben keinen Kaffee mehr. Und Milch auch nicht.«

»Weißt du, Ukrainer, die heute in London leben, sind sehr nette Leute, aber alle aus West-Ukraine. Andere Religion. Andere Geschichte. Sie nehmen runter Statue von Lenin und aufstellen neue Statue von Nazi.« Sie schaufelte sich zwei Teelöffel Zucker in den Tee und schlürfte vorsichtig. »In mein Land sind zwanzig Millionen Tote von Kampf gegen Nazi in große Vaterländisch Krieg. *Mmm na vysokiy bereg na krutoj* … Mein Vater hat verloren ein Bein. Mein Dovik hat verloren ganze Familie.«

»Ja, schön. Du kannst mir die Geschichte später erzählen. Aber kannst du mir jetzt erst mal einen Fünfer leihen?«

Ich zog Jeans und T-Shirt an und stolperte hinaus in den Kirschgarten, Innas Fünfer in der Hand, wohlwissend, dass es unklug wäre, alles auf einmal für einen herrlichen dreifachen Espresso bei Luigi auszugeben, auch wenn die Versuchung groß war. Ein feiner Regen benetzte mein Haar. In meinem vernebelten Zustand merkte ich vage, dass sich irgendwas im Kirschgarten verändert hatte, aber ich kam nicht darauf, was es war.

Eine Katze mit feuchtem rotem Pelz lief neben mir her, den Schwanz erhoben, und rieb sich an meinen Beinen. Doch als ich mich bückte, um sie zu streicheln, verdrückte sie sich ins Gebüsch.

Auf dem Rückweg mit der vollen Tüte – es war unglaublich, was man für einen Fünfer bei Lidl alles bekam – fiel mir auf, dass zwischen den Kirschbäumen Plastiktüten lagen, Windeln, ein schwarzer Müllsack mit unbekanntem Inhalt, eine vollgepinkelte Schaumstoffmatratze und ein ziemlich kunstvoll ausgeführter Scheißhaufen. Hund? Mensch? Ich schüttelte empört den Kopf.

Dann wusste ich, was sich verändert hatte – die Zelte waren weg. Sie mussten mitten in der Nacht weitergezogen sein, so leise, dass ich sie nicht gehört hatte. Andererseits hatten wir selbst ziemlichen Radau gemacht.

Inna war weg, als ich zurückkam. O je. Hatte sie sich in Tränen aufgelöst auf die Suche nach dem Hochstapler Lukaschranky gemacht? Als ich endlich den ersten anständigen Kaffee des Tages trank – es war fast zehn, Herrgott noch mal –, wurde meine Laune besser, und ich fragte mich, ob ich zu hart zu Inna gewesen war, die zwar eine sanfte Mahnung wegen der Vernachlässigung ihrer Kaffeepflichten verdiente, aber, das musste ich ihr lassen, den Fünfer beigesteuert hatte. Wenn sie zurückkam, würde ich mich entschuldigen.

Ich starrte aus dem Fenster. Der vertraute Ausblick war vom Sepia der Melancholie getrübt, wozu vielleicht auch der Geschmack der Lidl-Eigenmarke beitrug. Ja, ich hatte mich schlecht benommen. Ich war ein Arschloch gewesen. Wie schön wäre es, jetzt einen Blick auf einen verzeihenden Engel zu erhaschen, der den Pfad zwischen den Bäumen heraufgehüpft kam. Wo war sie gestern mit dem riesigen Koffer hingefahren? Außerdem fantasierte ich mit überraschender Zuneigung vom gesetzten Schritt einer gewissen durch und durch guten Person, Retterin der Heimatlosen, von Flöhen gebissen in Ausübung ihrer Pflicht, die mit dem Aktenordner unter dem Arm durch den Kirschgarten marschierte, um mich zu retten. Oder sich von mir retten zu lassen. Es lief aufs Gleiche hinaus.

Dann sah ich plötzlich eine Bewegung am Ende des Kirschgartens. Ein weißer Transporter hatte am Bordstein gehalten – zwei weiße Transporter, um genau zu sein –, und jetzt stiegen Männer mit schwerem Gerät aus. Dann tuckerte einer dieser Gabelstapler mit Hebebühne heran, die, glaube ich, auch Kirschenpflücker genannt werden. Oder Kirschbaumpflücker, in diesem Fall. Nach wenigen Minuten hörte ich das schauerliche Geheul einer Motorsäge, das mich irgendwie an Innas Gesang erinnerte. Sollte ich nach unten rennen und mich an den Baum ketten? Aber ohne Violet als Publikum für meine Heldentat war die Vorstellung viel weniger attraktiv.

Derselbe Baum, an den ich mich gekettet hatte, wurde jetzt attackiert, unter dem Krachen von Ästen und Taubengeflatter. Schuldete ich es Violet, den Kampf fortzusetzen, den sie begonnen hatte, auch wenn sie nicht mehr hier war? Oder war es ein Kampf gegen Windmühlen? Während in meiner Brust Heldenmut mit Trägheit rang, plagte sich eine drahtige Gestalt im lila Mantel nicht mit Zweifeln herum. Mrs Crazy tauchte mit zwei Regenschirmen im Kirschgarten auf und begann, auf die unglücklichen Holzfäller einzuschlagen. Einer von ihnen ging mit einem dumpfen Schlag zu Boden. Der andere holte sein Telefon heraus.

Wenige Augenblicke später hielt ein Streifenwagen hinter den weißen Transportern. Zwei Polizisten schlenderten über den Weg zum Schauplatz des Baummassakers und wechselten ein paar Worte mit Mrs Crazy. Ich verstand zwar nicht, was sie sagten, aber ich konnte es mir denken. Mrs Crazy hörte zu, sagte erbost etwas, dann holte sie mit dem Regenschirm aus. Im nächsten Moment hatte sie einer der Beamten im Polizeigriff. Der andere zog ein Paar Handschellen heraus, und zusammen schoben sie sie auf die Rückbank des Streifenwagens. Das Ganze hatte keine zehn Minuten gedauert.

Dann heulten die Motorsägen wieder auf.

BERTHOLD Priory Green

Ich stellte Flossie als Zeugin auf den Balkon und zog mich in die stille Abgeschiedenheit der Wohnung zurück, um meine existenziellen Wunden zu lecken. Mutter war tot. Violet war weg. Inna war immer noch unterwegs. Eustachia musste arbeiten. Alle Frauen, die mir in den letzten Monaten Auftrieb gegeben hatten, steuerten andere Schiffe, und ich war allein, mein Leben trieb ziellos dahin, solange nicht etwas oder jemand das Ruder übernahm. Das gnadenlose Heulen der Motorsägen im Kirschgarten sang den Refrain zu meiner Machtlosigkeit, während die Ratte der Selbstverachtung an meinen Eingeweiden nagte. Ich hatte Mutter nicht genügend gewürdigt, hatte Inna schlecht behandelt, hatte Violet hängen lassen, hatte Eustachias Einsamkeit missbraucht. Ich war die Ratte.

Mit Eustachia hatte ich nichts verabredet, als sie gegangen war. Sollte ich sie jetzt anrufen oder würde das die Kräfteverteilung in unserer Beziehung ins Ungleichgewicht bringen? Meine Einsamkeit und mein männlicher Stolz fochten ein kurzes Scharmützel aus. Dann griff ich zum Telefon und stellte fest, dass irgendein Blödmann – bestimmt Inna – nicht richtig aufgelegt hatte. Wie lange war ich von der Außenwelt abgeschnitten gewesen? Was, wenn Violet versucht hatte anzurufen, um mich zu einem allerletzten Rettungsversuch zu überreden? Was, wenn die Polizei mein Fahrrad gefunden hatte? Was, wenn es eine großartige Rolle für mich gab und ich nicht zu erreichen gewesen war?

Stöhnend wählte ich Eustachias Büronummer und landete beim Anrufbeantworter. »Wollen wir heute ins Kino gehen, Stacey?« Ich sprach die Nachricht mit einem einstudierten neutralen Ton.

In der Zwischenzeit ging das Leben an anderer Stelle weiter. Ich machte es mir auf dem Klo bequem, zog das Lubetkin-Buch aus dem Regal und suchte im Index nach Priory Green.

Priory Green Estate, an dessen Zaun Eustachia mich aufgelesen hatte, war einer von Lubetkins größten Sozialbauten in London. Für die modernistischen Architekten mussten die zerbombten Städte Europas nach dem Krieg wie leere Leinwände gewesen sein, auf denen sie ihre Träume verwirklichen konnten. Die Planung zu Priory Green hatte vor dem Krieg begonnen, doch der Komplex wurde erst 1958 fertiggestellt. Der Grundriss hatte die großzügigen Proportionen der Tecton-Gruppe, und der Bau war mit dem hochwertigen Ove-Arup-Beton ausgeführt; alle Wohnungen hatten einen Balkon, Wohnzimmer nach Süden, Osten oder Westen, und gemeinschaftliche Wirtschaftsräume wie die kreisrunde Wäscherei mit dem hohen Schornstein, den ich gestern gesehen hatte. Im Krieg waren die Bauarbeiten ausgesetzt worden, und Harold Riley, der Abgeordnete, der Tecton den Auftrag erteilt hatte, wurde nach einem Streit wegen zwei zu tiefen Luftschutzbunkern aus Beton, die er gegen die Parteirichtlinien unter dem Rathaus hatte bauen lassen, unehrenhaft aus dem Amt entfernt.

Als die Arbeiten an dem Wohnkomplex nach dem Krieg wieder aufgenommen wurden, war die Wohnungsnot ungleich größer, das politische Klima hatte sich verändert, und Harold Riley wurde von seinen politischen Gegenspielern mit absurden Entschädigungsforderungen in den Bankrott getrieben. Lubetkin selbst hatte sich aus London zurückgezogen; er beaufsichtigte das Projekt auf Armeslänge von seinem Bauernhof in Gloucestershire aus als verbitterter, desillusionierter alter Mann.

Die Lektüre erfüllte mich mit einer tiefen Melancholie, die nur teilweise durch eine anderweitig befriedigende Sitzung gemildert wurde. Als ich die Spülung zog, hörte ich über dem Rauschen des Wassers in die Zisterne einen weiteren trauervollen Ruf: *Ding dong!* Ich zog die Jeans hoch und ging zur Tür.

Es war der Postbote mit einem Umschlag. Warum hatte er ihn nicht einfach in den Briefschlitz geworfen?

»Nachporto. Ein Pfund, elf Pence. Elf Pence, weil das Porto inzwischen dreiundfünfzig Pence kostet. Ein Pfund Bearbeitungsgebühr.«

»Verflixt. Zeigen Sie mir den Brief mal.« Ich hatte keine Lust, für irgendwelche Werbung so viel hinzublättern. Außerdem war ich mir nicht sicher, ob ich ein Pfund und elf Pence hatte. Er gab mir den Brief. Es war ein kleiner weißer Umschlag, per Hand an Mr Berthold Sidebottom adressiert. Der Poststempel sagte mir nichts. »Warten Sie einen Moment.«

Ich hätte einfach in die Wohnung zurückgehen und ihm die Tür vor der Nase zuschlagen können, ohne den Brief zurückzugeben, aber als ich nach unten blickte, sah ich seinen schweren schwarzen Halbstiefel in der Tür. Offensichtlich hatte er Erfahrung mit solchen Fällen. Ich hatte noch zehn Pence vom Einkaufen, außerdem waren da drei Zwanzig-Pence-Münzen in der Kleingeldbüchse, und ich fand einen Fünfziger in Innas schwarzer Strickjacke, die im Flur am Haken hing. Der Postbote nahm alles, gab mir mein Wechselgeld und ließ mich etwas unterschreiben.

»Danke, Kumpel. Übrigens, Ihr Hosenstall steht offen.«

Der Brief war von einer Frau namens Bronwyn vom Bridge Theatre in Poplar, die anfragte, ob ich Zeit hätte, ab sofort die Rolle des Lucky in ihrer Inszenierung von *Warten auf Godot* zu übernehmen, für die ich neulich vorgesprochen hatte. Anscheinend war der Schauspieler, der die Rolle bekommen hatte, unglücklich über das Seil gestolpert, von der Bühne gestürzt und hatte sich das Bein gebrochen, und die Zweitbesetzung musste gerade das Examen wiederholen. Bronwyn schrieb, sie habe es telefonisch versucht, doch unter der Nummer keinen Anschluss erreicht. Meine Mobilnummer habe sie nicht. Dann hatte sie noch ein persönliches Postskriptum daruntergesetzt, sie sei beim Vorsprechen dabei gewesen und sei begeistert gewesen, wie ich Luckys Monolog mit einem Stottern versehen hätte, und sie hoffe, ich würde es in meine Darbietung integrieren.

Das Stottern. Ja. Ich erinnerte mich, dass es das Seil war, das das Stottern provoziert hatte und mich während des ganzen Vorsprechens hilflos lallen ließ. Einer vom Gremium hatte die brillante Idee gehabt, mir Luckys Seil umzubinden, um zu sehen, wie es aussah, und ich war in kalten Schweiß ausgebrochen. Leider hatten Becketts Zeilen nicht den gleichen magischen Fluss wie Shakespeares; sie machten das Stottern nur noch schlimmer. »Gott mit w-w-weißem Bart … seit dem Tod von B-b-bischof B-b-berkeley … steht ohne j-j-jeden Z-z-zweifel fest … dieser

Mann … aus unbekannten Gründen … die Arb-b-beit zurückgelassen …«

Der Brief war vor zwei Tagen datiert. Ich rief sofort an. Bronwyn war hocherfreut. Sie würde mir sofort das Textbuch mailen, sagte sie. Wie lautete meine E-Mail-Adresse? Könnte ich heute Abend anfangen?

»Heute Abend?«

»Ginge das, Mr Sidebottom? Sie kennen das Stück, nicht wahr? Fürs Erste ist unser Barmann eingesprungen, aber es fällt ihm schwer, sogar mit dem Textbuch in der Hand.«

»Ich weiß nicht, ob ich den ganzen Text in ein paar Stunden auswendig lernen kann. Er ist recht komplex.«

»Tun Sie einfach Ihr Bestes. Es ist nicht schlimm, wenn Sie ein paar Zeilen durcheinanderbringen. Vielleicht ist es sogar eine Bereicherung, wenn Sie wissen, was ich meine. Wenn Sie es schaffen, um halb sieben hier zu sein, könnten wir den Text noch mal durchgehen.«

Bronwyn hatte eine sexy Stimme, tief und weich mit einer leichten regionalen Färbung, also antwortete ich: »Kein Problem, Bronwyn. Bis nachher.«

Ha! Das wäre ein Denkzettel für Fascho McReady und seine Zielvorgaben. Aber wie zum Henker sollte ich nach Poplar kommen? Auf meiner U-Bahn-Karte befand sich keinerlei Guthaben mehr. Das Problem war gelöst, als Eustachia zurückrief und sagte, sie würde sehr gern ins Kino gehen.

»Es ist gerade ein neuer Film mit George Clooney angelaufen.«

»Ich habe eine bessere Idee. Hättest du Lust, ins Theater zu gehen?«

BERTHOLD Lucky

Bronwyn war nicht halb so sexy wie ihre Stimme – sondern groß und mit breitem Gebiss, langen beigen Dreadlocks mit bunten Perlen an den Enden und Latzhosen mit Regenbogenflicken. Sie entsprach genau meiner Vorstellung von einer Lesbe. War sie es oder nicht? Ich musterte sie eingehend, aber heutzutage war es schwer zu sagen. Ich beschloss, die Sache nicht weiterzuverfolgen. Jedenfalls war sie nett. Sie gab mir einen Vorschuss von zwanzig Pfund auf meine Gage, bestellte bei dem erleichterten Barmann einen doppelten Espresso für mich und einen Tee für Eustachia und führte mich hinter die Bühne, um mir den Rest des Ensembles vorzustellen.

Dann klingelte es zum ersten Mal. Bald legte sich die erwartungsvolle Stille über das Publikum, die bei mir wirkte wie eine Droge. Mein Puls wurde schneller. Meine Sinne waren geschärft. Mein Atem war kontrolliert. Ich war bereit.

Wenn man im Scheinwerferlicht auf der Bühne stand, war es schwer, im Publikum Gesichter auszumachen, sogar in einem so kleinen Theater wie dem Bridge. Blinzelnd scannte ich die Dunkelheit, die steil ansteigenden Sitzreihen, die zur Hälfte besetzt waren, hauptsächlich mit jungen Leuten in flippigen Klamotten, die wie Kunststudenten aussahen. In der Luft lag ein Geruch nach feuchten Strümpfen und Patchouli, und im Hintergrund hörte ich das Zischen der Espressomaschine, leises Gemurmel von der Bar und das Rumpeln von Zügen, die über uns hinwegfuhren. Alles trug zur Atmosphäre bei. Dann entdeckte ich Eustachia in der ersten Reihe, die verträumt lächelte, als sie mich mit dem Seil um den Hals auf die Bühne schlurfen sah.

Ich fragte mich, was sie von dem Stück halten würde, und von meiner Darbietung. Es war nicht leicht, auf Befehl zu stottern, aber als ich »In der F-f-folterkammer … splitternackt in Strümpfen in Connem-mara« deklamierte, bildete ich mir ein, das Glitzern einer Träne in ihrem Auge zu sehen. Sie hatte mich noch nie ernsthaft stottern hören, und der Witz war, diesmal war es nicht mal echt. Ich schauspielerte nur. Selbst wenn Pozzo am Seil riss, erfüllte mich eine professionelle Ruhe. Ich packte Luckys Glücklosigkeit am Schopf und machte sie zu meiner eigenen. Niemand musste es mir sagen: Ich wusste, dass ich gut war.

Als ich aus der Garderobe kam, wartete Eustachia auf mich und warf mir die Arme um den Hals. »Du warst großartig, Berthold! Ich bin so froh, dass du mich mitgenommen hast, statt den Abend mit irgendeiner George-Clooney-Schmonzette zu vergeuden. Es war so tiefsinnig – diese ätzende Anklage gegen die Kommunalverwaltungsbürokratie. Die Menschen müssen endlos warten auf etwas, das nie passiert. Apropos – worum ging es eigentlich?«

»Darüber wurden ganze Doktorarbeiten geschrieben.« Ich ging über ihre Frage hinweg, als wüsste ich die Antwort, hielte sie aber nicht für wichtig. »Meinst du das mit George Clooney ernst?«

»Absolut! Berthold Sidebottom ist mir jeden Tag lieber.«

Ich zog sie an mich und küsste sie lang und fest auf die Lippen. Sie schnappte überrascht nach Luft, dann schmolz sie wie ein warmer Marshmallow in meinen Armen.

Die Darsteller von Estragon und Pozzo kamen an uns vorbei und spendeten eine Runde Applaus.

Wie ein Stammgast glitt ich auf den Beifahrersitz von Eustachias Wagen, und dann schnurrten wir durch die fast leeren Straßen des alten East End, nicht weit von den Docks, wo Grandpa Bob gearbeitet und die laute Granny Gladys ihre Tage beendet hatte. Selbst Poplar war längst hip genug, um sein eigenes Theater zu haben. Die schleichende Kultur konnte nur etwas Gutes sein, dachte ich, die Verbreitung der Aufklärung in die de-industrialisierte Wüste.

Kurz vor Madeley Court fuhr Eustachia langsamer. »Möchtest du vielleicht mit zu mir kommen und Monty kennenlernen?«

»Wer ist Monty?« Ich stellte mir einen uralten Verwandten oder lauernden Liebhaber vor.

»Monty der Mischling. Schon vergessen?«

Ja, hatte ich. »Nichts würde ich lieber tun.«

Eigentlich gab es einiges, das ich lieber täte, darunter ein weiterer Austausch von Körperflüssigkeiten, aber das durfte man zu einer Frau nicht sagen, oder?

Eustachia wohnte in einer Zweizimmerwohnung im Souterrain eines vierstöckigen Gebäudes in einem fast trendigen Bezirk nördlich der Pentonville Road, nicht weit von meiner ehemaligen Wohnung, die an die Bank zurückgefallen war. Als sie mich vor dem Priory-Green-Gebäude aufgelesen und zu Madeley Court gefahren hatte, hatte sie gesagt, sie sei auf dem Heimweg; jetzt fiel mir auf, was für einen Umweg sie gemacht hatte. Aus Mitleid oder aus Interesse an mir? Eines Tages würde ich sie fragen.

Ihre Wohnungstür befand sich am Fuß einer gemauerten Treppe. Als wir eintraten, roch es nach Feuchtigkeit, trotz der Duftkerzen und Potpourris, die überall herumstanden. Kaum hatte sie die innere Tür geöffnet, warf sich ein braunes Fellknäuel gegen unsere Beine und japste hysterisch. Es war eine Kreatur von ausgesuchter Hässlichkeit mit kurzen Beinen, stumpfer Nase, unterschiedlich großen Augen und Fell von der Textur einer Klobürste. Ich spürte den niedrigen Impuls, danach zu treten, aber ich beherrschte mich.

»Sag hallo zu Berthold, Monty«, sagte Eustachia.

»Ya, ya, ya«, kläffte der Hund.

Ich beherrschte mich immer noch. »Er ist entzückend.«

»Oh, bin ich froh, dass du das findest, Berthold. Ich hatte schon Angst, du würdest ihn nicht mögen. Jetzt siehst du, warum ich die Vorstellung nicht ertragen konnte, dass er eingeschläfert werden sollte.«

»Hm. Du bist ein rettender Engel.«

Ich spürte ein schmerzhaftes Stechen an den Fußknöcheln. Montys Zähne? Montys Flöhe? Einbildung?

»Möchtest du eine Tasse Tee?«, fragte sie.

Mir wurde schwer ums Herz. Ich hatte auf ein Glas Whisky gehofft, oder wenigstens Wein – selbst der süße Lidl-Sherry hätte es getan. Trotz der früheren Verheißung eines George-Clooney-Moments flackerte plötzlich die

Angst in mir auf, dass diese Beziehung zum Scheitern verurteilt war.

»Hast du nichts Stärkeres …?«

»Leider habe ich keinen Alkohol im Haus, wegen meiner Diät. Wenn ich keinen habe, komme ich auch nicht in Versuchung. Jedenfalls nicht deswegen.«

Versuchung. Mein Herz machte einen kleinen Hüpfer. »Verstehe. Eine Tasse Schwarztee wäre schön.«

»Ich habe auch Roibusch, wenn dir das lieber ist?«

»Nein, bitte! Bloß nichts Gesundes!«

Trotz des Alkoholmangels schafften wir es irgendwie ins Schlafzimmer. Sie übernahm den aktiven Part, um die Nüchternheit ringsum wettzumachen. Monty, der draußen bleiben musste, winselte und kratzte jämmerlich an der Tür. Seine Not beschwor eine schreckliche Erinnerung an meinen ersten Schultag herauf, das Geräusch, als die schwere Sicherheitsglastür ins Schloss fiel; Mutter außer Reichweite auf der anderen Seite. Liebe, Geborgenheit, Güte, Schutz – alles auf der anderen Seite. Ich weinte und schlug mit den kleinen Fäusten gegen die Tür, doch als endlich jemand kam und aufmachte, war Mutter fort. Die Lehrerin nahm meine Hand und führte mich zu meinen neuen Klassenkameraden. »Sei keine Heulsuse. Genug geflennt. Jetzt bist du ein großer Junge.« Das war der Moment, als ich aus dem Paradies verbannt wurde.

Ein so schrecklicher Flashback hätte jedem den Wind aus den Segeln genommen, und leider sorgte er auch bei mir für Flaute. Zusammen mit den unheilvollen Blicken der Teddys, die neben dem Bett auf einem Bücherbord aufgereiht waren. Das Tier schrumpfte zur Maus. O je. Wie George Clooney sicherlich weiß, hatte die Leistung auf der Bühne nichts mit der Leistung im Bett zu tun.

Blitzschnell tauchte Eustachia unter die Decke und ging mit dem Mund zu Werke. Das Tier regte sich ein wenig, aber es blieb eine Maus.

»Tut mir echt leid«, sagte ich. »Es war ein anstrengender Tag.«

»Einfach nur kuscheln wäre auch schön«, sagte sie.

Ich drückte sie an mich, und sie schlief in meinen Armen ein, das kupferrote gelöste Haar wie Herbst auf meiner Brust; ich aber lag noch lange wach und lauschte den unvertrauten Lauten von Menschen und Autos, die dicht vor unserem Kellerfenster vorbeikamen, und dem gelegentlichen Knurren von Monty vor der Schlafzimmertür, und ich fragte mich, wo der Strom des Lebens mein ruderloses Boot hintrug.

In den frühen Morgenstunden machte ich meinen nächtlichen Besuch im Bad. Monty lauerte schon auf mich, sein strategischer Instinkt machte seinem Namensvetter, dem Helden von El Alamein, alle Ehre.

»Grrr!« Ich hörte das Knurren in der Dunkelheit, und bevor ich ihn orten konnte, hatte er sich schon auf meine nackten Knöchel gestürzt. Seine Zähne waren klein, aber spitz. Und so handelte auch ich mir lila Stigmata ein, gleichwohl sie in meinem Fall nichts mit menschlicher Güte zu tun hatten.

Schlimmer noch, irgendwie hatte ich es geschafft, die Tür nicht richtig zuzumachen, und der Mischling witterte den Duft seines Frauchens und sprang aufs Bett, wo er obszöne Bewegungen vollführte. Da war Schluss mit meiner Selbstbeherrschung, und ich muss zu meiner Schande gestehen, dass ich meinen Rivalen mit einem Tritt in den Flur beförderte.

Er jaulte auf, und Eustachia stöhnte im Schlaf.

»Keine Angst, Stacey«, murmelte ich. »Alles ist gut. Ich passe auf dich auf.« Mit wiederhergestellter Männlichkeit zog ich sie an mich. Und nach einer Weile machten wir, in einem seltsamen Bach Forellen fischend, das Tier mit zwei Rücken. Mein Schiff lief in den Hafen ein. Ich entdeckte Länder in ihr. Endlich war Cupids feuriges Geschoss verloschen.

Ich endete in einem tiefen Schlaf.

BERTHOLD Teddybären

»Brrrrrr!« Ein ohrenbetäubendes Sirenengeheul riss mich unsanft aus meinen Träumen. Ich hatte das Gefühl, ich hätte nur eine Sekunde geschlafen.

Eustachia schreckte hoch und schlug mit der Faust nach dem Wecker, dann sprang sie aus dem Bett und sammelte ihre verstreuten Kleider vom Boden auf. »Himmel! Ich komme zu spät zur Arbeit!«

Nach einer solchen Nacht brauchte man morgens vor allem einen starken Kaffee. Aber ich hatte kein Glück.

»Möchtest du Tee?«, rief sie aus der Küche.

»Hast du keinen …?«, krächzte ich schwach, aber ich ahnte die Antwort.

»Mach dir Toast, wenn du willst! Und wenn du gehst, zieh einfach die Tür hinter dir zu! Keine Sorgen wegen Monty – der Hundesitter holt ihn später ab!«

Sie stellte mir eine Tasse dünnen Tee auf den Nachttisch und berührte meine nackte Schulter.

»Berthold …!« Was immer sie sagen wollte, sie sagte es nicht.

»Stacey …!« Ich sagte es auch nicht.

Ich drückte ihre Hand und ließ sie gehen, dann fischte ich mit den Fingern den Teebeutel heraus.

Die Teddybären beobachteten mich eifersüchtig von ihrem Brett; wahrscheinlich hatten sie von dort während Staceys ganzer trauriger Kindheit über sie gewacht und sie geliebt, wie sie nie wieder geliebt worden war. Bis jetzt. Ein unvertrautes Zittern lief durch meine Brust. Ich war der Mann, der Stacey achten und beschützen würde, der sie mehr lieben würde als ihre Teddys. Beflügelt sprang ich aus dem Bett, um meine Erkenntnis mit ihr zu teilen, doch da hörte ich schon, wie der Motor ansprang und das Auto davonfuhr, und als ich Montys verzweifelten Blick sah, wusste ich, dass auch er sie liebte. Die Versuchung, nach ihm zu treten, war groß, aber ich beherrschte mich.

Als ich in Madeley Court ankam, bot sich mir ein Bild unaussprechlicher Verwüstung. Sechs ausgewachsene Bäume waren gefällt worden, ihr Laub auf der Straße verspritzt wie grünes Blut. An den Zweigen hingen grüne Büschel unreifer Kirschen, die niemals zur vollen Röte reifen würden. Der Kirschgarten war ein Kirschgrab geworden. Die Motorsägenmänner waren noch dabei, die großen Äste zu zerkleinern und zu ordentlichen Stapeln aufzuschichten. Kleine Gruppen von Menschen kamen und sahen zu, andere schauten von ihren Balkonen herab. Der Junge, der Flossie so zugesetzt hatte, machte Fotos mit seinem Telefon. Ich fragte mich, wo Violet war, die meinen Weg gekreuzt hatte wie ein lodernder Komet und nun einer anderen Laufbahn folgte.

In gewisser Weise war ich froh, dass sie nicht hier war. Es hätte ihr das Herz gebrochen.

VIOLET Karibu

Die Nacht in Nairobi ist warm, duftend und voller Sterne, so hell und so nah, dass man fast glaubt, man könnte die Hand ausstrecken und sie vom Himmel pflücken. Man muss nur ein paar Schritte von den niedrigen Flughafengebäuden weggehen, und schon spürt man die Unermesslichkeit, die auf uns herabdrückt. Violet wartet in der Taxischlange und lässt sich von den Gerüchen und Geräuschen durchfluten.

»Langata«, sagt sie zu dem Fahrer. »Kalobot Road.«

Bei ihrer Großmutter erwartet sie ein Empfangskomitee mit Umarmungen, Tränen und sprudelnden Getränken.

»*Karibu! Karibu mpenzi! Ilikuwaje safari?*«

Alle sieben Cousins und Cousinen sind da, und neun Kinder, darunter drei prachtvolle Babys, die Violet noch nicht kennt. Die durcheinanderredenden Erwachsenen, die schreienden Babys, die singenden, klatschenden Kinder, die um Aufmerksamkeit buhlen, und der Fernseher, der im Hintergrund auf voller Lautstärke läuft, machen einen Heidenlärm. Violet setzt sich auf einen Holzstuhl und trinkt das Glas 7up aus, das Lynette ihr eingeschenkt hat, auch wenn sie sich lieber mit einem Milchkaffee ins Bett gelegt hätte.

Als alle weg sind, führt ihre Großmutter sie nach oben in das malvenfarben gestrichene Zimmer, das früher ihrer Mutter gehörte. Ihre Eltern und die luftige Ruhe des Hauses in Bakewell fehlen ihr jetzt schon. Grandma Njoki setzt sich zu ihr auf den Bettrand und fragt sie nach der Familie aus. Gegen die Müdigkeit ankämpfend versichert Violet ihr, dass es allen gut geht und alle herzlich grüßen lassen.

»Wann heiratest du, *mpenzi*?« Das fragt ihre Großmutter immer. »Bald bist du auf dem absteigenden Ast. Wie alt bist du?«

»Ich bin erst dreiundzwanzig. Ich hab noch viel Zeit. Und du, Nyanya, wann findest du einen neuen Mann?«

Ihre Großmutter lacht, und in der rosa Höhle ihres Mundes blitzten die großen falschen weißen Zähne auf. »Du böses Mädchen, so was zu denken. Glaubst du etwa, dass mich der liebe Gott meinen Josaphat so schnell vergessen lässt?«

Sie fragt ihre Großmutter, ob sie einen Mann namens Horace Nzangu kennt.

Njoki sieht sie ausdruckslos an. »Kannte er Josaphat?«

»Ich glaube, Babu Josaphat kannte ihn.«

In Bakewell hatte Violet ihren Eltern die Fotokopien der GRM-Rechnungen gezeigt. Sie hatten entsetzt, wütend und erschrocken reagiert. Doch die Versuche ihrer Eltern, Violet von weiteren Nachforschungen in der alten Geschichte abzubringen, haben ihre Abenteuerlust nur noch verstärkt.

»Daddy sagt, Nzangu war früher in der Verwaltung im Mbagathi District Hospital, als Babu dort gearbeitet hat. Er ist unter dubiosen Umständen gegangen, nachdem Vorwürfe laut wurden, er hätte gebrauchte Spritzen und OP-Besteck gereinigt und wiederverkauft.«

»Warum redest du von diesem *jinai,* Violet?«

»Nyanya, du hast früher gesagt, Babu Josaphat wurde ermordet, weil er im Krankenhaus Korruption aufgedeckt hat und zur Polizei gegangen ist.«

Aber Njoki schüttelt den Kopf und sagt, sie erinnert sich an nichts, und Violet akzeptiert traurig, dass es wahrscheinlich nicht die Angst ist, sondern die Tatsache, dass sie wirklich das Gedächtnis verliert. Njokis Haar ist inzwischen schlohweiß und ihre Haut runzlig wie die Rinde des Cadaba-Baums, aber dafür strahlen ihre Zähne immer noch wie Klaviertasten, sie trägt eine geblümte Kittelschürze über dem Kleid und riecht immer noch nach Kokosöl.

»*Mpenzi!*« Njoki hält sie fest in ihren dünnen Armen. »Du bist so schmal geworden! Gott sei Dank bist du nach Hause gekommen. Und jetzt geh schlafen.«

BERTHOLD Taubenliebe

»Ruckedigu, ruckedigu.«

Ich starrte aus dem Fenster und nippte melancholisch an einer Tasse Kaffee, Lidl-Marke, während ich über Baummord, Impotenz in all ihren düsteren Facetten, die Flüchtigkeit des Ruhms und andere deprimierende Themen nachgrübelte. Da bemerkte ich am Balkonrand in der Nähe von Flossies Käfig einen Vogel – eine wilde Taube, offenbar durch das Baummassaker unten obdachlos geworden.

»Halt den Schnabel, Flossie«, antwortete Flossie.

»Ruckedigu, ruckedigu«, gurrte die Taube, plusterte ihre schillernden Kropffedern auf, legte den Kopf zur Seite und beäugte Flossie verführerisch mit einem runden, starren Auge. Offensichtlich war die Taube ein Täuberich.

»Gott ist kuku. Ruckediru.«

Der Tauber hüpfte näher an Flossies Käfig heran. Mir fiel auf, dass er nur ein Bein hatte und einen vernarbten Stumpf, wo das andere hätte sein sollen. Vielleicht war es derselbe Vogel, den ich an dem Wochenende, als meine Mutter starb, vor den Rädern des weißen Transporters gerettet hatte. Er und Flossie schienen recht vertraut miteinander. Ruckedigu, ruckedigu. Vielleicht hatte er die Liebe seines Lebens gefunden – wie ich.

Dann hörte ich Inna in ihrem Zimmer herumpoltern. Zuerst dachte ich, sie wäre mit Lukaschranky zugange, aber es dauerte viel zu lange, selbst für seine Maßstäbe. Außerdem wurde nicht gesungen. Irgendwann klopfte ich, um nachzusehen, und fand sie am Schminktisch zwischen Bergen ihrer Habseligkeiten, die sie in Kisten, Tüten und Schachteln stopfte. Ihr schwarzes Haar fiel ihr offen über die Schultern, am Scheitel war ein breiter Silberstreif zu sehen.

»Hallo, Inna, was tust du da?«

»Ich gehe weg, Bertie! Ich gehe zurück in Ukraine, mit Lev!«

»Ist das eine gute Idee, Inna? Du weißt, dass dort Krieg herrscht.«

»Oj, Krieg ist bald vorbei. Krieg ist nur für Verrückte. Ost, West, sind wir alle Ukraine. Gute Ukraine-Soldaten wollen nicht kämpfen gegen gute Ukraine-Menschen, wollen Rote-Bete-Suppe, Kwas, glücklich Leben. Nur Ausländer wollen Krieg. Europejskie, Ruskie, Amerikanskie, alle verrückt. Besser Liebe machen, Wodka trinken, schöne Lieder aus mein Land singen. *Oj ty pesnja! Pesenka devitschaja … Mm-m-mmm …*«

»Aber es geht um Demokratie, Inna«, seufzte ich, selbst nur halb überzeugt. »Die will doch jeder. Eine gute Regierung, den Kampf gegen die Korruption …«

»Kein Demokratie. Nur Oliharki, die kämpfen gegeneinander, wer kann machen größere Korruption. Manch Oliharki Freund von Mister Putin, ander Oliharki Freund von Mister Cameron. Aber alle Oliharki haben gleiche große Haus in London mit blonde Frau und große Busen, Gangster mit große Knarre an Tür und auf Straße gute britische Schutzmann zum Aufpassen. *Mmm-m-mmm …*«

Sie packte weiter und stimmte dabei wieder ihr Lied an.

»Aber wir müssen Putin daran hindern, die Weltherrschaft zu übernehmen!«

Doch Inna folgte stur ihrer eigenen verrückten Agenda. »Nein, nein! Ist Putin popolär, weil er in letzter Sekunde gemacht hat Schluss mit Netto. Genau wie Mister Jeff Kennedy popolär, als er gestoppt hat Russland in Kuba mit Schweinebauch …« Sie hielt inne und lehnte sich lächelnd zurück. »Ah! War schöne Zeit für Dovik und mich!«

»Hör mal, Inna …« Ich wusste nicht, wo ich anfangen sollte, ihre vernebelte Perspektive zurechtzurücken. »Die Geschichtsschreibung sieht das ein bisschen anders …«

»Pah! Wozu Geschichtsschreiben? Geschichte hat uns gebracht große Vaterländisch Krieg gegen Nazi. Zwanzig Millionen Sowjetbürger tot. In Geschichte alle tot. *Mmm-m-mmm* …« Sie sah mich an, als wäre ich ein Nazi, und packte weiter.

»Du hast nie zu Ende erzählt, Inna, wie dein Vater sein Bein verlor und Dovik nach Tiflis ging, um Medizin aus der Toilette zu studieren. Auch wenn das für die meisten normalen Menschen schwer zu glauben ist. Und dann?«

»Aha! Sowjetische Bakteriophage-Medizin war große Erfolg! Dovik hat gekriegt Ehrmedaille. Dann 1962 große Krise. Amerikanische Präsident Jeff Kennedy hat Rakete in Türkei aufgestellt für Ausbreitung von Netto. Sowjet-Präsident Chruschtschow hat versucht aufzustellen Rakete in Kuba.«

»Nicht Netto, Inna. NATO.«

»Und warum alle reden von Netto?«

»Das ist eine billige Supermarktkette.«

»Supermarkt?« Sie machte ein bestürztes Gesicht. »Und ich dachte, ist Militär-Klub für Raketen rund um Russland. Supermarkt! *O boshe moj!*«

Natürlich wusste ich von der Kubakrise, auch wenn für mich das größte Ereignis im Jahr 1962 mein erster Geburtstag war, ein paar Monate zuvor am 6. Mai. Howard zufolge hatte es einen Kuchen mit einer Kerze gegeben, die er für mich ausgeblasen hatte, während Mum und Dad sich einen angetrunken hatten und ins Nebenzimmer gingen, um noch ein Baby zu machen, bekanntermaßen ohne Erfolg. Von Howard wusste ich auch, dass Mutter im Oktober 1962 eine peinliche Friedenswache mit Kerzen im Kirschgarten organisierte, bei der er mitmachen musste, während Dad mit dem Verkauf von mit Alufolie gefütterten Antistrahlungsanzügen, die bei Huddersfield vom Laster gefallen waren, zwei Mille verdiente.

Ich erinnerte mich an eine TV-Doku über die Kubakrise, mit grobkörnigen Aufnahmen raketenbeladener Kriegsschiffe, die reglos im grauen Ozean lagen, während die zwei Weltmächte die Muskeln spielen ließen. Inna erzählte, im Oktober 1962 seien die Menschen in der ganzen Sowjetunion zu ihren Familien gereist, weil sie dachten, es wären ihre letzten Tage auf Erden. Ihre Eltern lebten damals auf der Krim, wo ihr Vater einen Büroposten bei der sowjetischen Schwarzmeerflotte hatte. Auch Dovik kam aus Georgien zurück, um bei seiner adoptierten Familie zu sein. Die Zeit und die Entfernung hatten aus dem nervenden älteren Bruder einen geheimnisvollen, gut aussehenden Fremden gemacht. Zusammen sahen sie auf dem Gemeinschaftsfernseher im Keller des Hauses der Begegnung der Kriegsschiffe zu – dieselben Bilder, die ich gesehen hatte. Inna beschrieb, wie sie den Atem anhielten, als die tapfere sowjetische Besatzung der B-59 tief unter der Karibik bei knapper Luft und von feindlichen Zerstörern gehetzt die Entscheidung treffen musste, ob sie sich von ihren Verfolgern zum Auftauchen zwingen lassen oder ihre Atomtorpedos abfeuern und damit ein nukleares Armageddon auslösen sollte, das alles Leben auf der Erde ausgelöscht hätte, sagte Inna.

Sie hatte sich auf die Lippe gebissen und gestanden, dass sie nicht als Jungfrau sterben wollte. Dovik hatte sich galant überreden lassen, ihr aus dem Dilemma zu helfen.

»Haha! Jungfrau!« Sie klatschte in die Hände.

Ich weiß nicht, ob Dovik je dahinterkam oder ob sie es ihm irgendwann erzählte.

Kurz danach zogen sie nach Tiflis und heirateten. Dovik setzte die Bakteriophagenforschung fort, laut Inna die sowjetische Antwort auf Antibiotika, hergestellt aus Viren, die im Abwasser gedeihen und Bakterien als Wirt nutzen und zerstören. Als Krankenschwester im selben Krankenhaus hatte Inna den unglücklichen Patienten die widerliche Kur mit eigenen Händen verabreicht.

»Hm. Shakespeare hat davon gesprochen, wie ein Schmerz den anderen heilt.« Das Zitat stammte aus *Romeo und Julia*. »Saug in dein Auge neuen Zaubersaft, so wird das Gift des alten fortgeschafft.«

»Aha! Sehr clever Mann! War er Sowjetbürger?«

»Eher unwahrscheinlich, Inna, aber es ist eine interessante Vorstellung.« Konnte jemand wirklich so dumm sein, oder machte sie sich über mich lustig?

Inna und Dovik lebten in einer Zweizimmerwohnung im Erdgeschoss einer fünfstöckigen »Chruschtschowka«.

»Sozialwohnung wie hier, aber gemacht aus gute Sowjet-Platte.«

Trotz Innas ausgesprochenem Widerwillen gegen soziales Wohnen erlebte das junge Paar sehr glückliche Zeiten in der neuen Wohnung, die zwar klein war, aber ihr eigenes Reich, in einer Zeit, als die meisten Familien mit Eltern und Schwiegereltern in wenigen Zimmern zusammengepfercht waren. Sie machten es sich schön, mit Blumen, Bildern und traditioneller Stickerei, und sie bekamen ihre zwei Kinder. »Zwei Jungen, jetzt erwachsen. Beide Arzt. Einer lebt Peterburg, einer lebt Hamburg. Alle normal.«

Laut Inna war der Ukrainer Nikita Chruschtschow ein beliebter Regierungschef gewesen, geistreich und jovial, der sich von Stalin distanzierte und auch gern mal ein Glas ukrainischen Schampanskoje beste-von-Welt trank. Es schien, als könnte die Sowjetunion ihre grimmige Vergangenheit der Hungersnöte, des Kriegs und der Unterdrückung endlich hinter sich lassen und sich zu einer progressiven, dynamischen Weltmacht entwickeln, die sich von der Tschechoslowakei bis nach Kamtschatka erstreckte. Chruschtschows Diplomatie rettete die Welt sogar vor der nuklearen Zerstörung, während Mister Präsident Jeff Kennedy die Lorbeeren dafür einheimste.

»Nein, Inna, es war andersrum. John F. Kennedy hat die Welt vor der nuklearen Vernichtung gerettet, und Chruschtschow musste einlenken. Das weiß doch jeder.«

»Aha! Genau wie Dovik weiß, dass ich war Jungfrau!«, kicherte sie.

Langsam tat mir dieser Dovik ein bisschen leid, der ein anständiger Kerl gewesen zu sein schien, aber im Leben wohl ein paarmal den Kürzeren gezogen hatte, unter anderem mit Inna.

1964, als Inna mit ihrem ersten Sohn schwanger war, wurde Chruschtschow gestürzt und durch Breschnew ersetzt.

»Oj! So primitiv!« Sie warf die Hände in die Luft. »Primitiv Augenbrauen! Primitiv Politik! Wie schwarze Bär voll mit Medaillen. Auch Ukrainer! Was kann man machen?«

Sie beschlossen auszuwandern, doch sie mussten bis zum Zusammenbruch der Sowjetunion 1991 warten, ehe sie ihren Traum verwirklichen konnten. Als das Land zusammenbrach, strömten westliche Berater herein, und in einer wilden Orgie der Privatisierung rissen sich zwielichtige Gestalten die volkseigenen Aktivposten unter den Nagel. Dovik wurde von dem Gangster/Geschäftsmann Kukuruza angesprochen, der nach Wegen suchte, aus knirschenden sowjetischen Forschungseinrichtungen mit Businesspotenzial Geld zu pressen. In der Bakteriophagenmedizin mit ihren kostengünstigen Abwasserzutaten und unbegrenzten Profitmargen witterte er die ideale Chance. Dovik zögerte. Er war noch nicht bereit, sein Baby dem organisierten Verbrechen zu opfern, und er hatte andere Fluchtpläne. Er stand bereits mit den Wissenschaftlern des Wellcome Institute in London in Kontakt, die ebenfalls an Bakteriophagen forschten. Er hatte ihnen einen freundlichen Brief aus Tiflis geschrieben, worauf man ihm ein Forschungsstipendium anbot.

»Also wir sind nach London gekommen. Sehr schöne Stadt. Alle glücklich. Aber dann eines Tages kommt Kukuruza zurück und sucht Dovik, und jetzt ist er groß Olihark.«

Doviks Weigerung, seine Geheimnisse zu verkaufen, kostete ihn das Leben. Ein Teller vergifteter Slatkis in einem Restaurant in Soho war sein Ende – behauptete Inna jedenfalls.

»Oj-oj-oj! Olihark hat ihn ermördert. Jetzt ich bin ganz allein. Zeit für Rückkehr nach Hause.«

Während sie sprach, stopfte Inna ein geheimnisvolles rosa Kleidungsstück brutal in eine bereits volle Tasche. »Ah! Ukraine! Kannst du nicht vorstellen, Bertie, wie wunderschön ist mein Land. Gelbblau, wie unsere Flagge. Gelbe Felder mit Mais. Himmel blau, keine Wolke. Fluss wie Glas. Wiesen an Ufer. Kleine weiße Haus mit Kirschbäume in Garten. *Mmm-m.*« Wieder wimmerte sie, während sie hoffnungslos am Reißverschluss der Tasche riss. »England ist gutes Land, aber zu nass. Zu dunkel. Zu viel Rosenkoll.«

Ich persönlich mochte Rosenkohl gern, aber ich verstand, dass er gewöhnungsbedürftig war. »Rosenkohl gehört zu unseren Fünfmal-Obst-oder-Gemüse-am-Tag, Inna. Warte, ich mache das für dich.«

Ich nahm ihr die Tasche ab und stellte fest, dass ich den Reißverschluss nur zubekam, wenn ich das rosa Kleidungsstück herausnahm, das sich als gummierter Hüfthalter entpuppte. Sie riss mir die Tasche aus der Hand, öffnete den Reißverschluss und stopfte den Hüfthalter wieder hinein. Dann ging der Reißverschluss kaputt. Inna hatte Tränen in den Augen. Ich legte den Arm um sie. Plötzlich wurde auch ich sentimental.

»Ich verstehe, warum du in die Ukraine zurückwillst, Inna. Aber ich glaube, dieser Lukaschranky ist vielleicht nicht der Richtige für dich. Ich meine, was weißt du eigentlich über ihn?«

»Ich weiß Liebe. Das ist genug.« Tränen flatterten an ihren Wimpern.

»Aber Liebe ist ein bisschen … na ja … unzuverlässig. Wäre es nicht besser, wenn du in der Nähe deiner Kinder wärst?«

»Oj, hab ich besucht Hamburg. Ist nett, aber alle sprechen Deutsch. Und gibt nicht richtige Kolbasa.«

»Was ist mit St. Petersburg? Das wäre näher an deiner Heimat.«

»Auch schön, aber zu viel Gangster, Winter schlimmer als London, Sohn keine Zeit. Nein, geh ich lieber Krim und lebe mit Lev. Gute Klima, gute Menschen, viel Strand, gute Essen, gute Wein.«

»Aber Inna, die Krim ist jetzt Russland, nicht mehr Ukraine.«

»Nein, nein, Bertie. Vorher war Russland, jetzt Ukraine. Mister Chruschtschow hat abgegeben.«

»Aber jetzt hat sich Russland die Krim zurückgeholt. Siehst du keine Nachrichten? Die Leute haben gewählt. Auch wenn wir natürlich davon ausgehen können, dass die Wahl gezinkt war.«

»Oj! Warum sagt mir niemand?« Sie rang verzweifelt die Hände. »Wo soll ich hin?«

»Du musst doch gar nicht weg, Inna. Es wäre schön, wenn du bleibst. Bist du denn nicht glücklich hier?« Vielleicht war ich zu streng gewesen, was den Kaffee und Flossies Pflege anging. Von jetzt an würde ich sie wie eine Königin behandeln.

»Alles verändert sich hier, Mister Bertie. Blackie ist weg. Mrs Crazy ist weg. Rumänen ist weg. Heute fällen sie Kirschbäume, genau wie in Theater von Tschechow.«

Der Kirschgarten, dass mir das nicht eingefallen war! Dabei hatte ich 1981 in Camberwell den Gajew gespielt. Es ging um irgendwas mit einem Fenster, durch das ich die

Mutter im weißen Kleide durch den Kirschgarten wandeln sah. Ich hatte einen Kloß im Hals. Sie würde nie wieder dort wandeln.

»Und gestern ich hab gehört, Rollstuhl tot.«

»Was?« Das war ein Schock. »Meinst du Len?« Vielleicht war sie verwirrt.

»Ja, Mann ohne Beine mit rote Giftpilzhut. Diabetik muss essen für Zucker in Blut, aber hatte nix Elektrik für Insulin in Kühlschrank.«

Der Finger des schlechten Gewissens stach mir in die Rippen. Ich hatte ihm versprochen, ich würde versuchen, ihm zu helfen, aber ich hatte es einfach vergessen. Ich war so selbstsüchtig mit meinem eigenen Überleben beschäftigt gewesen und hatte im Hinterkopf darauf vertraut, irgendwelche »sie« würden sich schon um ihn kümmern – jemand wie Mrs Penny vom Amt oder jemand vom Jobcenter oder dem Gesundheitsamt. Aber es hatte sich keiner gekümmert. Während ich auf Godot wartete, war Len die Zeit davongelaufen.

Ich senkte den Kopf und gedachte seines gnadenlosen Optimismus und seines gelegentlichen Schwachsinns. »Armer Len. Hat ihm denn keiner geholfen?«

»Ich habe ihm Injektion gemacht, aber Insulin kaputt.«

Ach, armer Len. Eine schwarze Wolkenbank zog an meinem geistigen Horizont auf. Der beinlose Len, Mrs Crazy, der Kirschgarten, selbst Inna Alfandari – seit Mutter nicht mehr war, waren sie die letzten lebenden Bindeglieder, die eine sichere Vergangenheit mit einer unsicheren Zukunft verknüpften. Es waren nicht Backstein und Beton, die aus diesem Gebäude ein Zuhause machten, es war das Netz der Menschen und dieses komische Wort, das die laute Gladys auf ein Stück Stoff gestickt hatte: GEMEINSINN.

»Ruckedi-gucki«, gurrte Flossie vom Balkon. Sie plusterte die Federn auf und hüpfte auf ihrer Stange auf und ab, dann wandte sie sich der einbeinigen Taube zu, die zum Balkon nebenan davonflatterte. Ach ja, ich hatte Flossie vergessen – sie war noch da.

»Was ist los mit Teufelvogel?«, fragte Inna. »Will sie sein wie Taube?«

»Ich glaube, sie hat sich verliebt.«

BERTHOLD Sozialhilfebetrug

Mit dem Rest meiner ersten Lucky-Gage bestellte ich für Inna ein Taxi nach Hampstead, denn wie sich herausstellte, hatte sie ihre alte Wohnung behalten und an Freunde von Freunden untervermietet. Irgendwie ärgerte ich mich, dass sie mir nichts davon erzählt hatte, aber ich war auch froh, dass es einen Ort gab, an den sie gehen konnte.

Diese Freunde von Freunden besuchten jetzt eine Familie in Saporishja, und bis sie zurückkamen, konnte Inna mit Lukaschranky alias Lev dort wohnen. Wenn die Freunde wiederkamen, zahlten sie Miete auf Innas Konto und stockten damit ihre bescheidende Witwenrente in der Ukraine auf. Je mehr ich über das Arrangement erfuhr, desto weniger gefiel es mir, aber sie hatte schon alles geplant, und während sie ihre Erklärung hervorsprudelte, glitt ihr Blick listig von hier nach da, so dass sich mir der Verdacht aufdrängte, ich hätte längst noch nicht alles gehört.

»Bye-bye, Bertie.« Sie stellte sich auf die Zehenspitzen und gab mir einen trockenen Kuss auf die Wange, dann humpelte sie im Eiltempo davon und hinterließ nur den Hauch ihres markanten würzigen Geruchs mit einer Spur von L'Heure Bleue, der noch eine Weile im Flur hing.

Ich sah ihr durchs Fenster nach, als sie mit Taschen bepackt den massakrierten Kirschgarten durchquerte und ins am Bordstein wartende Taxi stieg, und wieder hatte ich einen Kloß im Hals. Ich würde die durchgeknallten Gespräche mit ihr und ihren schrecklichen Gesang vermissen. Und ich würde Globulski, Kosabki und Slutki vermissen.

Dann hörte ich: *Ding dong. Ding dong!*

»Wer …«

Vor der Tür standen ein Mann und eine Frau, zwielichtige, nichtssagende Typen mit flachen Schnürschuhen, Aktentaschen und ausdruckslosen Gesichtern wie Untote. Als ich die Tür wieder schließen wollte, schob der Mann seinen braunen Schuh in den Türspalt.

»Wir suchen nach Mrs Inna Alfandari«, sagte er. Seine Stimme war flach, beige und leicht nasal.

»Sie ist nicht hier«, sagte ich. Wer zum Henker waren sie? Mormonen? Zeugen Jehovas?

»Können Sie uns sagen, wo sie ist?«, fragte die Frau. Auch ihre Stimme war flach, beige und leicht nasal. Sie lächelte nicht.

Ich zögerte. Wenn sie von der Polizei wären, hätten sie mir ihre Dienstmarken gezeigt. »Können Sie mir sagen, wer Sie sind?«

»Wohnt Mrs Alfandari hier?«, beharrte er.

»Hören Sie, ich habe keine Ahnung, wer Sie sind. Warum sollte ich Ihnen irgendwas sagen?«

Die Frau klappte das Revers ihrer Jacke zurück. An ihrem nur wenig hervorragenden Busen hing ein Ausweis. Er zeigte ein bronzefarbenes Firmenlogo – *i4F* – und ihren Name: *Miss Anthea Crossbow, Betrugsermittlung*. Heiliger Strohsack.

»Können wir reinkommen?«

»Tut mir leid«, sagte ich. »Ich glaube, Sie sind hier falsch.«

»Wir haben das Gelände beobachtet«, sagte der Mann. »Wir haben Grund zu der Annahme, dass Inna Alfandari hier wohnt.«

»Hier wohnt n-n-niemand mit diesem Namen. Hier leben nur ich und meine M-mutter. Lily Lukashenko.«

Sie tauschten einen schnellen Blick.

»Es muss sich um eine V-verwechslung handeln.«

»Wir ermitteln in einem Fall von Sozialhilfebetrug.« Der Mann reichte mir seine Visitenkarte mit dem gleichen *i4F*-Logo und dem Namen *Mr Alec Prang. Leitender Betrugsermittler.* »Wir gehen davon aus, dass Mrs Alfandari unrechtmäßig Wohngeld für eine Wohnung bezogen hat, die sie nicht mehr bewohnt.«

»Oh, wie f-fürchterlich!«

Das also hatte sie getrieben, das gerissene Weib! Kein Gift, sondern Betrug. Genau betrachtet waren wir aus dem gleichen Holz geschnitzt, und vielleicht war es das, was uns zusammengeführt hatte. Wussten Crossbow und Prang, dass Inna dieselbe Wohnung sogar untervermietet hatte und somit nicht nur Wohngeld, sondern auch Miete kassierte? Kein Wunder, dass sie so großzügig mit dem Wodka gewesen war. Sollte ich reinen Tisch machen? Nein. Hol's der Henker, wenn Diebe nicht ehrlich gegeneinander sein können!

»A-aber da liegt bestimmt ein I-irrtum vor, Mr P-pprang? Sie wohnt ganz sicher nicht hier.«

»Vielleicht sollten wir noch mal bei der Adresse in Hampstead nachsehen«, flüsterte Miss Crossbow ihrem Kollegen zu.

»Das ist sicher eine gute Idee.« Ich lächelte in mich hinein. Inna war mit dem Taxi sicher längst angekommen und konnte jeglichen Verdacht zerstreuen.

»Würden Sie sich bitte bei uns melden, falls Sie an irgendwelche Informationen bezüglich des Aufenthaltsorts der gesuchten Person gelangen?« Mr Prang bleckte die Zähne, was wohl ein Lächeln sein sollte, und ich nickte mit der gleichen Unaufrichtigkeit.

»Vielen Dank für Ihre Zeit, Mr … äh?« Miss Crossbow angelte nach meinem Namen.

»War mir ein Vergnügen.« Ich schloss die Tür.

Ich hörte das Rumpeln des Fahrstuhls und wartete am Fenster, bis sie im Garten auftauchten, doch sie tauchten nicht auf. Wo konnten sie sein? Panik stieg in mir auf, als ich ihren Besuch Revue passieren ließ. Beobachteten sie auch mich? Während sie gegen Inna ermittelten, hatten sie vielleicht auch etwas von meiner irregulären Wohnsituation nach dem Dahinscheiden meiner Mutter mitbekommen. Ich trat hinaus auf den Laubengang und konnte gerade noch sehen, wie hinter dem Haus ein unmarkierter weißer Lieferwagen mit zwei krummen Gestalten auf den Sitzen davonraste. Wahrscheinlich hatten sie vom Parkplatz aus die Rückseite des Hauses observiert.

Auch wenn ich es Inna etwas übel nahm, dass sie mich zum Narren gehalten hatte, schlich sich bei mir eine gewisse Bewunderung für sie ein. Sie hatte alle hinters Licht geführt – selbst mich, selbst Mutter, die bestimmt nichts von der Durchtriebenheit ihrer Freundin geahnt hatte und vielleicht entsetzt gewesen wäre. Andererseits war Mutter im Allgemeinen tolerant gegenüber menschlichen Schwächen, vor allem, wenn sie mit einem Glas Alkohol serviert wurden.

Inna hatte Mutters Zimmer in ziemlicher Unordnung hinterlassen, und so drehte ich das Radio auf, um die Stille der Wohnung zu übertönen, und machte mich daran, die Trümmer aufzuräumen. Hier waren der rosa Hüfthalter, den ich in eine Tüte steckte, damit Inna ihn später mitnehmen konnte, und ein paar zerrissene schwarze Strumpfhosen, die ich wegwarf, dazu eine zusammengeknüllte Plastikpackung, eine leere Flasche schwarze Haarfarbe, eine Bürste voller langer schwarzer Haare, ein ungeöffnetes Päckchen Players No. 6, das Mutter irgendwo versteckt haben musste, mehrere Plastikbecher mit grünem Schleim und ein Stapel Frauenzeitschriften in kyrillischer Schrift, auf denen mollige, dunkeläugige, blonde Models zu sehen waren sowie Rezepte, die verdächtig nach Variationen von Kolbaski, Golabki und Slatki aussahen.

Nach dem Aufräumen wirkte das Zimmer mehr als kahl – es wirkte von allen guten Geistern verlassen. Ich holte den Pappkarton unter dem Boiler hervor und hängte Mutters Fotos wieder auf, um die bleichen Rechtecke an der Wand zu verdecken: den schnittigen Ted Madeley, den idealistischen Berthold Lubetkin, Granny Gladys und Granddad Bob mit Blumentopfhut und hundeköpfigem Spazierstock und das Foto von mir, Howard und den Zwillingen in Hampstead Heath. Mit einem Seufzer der Erleichterung glitten sie wieder auf ihre Plätze. Ich trat zurück, um mein Werk zu begutachten. Selbst die Flasche L'Heure Bleue stand noch auf dem Frisiertisch, auch wenn sie inzwischen leer war.

Auf dem Balkon flirtete Flossie mit ihrem räudigen neuen Freund. Ehrlich gesagt hätte ich ihr einen besseren Geschmack zugetraut – ein intelligenter, exotischer Vogel wie sie –, aber anscheinend ging es reifen Weibchen häufig so. Ich setzte Wasser auf – im Schrank stand eine fast volle Kaffeedose Lidl-Hausmarke – und bereute, dass ich

Inna in einem Anfall von Großzügigkeit meinen letzten Fünfer für die Taxifahrt gegeben hatte, statt ihn für Luigi aufzuheben. Ich hatte schlechte Laune, meine Knöchel juckten, die Wolkenbank der Depression hing immer noch über dem Rand meines Bewusstseins, und für einen Mann, der gerade eine sehr nette Frau im Bett gehabt hatte, fühlte ich mich ziemlich reizbar und erschöpft.

Dann, im trägen Lauf des Nachmittags, wurde mir klar, was mich wurmte. Das Telefon. Es war still. Eustachia hatte nicht angerufen.

Ich starrte es grimmig an. Warum rief sie nicht an? Sie war an der Reihe, verdammt. Ich hatte sie letztes Mal angerufen. Wenn immer ich anrief, würde sie anfangen, sich meiner zu sicher zu fühlen. Wie Jimmy the Dog immer sagte: »Halt sie kurz, dann bleiben sie dran.« Aber es ging doch nicht an, dass Frauen es umgekehrt genauso machten, oder? Ich meine, objektiv betrachtet war Eustachia nett, aber nichts Besonderes. Und wenn sie nicht anrief ... Wie Flossie könnte ich wahrscheinlich etwas Besseres kriegen, wenn ich mich ins Zeug legte. Jetzt, wo ich grünes Licht von Mutter hatte. Und nun, da ich ein Engagement hatte, würde auch mein sexuelles Kapital in die Höhe schießen. Vielleicht kam Violet zurück. Vielleicht war Bronwyn doch nicht lesbisch. Meine Gedanken hüpften umher wie eine einbeinige Taube.

Plötzlich klingelte das Telefon. Ich sprang auf.

»Stacey, bist du das ...?« (Ja, ich hatte mich an den Namen gewöhnt.)

Eine Frauenstimme antwortete, aber ich verstand nicht, worum es ging, »... in Verbindung mit dem Unfall, der kürzlich ...« Der Ton war irgendwie blechern, vielleicht wegen einer schlechten Verbindung.

»Nein, Stacey, mir geht es gut. Ich meine, ich habe mir den Zeh angeschlagen, als ich hinter dem Bus hergerannt bin, aber abgesehen davon ist alles gut. Wann …?«

»Bitte … die Fünf, wenn Sie mit einem Kundenbetreuer …«, fuhr die Stimme fort.

»Stacey? Bist du das …?« Ich war derart von meinen Gefühlen übermannt, dass mir das L-Wort herausrutschte: »… Liebling?«

»… oder Neun, um zum Hauptmenü zurückzukehren.«

»Neun …? Was hast du gesagt? Aaahhh!« Wut ergriff mich. »Schamlose Telefonhure!« Ich schleuderte das Telefon durchs Zimmer, und es knallte gegen die Wand, wo es auseinanderfiel. Die Verkleidung platzte auf und zwei Batterien rollten unter das Sofa.

Ach, verdammt! Ich ging auf die Knie, um sie zu suchen.

Es war faszinierend, was man alles unter einem Sofa finden konnte, das seit einer Weile nicht weggerückt worden war: eine Dose Pfefferminzbonbons, halb leer; ein einzelnes Pfefferminzbonbon, angelutscht und mit uraltem Staub verklebt; ein blauer Kuli, der auslief; eine Mini-Whisky-Flasche, leer; ein alter Shilling und eine neue Pfundmünze; ein Päckchen Players No. 6 mit drei Zigaretten; ein zerknüllter Flyer von Shazaads Imbiss. Außerdem fand ich eine der Batterien. Die andere blieb flüchtig. Mit den Fingerspitzen tastete ich mich so weit nach hinten rechts, wie ich konnte; dann stieß ich auf die zweite Batterie neben einem der Sofabeine, außerdem auf etwas steifes Papierartiges, das an der Wand klemmte. Ich zog es heraus. Es war ein großer brauner Umschlag.

Darin steckte ein zusammengefalteter Bogen Transparentpapier, etwa einen Quadratmeter groß. Neugierig faltete ich ihn auseinander. Es schien eine Art Grundriss zu sein – eine Architektenzeichnung, penibel mit schwarzer Tinte ausgeführt, auf der verschiedene Details und Bemerkungen mit Bleistift notiert waren. Es war eine Zeichnung von Madeley Court. Ich versuchte, die Bleistiftnotizen mit dem Wohnblock, den ich kannte, in Einklang zu bringen. Ein Versammlungsraum für die Mieter, der auch als Kindergarten dienen konnte. Eine Gemeinschaftswaschküche an der Rückseite und eine große Dachterrasse zum Trocknen der Wäsche. Soweit ich wusste, war beides nicht realisiert worden. Vielleicht hatte ihm die Sparpolitik nach dem Krieg einen Strich durch die Rechnung gemacht. Doch andere Elemente auf dem Plan gab es wirklich. Das weite, schwebende Vordach über dem Haupteingang. Die Dekofliesen aus glasierter Terrakotta. Eine Grünanlage mit Bäumen, Bänken und einem Spielplatz. Wege und Begegnungsräume, die den zwischenmenschlichen Zusammenhalt fördern sollten, diagonal gesetzte Fenster und glänzende Oberflächen, die das Licht einfangen und verteilen sollten. Ein großes Treppenhaus mit Oberlicht. Die Fahrstühle mussten nachträglich ergänzt worden sein.

In dem großen Bauplan lag noch ein kleinerer Plan. Eine Wohnung: drei große Zimmer und ein kleines; eine Küche, ein Balkon, ein Bad. Großzügige Proportionen. Ein Oberlicht im Flur. Und in der unteren rechten Ecke eine handschriftliche Notiz in derselben schwarzen Tinte: *Für meine liebe Lily – Dir und Deinen Kindern ein Heim fürs Leben. Immer Dein BL.*

Ich musterte die Verteilung der vertrauten Zimmer auf dem Grundriss, die seit mehr als einem halben Jahrhundert ihr Heim gewesen waren, dann faltete ich ihn zusammen und legte ihn zurück in den Umschlag. Nur das Oberlicht hatten sie nie gebaut.

Am Ende schob ich die Batterien wieder in das Telefon und wählte Staceys Nummer. Ich stellte mir vor, wie es in der voll besetzten, vom Feuer beschädigten Amtsstube klingelte, wo ihre Kollegen eifersüchtig lauschten.

Vielleicht war das der Grund für die Kühle in ihrer Stimme, als sie am Apparat war: »Hallo? Oh, hallo, Bertie, schön, von dir zu hören. Ist alles in Ordnung?«

Sie sagte, sie sei in der kommenden Woche sehr beschäftigt. Womit, sagte sie nicht, und mir blieb der unangenehme Verdacht, dass sie sich absichtlich rarmachte, um mich auf meinen Platz zu verweisen. Am Samstag hatte ich die Matinee und die Abendvorstellung von *Godot*, was hieß, *ich* hatte wirklich keine Zeit. Außerdem wollte ich nicht, dass sie dachte, ich wäre verzweifelt und sie müsste nur mit dem Finger schnippen. Also verabredeten wir uns erst für nächsten Sonntag.

Als ich auflegte, entdeckte ich die Ecke eines zerknitterten braunen Papierchens, das unter dem Telefonbuch hervorsah – es war nicht irgendein Papier. Es war ein Zehn-Pfund-Schein, auf dem ein gelber Zettel klebte: Лен, stand darauf. Inna musste ihn hier vergessen haben. Tja, da, wo Len jetzt war, würde er ihn wohl nicht mehr brauchen. Grimmig steckte ich das Geld ein und marschierte über den Baumfriedhof, der früher ein Kirschgarten gewesen war.

»Hallo, Boss! Wo hast du gesteckt?« Luigi begrüßte mich mit offenen Armen. »Du bist berühmt!«

»Ach ja?« Ich hockte mich auf einen Barhocker, während

er sich an der Espressomaschine zu schaffen machte. Dann griff er unter die Theke nach einem zerlesenen Exemplar der *Daily Mail*, und tatsächlich, auf Seite elf prangte ein grobkörniges Foto von mir mit einem Seil um den Hals auf der Bühne im Bridge unter der Schlagzeile: *Unbekannter Schauspieler begeistert Publikum als Lucky.*

Unbekannt! Ich las die Kritik trotzdem. … *namens Bart Side spielte die anspruchsvolle Rolle mit einem Stottern, das perfekt zum Pathos von Becketts undurchsichtigem Meisterwerk beitrug …*

Der Artikel war untypisch für die *Daily Mail*, doch offenbar hatte auch diese Zeitung lichte Momente. Da fiel mir ein, auch die lesbische Bronwyn hatte sich ähnlich geäußert, was ich ihrer Geschlechterverwirrung zugeschrieben hatte. Oder war ich derart liebestrunken gewesen, dass alles andere an mir vorbeigegangen war?

»Hm. Danke, Luigi. Der Kaffee ist echt gut.« Oder mein Gaumen war nach Wochen der Lidl-Hausmarke abgestumpft.

»Kenia AA, Boss. Der Beste. Extra für dich. Die kleine Schwarze, die immer herkam, hat gesagt, dass ich umsteigen soll.«

VIOLET Kenia AA

Eins lässt sich über Kenia sagen, nämlich dass man jederzeit eine gute Tasse Kaffee bekommt. Kenia AA ist zweifellos der beste Kaffee der Welt. Von Violets Büro ist es nicht weit zur Bulbul Coffee Bar auf der Kenyatta Avenue, und manchmal geht sie mit Kolleginnen hinüber, um sich Kaffee und Gebäck schmecken zu lassen – die NGO hat vier örtliche Mitarbeiterinnen –, oder sie trifft sich mit einer ihre Cousinen auf eine Pizza. In England hat sie die kenianische Küche vermisst, doch hier fehlt ihr plötzlich die Vielfalt von London.

Ihr neuer Job ist eine Herausforderung, vor allem, weil sie fast alles selbst entscheiden muss. Maria Allinda, die das Vorstellungsgespräch in London geführt hat, weiß viel weniger über Afrika als sie, wie ihr klar geworden ist, und ist froh, die täglichen Entscheidungen darüber, wofür die Ressourcen der NGO eingesetzt werden sollen, Violet zu überlassen. Den ersten Monat verbringt Violet damit, Unternehmen in und um Nairobi zu besuchen und sich mit der Arbeit vertraut zu machen, die bereits geleistet wird.

Sie lernt Frauen kennen, die sie mit ihrer Energie und ihrem Optimismus tief beeindrucken – Frauen wie Grace Amolo und Nouma Mwangi, die am östlichen Stadtrand eine Geflügelfarm gegründet und in ihrer Gemeinde eine Schule gebaut haben; Frauen wie Scholastica Nalo, eine Witwe, die ihre vier Kinder mit einer kleinen Schneiderei durchbringt und inzwischen sogar zwei Lehrlinge eingestellt hat.

Eine weitere Gruppe von Frauen in Nyanza braucht Geld, um Kaffeesträucher zu kaufen und Land zu pachten in einem Gebiet, wo viele Familienernährer an der Cholera gestorben sind. Auch wenn Cholera heute leicht behandelbar ist, tritt sie in Kenia immer wieder endemisch auf, wegen der Armut und der schlechten Infrastruktur, einer weiteren Folge der gnadenlosen Korruption, die dem Land das Blut aussaugt und dafür Gift einspritzt. Wie Mücken, die eine Krankheit verbreiten, denkt sie. Hatte nicht die verrückte alte Dame von nebenan in London irgendwas von der Cholera in Kenia gesagt? Violet lächelt, als sie sich an die schäbige Wohnung erinnert, die sie zurückgelassen hat, und an ihre exzentrischen Nachbarn. Was ist wohl aus den Kirschbäumen geworden, fragt sie sich.

Eines Tages führt sie die Arbeit auf die Küsteninsel Lamu, wo eine örtliche Frauenkooperative ein strohgedecktes Gästehaus in der Nähe eines beliebten Resorts eröffnet hat. Der lange Strand mit weißem Sand und Palmengrüppchen ist idyllisch; man hört das Rauschen der Wellen des großen Indischen Ozeans und die Rufe der Fischer, die in der Dämmerung mit ihren Dauen den Fang einfahren. Aber einen halben Kilometer landeinwärts beginnt schon die Armut. Zwei der Gründerinnen sind Witwen, deren Männer Fischer waren und auf See umgekommen sind. Sie haben tiefliegende, von Falten umgebene Augen vom Blinzeln in der Sonne und sehnige, muskulöse Körper wie Violets Großmutter Njoki. Bevor die Frauen den Zuschuss bekamen, um die Kooperative zu gründen, hatten sie als Prostituierte in einem Hotel in Mombasa gearbeitet, das israelische Besitzer hatte und 2002 bei einem Bombenanschlag zerstört wurde. Damals waren sie mit ihren Ersparnissen nach Lamu zurückgekehrt und hatten ihr eigenes Gästehaus errichtet. Nach und nach schlossen sich ihnen Frauen von der Insel an; jetzt sind es sieben. Dann wurden 2011 in einem abgelegenen Resort ein paar Kilometer die Küste hinauf zwei britische Touristen von somalischen Piraten entführt, und der örtliche Tourismus brach ein. Doch das Gästehaus war nahe genug an Lamu Old Town, um einigermaßen sicher zu wirken, und nach einiger Zeit liefen die Geschäfte wieder.

Violet bewilligt die Verlängerung der Zuschüsse um ein weiteres Jahr, und im Zug von Mombasa zurück nach Nairobi denkt sie darüber nach, wie wenig sie tatsächlich über Kenia weiß und was für ein glückliches, behütetes Leben sie geführt hat.

BERTHOLD Ein perfekter Tag

Man könnte sagen, Lucky brachte mir Glück. Ich perfektionierte das falsche Stottern, während das echte Stottern so gut wie verschwand. Es war, als würde ich nach einem langen Winterschlaf ins Leben zurückkehren, gespannt und neugierig, in was für einer Welt ich aufgewacht war.

Eines Sonntags im Herbst, die strahlende Sonne stand tief an einem wolkenlosen Himmel, stiegen Stacey und ich den Pfad zum Alexandra Palace hinauf, mit vor Anstrengung beschleunigtem Puls. Oben angekommen blickten wir über die Stadt, die sich unter uns ausbreitete, die steilen Häuserreihen, die belaubten Parks und das Nadelkissen der Hochhäuser, verhangen von einem rauchigen Nebel: so viel Geschichte, so viel Glanz, so viel Eintönigkeit.

Das war Staceys Vorstellung von einem perfekten Tag. Ich hätte mir lieber eine gemütliche Matinee im Curzon angesehen, aber sie beharrte darauf, dass Monty Auslauf brauchte. Stacey war nicht halb so nachgiebig, wie ich nach unseren ersten Begegnungen gedacht hatte, und ich fand diese Tatsache unangenehm erregend. Sie trug ihren beigen Trenchcoat, dazu hohe Schuhe, und hielt Monty an der kurzen Leine. Ich trug meine weißen Turnschuhe und ein Leinenjackett und wünschte, ich hätte mich wärmer angezogen. Ich hatte ihr vom Besuch der Betrugsermittler erzählt.

»Anthea und Alec – das ist ein Paar, was?« Sie lächelte schelmisch. »Hattest du Angst, Berthold?«

»Ein bisschen.« Ich bückte mich und warf einen Stock für Monty, der mit heraushängender Zunge und einem irren Grinsen im Gesicht den Berg hinauf und hinunter hechelte. »Ich wusste nicht, ob sie mich oder Inna im Visier hatten.«

»Ich habe versucht, es zu verhindern, aber solche Ermittlungen entwickeln eine Eigendynamik, wenn sie erst mal im Gang sind. Innas Wohngeldantrag lief über eine andere Stelle. Wie geht es ihr eigentlich?«

»Ich weiß es nicht genau. Ich habe versucht, sie zu überreden, diesen Lukaschranky vor die Tür zu setzen, aber sie wollte nichts davon wissen. Das Letzte, was ich gehört habe, war eine Postkarte von der Krim. Wusstest du, dass die Krim für ihre Nacktbadestrände berühmt ist?«

»Ist sie für so was nicht ein bisschen zu alt?«

»Ich glaube nicht, dass sich Inna davon aufhalten lässt. Sie hat nie viel auf Regeln gegeben. Seit wann wusstest du eigentlich, dass sie nicht meine Mutter ist?«

»Die Verrückte hat es mir gesagt – die Nachbarin mit der Badekappe, die ständig Predigten hält. Ich habe versucht, dich zu warnen.«

»Mrs Crazy? Und du hast ihr geglaubt?«

»Einer der traurigsten Aspekte an meinem Job ist zu sehen, wie wenig Solidarität es gibt – die Armen halten nicht zusammen. Sie schwärzen einander an. Stell dir vor, beim Wohn- und Sozialamt gibt es sogar eine eigene Hotline für Leute, die ihre Nachbarn denunzieren wollen. Das Telefon hört nie zu klingeln auf.«

Ich spürte einen hasserfüllten Stich. Diese eiskalte Irre, streitlustige Erzfeindin, giftige Gottesanbeterin, überondulierte alte Ziege. Ich wünschte ihr eine schöne lange Haftstrafe für tätlichen Angriff und Körperverletzung, damit sie sich hinter Gittern die Haarfarbe rauswachsen lassen musste.

»Unsere ganzen Anstrengungen – die Demenz, die vergessenen Ehemänner, der Bürobrand, die Urne mit der Papageienasche – waren also alle umsonst?«

»Auf jeden Fall war es sehr amüsant, oder?« Stacey kicherte.

»Und was bedeutet das jetzt? Ich meine, was passiert mit der Wohnung? Muss ich ausziehen?«

»Nicht unbedingt. Es hängt davon ab, mit wem du zusammenlebst.«

Vom Gipfel des Hügels wucherte London südwärts, pulsierend wie ein Lebewesen, riesig und komplex in seinem Glanz und seinem Schmutz. Ein Ansturm der Gefühle erwischte mich kalt.

»Ich würde gern mit dir zusammenleben, Stacey«, platzte ich ohne nachzudenken heraus, so wie ich damals mit der Einladung an Inna Alfandari herausgeplatzt war, doch kaum hatte ich es ausgesprochen, hüllte mich ein angenehmes Gefühl der Sicherheit ein wie ein warmer Mantel. »Wenn du mich möchtest.«

»Hm. Das fände ich auch schön.« Sie lächelte, und aus dem Lächeln wurde ein Lachen. »Das wäre toll. Deine Wohnung ist viel größer als mein kleiner Schuhkarton. Aber«, ihr Lächeln wackelte, »was ist mit Monty? Haustiere sind in Madeley Court nicht erlaubt.«

Ich starrte den kleinen Mischling an, der zwischen mir und dem perfekten Glück stand. Er japste ein paarmal, schnappte sich seinen Stock und rannte wie verrückt im Kreis rum, dann legte er mir den Stock vor die Füße und versenkte seine schrecklichen kleinen Zähne in meinem Knöchel. Etwas grob schubste ich ihn mit dem anderen Fuß weg, was aber kaum den Namen Tritt verdiente. Stacey hob ihn hoch und drückte ihn an die Brust.

Unter dem rehbraunen Revers des Trenchcoats an ihren herrlichen Busen gekuschelt, drehte der Köter den Kopf nach mir und warf mir einen triumphierenden Blick zu. »Ya!«

»Können wir nicht so tun, als würde er jemand anders gehören?«

»Berthold, du kannst nicht ein ganzes Leben auf einer Lüge aufbauen.« Sie sah mich streng an. »Ich meine – das hast du schon einmal versucht.«

Der Mischling grinste. »Ya, ya, ya! Grrr!«

»Du hättest Inna gar nicht für deine Mutter ausgeben müssen. Bei der Schlafzimmersteuer zählt jeder Mitbewohner.«

»Das habe ich nicht gewusst.« Einen Moment lang schien sich der weite blaue Himmel zu drehen, dann blieb er mit einem Ruck an den Baumwipfeln hängen.

»Die meisten Leute wissen das nicht. Den Mietvertrag hättest du von deiner richtigen Mutter vermutlich trotzdem geerbt.« Sie kicherte. »Na ja, die meisten Leute hätten auch niemals eine vollkommen Fremde in ihr Heim eingeladen, Bertie.«

»Tja, hätte ich das gewusst …« Hätte ich das gewusst, hätte ich mir vielleicht jemand anderes ausgesucht; einen normalen Menschen zum Beispiel. Andererseits wären mir dann Globulski, Slotalki, Klobaski, der Wodka, die jaulenden Volkslieder und die schief gewickelte Zeitgeschichte entgangen. Mit Inna zu leben war wie eine Reise in eine andere Welt. »Nein, ich bereue nichts.«

Stacey setzte den Hund wieder auf den Boden, nahm meine Hand, drückte sie und ließ sie wieder los. »Bertie, du erinnerst mich daran, wie anders die Welt wäre, wenn die Menschen nur daran denken würden, nett zueinander zu sein.«

Ihre Wangen waren rosig von der Kälte. Ich zog sie an mich und küsste sie auf die Lippen. Sie ließ es mit einem Seufzer geschehen, schloss die Augen und öffnete ihren warmen Mund. Ein scharfer Wind zerrte an den Zipfeln ihres Trenchcoats und verwuschelte ihren Pferdeschwanz. Ich strich ihn wieder glatt.

»Ich liebe dich, Stacey. Ich liebe deine Güte und deine Kuscheligkeit. Ich liebe dich, weil du so normal bist. Ich liebe …« Na ja, ehrlich gesagt liebte ich weder den Pferdeschwanz noch den Hund; doch selbst die beiden würden mir mit der Zeit vielleicht ans Herz wachsen.

»Ich liebe dich auch, Berthold. Auch wenn ich nicht so gut mit Worten umgehen kann wie du.«

»Worte sind nicht alles.«

»Ya! Ya!«

Monty hatte einen anderen Hund entdeckt, einen hübschen weißen Husky weiter unten auf dem Weg, und er rannte los, um an dessen Hintern zu schnüffeln. Ich nahm Stacey in die Arme und küsste sie noch einmal. Ich weiß nicht mehr, wie lange wir uns dort oben in den Armen lagen, bis wir den Köter kläffen hörten. Ich hielt sie fester, wollte sie ganz für mich alleine haben, aber das Gekläff hörte einfach nicht auf und lenkte sie ab. Inzwischen hatte es einen schrillen, hysterischen Unterton.

Nach ein paar Sekunden riss sie sich los. »Wir sehen

lieber mal nach Monty. Er klingt, als steckte er in Schwierigkeiten.«

An der Stelle, wo Monty auf der Fährte des weißen Huskys verschwunden war, verließen wir den Weg und schlugen uns dem Gekläff folgend in die Büsche. Dornen rissen an meinen Beinen, und an Staceys wahrscheinlich auch, doch sie kämpfte sich fest entschlossen weiter. Der Hund jaulte inzwischen jämmerlich. Ich hätte den kleinen Pinscher wieder mal am liebsten erwürgt, doch als wir tiefer im Gestrüpp waren, sahen wir, dass er das fast selbst erledigt hatte. Er hing mit dem Halsband an einem Stück Metall fest, das aus dem Lorbeer ragte, und versuchte, sich freizustrampeln. Doch sein Gewicht zog das Halsband immer weiter auf das Metallstück, in dem ich jetzt das Pedal eines verrosteten, unter dem Gestrüpp liegenden Fahrrads erkannte. Je mehr er strampelte, desto enger wurde die Schlinge. Ich lief zu ihm, hob ihn hoch und befreite ihn aus seiner Lage. Dankbar japsend versuchte er, mir mit seiner übelriechenden Hundezunge das Gesicht abzuschlecken, doch ich reichte ihn schnell an Stacey weiter, die ihn an sich drückte, bis er zu winseln aufhörte.

»Dummer Junge«, flüsterte sie ihm ins Ohr.

Mein Unwille wurde von Neugier verdrängt. Das Fahrrad, an dem sich der Köter fast erhängt hatte, kam mir merkwürdig bekannt vor. Ich zerrte es aus dem Unterholz. Unter dem Dreck auf dem Rahmen konnte ich die Buchstaben *Cu…* ausmachen. Ich kratzte mit den Fingern den Schlamm ab und legte *…be* frei. Rot mit weißen Streifen und einer abgeschmirgelten Stelle an der Stange, wo meine Initialen gestanden hatten. Elf Gänge. Aber nur ein Rad. Das Vorderrad, mit dem ich es auf dem Bürgersteig an dem Oxfam-Schild festgeschlossen hatte, fehlte. Jetzt erinnerte ich mich – als ich kurz nach der peinlichen Oxfam-Begegnung mit Mrs Penny (wie sie für mich damals noch hieß) den Diebstahl bemerkt hatte, war auch das Schild verschwunden gewesen.

»Ich glaube, das ist mein Fahrrad. Es wurde mir damals vor dem Oxfam-Laden gestohlen. Weißt du noch?«

Sie errötete, oder vielleicht war es der Wind, der ihre Wangen färbte. »Ich glaube, wir kriegen es ins Auto, wenn es dich nicht stört, Monty auf dem Heimweg auf dem Schoß zu haben.«

Wir spazierten zum Parkplatz zurück. Sie klappte die Rücksitze um, und gemeinsam schafften wir es, das schmutzige, kaputte Fahrrad in ihr glänzendes kleines rotes Auto zu bugsieren. Die Gabel vorn war verbogen, der Lenker war verdreht und die schlaffe Kette hing kläglich auf dem blitzsauberen Polster. Kurz musste ich an etwas anderes Schlaffes denken, das kläglich gehangen hatte … aber egal. Ende gut, alles gut.

»So!« Stacey tätschelte mir den Arm. »Und jetzt gehen wir runter zum See. Da ist ein nettes kleines Café. Als Kind war ich sonntags mit meinen Eltern und meinem kleinen Bruder dort.« Ein melancholischer Schatten glitt über ihr Gesicht.

Ich drückte ihre Hand. »Erzähl mir davon.«

»Das war vor der Trennung meiner Eltern. Bevor Dad uns sitzen ließ. Das ist lange her.« Sie seufzte. »Wir hatten immer ein Picknick dabei, und dann haben wir ein Tretboot gemietet und fuhren zur Mitte des Sees. Wir fütterten die Enten mit den Brotkrusten, und es gab Jaffa Cakes und Tee aus der Thermosflasche. Das ist meine letzte wirklich glückliche Erinnerung an uns alle zusammen.«

Stacey stolperte mit dem Absatz über einen Stein und klammerte sich an meinen Arm. Am See kläffte Monty ein Tretboot in Form eines weißen Schwans an, auf dem ein paar Teenager in Ufernähe Dosenbier tranken und Knallfrösche zündeten.

Plötzlich brach eine Erinnerung über mich herein: rabenschwarze Dunkelheit, tiefes Wasser, ein Seil um meinen Bauch, das immer enger wurde, während ich in Hackney oder Islingten – wo genau, hatte ich vergessen – von einer Brücke über einem weißen Tretbootschwan baumelte. Nige und Howard hatten ihn gefunden oder gestohlen und wollten ihn möglichst nah an zu Hause unter einer Brücke verstecken, um damit zu angeln oder vor ihren Freunden anzugeben. Ich erinnerte mich an ihre heiseren aufgeregten Stimmen, als sie den Plan ausheckten. Ich erinnerte mich auch an die Stimme des Polizisten über mir auf der Brücke, der sie wegen des gestohlenen Tretboots verhörte; ich erinnerte mich an ihr schrilles Leugnen jeglicher Mitwisserschaft, nein, Sir, wir waren es nicht. Und ich erinnerte mich an das Platschen, als Howard, oder vielleicht Nige, das Seil losließ. Obwohl die Strömung im Kanal nicht stark war, war der weiße Schwan nicht mehr unter mir, als ich fiel. Er war auf die Öffnung des Tunnels zugetrieben, wo der Kanal unter der Erde verschwand. Natürlich konnte ich nicht schwimmen, und als ich verzweifelt planschend auf ihn zustrampelte, trieb er auf den Wellen, die ich machte, immer weiter von mir weg; der schwache Schein, den seine geblähten Flügel reflektierten, ein weißes Irrlicht, das mich ins Dunkel lockte. Ich erinnerte mich an den fauligen Geschmack des Wassers, das in meinem Mund gurgelte, Kehle und Lunge waren voll davon, und an etwas Schleimiges, das an meiner Zunge klebte, als ich nach Luft schnappte.

Ich erinnerte mich an vollkommene Finsternis; doch ob sie in mir war oder um mich herum, wusste ich nicht mehr.

Ich hatte keine Erinnerung an meine Rettung, aber ich weiß noch, wie ich auf den Treidelpfad kotzte und wie Howard in der Dämmerung auf dem Heimweg – ich war klitschnass und schlotterte – auf mich einredete.

»Wenn Dad fragt, was passiert ist, sagst du, du bist von der Brücke gefallen, kapiert? Was sagst du?«

»Ich bin von der B-b-brücke gefallen.«

Stacey schob ihre Hand in meine. »Oh, du armer Liebling! Das ist ja schrecklich!« Sie runzelte die Stirn. »Ich frage mich, wo sie den Schwan herhatten. Vielleicht von hier. Im Winter findet man sie manchmal in den Büschen oder sogar im River Lea.«

»Aber wie haben sie ihn nach Islington gekriegt?«

»In London gibt es ein ganzes Netz von geheimen Wasserwegen. Wahrscheinlich sind die voller Leichen.« Sie drückte meinen Arm. »Hattest du Angst, Bertie?«

»Mhm. Mehr als sonst je in meinem Leben.« Plötzlich zitterte ich unkontrollierbar. Stacey hielt mich fest.

»Komm, wir trinken eine Tasse Tee.«

»Ich würde lieber …«

Doch ich gab nach. Ich ließ mich von ihr an einen kleinen runden Tisch führen, wo sie eine Kanne Tee für zwei bestellte.

Erst schenkte sie die Milch aus dem kleinen Porzellankännchen in unsere Tassen, dann goss sie den Tee dazu. »Sag halt.«

Ich schluckte die warme schale Flüssigkeit, und als sie meine Kehle hinunterrann, spürte ich, wie das Gefühl von Angst und Kälte nachließ.

Mutter hatte mir auch Tee gemacht, und sie hielt Sid

davon ab, mich zu verprügeln, bevor ich mich aufgewärmt hatte. Tschack! Ich sagte ihm nichts von Howard und Nige und dem weißen Tretbootschwan. Es hatte keinen Sinn, mich zweimal verprügeln zu lassen – erst von Dad und dann von ihnen, weil ich gepetzt hatte.

»Ich bin von der B-b-brücke gefallen.«

Mutter sagte, es sei das erste Mal gewesen, dass sie mich stottern hörte.

VIOLET Bulbul

Sie hat so viel zu tun in ihrem neuen Job und ist so fest entschlossen, ihn zum Erfolg zu machen, dass sie die Nachforschungen über Horace Nzangu zurückgestellt hat. Doch heute ist Freitag, und Violet ist um vier mit Lynette im Café Bulbul verabredet. Lynette ist die älteste Tochter des zweiten Bruders ihrer Mutter, Violets Lieblingscousine und das, was einer Schwester am nächsten kommt. Sie ist ein paar Jahre älter als Violet und Lehrerin, verheiratet mit einem Ingenieur namens Archie; sie haben drei kleine Kinder, und Lynette hat gerade erst wieder zu arbeiten angefangen. Sie hat ein rundes Gesicht und einen schmalen, drahtigen Körper wie all die Cousins und Cousinen; heute trägt sie ein rosa-grün-weiß gestreiftes Baumwollkleid mit schmalen Trägern.

»*Haqbari ya leo!*« Sie umarmen sich und lachen, wie immer froh, sich zu sehen, und tauschen eine Weile den neuesten Familienklatsch aus.

Dann erzählt Violet Lynette von den Projekten, die sie für die Arbeit besucht, und erwähnt nebenbei, dass sie bei ihrem letzten Job in London auf einen großen Korruptionsfall in Kenia gestoßen ist, der vielleicht sogar ein Licht darauf wirft, wie Babu Josaphat ums Leben gekommen ist.

»Violet, warum kannst du die schmutzige alte Geschichte nicht ruhen lassen?« Lynette zieht die Nase kraus. »Korruption ist etwas aus der Zeit von Baba Moi.« Baba Moi ist der Spitzname von Expräsident Daniel Arap Moi. »Das ist vorbei. Archie sagt, wenn alle immer nur an Korruption denken, wenn sie Kenia hören, dann investiert niemand.«

»Aber Lynette, manchmal sind es die Investitionen, die die Korruption bringen.«

»Seit deine Briten ihre sauberen weißen Nasen in die Korruption stecken, geht unsere Regierung eben auf Kuschelkurs mit China, und denen ist völlig egal, was wer tut. Das sagen alle.«

»Lynette, hast du schon mal von Horace Nzangu gehört?«

Violet nimmt die vier Fotokopien von GRM aus dem braunen Umschlag und legt sie nebeneinander auf den Tisch. Lynette wirft einen Blick darauf.

»Nzangu? Mhm. Ich glaube, er ist irgendein großer *bwana* im Gesundheitsministerium, verheiratet mit einer Cousine von Baba Moi. Er ist also korrupt? Na und? Erzähl mir was Neues.« Sie gähnt theatralisch und hält sich die Hand vor den Mund. »An den kommt keiner ran. Baba Moi hat seine ganze Verwandtschaft in Positionen gebracht, in denen sie alle reich geworden sind. Er hat das Land vierundzwanzig Jahre lang ausgeblutet. Und wir bluten immer noch. Da ist nichts zu machen, kleine Cousine. Das ganze Geld ist jetzt in Europa. Am besten, du verbrennst diese Papiere und tust so, als hättest du sie nie gesehen.«

»Wie kannst du so was sagen, Lynette?« Violet ist empört.

Der Kaffee kommt. Der Kellner ist groß und schlank und hat schöne Augen. Sein Blick gleitet über ihre nackten Schultern.

Lynette trinkt langsam einen Schluck Kaffee. »Sollen wir Kuchen bestellen? Der Schokoladenkuchen hier ist himmlisch.« Sie wartet, bis der Kellner weg ist, dann schiebt sie die Kopien in den Umschlag zurück. »Wem hast du die noch gezeigt?«

»Niemandem. Nur den Kolleginnen im Büro.«

»Diese Leute haben ihre Ohren und Augen überall«, flüstert Lynette. »Du weiß nie, wer gerade zuhört.«

Am Nachbartisch sitzt eine Gruppe von jungen Leuten, die Geburtstag feiern. Sie singen *Happy Birthday*. Ein molliges Mädchen mit malvenfarbenen Extensions beugt sich vor und bläst die Kerzen auf einem Zuckergusskuchen aus, und alle klatschen und jubeln. Das Geburtstagskind hält eine Rede, in der es seinen Eltern dankt, und wieder wird geklatscht. Keiner scheint auf Violet und Lynette zu achten.

»Wenn es um Schmiergeld geht, sind immer zwei Seiten beteiligt – die, die das Schmiergeld zahlen, und die, die es nehmen. Warum sehen sich deine Briten nicht mal die andere Seite an?«

»Das tue ich doch. Es sieht dir gar nicht ähnlich, so ein Angsthase zu sein, Lynette. Ich dachte, du wärst die Mutigere von uns beiden.«

Der Kellner kommt mit dem Schokoladenkuchen. Lynette attackiert ihr Stück mit der Gabel. Violet schneidet ihres in vier Teile und schiebt sich das erste in den Mund. Der Kuchen ist so unfassbar köstlich, eine Explosion aus Süße und Bitterkeit auf der Zunge, dass sie kurzfristig im doppelten Genuss von Schokolade und Klatsch versinken und die ganze schmierige Nzangu-Geschichte vergessen will, wegen der sie hier ist.

»Violet, *mpenzi*, hör auf meinen Rat, am besten suchst

du dir einen netten reichen Mann und vergisst diese Geschichte. Wenn du selbst erst mal Kinder hast, verstehst du, worum es wirklich geht.«

»Hör zu, Lynette, von meinen Eltern weiß ich, dass im Mbagathi Hospital, als sie damals dort gearbeitet haben, jemand gebrauchte Spritzen mit Wasser gespült und sie als neu ans Krankenhaus zurückverkauft hat – keine Heldentat während der Aids-Epidemie. Aber der Fall kam nie vor Gericht, weil niemand aufstehen und aussagen wollte. Babu Josaphat hat in der Buchhaltung gearbeitet, und er hatte Beweise dafür, doch jemand hat ihn umgebracht, bevor er sie dem Gericht übergeben konnte. Ich glaube, es war Horace Nzangu. Er hat klein angefangen. Jetzt hat er 2,3 Millionen Dollar auf den Britischen Jungferninseln.«

Lynette zuckt die zierlichen Schultern. Dann trinkt sie ihren Kaffee aus und steht auf, weil Archie an der Ecke Kenyatta Avenue mit seinem Pick-up auf sie wartet. Sie umarmen sich, und Lynette drückt die weiche, duftende Wange an ihre und flüstert ihr ins Ohr: »Du spielst mit dem Feuer, Violet. Lass die Finger davon.«

Violet isst den Kuchen auf, bezahlt und geht zur Tür. Nach der Kühle des Cafés fühlt sich die Hitze auf der Straße an wie eine Wand. Es ist schwül wie kurz vor einem Gewitter und riecht nach Erde, Kreuzkümmel, verbranntem Zucker und dem Hintergrundgestank von Abgasen und stehendem Abwasser. In der Tür holt sie tief Luft und sieht sich um. Im Schatten schläft ein räudiger roter Mischling. Hunde. Tollwut. Man muss vorsichtig sein. Man darf sie nicht streicheln, wie man es in England tut. Sie erinnert sich an ihren Hund Mfumu, den sie in Karen zurücklassen musste – er ist sicher längst tot –, und an den freundlichen einbeinigen Pidgie, den sie in London adoptiert hat. Der kleine Hund hier ist unglaublich hässlich, alles an ihm scheint die falsche Größe und Form zu haben. Er schüttelt sich und steht auf, um ihr zu folgen, wobei er sich träge in den schmalen Schattenstreifen am Rand des Bürgersteigs drückt.

Sie muss noch mal ins Büro, um etwas fertig zu machen, bevor sie nach Hause kann. Sie hat es eilig, und es ist reiner Zufall, dass sie zurückblickt und die schlanke schattenhafte Gestalt entdeckt, die ihr hinter dem Hund folgt, am Rande ihres Gesichtsfelds. Sie dreht sich um und starrt die Gestalt an. Es ist der Kellner aus dem Bulbul. »Hi!« Sie lächelt ihn an, als er näher kommt, aber er sieht einfach durch sie durch. Seltsam. Er beobachtet sie, als sie die Tür zum Bürogebäude aufschließt, und dann sieht sie, wie er in einer Nebenstraße hinter dem Kiosk verschwindet.

Alle sind schon weg außer Queenie, der Administratorin, einer fülligen, mütterlichen Frau mit aufwendiger Frisur und künstlichen Fingernägeln, die immer noch auf ihre Tastatur eintippt und vor sich hin murmelt. Während Queenie in ihre Arbeit vertieft ist, nimmt Violet den braunen Umschlag aus der Tasche und verstaut ihn in der untersten Schublade ihres Schreibtischs zwischen den Seiten eines Computerhandbuchs.

»Du arbeitest aber lange, Queenie. Mach mal Feierabend.«

Queenie lacht und sagt etwas auf Kamba, das Violet nicht versteht.

Um sechs verlassen sie zusammen das Büro und gehen zur Bushaltestelle. Die Minibusse in Nairobi sind immer voll, chaotisch und laut, es wird geredet und gelacht. Violet stellt sich in die Schlange für das Matatu nach Langata hinter eine lärmende Gruppe von Frauen auf dem Heimweg vom Markt, die große Körbe auf den Köpfen balancieren.

Wie immer ist der Verkehr langsam und ungeregelt und wird von einem ständigen Hupkonzert begleitet. Einer der Unterschiede, die ihr zwischen England und Kenia auffallen, ist der plötzliche Einbruch der Nacht: Zwischen Dämmerung und Dunkelheit vergeht keine halbe Stunde. Es ist stockfinster, als sie an der Kaunda Avenue aussteigt.

VIOLET Kibera

Die Regenzeit beginnt normalerweise im November, doch dieses Jahr ist sie früh dran. Am Sonntagmorgen wird Violet vom Trommeln des Regens auf dem Dach und gegen die Fensterscheiben geweckt. Unten in der Küche rollt Njoki alte Handtücher zusammen, um das Wasser aufzuwischen, das unter der Tür hereinkommt. Sie singt vor sich hin. Bei allem Dreck und Chaos sind die ersten großen Regenfälle immer ein Grund zur Freude, eine willkommene Abwechslung nach dem staubigen Sommer. Njoki hat gerade den Kessel aufgesetzt, um Tee zu kochen, als im Flur das Telefon klingelt; sie schnalzt irritiert mit der Zunge, dann läuft sie hin und trocknet sich unterwegs die Hände an der Kittelschürze ab.

»Es ist für dich.«

»Hallo, Violet, bist du das?« Vor dem Prasseln des Regens klingt die Stimme am anderen Ende vertraut und fremd zugleich. Vielleicht stimmt etwas mit der Leitung nicht.

»Hier spricht Violet. Wer ist da?«

»Hier ist Queenie. Violet, ich muss noch mal ins Büro. Kannst du kommen und mich reinlassen?«

Ja, die Stimme klingt wie Queenies, aber normalerweise

ist sie ein entspannter und gesprächiger Mensch; Violet hat sie noch nie so nervös gehört.

»Was, jetzt? Hast du das Wetter gesehen, Queenie? Kann es nicht bis Montag warten?«

»Es ist dringend. Eine Sache, die ich brauche. Bitte, Violet. Komm schnell.«

Nichts von dem, was sie dort tun, kann so dringend sein, aber Queenie klingt verzweifelt.

»Na gut. Ich bin in einer halben Stunde da.«

Violet greift nach Regenmantel und Schirm und macht sich auf den Weg zur Bushaltestelle.

Wegen des Regens ist die Straße voller heimtückischer Schlaglöcher und Pfützen. Erst stakst Violet vorsichtig darum herum, um keine nassen Füße zu bekommen, doch nach kurzer Zeit gibt sie auf und platscht einfach durch das schlammige Wasser. Wie zum Teufel kommt Queenie darauf, an einem solchen Tag vor die Tür zu gehen? Anscheinend hat der Regen den Verkehr zum Erliegen gebracht, denn es kommen weder Busse noch Taxis. Schade. Violet beschließt, zu Fuß zu gehen, und biegt von der Umgehungsstraße links ab, um die Abkürzung durch Kibera und über den Fluss zu nehmen, den schnellsten Weg in die Innenstadt. Normalerweise würde sie nicht durch den Slum gehen, aber sie hat das Gefühl, dass es am helllichten Tag sicher ist – außerdem sind die meisten Bewohner bestimmt damit beschäftigt, ihre elenden Wellblechhütten wasserdicht zu machen, oder sie drängen sich im Innern zusammen.

Violet hat recht. Die schmalen Gassen sind menschenleer, dafür strömt schmutziges Wasser in braunen Bächen zum Nairobi River und reißt Plastikflaschen, Tüten, Jacaranda-Blüten, tote Ratten, herrenlose Unterwäsche und anderen Müll mit, die an Violets Füßen vorbeitreiben.

Hühner suchen gackernd Schutz. Nasse, halbnackte Kinder planschen und bewerfen einender mit Matsch oder jagen hinter Straßenhunden her. »*Hujambo!*«, rufen sie und winken, als Violet vorbeikommt, und Violet winkt zurück, den Schirm tief im Gesicht.

Der Nairobi River ist zu einem dreckigen schäumenden Strom angeschwollen. Vor der Brücke rennt eine Schar schreiender kleiner Jungs herum, mit Stöcken in der Hand. Plötzlich bleiben sie stehen, kreischen und rennen in die andere Richtung davon, wobei sie Violet fast ins Wasser schubsen. Vielleicht war die Abkürzung doch keine so gute Idee. Sie hält sich am Geländer fest, und einen Moment später donnern drei klitschnasse Ziegen über die Brücke, und dahinter eine weitere Schar grinsender Jungs, die sie mit ihren Stöcken in eine Gasse treiben. Sie hört noch lange, nachdem sie verschwunden sind, ihre aufgeregten Schreie.

Sie durchquert Kambi Muru auf dem Weg zum Kibera Drive und hofft, dass die Matatus wieder fahren. Der Regen hat nachgelassen, und an der Haltestelle stehen ein paar Leute. Nach kurzer Zeit hält ein ramponierter gelber Toyota voller durchnässter Leute, die von der Kirche kommen. Es herrscht wenig Verkehr, und obwohl der Fahrer ein paar tiefen tückischen Pfützen und einem geplatzten Wasserrohr ausweichen muss, ist Violet bald da. Vor dem Bürogebäude fischt sie den Schlüssel aus der Tasche und sieht sich um.

Von Queenie ist keine Spur zu sehen.

Sie stellt sich an die Kreuzung und späht ungeduldig in beide Richtungen. Die Straßen sind leer. Das ist ärgerlich. Queenie hat so gedrängelt. Njoki wartet bestimmt mit dem Mittagessen auf sie.

Dann bleibt in der Nähe ein zerbeultes weißes Großraumtaxi stehen. Sie nimmt an, dass es Queenie ist, und macht einen Schritt darauf zu. Ein Mann ruft ihren Namen, sie dreht sich um, und das Nächste, was sie mitkriegt, ist, dass sie gepackt und festgehalten wird, ihre Hände werden hinter ihrem Rücken gefesselt, und als sie schreien will, wird ihr etwas Dunkles über den Kopf gezogen, das ihr die Luft abschnürt. Dann wird sie in den Transporter geworfen. Als der Motor aufheult, liegt sie mit dem Gesicht nach unten auf dem Boden, schwindelig vor Angst und Wut, und lauscht den Stimmen ihrer drei Entführer, die in einem Kamba-Dialekt, den Violet kaum versteht, darüber diskutieren, wo sie sie hinbringen sollen. Ihr Herz klopft so schnell, dass es ihr fast aus der Brust springt, doch all ihre Sinne sind angespannt, und sie spürt in den Wangenknochen das Vibrieren des Motors, registriert in der Wirbelsäule jeden Buckel und jede Kurve und riecht den Diesel des Motors und den Schweiß der drei Männer.

Dann machte der Transporter einen Schlenker, etwas schlägt gegen ihren Kopf, und sie wird ohnmächtig.

BERTHOLD Glück

Als nach vier Wochen am Bridge-Theater der letzte Vorhang fiel und das Publikum tobte, zog *Warten auf Godot* ins West End um. Ich war erfreut, aber nicht überrascht. Die Inszenierung hatte eine Elektrizität, die das Publikum in dem kleinen Theater aufleuchten zu lassen schien. Beim Umzug an ein größeres Theater ging zwar die Intimität verloren, doch sie wurde durch den Puls einer größeren Menge ersetzt. Stacey kam ein paarmal aus Solidarität, aber ich glaube, irgendwann langweilte sie das Stück, was einem nicht passierte, wenn man mitspielte. Doch sie freute sich, dass ich von der Kritik gelobt wurde und mein Gesicht in besseren Zeitungen aufzutauchen begann, wenn auch nicht auf den Rückseiten der Busse. Mir tat der Erfolg gut, ohne dass er mir zu Kopf stieg: Der plötzliche Ruhm kam mir genauso irreal und willkürlich vor wie meine lange Abstinenz von der Bühne davor.

Häufig kam ich nach Mitternacht nach Hause, mit angenehm müden Knochen von der dauernden Anstrengung, mich auf den Bühnenmoment zu konzentrieren, erfüllt vom Triumph eines Stehapplauses oder leicht angeheitert von einem Aftershowdrink auf leeren Magen. Nach dem Lärm im Theater begrüßte mich die Wohnung mit willkommener Stille. Flossie schlief meistens schon, und auch wenn mir Innas fröhliche Anwesenheit fehlte, verfolgte mich die Einsamkeit nicht mehr wie ein heimtückischer Stalker.

Stacey war bei der letzten West-End-Aufführung dabei. Es gab stehende Ovationen, Blumen, Tränen, Abschiedsszenen und ein langes, alkoholreiches Abendessen im Anschluss, bevor sie mich in den Morgenstunden zu dem kleinen roten Auto brachte, das um die Ecke stand, und von dort in ihr Bett. Wir liebten uns, und beim Einschlafen erfüllte mich ein angenehm warmes Gefühl in der Brust, das in meinen ganzen Körper auszustrahlen schien. Das, wurde mir in dem süßen Moment klar, bevor mich der Schlaf ausschaltete, war das wahre Glück. Es war lange her, dass ich es gespürt hatte, und ich hatte fast vergessen, wie es war.

VIOLET Der Stuhl

Tschack! Der Schlag holt sie ins Bewusstsein zurück. Sie spürt, wie ein Bluterguss entsteht.

»Sag uns, wo du die Papiere versteckt hast. Oder wir töten dich.«

Der ältere Mann steht über ihr, der jüngere fesselt sie von hinten an einen Stuhl. Der dritte Mann, der Fahrer, ist verschwunden.

»Ich weiß nicht, wovon Sie reden. In meinem Büro gibt es viele Papiere.« Sie kämpft gegen das Zittern in ihrer Stimme. Hat Queenie oder jemand anders aus dem Büro sie verraten? Lynette? Hat Marc vielleicht seinen Kunden gewarnt?

»Wir wissen, dass du Papiere über Nzangu hast. Sag uns, wo sie sind, oder wir vergewaltigen dich, und dann machen wir dein hübsches Gesicht kaputt, du weiße Nutte.« Sie spürt etwas Kaltes, Glattes an ihrer Kehle, eine Klinge. Sie spürt, wie sie hinaufgleitet, bis sie an ihrer Wange liegt. Ihr Herz klopft wie ein zappelnder Fisch auf dem Trockenen, doch sie gräbt die Fingernägel in ihre Handflächen und zwingt sich, ruhig zu bleiben. Tief einatmen, befiehlt sie sich. Immer weiteratmen, ein und aus, lass nicht zu, dass die Angst gewinnt.

»Wir haben Queenie«, sagt der erste Mann.

»Wenn du nichts sagst, töten wir sie auch«, sagt der andere.

Haben sie Queenie wirklich auch entführt oder steckt Queenie mit ihnen unter einer Decke? Wer hat Nzangu von den Fotokopien erzählt? Schmerz und Angst verwischen ihre Gedankengänge.

»Ich … ich weiß nicht mehr. *Mtu ni utu*, seid menschlich, Brüder«, fleht sie, um Zeit zu schinden. Ihre Stimme hallt von den kahlen Wänden zurück.

»Das hier hilft, dich zu erinnern!« Tschack! Schmerz schießt von ihrer linken Schläfe bis zum Kiefer. Wenn sie nur aufhören würden, ihr wehzutun, dann könnte sie nachdenken, was sie tun soll.

Von dem Schlag ist die Augenbinde verrutscht, und sie sieht, dass sie in einem langen, niedrigen Raum mit einem quadratischen Fenster am Ende sitzt. Es könnte eine Art Lagerraum sein mit in Plastik eingepackten Gegenständen, die sich an den Wänden stapeln. Was für Gegenstände? Sie versucht die Form zu erkennen. Sie sehen aus wie Eimer. Hunderte von Eimern. Das Fenster ist zu, und es ist stickig und feucht. Sie riecht den Schweiß der Männer und den scharfen Geruch ihrer eigenen Angst. Ein warmes Rinnsal läuft an der Innenseite ihres Beins hinunter.

»Waga hat deinen Schlüssel. Er durchsucht dein Büro. Wenn du redest, ist es für dich besser.« Der ältere Mann redet. Seine Stimme ist weniger aggressiv als die des Jüngeren.

»Die Papiere sind nicht im Büro. Ich … ich habe sie verschickt. Hat Queenie das nicht gesagt?«

Sie hat die Kopien so nachlässig zwischen die Seiten des Computerhandbuchs gesteckt, dass sie bei einer gründlichen Durchsuchung bestimmt auftauchen, falls derjenige weiß, wonach er sucht. Sie denkt an die Originale, die sie an Gillian Chalmers in London geschickt hat. Sie muss sie längst haben, aber hat sie sie auch gelesen? Und selbst wenn, wird sie etwas unternehmen? Oder hätte Violet sie genauso gut an Marc persönlich schicken können?

»Du lügst, du weiße Nutte.« Der Jüngere ist klein und untersetzt, ein höhnischer Ton liegt in seiner Stimme.

Sie spürt seine raue Hand auf ihrer Brust. Ein Schauer läuft ihr über den Rücken. Noch nie hat sie jemand weiß genannt. Und Nutte auch nicht. Unter anderen Umständen hätte sie es vielleicht komisch gefunden.

»An wen verschickt?«, fragt der ältere Mann, der dünn, grau und faltig ist.

»Natürlich ans Amt für Korruptionsermittlung.« Sie fragt sich, wer, wenn überhaupt jemand, diesen gefährlichen Posten innehat, seit Johnny Githongo zurückgetreten ist. »Am Freitag. Auf dem Heimweg.« Hoffentlich verlangen sie keine Einzelheiten, sonst kommen sie schnell dahinter, dass sie blufft. »Egal, was ihr mit mir macht, die Post ist morgen da. Nzangu und seine Anhänger landen im Gefängnis, und ihr könnt nichts mehr tun, um ihn zu retten. Aber wenn ihr mich gehen lasst, könnt ihr wenigstens eure eigene Haut retten.« Ihre Stimme klingt nicht so zuversichtlich, wie sie es gern hätte, aber wenigstens schafft sie es, die Tränen zurückzuhalten.

Die zwei Männer unterhalten sich in ihrer Sprache. Sie schnappt das Wort *ofisi* auf – Amt – und den Namen Waga. Dann wird ihr Gespräch vom Klingeln eines Handys unterbrochen – *ping-ping-ping, ping-ping-ping*. Sie lauscht eine Weile, bis sie ihren eigenen Klingelton erkennt. Anscheinend haben sie das Handy aus ihrer Tasche genommen. Die Männer murmeln, während sie die Taste suchen, mit der man es abstellt; das Klingeln bricht ab, und plötzlich ist leise, aber deutlich die Stimme ihrer Großmutter aus dem Telefonlautsprecher ein paar Meter entfernt zu hören: »*Mpenzi*, wo bist du denn? Wann kommst du zum Mittagessen?«

Die Männer hören zu, aber keiner von ihnen sagt etwas.

»Wer ist das?«, flüstert der Ältere.

Ohne zu antworten, wirft Violet sich vor, zerrt den Stuhl in Richtung des Telefons und schreit: »Hier ist Violet! Hilfe! Hilfe! Hilfe!«

Tschack! Der Schlag ist so fest, dass er ihren Kopf zurückwirft, und wieder wird es dunkel.

BERTHOLD Eine Wohnung in Hampstead

Ich wäre gern ständig bei Stacey geblieben, aber ihre Wohnung war zu klein für uns beide, und Montys wegen konnte sie auch nicht bei mir einziehen. Als die düsteren Herbsttage heranrückten, gab ich mich damit zufrieden, mit dem Fahrrad hin und her zu strampeln. Selbst das wahre Glück hat seine Schattenseiten.

Eines Tages blinkte der Anrufbeantworter, als ich nach Hause kam. Die meisten Nachrichten, die ich bekam, waren Angebote für Gratis-Kreuzfahrten, Computer-Upgrades, Kompensation für Taubheit und Ähnliches, von optimistischen Stimmen gesprochen, die mich an Len und seine Träume von der Selbstständigkeit erinnerten. Lens Andenken zuliebe fluchte ich nicht, sondern stellte den Lautsprecher an, während ich mir ein Sandwich machte. Durch statisches Rauschen meldete sich eine Frauenstimme, die blökend, aber bedrohlich klang.

»Hallo, Bertie, bist du das? Hier ist deine geliebte Schwester Margaret. Wir haben gesehen, dass dein Theaterstück ein Riesenerfolg ist und du dir wahrscheinlich eine goldene Nase verdienst, aber ich kann nicht schlafen, weil ich immer an unser kleines Kaninchen denken muss, das im Garten von Madeley Court begraben ist. Hast du denn gar kein Gewissen …?« Die Nachricht endete mit einem ersticken Schluchzer.

Ich biss in mein Sandwich und mümmelte auf dem Salatblatt herum. Selbst Prominenz, philosophierte ich, schützte einen vor Verrückten nicht – noch so eine Erfahrung, die ich inzwischen mit George teilte.

Eine angenehmere Folge des Ruhms war, dass ich immer mehr Rollenangebote und Einladungen zum Vorsprechen bekam, hauptsächlich für Figuren mit irgendwelchen Traumata. Ich sprach im Barbican für *Hamlet* vor, doch ich musste mich Benedict Cumberbatch geschlagen geben. Vielleicht hatte ich das Stottern übertrieben. »S-s-sein o-o-oder n-n-n-…« Jedenfalls war ich hocherfreut, als man mich bat, für die Rolle von Lears Narren in einer Neuinszenierung im National Theatre vorzusprechen. Der Narr war immer einer meiner Lieblinge gewesen, und jetzt brachte er Erinnerungen an die Stunden zurück, als ich versucht hatte, Inna zu coachen. Ich fragte mich, was aus ihr geworden war.

Wie der Zufall es wollte, kam just am selben Tag ein Brief an, in dem sie mich um Hilfe bat. Inna schrieb in ihrem unseligen Englisch, dass die Untermieter ihrer Wohnung in Hampstead keine Miete mehr zahlten und nicht auf ihre Briefe und Anrufe reagierten. Sie bat mich, nach dem Rechten zu sehen, und setzte als Postskriptum darunter, der Schlüssel liege unter dem blauen Blumentopf und sie schicke Lev, um die Sache zu regeln, der in ein paar Tagen ankommen werde. Ich antwortete, dass ich jetzt arbeitete und keine Zeit hatte, aber ich legte einen Ausschnitt einer Kritik von *Godot* aus der *Metro* dazu und die Adresse von ein paar Immobilienmaklern in Hampstead.

Dann kam mir eine mutwillige Idee. Inspiriert von Rosenkranz' und Güldensterns finsteren Machenschaften, deren Schicksal das Blutbad in der letzten Szene des *Hamlet* vorwegnahm, schrieb ich eine Nachricht an Jenny und Margaret, in denen ich ihnen vorschlug, mich am Freitagmorgen an einer hübschen Wohnung in Hampstead zu treffen, die Lily ebenfalls von Ted geerbt habe und die gerade frei geworden sei und viel besser ihren Bedürfnissen entspreche. Zu guter Letzt hinterließ ich eine Nachricht bei der *i4F*-Nummer von Miss Crossbow und Mr Prang, den Betrugsermittlern, und wies sie auf Aktivitäten in der Wohnung in Hampstead hin, wo zwei verdächtige Individuen, die sich beide als Mrs Alfandari ausgaben, eingezogen seien und nach meinen Informationen am Freitagmorgen dort zu finden wären.

Den Rest des Tages studierte ich seelenruhig den *Lear* und verfeinerte meine Interpretation des Narren für das Vorsprechen. Manche Regisseure vergaben die Rolle gern an einen Jungspund mit dem Hinweis, in Shakespeares Zeit habe derselbe Junge auch die Cordelia spielen können, aber ich sah ihn als reifen Mann, dem Kummer kein Fremdwort war.

Das ganze Handwedeln und Augenrollen, das ich Inna eingebläut hatte, schien mir jetzt reichlich übertrieben, und ich beschloss, ihm ein ernstes Gebaren zu verleihen und nur ein wenig Stressstottern auf dem »b«: *Wenn du mein Narr wärst, Gevatter, so b-bekämst du Schläge, weil du vor der Zeit alt geworden b-bist.*

Spät am Donnerstagabend erhielt ich einen panischen Anruf von Stacey. »Montys Hundesitter hatte einen Unfall. Kannst du dich morgen um ihn kümmern, Berthold?«

»Tut mir wirklich leid, Stacey, ab-ber ich werde es nicht …«

»Kein Problem. Ich bringe ihn kurz vor neun auf dem Weg zur Arbeit bei dir vorbei. Er wird dich nicht stören.«

»Aber Hunde sind verboten …«

»Ich verstecke ihn unter meinem Mantel. Das merkt niemand.«

Um zehn vor neun am nächsten Morgen klingelte Stacey, gab mir einen Kuss auf den Mund und reichte mir den kleinen Hund, den sie unter dem Trenchcoat versteckt hatte.

»Vergiss nicht, mit ihm Gassi zu gehen.« Sie drückte mir die Leine in die Hand.

»Vielleicht gehe ich mit ihm nach Hampstead Heath.«

»Wie schön. Du bist ein Schatz. Tschühüs!«

Kaum war die Tür hinter Stacey zugefallen, marschierte die Töle in die Küche und hinterließ einen Haufen.

»Monty«, ermahnte ich ihn beim Saubermachen. »Wir gehen raus. Versuch dich zu benehmen.«

»Ya! Ya!«

Es war einer dieser trübseligen Herbsttage, wenn der Himmel schwer von Regen ist, der nicht fallen will. Kein perfekter Tag für Hampstead Heath, aber vielleicht würde es aufreißen, wenn ich mit Monty unterwegs war. Innas Wohnung befand sich im Souterrain eines roten Backsteinhauses mit sieben Klingeln. Ich drückte die mit der Aufschrift *Gartenwohnung* und wartete. Niemand öffnete. Neben der Tür stand ein blauer Blumentopf mit einer verwelkten Geranie, doch ein Schlüssel lag nicht darunter. Ich drückte gegen die Tür. Zu meiner Verblüffung ging sie auf. Vielleicht war Lukaschranky schon da.

»Lev?«, rief ich. Meine Stimme wurde von muffiger Stille verschluckt.

Im Flur lag ein Stapel ungeöffnete Post. Zwischen Bankbriefen, Rechnungen und Pizza-Werbung stach mir ein bunter Flyer ins Auge. *Beerdigungen nach orthodoxem Ritus. P. Gatsnug und Co.*, und auf der Rückseite der gleiche Text auf Russisch. Ich lächelte. Er hatte also auf meinen Rat gehört. Ein einfallsreicher Mann und ein netter Mensch.

Es roch feucht und unbelebt, mit einer Note von Schimmel und schalem Zigarettenrauch. Monty rannte aufgeregt schnüffelnd herum. In der Küche türmten sich verkrustete Teller und Töpfe in der Spüle. Im Wohnzimmer herrschte ein Chaos aus Büchern, Taschen, alten Kleidungsstücken und einzelnen Schuhen, Haushaltsgeräten und Zigarettenkippen, als hätten Innas Mieter alles auf den Kopf gestellt und seien dann geflohen, ihre Habseligkeiten zurücklassend. Montys Knurren riss mich aus den Gedanken. Als ich aufsah, stiegen zwei alte Damen die Stufen herunter.

»Huhu, Bertie! Bist du das? Wir sind da, um uns die Wohnung anzusehen!«

Eine der Zwillingsschwestern – Jenny, nehme ich an – kam herein. Margaret, zerbrechlicher und buckliger, folgte ihr an einem Stock, einen grauen Lumpen an die Brust gedrückt.

Jenny schnüffelte und sah sich um. »Dad hat uns gar nichts davon erzählt. Hier muss natürlich klar Schiff gemacht werden, aber die Lage würde uns gut passen. Nicht wahr, Margaret?«

»Unter der Erde!«, jaulte Margaret auf und streichelte den grauen Lumpen, der auf den zweiten Blick ein häufig gewaschener Stoffhase zu sein schien.

»Sie wird langsam senil«, flüsterte Jenny mir zu, »und alles nur wegen deiner Herzlosigkeit, Bertie. Du warst so ein lieber kleiner Junge. Ich hätte nie gedacht, dass du so gefühllos wirst, wenn du groß bist.«

Der jämmerliche Zustand der alten Damen versetzte mir tatsächlich ein schlechtes Gewissen wegen des Streichs, den ich ihnen spielte.

»Hör zu, Jenny …«, begann ich.

Plötzlich erstarrte Monty und knurrte wieder. Margaret schrie auf und ließ den Hasen fallen.

Hinter mir sagte eine tiefe rasselnde Stimme: »Hände hoch!«

Ich drehte mich um. Da stand ein Mann – ein kleiner untersetzter Mann mit einer Skimaske vor dem Gesicht. Doch was mich mehr erschreckte, war die Pistole in seiner Hand, eine schwarze, stumpfe, bedrohliche Knarre, die genau auf mein Gesicht gerichtet war. Ich tippte auf Lukaschranky, auch wenn er kleiner wirkte, als ich ihn in Erinnerung hatte.

»Hey, Lev, guter Witz, aber kannst du das Ding mal woanders hinhalten?«

Die Pistole bewegte sich keinen Millimeter.

»Hoch mit Hände, Alfandari«, knurrte der Mann, und ich hob widerwillig die Hände, wobei ich Montys Leine losließ.

Sofort rannte der kleine Hund los und stürzte sich auf die Füße des Mannes. »Ya! Grrr!«

»Monty, nein!«, rief ich.

Der Mann zielte auf den Hund. Ich hörte einen Schuss, gefolgt von einem schmerzerfüllten Jaulen. Blut spritzte wie aus einer Fontäne. Monty flog durchs Zimmer, das Fell blutrot getränkt. Der Mann ließ die Waffe fallen und begann, schreiend und fluchend im Kreis zu hüpfen. Dann sah ich, dass nicht Monty blutete, sondern der Fuß des Mannes.

Margaret war in Ohnmacht gefallen, und Jenny versuchte, sie durch die Haustür nach draußen zu zerren. Monty schnappte sich ihren Hasen und begann im Zimmer herumzurennen, wobei er das Stofftier mehrmals durch die Blutpfütze schleifte. Der Mann kroch in Richtung seiner Pistole. George Clooney hätte wahrscheinlich einen Hechtsprung gemacht und sich das Ding geschnappt, aber in meinem Kopf schwirrten nur Versfragmente herum, und ich war zu nichts zu gebrauchen. Verbanne dich von der Seligkeit und atme in dieser herben Welt mit Müh', um …

Peng! Wieder flog eine Kugel durch die Luft und blieb im Schrank hinter der Schulter des Maskierten stecken.

»Arme hoch!« Plötzlich stand Lukaschranky in seinem engen silbernen Anzug in der Tür und zielte mit einer klobigen silbernen Waffe auf den Mann.

»Lev!«, rief ich. »Wer ist der Mann?«

»Oligarchi Gangster! Ist hinter Alfandari her!«

»Alfandari ist doch schon tot!«

»Ich weiß. Er ist Idiot!«

Während Lukaschranky sprach, nutzte der Oligarchi-Gangster den Moment der Ablenkung, um seine Pistole aufzuheben und auf mich zu richten.

»Du nix Alfandari?«

»Nein, kein bisschen.«

»Wer bist du?«

»Ich bin Berthold Sidebottom. Ich bin ein bekannter Schauspieler …«

»Und du?«, sagte er zu Lukaschranky.

»Lev Lukashenko.«

»*Oym, boshe moj!*« Er schlug sich gegen die Stirn. »Hab ich Fehler gemacht! Und die Fraue?«

Er zeigte zur Haustür, wo Jenny und Margaret die Treppe hinauf auf die Straße wankten und »Halt, halt!« riefen, um Monty aufzuhalten, der mit dem schlaffen blutigen Hasen zwischen den Lefzen vorausraste.

»Monty! Bei Fuß!« Ich rannte ihm nach und stürzte mich auf die Leine, doch ich stolperte über die oberste Stufe, fiel hin und schlug mit dem Kinn auf. Mein Mund füllte sich mit Blut. Als ich ausspuckte, spürte ich, dass ein Stück Zahn mit rausflog. Dann schwanden mir kurz die Sinne.

»Alles okay, Junge?« Der Oligarchi-Gangster stand über mir, als ich wieder zu mir kam.

Plötzlich hörte ich Bremsenquietschen und einen dumpfen Schlag. Ich hob den Kopf. Ein kleiner weißer Transporter war mitten auf der Straße stehen geblieben. Unter seinen Rädern, verheddert in der Leine, zuckte und jaulte Monty grauenhaft.

»Oj-oj-oj!« Der Gangster schüttelte den Kopf.

Lukaschranky trat vor und erlöste den armen Monty mit einem Schuss aus der silbernen Wumme von seinen Leiden.

Dann hörte ich Stimmen auf der anderen Seite des Transporters.

»Nein! Nein! Lassen Sie mich los, Sie Schwachkopf! Das ist ein Irrtum!«

Ich hob den Kopf und sah, wie Jenny von Adrian Prang, dem Betrugsermittler, im Polizeigriff gegen den Transporter gedrückt wurde. Anthea Crossbow schubste die arme verstörte Margaret ins Wageninnere. Dann legte der Transporter den Rückwärtsgang ein, wendete und raste in die

Richtung davon, aus der er gekommen war. Ich hob den toten Hund von der Straße auf, wickelte ihn in meine Jacke und fragte mich, wie zum Teufel ich das Stacey erklären sollte.

Es würde ihr das Herz brechen.

Der Gangster hatte im Badezimmerschrank Jod gefunden und verband seinen Fuß mit einem Küchenhandtuch.

»Wir gehen trinken?«

»Gute Idee«, sagte Lukaschranky.

Ich tupfte etwas Jod auf mein aufgeplatztes Kinn. Glücklicherweise war ein Pub ganz in der Nähe.

VIOLET Flamboyant

Als Violet aufwacht, ist es stockdunkel und es riecht nach etwas Kühlem, Antiseptischem in der Nähe ihres Gesichts. Dann bewegt sie den Kopf, und am unteren Rand ihres Blickfelds zeigt sich ein schwacher Lichtstreifen. Wenn sie das Kinn hebt, kann sie einen Ausschnitt ihrer Umgebung erkennen. Ihr wird klar, dass es nur so dunkel ist, weil sie etwas um den Kopf hat, das ihre Augen halb bedeckt. Ihre Hand ist unbeweglich, eingegipst und mit einem Riemen an der Brust fixiert. Mit der gesunden Hand schiebt sie den Verband vorsichtig einen Zentimeter nach oben, wodurch sie einen Meter weiter sehen kann. Sie ist mit einem weißen Laken zugedeckt und liegt in einem kleinen weißen Zimmer. Am Boden neben dem Bett ist ein strahlender Sonnenfleck. Sie versucht, sich zu erinnern … sie erinnert sich an die drei Männer, den Sack über dem Kopf, das quadratische Fenster, den schmalen Lagerraum, die Eimer, den Schmerz, den Schlag, als der Stuhl umfiel. Dann … ihr Gedächtnis hängt in einer Endlosschleife, immer die gleichen Bilder, aber weiter geht es nicht, egal wie sehr sie sich anstrengt.

Als sie hört, wie die Tür aufgeht, erstarrt sie. Kommen sie zurück? Ohne den Kopf zu bewegen, beobachtet sie, wie zwei weiße Schuhe hereinkommen. Zwei kleine weiße Schuhe an dünnen braunen Beinen, und dazu eine vertraute Stimme.

»*Mpenzi*, mein Baby, wer hat dir das angetan? Ich dachte, ich sehe dich nie wieder! Ich war verrückt vor Sorge!« Die Stimme ihrer Großmutter, schrill vor Erleichterung.

Unter dem Verband kommen ihr die Tränen, füllen ihre Augen und kitzeln ihre Nase. Am liebsten würde sie sich dem Sturm, der sich in ihr zusammenbraut, hingeben und sich ihrer Großmutter in die Arme werfen, aber wegen des Verbands und des Gipsarms kann sie sich nicht bewegen.

»Alles ist gut, Nyanya. Schsch. Jetzt ist alles gut.«

Wieder quietscht die Tür, und diesmal trippelt ein Paar hübsche hochhackige Sandalen herein. Lynette setzt sich aufs Bett, greift nach ihrer gesunden Hand und drückt sie.

»Gott sei Dank, Violet. Gott sei Dank haben wir dich da rausgeholt. Ich hab dich doch gewarnt.«

»Gott sei Dank hab ich dich mittags angerufen«, sagt Njoki. »Als ich dich schreien hörte, hab ich sofort die Polizei gerufen. Und dann hab ich Lynette angerufen. Oh, *mpenzi*, ich dachte, sie würden dich ermorden!«

»Schsch. Nicht so laut.« Die sanfte Stimme einer Frau, die Violet nicht kennt, vielleicht die Krankenschwester. »Sie steht unter Schock. Sie wacht eben erst auf. Sie darf sich nicht aufregen.«

»Die Polizei war völlig nutzlos«, sagt Lynette. »Sie meinten, wahrscheinlich bist du bei deinem Freund, und sie können nichts machen. Einen Tag abwarten, haben sie gesagt.«

»Einen Tag abwarten, und du wärst tot«, sagt Njoki theatralisch.

»Am Montagmorgen, nachdem Njoki mich angerufen hatte, rief ich bei der Anti-Korruptions-Behörde an und erzählte ihnen von den Papieren, die du mir gezeigt hast.«

»Und du hast *mir* gesagt, ich soll vorsichtig sein, Lynette.«

»Ich war vorsichtig. Ich habe ihnen einen falschen Namen genannt. Zuerst waren sie nicht interessiert. Der Mann, mit dem ich sprach, sagte, sie hätten Nzangu schon einmal unter die Lupe genommen, und er sei sauber. Ich war nicht überrascht, das zu hören, aber jetzt wussten sie, dass wir ihm auf der Spur sind. Also legte ich auf.«

»Und dann …?« Violet versucht, den Kopf zu heben, und ein sengender Schmerz schießt durch ihre Schulter und den Arm.

»Dann rief die Behörde zurück. Anscheinend haben sie meine Nummer zurückverfolgt. Ein anderer Beamter bat mich, sofort zu kommen, sie hätten ein Fax aus England gekriegt, das alles bestätigte, was ich gesagt hatte. Sie hätten Nzangu festgenommen. Sie wollten wissen, wo deine Papiere sind, damit du ihnen bei der Ermittlung hilfst.«

»Aber hattest du keine Angst, dass es ein Trick sein könnte?« Violet erinnert sich an Queenies seltsamen Anruf. Hatten sie Queenie auch entführt?

»Ich hatte Angst wie ein *sungura*, aber Archie hat mich hingebracht, und er hat vor dem Büro gewartet. Ich sagte, du bist britische Staatsangehörige und du seist entführt worden, und falls du verschwindest, wirft das im englischen Parlament Fragen auf. Das hat ihnen Angst gemacht.«

»Wie habt ihr mich gefunden?« Violet erinnert sich an

den Sack über dem Kopf, die lange, holprige Fahrt auf dem Boden des Taxis, den hallenden Lagerraum mit den Eimern. »Ich dachte, es würde keiner kommen, um mich zu retten, und ich würde dort sterben.«

»Als sie Nzangu festnahmen, hat er gesungen wie ein *kasaku*, nonstop. Er hat erzählt, er hätte ein Lagerhaus voller Geräte draußen in Mlolongo, wo sie dich hingebracht haben könnten. Vielleicht hatte er Angst, dass sie dich umbringen und er für den Mord an einer Britin dran wäre.«

»Oh! Ich hab Rotz und Wasser geheult, als sie sagten, dass sie dich gefunden haben. Gefesselt auf dem Boden wie ein Hühnchen, alles voller Blut!« Njoki heult auf. »Mein kleines Mädchen! Ich dachte, ich hätte dich verloren wie meinen Jo.«

Die Krankenschwester mischt sich ein. »Schsch. Ruhig jetzt. Lasst sie schlafen.«

»Ich bin ihre Großmutter, wissen Sie!«, gibt Njoki zurück. »Ich hab meinen lieben Ehemann an diese *mfisadi* verloren. Sie haben ihn tot an den Straßenrand geworfen. Und jetzt wollen sie mir mein Enkelkind nehmen!«

»Schon gut, Nyanya Njoki. Ich lebe ja noch.« Violet beißt die Zähne zusammen und setzt sich auf, den Rücken an das eiserne Kopfende gelehnt. Sie hat eine Frage, auf die sie unbedingt eine Antwort braucht. »Das Fax aus England, Lynette – stand da ein Name drauf?«

»Ich weiß nicht mehr genau. Gideon? Giles? Gilbert? Ich glaube, es fing mit G an.«

»Gillian?«

»Kann sein. Ist das wichtig? Wir haben dich ja nun gefunden!« Lynettes runde Apfelbäckchen haben Grübchen.

Njokis Stimme ist schrill und streitlustig. »Hauptsache,

sie fangen diese *mfisadi*. Sie haben Jo gekriegt, und jetzt beinahe dich! O Gott, als ich gesehen hab, wie du da lagst, wie tot, und das ganze Blut …«

»Sie gehen jetzt besser«, unterbricht die Schwester. Njoki hält Violet so fest, dass die Schwester sie wegziehen muss. »Sie soll sich nicht aufregen. Wir müssen die Verbände wechseln, dann kann sie schlafen.«

Die Schwester gibt ihr zwei Tabletten mit einem Glas Wasser und wickelt den Verband von ihrem Kopf. »Sieht schon besser aus. Nichts allzu Ernstes. Eine dicke Beule an der Schläfe. Sie werden ein paar Tage blau und grün sein. Nur der Arm ist an drei Stellen gebrochen. Das dauert ein bisschen länger. Wie fühlt er sich an?«

»Hm. Es tut weh, aber es ist mehr der Schock.« Jeder Knochen in ihrem Körper schmerzt, wenn sie sich bewegt, doch außerdem spürt sie ein Glück, das in ihr leuchtet wie Sonnenschein. Sie lebt noch, und sie hat etwas getan, das getan werden musste, sagt ihr schmerzender Körper. »Ich hatte Angst, ich würde dort sterben. Sie würden meine Leiche an den Straßenrand werfen, und niemand bekäme die Papiere je zu Gesicht.«

»Versuchen Sie zu schlafen«, sagt die Schwester. »Möchten Sie, dass ich die Vorhänge zuziehe?«

»Nein. Nein, lassen Sie sie offen.«

Violet rutscht wieder in ihr Kissen und blickt aus dem quadratischen Fenster. Ihre Lider sind schwer. Die Schwester muss ihr ein Beruhigungsmittel gegeben haben. Sie sieht die Wipfel der Bäume im Krankenhausgarten. Nicht weit vom Fenster lodert die anmutige Krone eines prächtig blühenden Tulpenbaums vor dem Himmel. Eine dicke graue Njiwa flattert mit den Flügeln und lässt sich zwischen den Blüten nieder, wo sie herzzerreißend gurrt.

Sie erinnert Violet an … irgendwas … woran erinnert sie sie?

Njoki und Lynette küssen sie und gehen Arm in Arm hinaus, kleine weiße Schuhe, hübsche rote Sandalen, die einträchtig über den polierten Boden klappern.

BERTHOLD Gravity

Kaum lief der Abspann, standen die Leute auf und schoben sich schlurfend über den verschlissenen Teppich zum Ausgang. Stacey und ich warteten und schenkten uns Wein aus der Flasche nach, die wir an der Bar gekauft hatten. (»Ach, na gut, aber nur ein Schlückchen!«) Science-Fiction war nicht mein Lieblingsgenre, ich fand den Plot zu kompliziert und hinter den Helmen konnte man die Gesichter von George Clooney und Sandra Bullock kaum sehen. Stattdessen fesselte mich Staceys Profil, die neben mir im Dunkeln saß, die geschwungenen Linien ihrer Wange und ihres Kinns, ihr Nacken, wo sich das seidige kupferrote Haar lockte, ihr süßes Parfum und darunter der zarte nussige Duft ihrer Haut. Sie trug das alte, zu enge grüne Oxfam-Kleid, das inzwischen nicht mehr zu eng wirkte, sondern ihr ein sinnliches, wohlgeformtes Aussehen gab – wie eine belaubte Venus. Meine Hand hatte sich unter die obersten Knöpfe gestohlen, und sie ließ sie dort.

»Das Ende war schön, oder?« Schnüff, schnüff. »Ich wusste nicht, ob es echt war oder ein Traum.«

Sie lehnte sich an mich und kramte in ihrer Tasche nach einem Taschentuch. Auf ihrer Wange hing eine Träne, die in der Dunkelheit glänzte wie in dem Ohr des Mohren ein Rubin.

»Mhm«, antwortete ich. Der Film war meine Idee gewesen – aus einer perversen Mischung von Motiven –, aber mir war von den Special Effects leicht übel geworden, nicht unähnlich der Wirkung von Slatki mit Wodka.

»Trotzdem, ich glaube, Theater gefällt mir besser«, schniefte sie. »Es ist *echter*. Früher war ich ein richtiger George-Clooney-Fan, weil wir beide 1961 geboren sind, aber in letzter Zeit sieht er ganz schön alt aus, finde ich.«

»Alt? Er ist doch erst …«

»Findest du nicht, dass er reichlich überbewertet ist?«

»Ehrlich gesagt, Stacey …« Ich trank einen Schluck Wein und hielt inne, um den Moment meines Triumphs auszukosten. »Eigentlich finde ich, George Clooney ist ein recht guter Schauspieler.«

Als das Licht anging und um uns herum wieder die echte Welt auftauchte, blieben wir sitzen und schenkten uns die letzten Tropfen lauwarmen Sauvignan Blanc ein. Auf einmal fing Stacey an zu weinen, als hätte sich eine Schleuse der Gefühle geöffnet.

»Es hat mich daran erinnert, wie es mir ging, als Monty starb. Ich habe die ganze Zeit gehofft, er wäre nicht wirklich tot.«

Hörte ich da einen leisen Vorwurf in ihrer Stimme?

»Es war nicht meine Schuld, Stacey, das weißt du. Ich habe versucht, seine Leine festzuhalten, aber er ist einfach auf die Straße gerannt. Der Transporter ist aus dem Nichts aufgetaucht.« Ich legte den Arm um sie. »Weißer Transporter des Schicksals trifft süßen kleinen Hund.«

»Du hast seine Leiche mit ins Pub genommen und dich betrunken.«

»Wir mussten doch ein Glas zu seinem Gedenken trinken.«

»Ich mache dir ja auch keine Vorwürfe, Bertie. Ich sage dir nur, wie ich mich fühle.« Ihre Stimme verriet mir, dass sie mir doch Vorwürfe machte. »Er war der süßeste Hund auf der Welt.« Sie tupfte sich die Augen ab. »Glaubst du, es gibt irgendwo auf der Welt ein Paralleluniversum, wo er noch lebt?«

»Ganz bestimmt.« Ich hielt ihre Hand.

Ich sagte ihr nicht, dass vor zwanzig Jahren das Gleiche mit einem süßen kleinen Mädchen passiert war, auf das ich aufgepasst hatte. War es meine Schuld? Diese Frage quälte mich seither. Manchmal, heute noch, überrumpelte mich der Anblick eines Mädchens oder einer jungen Frau und schleuderte mich in ein anderes Leben zurück, das Leben, das meins hätte sein können, wenn Meredith noch am Leben wäre, wenn Stephanie und ich noch zusammen wären.

Stephanie hatte mir nie verziehen, und ich hatte mir auch nie verziehen. Irgendwann war unsere Beziehung unter dem Gewicht der Vorwürfe zerbrochen. »Du hattest die Verantwortung, Bertie. Wie konntest du ihre Hand loslassen? Du bist ein typisches Einzelkind, verantwortungslos, unzuverlässig, egozentrisch!«

Stimmte das? Oder war ich, wie Stacey schniefend und gütig bemerkte, einfach nur ein unsagbarer Pechvogel?

Diesmal gab es einen Silberstreif am Horizont. Montys Ableben ebnete den Weg für Stacey, bei mir einzuziehen. Ich erhob nicht einmal Einwände, als sie die Teddybären mitbringen und auf Mutters Frisierkommode aufreihen wollte, neben der Flasche L'Heure Bleue, die Mutter hinterlassen und Inna geleert hatte. Erst fühlte es sich seltsam und sündig an, im Bett meiner Mutter, das voller Geister war, Liebe zu machen, aber nach einer Weile wurde selbst das wunderbar normal.

Stacey übernahm den Vorsitz der Mietervereinigung, den Mrs Crazy räumte, und half, eine lebhafte Kampagne gegen das geplante vierzehnstöckige Hochhaus in der Grünanlage zu organisieren, indem sie, wie Lubetkin es getan hätte, darauf beharrte, ein Neubau müsse sich harmonisch in die Umgebung einfügen und bezahlbare Wohnungen für Familien niedriger Einkommensklassen bieten. Als Lens Erdgeschosswohnung frei wurde, brachte sie es zuwege, dass Margaret und Jenny seinen Mietvertrag übernehmen konnten, mit dem Argument, dass Margaret inzwischen auf den Rollstuhl angewiesen sei. Und so wurde in Lubetkins verrückter Jurte ein Kapitel geschlossen und das nächste aufgeschlagen.

Von Zeit zu Zeit überkam mich die alte Schwermut, und ich erging mich in einem verdrießlichen Monolog über die Sterblichkeit von Hund und Mensch, die mutwillige Zerstörung städtischer Bäume, die Wohnungsnot, die Auflösung des Nachkriegskonsens, George Clooneys Liebesleben und die anderen Übel und Ungerechtigkeiten unserer Zeit.

Stacey sah mich dann mit einem kleinen Lächeln an und sagte: »Du hast bestimmt recht, Bertie.«